« PAVILLONS »
Collection dirigée par
Maggie Doyle et Jean-Claude Zylberstein

DU MÊME AUTEUR

chez le même éditeur

Éclipse, 2002

Et aux Éditions Flammarion

Le Livre des aveux, 1990 (Bald-Artes Sud, 1996)
Kepler, 1992
Le Monde d'or, 1994
La lettre de Menton, 1996
L'intouchable, 1998 (10-18, 2001)

JOHN BANVILLE

Impostures

Traduit de l'anglais (Irlande) par
Michèle Albaret-Maatsch

ROBERT LAFFONT

Ouvrage traduit avec le concours
du Centre National du Livre

Titre original : SHROUD

ISBN 2-221-09268-6
(édition originale : ISBN 0-330-41238-8 Picador/Pan Macmillan Ltd, Londres)

Au point où commence notre ignorance et au-delà duquel nous ne voyons plus, nous plaçons un mot : par exemple, le mot « moi », le mot « faire », le mot « souffrir »; ce sont peut-être les lignes d'horizon de notre connaissance, ce ne sont pas des « vérités ».

I

Qui parle ? C'est sa voix à elle, dans ma tête. Je crains qu'elle ne se taise pas tant que je ne me serai pas tu. Elle m'accompagne pendant que je me traîne péniblement dans ces rues pavées et me raconte des choses que je n'ai pas envie d'entendre. Il m'arrive de répondre, de protester haut et fort, d'exiger qu'elle me fiche la paix. Hier, dans la boulangerie que je fréquente via San Tommaso, j'ai dû brailler un truc, son nom peut-être, parce que subitement tout le monde dans la boutique bondée m'a dévisagé, comme ça se fait ici, sans inquiétude ni désapprobation, mais par pure curiosité. Tout le quartier me connaît à présent, le boulanger, le boucher, le type de l'étal de légumes et leurs clientes aussi, des ménagères teintes au henné pour la plupart, dodues comme des cailles, avec leur parfum, leurs vilains bijoux et leurs grands yeux noirs déçus. Je remarque leurs jambes étonnamment fines ; elles vieillissent à partir du haut, car ces jambes, un peu arquées et affriolantes, sont sans doute celles de leurs vingt ans, voire avant. Il est clair que je les intéresse. Peut-être que ce qui leur plaît, c'est le côté commedia dell'arte de mon physique : regard borgne et furibond, démarche grotesquement bancale, canne et chapeau en lieu et place de la batte et du masque d'Arlequin. Ça n'a pas l'air de les déranger que je sois fou. Mais je ne suis pas fou, sincèrement, juste très très vieux. J'ai l'impression de vivre depuis une éternité. Quand je me penche sur le passé, je vois ce qui me semble être une obscurité liminaire piquetée de pointes de lumière crue et froide, immensément distantes les unes des autres et de moi. Bientôt, d'ici à quelques mois, nous entrerons dans la dernière décennie de ce millénium ; je ne vivrai pas assez vieux pour traverser le prochain, ce qui me cause quelque regret, les deux premiers ayant engendré tant de splendeurs, tant de joyeusetés.

Oui, me voici revenu, peut-être imprudemment, dans cette ville tout en arcades. J'ai loué un logement dans une petite ruelle à deux pas du Dôme, je ne dirai pas laquelle, pour des raisons qui ne me sont pas entièrement claires, même si j'avoue redouter par intermittence une éventuelle descente de la police. Ce n'est pas grand-chose, mon refuge, deux pièces, basses de plafond, humides ; des fenêtres tellement étroites et sales que je suis obligé de garder une petite lampe allumée toute la journée de crainte de trébucher dans la pénombre. Je n'aimerais pas qu'on me retrouve mort là-dedans, la porte enfoncée, ma propriétaire hurlant et moi dans je-ne-sais-quel-état. C'est, ma propriétaire – *quella strega !* –, une veuve dotée d'un côté incontestablement cabot. En me confiant que c'était autrefois le quartier chaud de la ville, elle me décoche un regard que je ne tiens pas à décoder, ouvre grands les yeux et rejette la tête largement en arrière, ce qui m'offre un panorama peu ragoûtant sur les trous de ses narines. J'ai toujours pensé que je finirais comme ça, en paria, à arpenter d'un pas lourd les rues malfamées d'une ville anonyme, à parler tout seul sous le regard intrigué des passants. Pourtant, j'ai choisi de revenir ici, mais pas par prédilection, c'est certain. Turin ressemble réellement à un vaste et grandiose cimetière, avec tout ce marbre, ces monuments, ces statues aux postures expressives. Pas étonnant que le pauvre N. ait perdu la tête ici, à se prendre pour un roi et un père de rois et à s'arrêter en pleine rue pour embrasser le canasson d'un cocher. On lui a égaré son bagage, à lui aussi, comme le mien une fois, on le lui a expédié à Sampierdarena alors qu'il allait dans la direction opposée ; ensuite de quoi, il n'a jamais pu entendre le nom mélodieux de cette bourgade sans rugir de fureur.

Assez de ces divagations. Je vais m'expliquer, pour moi et pour toi, ma chérie, car si tu peux me parler, tu peux aussi m'entendre sans doute. Calmement, simplement, en évitant le ton et les gestes outranciers dont je suis coutumier, je ne reprendrai que ce que je sais, ce dont je peux répondre. Aussitôt, le polype du doute dresse sa vilaine tête ronde : que sais-je ? de quoi puis-je répondre ? *Il n'y a ni « esprit » ni raison ni pensée ni conscience ni âme ni vouloir ni vérité : autant de fictions...* affirme le philosophe fou en balançant son formidable marteau. Je suis cependant hanté par l'idée qu'il m'est offert une dernière chance de racheter quelque chose de ma personne. Je ne parle pas d'âme, je n'en suis pas encore à ce stade de gâtisme. Mais peut-être existe-t-il un truc précieux que je pourrais racheter, comme, jadis chez le prêteur sur gages, la boîte à pilules en argent de maman Vander ? Du coup, je me demande si, plutôt que de me démasquer pour te faire un nom, ton véritable objectif ne visait pas à m'offrir une possibilité de rédemption. En ce cas, tu as déjà obtenu un résultat : jusqu'à présent, rédemption n'était pas un terme qui figurait en bonne place dans mon vocabulaire.

Cela étant, tes motifs n'ont jamais été clairs pour moi, pas plus, je le soupçonne, qu'ils ne l'étaient pour toi. Peut-être m'as-tu néanmoins trahi et peut-être, dans un proche avenir, une publication renfermant un essai posthume surgira-t-elle des presses d'une obscure université, de toi sur moi, et je me retrouverai déshonoré, raillé, chassé de l'amphithéâtre sous les huées ? Eh bien, peu importe.

Le nom en question, mon nom, est Axel Vander, là-dessus j'insiste. Là-dessus, tout au moins. Un matin d'une autre vie, dans la plaisante ville d'Arcadie, un Hermès à bicyclette, casqué et chaussé de lunettes, me remit sa lettre. Le message qu'elle renfermait était celui que j'avais attendu et redouté toute ma vie, ce que je considère comme ma vie, ma vraie vie. Cette fois, il avait fini par arriver et la première chose que je ressentis fut de la gêne. On aurait juré que je venais d'apprendre qu'un frère depuis longtemps décédé, dont je me souvenais à peine et que je n'avais jamais aimé, n'était en définitive pas mort mais banalement et vigoureusement vivant, qu'il habitait dans une banlieue proche et s'apprêtait – démarche incroyable – à me rendre visite. Que dire, après tout ce temps, à cette version de ma personne dont je m'étais dépouillé ? Je passai la journée à boire du whisky, euphorique sous l'effet conjugué de la terreur et de la panique, puis me réveillai en pleine nuit répandu dans le vieux fauteuil pivotant de mon bureau, serrant encore entre mes doigts un mégot éteint. De l'extérieur, de la douce obscurité californienne, me parvenaient des odeurs qui, même alors, après tant d'années, me paraissaient toujours exotiques : eucalyptus, poussière encore chaude du soleil de la journée, senteur âcre du charbon de bois provenant des collines dorées où, des mois durant, les feux avaient sourdement couvé dans l'herbe. Je lâchai la lettre qui tomba par terre et partis du rire bête du soûlard. Dans un crissement, une voiture apparut au coin de Cedar Street, elle roulait très lentement, à croire que son chauffeur recensait les numéros des maisons, et j'imaginai un masque derrière lequel des yeux plissés inspectaient portes et fenêtres aux volets baissés. Je levai la main, pointai le pouce vers le plafond et braquai dans l'obscurité un doigt vers la porte. Je me remis à rire, d'un rire gras, lourd de glaires cette fois, ramenai la main vers moi pour enfoncer mon doigt pointé dans ma bouche, puis fis jouer mon pouce comme si j'appuyais sur un chien. Je me serais collé une balle dans le caisson si... si quoi ?

Pouah.

J'essayai de me redresser, sans succès, et retombai avec fracas : le fauteuil, sous mon poids, poussa un cri de douleur tandis que ma jambe morte roulait à la façon d'une bûche. Je hais cette jambe, incontournable compagne de mes années déclinantes, je la hais même davantage encore que l'œil aveugle qui me regarde avec fixité dans le miroir du matin, aussi voilé et incolore que peut l'être, à mon sens, l'œil d'un albatros qui a perdu la vie. Un poids mort accroché à mon propre cou, voilà ce que je suis. Je n'en ai plus pour très longtemps. Depuis quelque temps, il me semble que je me décompose, que ma vieille chair suiffeuse se détache de mon squelette, qu'elle aura bientôt fondu et qu'il n'en restera plus rien. Je m'en ficherai ; j'en serai heureux ; je me lèverai alors, dépouillé de tout le superflu, tout en os étincelants et en ligaments aussi satinés que de la cire de bougie, neuf, inconnu, mon vrai moi enfin. Il est un moment dans la beuverie, voire à sa limite extrême, où, ainsi qu'il arrive parfois, paraît-il, aux malheureux victimes d'un infarctus, j'ai l'impression de me séparer de mon corps, de planer au-dessus de lui et, suspendu en l'air, d'observer avec une attention détachée le spectacle de ce que je suis plus bas. C'était ce qui venait de se produire. Je m'étais vu effondré là, puis me redresser avec un violent sursaut, à la manière d'un cheval tombé qui tente de se remettre sur pieds et bat désespérément des quatre fers en hennissant. J'attrapai la bouteille sur le bureau et bus goulûment au goulot avec des bruits de succion. J'avais la bouche à vif d'avoir picolé toute la journée. Lorsque je laissai mon bras retomber le long de mon siège, la bouteille m'échappa et roula avec une hésitation saccadée sur le plancher ciré, vidant son cœur en de généreuses et glottiques lampées. Qu'elle se répande. Pour être franc, je déteste le goût de cendres-et-de-fumée du bourbon, mais j'ai très tôt décidé que ce serait ma boisson, un élément constitutif de ma stratégie de différence, un autre moyen de rester sur le qui-vive, à la façon dont un comédien glisse un caillou dans sa chaussure pour ne pas oublier que son personnage clopine. C'était l'époque où je vivais une totale métamorphose. Quelle difficulté que de juger précisément, d'inventer des distinctions subtiles, de préserver un équilibre – personne n'aurait pu deviner la complexité de la chose. Aurais-je façonné une œuvre d'art qu'on aurait salué ma virtuosité. Peut-être ce fut là mon erreur, de faire tout cela en secret au lieu de procéder ouvertement, avec panache. On se serait diverti ; on m'aurait pardonné ; Arlequin est toujours pardonné, il survit toujours.

Pareil à un petit ricanement réprobateur, un papier craqua sous l'une des roulettes du fauteuil. C'était cette fichue lettre. Regarde : je me penche, je pousse un grognement, je la ramasse et, du poing, je l'aplatis sur le bras du fauteuil et la relis sous le cône de lumière saturée de poussière dorée qui m'englobe dans sa bienveillance imméritée, moi, ma vieille tête délirante inclinée, mon épaule courbée, ma patte veinée de corde. Les lignes dactylographiées dansent au rythme du pouls qui bat sur ma tempe et mon bon œil se mouille à force de lutter pour préserver l'alignement régulier des mots. Elle était à Anvers – Anvers, mon Dieu ! Son ton affecté, érudit, m'amusa. Méticuleusement, en m'efforçant de me concentrer, je réfléchis à ce qu'elle pouvait savoir exactement. Je m'étais cru débarrassé de la gangue de mon passé lointain, or voilà que j'avais la preuve que je ne m'en étais pas entièrement défait et qu'il brimbalait derrière moi, toujours attaché par un ou deux fils de mucus séché.

Je décidai alors, avec une clarté avinée, de ce que j'allais faire. Curieux la manière dont ce monde riche en hasards insinue ses suggestions sournoises. Je farfouillai dans les papiers entassés sur mon bureau, remis la main sur le carton qui traînait là depuis une semaine et lus avec un rictus de mépris ses flatteries en relief, pompeuses et tarabiscotées. *Chiarissimo Professore ! Il Direttore del Convegno considera un altissimo onore e un immenso piacere invitarla ufficialmente a Torino...* J'avais projeté de refuser, bien entendu, par un billet sec et dédaigneux, mais je voyais à présent qu'il fallait que je m'y rende et que je l'oblige à venir m'y rejoindre. Quel meilleur endroit pour affronter ma déchéance, si tel était ce qui devait se produire ?

Lorsque j'avais lu cette lettre pour la première fois, ma première idée avait été de disparaître, de me lever tout bonnement et de rompre avec ma vie, ainsi que je l'avais déjà fait une fois auparavant avec un succès remarquable, scandaleux. Ce serait moins facile ce coup-ci ; à l'époque, je n'étais rien, aujourd'hui, il y a des gens – une troupe triée sur le volet, mais une troupe tout de même – éparpillés sur je-ne-sais-combien de continents qui connaissent le nom d'Axel Vander; n'importe, c'était faisable. J'avais mes échappatoires toutes tracées, mes comptes en banque secrets bien garnis, des refuges cachés qui m'attendaient... J'exagère, naturellement. Mais, l'espace d'une minute ou deux, je me nourris bel et bien de l'envie de fuir et en fus nourri. Cela me donna la sensation d'être audacieux, dangereux; cela me donna la sensation d'être jeune. Je me demandai si ce corbeau, qui qu'elle fût, avait anticipé l'effet que sa lettre produirait sur moi : m'octroyait-elle donc le temps de plier bagage ? Mais où irais-je, franchement ? En dépit des plans que je pouvais éventuellement mettre en œuvre, j'étais dans l'impossibilité de fuir au-delà de cette rive fauve, ultime limite de ce qui pour moi représentait le monde connu. Non, je ne ferai pas ça. Je ne lui donnerai pas la satisfaction d'entendre le bruit lourd et claudicant de mes pieds d'argile dans leur fuite. Mieux valait, et de loin, l'affronter, rire de ses accusations – ha ! je lui mentirai, bien entendu ; le mensonge est chez moi une seconde, non, une première nature. Toute ma vie, j'ai menti. J'ai menti pour m'échapper, j'ai menti pour être aimé, j'ai menti pour m'assurer une position et un pouvoir; j'ai menti pour mentir. C'était un mode de vie ; à une lettre près, mentir c'est *mentis*, la vie de l'esprit. Or voilà que mes tout premiers exercices dans cet art, mes menteries d'apprentissage, avaient resurgi pour me détruire.

Je me réveillai à cinq heures, dans une lumière pluvieuse et spectrale, pas encore dégrisé. L'espace d'une seconde, j'attendis le sempiternel gémissement plaintif de Magda et la houle océanique qu'elle provoquait en se retournant dans le lit. Je tendis la main à côté de moi, à l'endroit où elle n'était pas ; le drap, à cette place, présentait une texture singulièrement froide, un peu humide, que je savais n'exister que dans mon imagination, mais que j'avais néanmoins la conviction de percevoir. Allongé, les yeux toujours fermés, j'allumai ma première cigarette, puis me levai et allai faire un tour pieds nus dans le living, ma jambe morte martelant le plancher en érable. Pour avoir vu tant de mondes apparemment tout près de leur fin et ayant survécu, je n'ai aucune propension apocalyptique, pourtant j'éprouvais, ce matin-là, le sentiment indiscutable d'avoir franchi, ou d'avoir été forcé de franchir une frontière invisible et d'être dans un état destiné à demeurer éternellement post-quelque chose, éternellement un après. Cette lettre marquait bien entendu le point de passage. J'étais désormais plus scindé en deux que jamais, moi qui étais toujours plus que moi tout seul. D'un côté il y avait le *je* que j'avais été avant que la lettre n'arrive et de l'autre ce nouveau *je*, curieux pronom personnel en porte-à-faux par rapport à tous ces repères connus qui me devenaient subitement étrangers. La maison affichait un air tendu et vigilant, comme si elle m'en voulait d'intervenir dans ses activités furtives à cette heure anormalement matinale. Des fantômes d'ombre traînaient ici et là, s'efforçaient de ne pas se faire remarquer. Une fenêtre ruisselait de pluie et, en face d'elle, dans la chambre, un bout de mur ondulait comme de la soie noire. Je me figeai et scrutai l'obscurité en cherchant à accommoder ma vision ; il arrivait que Magda soit là, qu'elle concrétise une présence palpable, mais, pour l'heure, ce n'était pas le cas et les ombres n'étaient que des ombres. La pluie dans le jardin tambourinait sur les feuilles et sur la terre argileuse et je l'imaginai, tombant dru et brillante, semblable à des fils métalliques dans l'aube sans vent.

La cafetière s'appliquait encore à ses labeurs diarrhéiques quand la pluie s'arrêta subitement. Je ne me suis jamais habitué au temps sur cette côte, toujours trop réglé, trop prévisible ; là-bas, le printemps avec ses discrètes averses matutinales suivies de journées de soleil sans accroc n'avait rien de l'imprévisibilité, de la fébrilité cramoisie des printemps de ma jeunesse. Les Arcadiens se plaignent de ce temps, à leur façon désabusée, flegmatique, mais pour moi, pur produit des basses terres désolées du nord de l'Europe avec leurs tempêtes glaciales, leurs pluies à l'oblique et leurs ciels gorgés de nuages tumultueux qui se déploient indéfiniment vers l'est, ces conditions météorologiques constituent tout juste un climat. J'emportai ma tasse fumante vers le coin réservé au petit déjeuner et me glissai lourdement entre le banc et la table. Le jardin détrempé, échevelé et scintillant, offrait l'apparence confuse de qui se ressaisit après une empoignade inconvenante. La brume allait s'attarder au-dessus de la baie jusqu'au milieu de la matinée quand le soleil serait suffisamment chaud pour nettoyer le ciel, comme diraient les météorologues. J'aime cette expression, *nettoyer le ciel*, son côté enlevé, assuré, figuratif. Sur cette côte, les éléments forment quelque chose qu'il faut traiter par le mépris ; même les tremblements de terre, pas rares du tout, représentent une espèce d'énorme blague collective. Les premiers mois qui suivirent notre emménagement dans la maison, j'adorais m'asseoir comme ça le matin pour contempler mon avocatier, mon pêcher, les colibris occupés après un arbuste qui s'appelle, je crois, un hibiscus et écouter avec une sorte de félicité vibrante les premières nouvelles à la radio, attendant impatiemment qu'elles se terminent et que le présentateur à la voix ridiculement solennelle m'annonce ce que la journée me réservait, les maxima et les minima des températures – jamais trop élevées, jamais trop basses –, les brises d'une placidité et d'une douceur de soupirs, le mirage prolongé du brouillard. C'était comme si l'on me promettait une succession de plaisirs somptueux et totalement immérités.

J'allai à la salle de bains et lorsque je revins, rasé au petit bonheur et nouant ma cravate, Magda était bien là, dans son vieux peignoir gris à la cordelière effilochée, assise dans le recoin où je m'étais installé auparavant. Devant son apparente robustesse de fauteuil, les mains à plat sur les cuisses et un mètre de flanelle tendue entre ses genoux écartés, mon cœur fit un bond de côté et, une seconde, je crus tomber à la renverse. C'est ainsi que je me la rappelle le mieux dans cette maison, plantée là dans la lumière névralgique du petit matin, ses cheveux métalliques sévèrement partagés au milieu, ses lourdes tresses roulées et plaquées contre son crâne à la façon de deux gigantesques écouteurs, ses pieds nus et calleux et son regard songeur, détaché, fixant un point tantôt un peu à ma droite tantôt un peu à ma gauche. Aujourd'hui, elle avait la tête légèrement tournée, selon un angle pensif bien à elle. On aurait cru qu'elle allait dire quelque chose si j'attendais suffisamment longtemps. Mais je battis des paupières et elle disparut, et mon cœur reprit en bougonnant son rythme habituel, irrégulier. Pourquoi ne pouvait-elle me laisser tranquille ? Elle avait voulu partir, j'en avais la certitude, alors pourquoi lui fallait-il perpétuellement revenir ainsi ? Ma tasse de café se trouvait à l'endroit où elle m'était apparue, toujours couronnée d'un léger panache de vapeur ; elle faisait penser au canon fumant d'une arme.

Déconcerté, je me dirigeai vers ce qu'on appelait, j'ignore pour quelle raison, le salon. C'était la pièce la plus obscure de la maison ; là aussi, il fallait garder une petite lampe allumée jour et nuit. C'était peut-être pour ça que les invités n'avaient jamais envie de s'y attarder, en dépit du canapé, des fauteuils et du fouillis engageant des étagères de bouquins. Les invités ? Qu'est-ce que je raconte ? Il n'y avait jamais personne, pour ainsi dire, excepté Magda et moi. Nous n'encouragions pas les visiteurs ; nous n'étions pas sociables ; nous connaissions à peine les noms de nos voisins les plus proches. J'avais insisté pour qu'il en soit ainsi et Magda s'y était conformée de bonne grâce, du moins je le crois. Nauséeux, las et laminé par un soudain apitoiement écœurant sur moi-même, je m'assis sur le canapé. C'est toujours au petit matin que je suis le plus accablé par le pathétisme et les périls de mon existence alors que je devrais déborder d'un regain d'espoir et de vigueur. Un bref instant, ma détermination fléchit ; pourquoi entreprenais-je ce voyage ? Que croyais-je accomplir ? Je nouai une main sous mon genou, soulevai ma jambe morte et la laissai retomber bruyamment sur l'une des tables basses, ce qui fit vaciller l'ampoule de la lampe. Quel choix avais-je donc, sinon de partir ?

Il y avait dans la pièce une fenêtre, une seule, haute et large, donnant sur une allée étroite et la façade latérale de la maison voisine. Il faisait grand jour maintenant et la fenêtre en question formait un énorme rectangle de lumière embuée strié de diagonales d'ombres indigo ; depuis la pénombre où j'étais assis, on aurait pu croire à un tableau gueulard et travaillé en à-plats, scène tropicale traitée dans le style naïf. De nouveau, je notai intérieurement le manque d'intensité du soleil dans cette partie du monde, son éclat mat, immuable et paisible, qui infiltrait chaque centimètre carré de la journée à la manière d'un gaz incolore et lumineux paraissant émaner non du ciel mais des éléments mêmes sur lesquels il se diffusait, bâtiments blancs aux allures de morceaux de sucre, automobiles pastel, arbres vert noirâtre aux reflets dorés bordant chaque artère comme autant de gardes rêveurs. Je remarquai aussi, plus nettement, la poussière dans la pièce. Depuis que Magda n'était plus là, je n'avais rien fait pour entretenir les lieux ; je ne savais même pas vraiment où se rangeaient les ustensiles de ménage, bien qu'à mon avis il y eût sûrement un balai, une serpillière, un seau... Il m'avait semblé que Magda avait une femme de ménage qui venait en mon absence, mais j'eus beau rester à la maison plusieurs matins de suite, personne ne se manifesta. Peut-être avais-je seulement imaginé Jemina à la peau d'un noir brillant qui, dotée d'une poitrine sensationnelle et d'un fichu de coton blanc noué sur le haut du crâne, roulait des yeux blancs. Est-ce à dire que Magda assumait elle-même toutes les corvées ménagères ? Je ne comprends pas pourquoi cette éventualité devrait me surprendre, mais c'est un fait. Depuis qu'elle est partie, la poussière s'accumule partout, paisiblement, fine et douce fourrure gris taupe, divisée par un dédale de circuits délimitant le canevas de ma vie de veuf dans la maison : de la porte au vestibule, de la cuisine à la table, de la salle de bains à la chambre à coucher. Les lisières de mon univers étaient en train de disparaître, s'effritaient dans cette pénombre grise de poussière fine.

Veuf ou veuvé ? Ce terme existe-t-il ? Parfois, aujourd'hui encore, l'anglais me fait des croche-pieds.

Comment, au cours de ses dernières années, Magda passait-elle son temps quand je n'étais pas à la maison – ainsi que je m'y employais de plus en plus ? Voilà qui avait représenté un mystère pour moi. Même pour quelqu'un d'aussi lent et d'aussi réfléchi, les tâches ménagères ne pouvaient guère justifier la totalité de la réponse. Quand je lui demandais ce qu'elle avait fait de sa journée, elle prenait un air coincé, me tournait la tête aux trois quarts et ployait une épaule, de sorte que j'avais l'impression d'avoir affaire à un énorme ruminant méfiant. Ses dérobades m'ont toujours agacé, même si je ne voyais pas précisément comment réagir et si, les lèvres blêmes, je devais me borner à lui décocher mon sourire le plus pincé en inspirant rapidement par les narines avec un sifflement de reptile qui la faisait tressaillir. Après ce genre d'échanges, j'éprouvais un grand plaisir à la voir sillonner la maison toute la soirée, poussant de petits soupirs soucieux ou observant un silence bizarre, comme si elle attendait anxieusement que ma colère retombe. Quand nous assistions ensemble à une fête ou à une réception universitaire imparable, je ne pouvais m'empêcher de lâcher de méchants apartés à son sujet, invitant les individus suffisamment peu sages pour lier conversation avec nous à se joindre à la rigolade que me procurait sa présence incongrue, mal attifée et muette à mes côtés. Ces bons mots à ses dépens avaient contribué, au moins en partie, à faire d'elle la risée de tous ; au fil des années, j'avais noté divers surnoms dont on l'avait affublée : « *Vander's Mädchen* », « *Mutter Vander* » et, curieusement, « la vieille Éva ». Elle ne semblait pas s'offusquer des cruautés mesquines auxquelles je la soumettais en public et, les yeux brillants – ses grands yeux noirs en boutons de bottine –, la lèvre supérieure projetée en avant, allait même jusqu'à sourire un peu, timidement, comme fière de mon comportement abominable. Naturellement, cette indulgence bienveillante m'enrageait d'autant plus et j'éprouvais des envies de la frapper quand je la voyais au milieu de la foule, avec son manteau et ses grosses chaussures plates, tenant à la main un verre de vin qu'elle oubliait de boire, s'isolant avec contentement dans les profondeurs insondables de son être, ma grosse, lente et énigmatique compagne que j'ai sans doute aimée durant la majeure partie d'une quarantaine d'années, car sinon je l'aurais quittée.

Je me levai du sofa pour retourner dans la chambre où j'eus la surprise de découvrir que j'avais déjà préparé une valise. J'avais dû m'en occuper aux petites heures du matin, en pleine soûlerie. Je n'en gardais aucun souvenir. Je me rappelais avoir téléphoné à la compagnie aérienne et ma stupeur en m'entendant répondre non par une machine mais par une voix humaine bien réveillée et d'une vitalité irritante – je ne me fais pas à la manière dont, de plus en plus, le monde gomme la nuit –, ensuite de quoi il n'y avait plus que le vide vaguement bourdonnant, confus du sommeil lourd d'alcool. Peut-être n'était-ce pas seulement le bourbon ? me dis-je ; peut-être mon esprit me lâchait-il ? Comment détecter l'empiètement de la sénilité quand c'est la faculté de détection elle-même qui est attaquée ? Connaîtrai-je des intervalles de répit, des éclairs de clairvoyance effrayante parmi des divagations, des lueurs de lucidité tremblante devant le miroir lorgnant avec effroi la chemise maculée de bave, la braguette tachée de pisse ? Sans doute que non ; sans doute entrerai-je à petits pas dans la sénilité sans avoir conscience de quoi que ce soit. Le commencement de la grande vieillesse telle que j'en fais l'expérience est un processus graduel d'accumulation, la lente mise en place d'un truc doux et grisâtre, comme la poussière dans une maison non entretenue, sous lequel les bords autrefois anguleux de mon être s'émoussent peu à peu. Il existe aussi un processus contraire qui rigidifie et fige les choses, transforme mes selles en lingots de métal brûlant, me dessèche les articulations et les fait frotter les unes contre les autres comme des pierres ponces et me racornit les ongles de pieds. Des éléments du monde, ces objets censément inanimés, s'unissent à la conspiration dirigée contre moi. Je déplace des affaires, j'en égare d'autres, mes lunettes, le livre que je lisais une minute plus tôt, la boîte à pilules de maman Vander – ce fameux bibelot en argent dégagé de chez le prêteur – que j'ai gardée plus d'un demi-siècle comme talisman mais qui semble maintenant avoir disparu pour de bon, engloutie dans une crevasse du temps. Les trucs rangés sur des étagères en hauteur me dégringolent dessus, des meubles me barrent le passage. Je n'arrête pas de me couper, avec un rasoir, un couteau à fruits, des ciseaux ; il ne se passe guère de semaine sans que je me retrouve penché sur le lavabo le matin, à essayer vaille que vaille d'ouvrir un pansement avec mes dents pendant que le sang d'un de mes doigts entaillé goutte avec un prosaïsme choquant sur la porcelaine. Ces mésaventures ne sont-elles pas d'un autre ordre que celles mentionnées précédemment ? Je n'ai jamais été adroit, même dans les années très actives de ma jeunesse, cependant je me demande si ma maladresse actuelle ne serait pas quelque chose de nouveau, pas seulement un handicap physique mais une forme radicale de discontinuité, la manifestation extérieure d'absences et de dégénérescences irrémédiables survenues dans les profondeurs du cerveau. Les détails les plus infimes constituent toujours l'avertissement le plus sûr, si on y prête vraiment attention. Le premier signe qui m'alerta sur la maladie de Magda fut sa soudaine et irrépressible envie de toutes sortes d'aliments pour enfants, pop-corn, chips, caramels, poudres acidulées, sucettes à trois sous.

Dans la rue, le klaxon d'une voiture résonna; pour moi, ce bruit symbolise l'appel le plus typique de la grande république américaine, il est sonore, péremptoire et possède un soupçon de moquerie amusée. J'attrapai ma valise et ma canne et me dirigeai en claudiquant vers la porte, pareil au détenu condamné à une longue réclusion qui entend crisser les pênes dormants de sa cellule.

Le chauffeur de taxi était une caricature d'immigrant des pays de l'Est, un peu ours et taciturne, un Russe sans doute comme tant d'autres apparemment en cette époque libérée de fraîche date. Il se chargea de mon bagage à contrecœur, tourna les talons et descendit d'un pas lourd les marches du perron. Par moments, tout ce littoral ressemble à un plateau de tournage et tous ses habitants à des acteurs de genre. Dans la rue, les arbres luxuriants étincelaient au soleil, des fleurs de couleurs vives resplendissaient dans les jardins, pourtant, même en cette heure matinale du printemps à son apogée, l'air avait quelque chose de défraîchi, de renfermé, autre conséquence de l'absence générale de climat, du manque de vent et du smog que les pluies de l'aube ne parviennent pas à dissiper totalement. Le chauffeur ne m'ouvrit pas la portière et j'eus du mal à m'introduire dans le véhicule très bas de plancher : je commençai par lancer ma canne à l'intérieur, me tournai, pliai mon torse en deux, glissai mon postérieur par la porte pour m'asseoir sur le siège, puis saisis à deux mains ma jambe inutile et la tirai dedans à ma remorque. Difficile d'être à moitié infirme et gracieux. D'un bout à l'autre de mes laborieuses manœuvres, le Russe resta assis à l'avant, pétrifié, regardant imperturbablement devant lui, les oreilles hérissées de poils, les épaules larges et voûtées. Puis il manipula une manette je ne sais où – je n'ai jamais appris à conduire les énormes et terrifiantes automobiles de ce pays –, écrasa l'accélérateur, ce qui fit rugir le moteur, et le taxi s'écarta vivement du trottoir à la manière d'un animal qui a reçu un coup. En me retournant, je surpris un de mes voisins en marcel et caleçon, qui, debout sur son perron, suivait mon départ avec un regard apparemment lourd de soupçons confirmés, à croire qu'il attendait que la voiture ait tourné le coin de la rue pour courir au téléphone prévenir les autorités que l'oiseau louche d'à côté s'était envolé. C'est un autochtone, un grand maigre aux boucles grisonnantes et à la moustache tombante de bandit. Durant les deux décennies et plus où il a vécu à côté de nous, je n'ai pas échangé plus d'une dizaine de saluts prudemment polis, encore qu'un jour il se soit présenté à la maison pour se plaindre d'un chien errant que Magda avait recueilli ; naturellement, je me suis débarrassé du clébard. Là, pour la première fois, je songeai à me demander si ce gars n'était pas israélite. Je me dis que c'était probable – ces boucles souples, ce nez. La moitié de la population d'Arcadie et de ses alentours semblait appartenir au peuple des Élus, mais pas du genre que j'ai connu autrefois ; ces *Luftmenschen*-ci se montraient vraiment trop sûrs d'eux, trop arrogants et pas geignards.

Nous descendîmes vers la côte puis bifurquâmes en direction du pont. J'avais vu juste, la brume flottait encore au-dessus de la baie, même si le soleil chauffait de plus en plus. La circulation matinale, six voies de véhicules lancés comme un troupeau d'animaux emballés, embouteillait l'autoroute. Je plaquai les mains contre mon visage. J'étais épuisé ; j'avais le cerveau épuisé ; il s'use, comme tout le reste de ma personne, mais moins vite. Néanmoins, il ne s'arrête jamais de travailler, même un instant, même quand je dors ; je n'arrive pas vraiment à admettre ce fait consternant. Souvent, maintenant, la nuit surtout, j'en reviens à la possibilité épouvantable que l'esprit survive à la mort du corps. Ne dit-on pas que la tête décapitée de Danton aurait proféré des malédictions à l'encontre de Robespierre ? Être piégé de la sorte, ne serait-ce qu'une minute, sentir la machine s'immobiliser, voir la lumière finir par baisser – ah ! Le taxi heurta un ralentisseur et, les pneus crissant et le moteur cliquetant comme un climatiseur défectueux, entama péniblement la longue déclivité du pont à soixante à l'heure. J'appuyai la tête sur le plastique poisseux du siège et fermai de nouveau les paupières. Dans le noir, les questions habituelles affluèrent. Que sais-je ? Moins aujourd'hui qu'hier. Contrairement à ce qu'on croit, le temps et les années n'apportent pas la sagesse, mais la confusion et une incompréhension croissante, chaque année déposant une nouvelle strate de nescience. Que sais-je ? Quand je rouvris les yeux, nous avions atteint le premier tronçon du pont et la ville s'étendait devant nous, se baladait posément de haut en bas de la ligne de ses collines basses et ses constructions fourmillaient, aplaties et floues à cette heure encore matinale comme sur la toile de fond d'un décor de théâtre. Un minuscule aéroplane se maintenait en équilibre sur un large ruban de smog bleu pétrole. Durant toutes les années que j'avais passées là, pas une seule fois je n'avais emprunté l'autre pont, le célèbre à la couleur rouille ; je ne sais pas trop d'où il part ni où il va. En quoi la topographie pure m'intéresse-t-elle ? La topographie de l'esprit, voilà une autre histoire... *La topographie de l'esprit* – est-ce que je lâche vraiment des réflexions de ce genre, à voix haute, pour qu'on m'entende ?

Une voiture blanche cabossée conduite par un frêle jeune homme noir se rabattit soudain devant nous et le Russe écrasa les freins, ce qui fit gémir et tanguer dangereusement le taxi et me projeta contre un truc dur dans le dossier du siège avant où je cognai douloureusement mon bon genou. L'accident de la circulation, scène archétypale des routes de l'Amérique, représentait toujours une de mes terreurs les plus vives, l'absurdité intolérable de tout ce raffut, de cette chaleur, de cette vapeur sifflante, de cette douleur. Le Russe furibond chercha à reprendre l'avantage et réussit, d'une formidable torsion sur le volant, à se faufiler dans la file de gauche d'où il doubla la voiture blanche en ouvrant la fenêtre automatique côté passager pour proférer un juron polysyllabique cosaque. Le jeune Noir, un bras – maigrelet – en appui sur la portière de son côté et ses longs doigts délicats tambourinant au rythme de la musique tonitruante de sa radio, se tourna, nous décocha un large sourire en nous présentant une pleine bouche de dents incroyablement blanches, incroyablement grandes, puis se racla la gorge en profondeur et nous balança un long mollard vert qui atterrit avec un bruit mat du côté de la fenêtre arrière tout près de ma figure, ce qui me fit reculer avec un sursaut de dégoût. Le jeune homme releva sa tête égyptienne, poussa un rire tonitruant que je vis sans l'entendre au milieu des rugissements des véhicules et des beuglements de la radio et accéléra joyeusement dans une sombre explosion de gaz d'échappement. Le Russe lâcha sauvagement quelques mots que je ne me formalisai pas de ne pas comprendre.

Du pont, par une sortie que je n'avais encore jamais remarquée, nous nous retrouvâmes subitement dans une jungle inconnue de stations-service, de motels bon marché et de terrains vagues ocre. Je me demandai confusément si le Russe connaissait vraiment le chemin de l'aéroport ; ce n'aurait pas été la première fois qu'un de ces exilés enragés de la Moscovie m'emmenait vers une destination erronée. Je contemplai le paysage démoralisé et ses ombres inclinées qui défilaient et fus de nouveau frappé par la bizarrerie que constituait le fait d'être là, d'être où que ce fût, en compagnie de toutes ces singularités illusoires. Le Russe était le Russe aux longs bras et aux oreilles poilues, le jeune Noir était le jeune Noir qui portait un maillot de corps déchiré et nous avait craché dessus ; même moi, j'étais le moi en route pour l'aéroport et de l'aéroport vers un autre monde, plus vieux. Représentions-nous, tous autant que nous étions, plus que la somme de nos attributs, même pour nous-mêmes ? Représentais-je plus qu'un assortiment ambulant d'impulsions, de peurs et d'envies erratiques ? J'avais consacré la majeure partie de ce que je dois appeler, je le suppose, ma carrière à essayer de seriner une leçon simple aux personnes de mon entourage désireuses de m'écouter – des sentimentaux endurcis pour la plupart –, à savoir qu'il n'y a pas de moi : pas d'ego, pas de précieuse étincelle d'individualité instillée en chacun de nous par un patriarche barbu dans le ciel, lequel n'existe pas davantage. Et pourtant... en dépit de toute mon insistance et à ma secrète honte, j'admets que même moi je ne peux me défaire totalement de la conviction qu'il existe un solide noyau d'individualité parmi la pagaille du monde, un noyau résistant à toute rafale de vent susceptible d'arracher les feuilles de l'amandier et d'en faire trembler les maîtresses branches.

Voici l'aéroport dans l'éblouissante lumière fragmentée du matin, ici, les voyageurs énervés charrient leurs bagages, les taxis ressemblent à une meute de chiens de chasse occupés à se renifler mutuellement le derrière, là, ce Noir à la casquette à visière sourit et s'exclame : « Bonjour, monsieur ! » avec une jovialité extraordinaire, fausse, exagérée. Je remis au Russe le prix de sa course – la brute sourit ! –, récupérai ma valise, pivotai sur ma canne et m'avançai de ma démarche chaloupée à la rencontre de cet autre moi tout en ombres qui se détachait sur les portes en verre fumé du hall de départ, lesquelles, au dernier moment, juste comme mon reflet et moi paraissions près de nous percuter et de nous annihiler mutuellement, se ravisèrent et s'ouvrirent avec un halètement brûlant.

Vole ! Vole !

Elle posa les deux minces coupures de journaux sur la table de chevet éclairée par une lampe et se rassit sur ses talons pour, les mains à plat sur le bord du meuble et le menton en appui sur les mains, les examiner longuement, tantôt le compte rendu de sa mort lointaine, tantôt les photographies juxtaposées de lui et de l'autre, totalement décolorées par le temps. Chaque fois qu'elle respirait, son souffle embuait le plateau en verre de la table un bref instant et faisait frissonner les fragments de papier sépia, cassants et légers comme des ailes de papillon. Un frisson de culpabilité la parcourut : penchée sur le dossier de presse, elle les avait dégrafés avec une paire de ciseaux, prête à ce que le bibliothécaire s'aperçoive de ce qu'elle manigançait et vienne la réprimander avec une indignation gutturale dans une langue dont elle ne comprenait pas le premier mot. Elle s'interrogea une fois de plus sur la coquille de la légende de la photographie – *Axel Vanden* –, l'inexplicable pertinence de la chose. Qu'il paraissait jeune, tout juste sorti de l'adolescence, très séduisant et l'air tellement inquiet ; sans doute était-ce seulement le flash de l'appareil qui l'avait surpris, bien qu'elle ne pût s'empêcher de noter de l'effroi et de l'appréhension dans ces prunelles-là. L'autre, à côté de lui, affichait un sourire insolent et néanmoins empreint d'autodérision. Du bout des doigts, elle se saisit des deux rectangles de papier de riz qu'elle avait découpés aux dimensions précises et en posa un sur chacune des deux coupures de presse, d'abord sur l'avis de son décès, puis sur les photographies. Le stylo à encre qu'elle avait acheté était d'un style ancien, rond au milieu et pointu à son extrémité ; il lui avait coûté un prix fou. L'intérieur ne renfermait pas le réservoir en caoutchouc qu'elle avait escompté – l'effet vieillot se limitait à l'extérieur –, juste une cartouche en plastique rigide. C'était mieux ainsi : un réservoir, il lui aurait fallu le retirer de crainte qu'il ne fuie ou n'éclate, mais la cartouche, elle pouvait la laisser dedans, elle ne risquait rien et sa compacité lui fournirait l'espace nécessaire à son dessein. Comme ça aussi, elle pourrait se servir du stylo, ce qui constituait un atout ; la vraisemblance tient aux détails, cette leçon, elle l'avait apprise d'un maître. Elle fit glisser les deux coupures de presse vers le bord de la table et, soigneusement, en retenant son souffle, les enroula bien autour de la cartouche, l'une d'abord, puis l'autre, le texte vers l'intérieur et les feuilles de papier de riz au milieu pour les protéger puis, à l'aide d'un petit fil arraché à l'ourlet de son chemisier, elle effectua une boucle destinée à les maintenir en place. Faire le nœud lui posa problème, car les feuilles de journal et le papier de riz ne cessaient d'essayer de se dérouler et elle dut s'y reprendre à trois reprises. Elle se montra également très prudente en revissant le corps du stylo ; à un moment, le filetage se grippa avec un craquement et elle eut la sensation que quelque chose de doux et de chaud se retournait brutalement au fond de son estomac. Mais, cette fois, c'était fait. Le stylo, tout rond entre ses doigts, lui fit l'effet d'un pistolet chargé. Pour le tester, elle écrivit son nom avec des fioritures sur le bloc-notes à côté du lit et jugea la plume trop fine pour son goût. Elle revissa le capuchon, accrocha le stylo à la poche de son chemisier, puis alla se poster devant le miroir de l'armoire où elle s'observa un long moment. Son image l'avait toujours fascinée et effrayée aussi, cette personne qui lui faisait face et à laquelle elle ne pouvait se soustraire, tellement connue, tellement lucide et tellement inconnue.

Ce soir, les voix dans sa tête gardaient le silence.

Désormais, il n'y avait plus rien d'autre à faire ; elle avait achevé tous les préparatifs envisageables. Là-bas, à l'autre bout du monde, Axel Vander devait avoir reçu sa lettre à l'heure qu'il était, on le lui avait assuré à la poste. Elle avait demandé à ce qu'elle soit distribuée le plus rapidement possible ; à sa grande consternation, cela avait encore levé une grosse liasse de billets sur sa réserve de plus en plus maigre. Elle alla s'appuyer à la fenêtre et scruta la nuit. Dans le square, des flaques d'eau de pluie brillaient, noires comme du pétrole, et une rangée d'arbres, des platanes, supposa-t-elle, projetaient des ombres torturées, oblongues, sur le trottoir. Quelque part, un orgue de Barbarie jouait avec une allégresse mécanique sinistre – un orgue de Barbarie à cette heure de la nuit ? –, puis elle détecta une légère odeur, écœurante, qu'il lui fallut un moment pour identifier comme de la vanille. Le fait de se trouver là, dans cette ville qu'elle ne connaissait pas, l'isolement qui s'y rattachait lui plaisaient. Elle avait la certitude qu'il allait venir. Peut-être dès le lendemain. Qui sait s'il n'était pas déjà en route ? Elle l'imagina, essaya de l'imaginer, traversant l'aéroport en grande hâte, énervé et irascible, tapant du poing sur le comptoir, braillant son nom, exigeant qu'on s'occupe de lui, insistant pour obtenir une place sur le premier vol en partance ; il était célèbre pour son caractère violent. Un tremblement d'excitation la parcourut et elle frissonna. Le seul visage qu'elle pouvait lui attribuer était celui de la coupure de presse, avec son sourire juvénile. Il allait être furieux et, qui sait ? effrayé aussi ; peut-être lui proposerait-il de l'argent ? peut-être même irait-il jusqu'à la menacer ? Mais elle n'avait pas peur. La perspective de sa fureur, de ses menaces ne l'inquiétait pas ; au contraire, elle lui procurait une sensation de calme, comme si, d'une certaine façon, elle planait en suspension sur de l'air ferme, inaccessible, au-delà de tout danger. Que voulait-elle de lui ? Elle n'en savait rien. Il y avait sûrement matière à désir, elle le sentait au fond d'elle-même, pareil à un désarroi vague et pas déplaisant ; à ce qu'elle imaginait, c'était le sentiment qu'on devait ressentir quand on était enceinte depuis peu. Elle tenait son destin entre ses mains, son avenir ; elle l'avait démasqué. Oui, il allait venir, elle en avait la certitude.

Il était minuit passé quand j'arrivai enfin dans la ville. J'avais accumulé les retards de vol, les connexions manquées, et la limousine censée me récupérer à l'aéroport n'y était plus, le chauffeur, lassé d'attendre, ayant levé le camp. Ensuite de quoi, on m'informa que ma valise n'avait pas suivi, qu'elle avait sans doute été envoyée ailleurs. Au comptoir des bagages égarés, un employé basané, casquette sur la nuque et cigarette derrière l'oreille, feignit de ne pas comprendre mon italien – que je tenais de Dante, peut-être aurais-je dû le lui préciser –, haussa les épaules et déclara qu'elle pouvait avoir atterri n'importe où, puis me remit une liasse de formulaires incompréhensibles à remplir. Je lui balançai les papiers à la tête et, l'espace d'un instant terriblement émoustillant, je crus, aux plis féroces qui marquèrent son front déjà plissé et à la manière dont il se rembrunit, qu'il allait peut-être céder à la violence ; je levai ma canne d'un geste défensif en reculant d'un pas. Il se contenta pourtant d'un haussement d'épaules puis m'annonça, après avoir discuté au téléphone, que quelqu'un allait se manifester et me tourna le dos avec mépris. Une nouvelle attente s'ensuivit. Furieux, j'arpentai de long en large la zone des arrivées en fendant la foule des touristes, des familles bruyantes, des hommes d'affaires gonflés de leur importance et équipés de leurs attachés-cases ultra-plats et de leurs chaussures à glands outrageusement reluisantes. Peu après, une jeune femme en uniforme, la représentante de la compagnie aérienne, vint m'aviser avec un petit rire mélodieux que oui, le bagage du *Professore* avait bel et bien fait l'objet d'une erreur d'expédition mais qu'il allait revenir sous peu et qu'on me le livrerait à l'hôtel. Dotée d'une grosse poitrine, d'une petite moustache, d'une paire d'yeux vilainement exorbités, elle me rappelait une célèbre diva des années d'après-guerre dont le nom m'échappe pour le moment. Je l'injuriai ; n'en croyant pas ses oreilles, elle battit des paupières et risqua un sourire glacial. Elle alla me chercher un taxi qui, dans la nuit humide, m'emmena à une vitesse ahurissante – j'oublie toujours la manière dont on conduit dans ce pays – jusqu'à la ville où les derniers badauds du samedi soir se promenaient encore sous les arcades de pierre.

À l'hôtel, je constatai que ma chambre avait été attribuée à quelqu'un d'autre. Ils prétendirent ne pas trouver trace de ma réservation mais, vu le regard vague et fuyant du vieux chauve de la réception, c'était un mensonge. Je haussai la voix, proférai des menaces et martelai le sol à coups de canne. Convoqué, le directeur, un dandy sur le retour, costaud, ridiculement séducteur, le teint acajou, le cheveu brillant et le torse bombé dans le style du ténor héroïque – toute cette affaire tournait à l'*opera buffa* –, avança sur moi, sourire onctueux et mains tendues, et m'assura que tout allait s'arranger, que tout serait réglé d'ici un instant, si je voulais bien être patient. J'allai donc me poser dans un fauteuil en cuir crissant du bar désert où, sous le regard hostile d'un barman fatigué, j'engloutis trop de vin rouge et me retrouvai, lorsqu'on finit par me conduire à ma chambre, au cinquième étage, une cellule brunâtre coupée en deux dans le coin de laquelle se profilait une cuvette de W.-C. à nu, trop soûl et trop exténué pour me plaindre davantage. Malgré la fatigue et l'heure avancée, je décidai toutefois qu'il fallait que je parle aussitôt, immédiatement, sur-le-champ, à l'auteur de cette fichue lettre, ma mystérieuse Némésis, et appelai même l'opérateur pour lui demander de me mettre en relation avec Anvers ; je me ravisai cependant – j'aurais d'entrée commencé par l'engueuler –, reposai brutalement le récepteur et, les yeux troubles, me couchai sans me laver ni retirer les sous-vêtements enfilés un demi-siècle auparavant.

Je passai une nuit agitée ; le lit, comme souvent dans les hôtels, était beaucoup trop étroit pour moi et ma jambe raide ; par ailleurs, les bruits du dehors, coups de klaxon, motocyclettes au moteur emballé, jeunes gens s'interpellant bruyamment d'une rue à l'autre me réveillèrent à plusieurs reprises. Vers l'aube, le vacarme s'atténua et je sombrai dans un sommeil entrecoupé de rêves violents. Suant l'alcool, le cerveau transformé en caisse de résonance, je me réveillai tôt, me levai, gagnai en titubant la fenêtre, ouvris largement les rideaux et, les yeux plissés, contemplai le ciel d'Europe d'un bleu céruléen intense qui se déployait entre les grands immeubles.

Après le petit déjeuner et un regain de chichis et d'excuses, on m'attribua une vaste suite au troisième étage autrement plus salubre. Les pièces, spacieuses et fraîches, avaient un sol en marbre noir, d'une douceur satinée. Au pied du lit, ma valise revenue patientait, la mine honteuse. J'ai de l'affection pour les chambres d'hôtel, leur air d'anonymat muet comme la tombe, leur atmosphère qui donne l'impression qu'on est coupé du monde, l'écho presque audible qu'elles renvoient des murmures, des souffles retenus et des cris de femmes sans défense devant l'extase. Allongé dans un bain de milieu de matinée, je me concoctai un portrait de Mlle Némésis : une vieille fille toute sèche avec des serres veinées de bleu, des lunettes accrochées au bout d'une cordelette et une bouche auréolée d'un éventail de fines ridules ciselées dans la lèvre supérieure moustachue et figée dans l'amer mécontentement des promesses non tenues de sa jeunesse, du temps où elle portait le pantalon, fumait et travaillait à cette fameuse thèse sur la politique de Wordsworth ou l'athéisme de Shelley qui avait tellement choqué et impressionné son directeur d'études à Girton ou les bas-bleus de Bryn Mawr. Elle ne me causerait sans doute pas trop de difficulté. J'essaierais d'abord le charme, puis les menaces ; en cas d'échec, je l'emmènerais tout en haut de la Mole Antonelliana d'où je la pousserais. J'éclatai de rire, ce qui me déclencha une quinte de toux ; je sentis mes poumons malmenés par le tabac ballotter dans leur cage, pareils à de lourds ballons à moitié gonflés et mouillés, et l'eau du bain, autour de moi, clapota, manquant déborder. Mon étui à cigarettes, autre babiole jadis chapardée, reposait dans le porte-savon à côté de moi. J'allumai une clope et de petits flocons de cendres chaudes voletèrent autour de moi en sifflotant. Rien de tel qu'une bonne taffe pour calmer un accès de toux matinal.

Je me relevai laborieusement dans une cascade d'eau savonneuse et me cognai illico le coude contre l'angle d'une étagère en verre. Cette nouvelle douleur me rappela mon genou endolori la veille dans le taxi sur le pont. Je passai un moment debout à me tenir le bras, en jurant. Je cadre mal, je cadre bizarrement avec le monde ; je suis trop grand, trop large, trop lourd pour les normes traditionnelles. Ce n'est pas que je cherche à me vanter, bien au contraire ; j'ai toujours trouvé mon trop grand moi encombrant et gênant. En face, dans la glace embuée du miroir en pied de la salle de bains, mon reflet m'apparut, livide et curieux. Sans cesser de masser mon coude meurtri, j'allai me poster près de la fenêtre de la chambre pour observer le cortège de la rue, dans la zone d'ombre en contrebas. Un bus passa, des voitures, des promeneurs écrasés par la perspective. Au coin, à l'endroit où un bloc de lumière jaune beurre formait un angle aigu, une vendeuse de fleurs releva la tête et parut m'apercevoir – était-ce possible à cette distance ? Quel spectacle devais-je offrir, en suspension comme ça derrière ma vitrine, grotesque séraphin gigantesque, nu, antédiluvien ! La paume grande ouverte devant moi, je levai la main en un salut solennel, mais la vendeuse de fleurs ne me répondit pas.

Sans quasiment avoir réfléchi, j'avais décroché le téléphone et demandé le numéro d'Anvers. Tout en attendant, je m'entendis respirer dans le microphone, on aurait juré que j'étais juste derrière mon épaule. Encore mouillé, je dégoulinais sur le sol en marbre aux reflets foncés où j'apercevais, démultiplié comme à l'infini et obscur, un autre de mes reflets, dans l'esprit de ce tableau du Christ mort, œuvre de je-ne-sais-plus-qui dans les tons bronze, où l'on voit d'abord les pieds, puis les tibias, les genoux, les parties génitales pendouillantes, le ventre, le large torse, et enfin, auréolant le tout, les cheveux en broussailles et le visage penché aux traits indistincts.

Elle répondit à la première sonnerie. Je ne sus quasiment pas quoi dire ; je n'avais pas pensé pouvoir la joindre du premier coup, comme ça, j'avais imaginé des délais, des obstacles, des dérobades. Oui, dit-elle, oui, c'était bien elle. Je ne réussis pas à situer son accent ; elle n'était pas anglaise et néanmoins anglophone. Je devinai à un je-ne-sais-quoi dans sa voix qu'à l'instant de mon appel elle ne faisait rien, rien du tout, qu'elle attendait simplement que je me manifeste. J'imaginai la scène, la chambre exiguë d'un hôtel bon marché, la lumière d'un matin de printemps dans le Nord, couleur de plomb illuminé se déversant par la fenêtre d'une mansarde, et elle, assise sur le bord du lit, la tête basse et les mains – ses vieilles mains arthritiques – jointes sur les genoux, qui passait ces heures interminables à écouter le silence tout en espérant le voir rompu par les injonctions discordantes du téléphone. Elle s'exprimait avec un soin judicieux, guindé, rationnait ses paroles ; y avait-il quelqu'un d'autre à côté pour noter ses déclarations ? Non, elle était seule, j'en avais la certitude. Je lui dis qu'il fallait qu'elle vienne me voir, car, personnellement, je n'irais pas vers elle, et un interminable blanc s'ensuivit. Là-dessus, elle déclara que le prix du billet lui posait problème ; les déplacements en train étaient chers, le trajet long. Cette fois, ce fut moi qui laissai le silence se prolonger. Que croyait-elle ? Que j'allais payer pour qu'elle me démolisse ? Je continuai à m'enfermer dans le silence. Très bien, finit-elle par lâcher, elle prendrait l'express de nuit et arriverait au matin puis, sans rien ajouter et cependant sans énervement, elle raccrocha. Je frissonnai ; ma vieille peau, glacée maintenant que l'eau du bain avait séché, me tirait. Mes mains tremblaient elles aussi un peu, mais ce n'était dû ni à l'humidité ni au froid.

Je m'habillai à la hâte, comme toujours à présent. Avec le temps, ces indispensables rituels matinaux m'agacent de plus en plus. Pour qui enfilais-je cette chemise, ce costume en lin, cette cravate trop petite et trop large du bout qui donnait l'impression, je le voyais bien dans le miroir, que j'avais la langue pendante ? Les vieux devraient mettre une tenue spéciale, un truc simple et fonctionnel proche de l'habit de moine et augurant commodément du linceul. Je glissai les doigts dans les mèches crépitantes de ma chevelure rebelle, sans résultat visible ; je n'ai jamais voulu me laisser pousser les cheveux à la diable comme ça, surtout quand ils ont commencé à blanchir, mais j'ai cru que c'était ce qu'on attendait de moi, le célèbre *Mijnheer de Professor* du Vieux Continent gâteux et nébuleux. Soudain, pareil à un doux coup de poing, me revint un souvenir d'enfance : ma mère se mouillant le bout du doigt pour aplatir, sur le sommet de mon crâne, la virgule de cheveux drus qui se redressait toujours quelques minutes plus tard. Je me rappelai aussi le frisson de dégoût étonnamment voluptueux que j'éprouvais lorsqu'elle m'aidait à enfiler un nouveau vêtement, un tablier, une culotte courte ou un pimpant habit de marin bleu marine et blanc où ballottait l'étiquette du prix encore accrochée à une boutonnière. Pourquoi ce repli sur moi-même ? Un excès d'intimité avec elle chez qui je décelais, derrière la poudre parfumée, un mélange d'odeurs autrement plus intimes et excitantes ? Non, à mon avis, ce n'est pas ça ; ce qui me faisait tressaillir, c'était sans doute une perception suraiguë de mon moi, la sensation soudaine, épouvantable, d'être piégé à l'intérieur de cette armature de chair et d'os, telle une chrysalide emmaillotée dans le mastic durci de son cocon. Aussitôt resurgit la question : *Quel moi ?* Quelle imago poisseuse, brûlante d'éclore à la lumière du jour et de déployer ses splendides ailes poudrées avais-je cru abriter, croyais-je abriter encore aujourd'hui ?

L'ascenseur se révéla être un zinzin démodé et bruyant dont la vue fit vibrer une autre corde vaguement nostalgique tout au fond de ma mémoire. Il descendait en s'arrêtant à chaque étage, ses portes s'ouvrant brutalement avec un bruit de métaux passés à la moulinette, à croire que des pelletées de cintres métalliques étaient broyés un à un entre de gigantesques pinces d'acier. Pourtant, lorsqu'il arriva à ma hauteur, il n'y avait personne dedans. Le hall d'entrée était vide lui aussi et la réception désertée. À travers une porte entrouverte derrière, je repérai le directeur de la nuit précédente qui, penché au-dessus du coin d'une table encombrée par une machine à écrire et des monceaux de papiers en désordre, dévorait un sandwich. Il avait ôté sa cravate, remonté les manches de sa chemise blanche, et son col ouvrait sur un triangle bombé de torse poilu. Était-il, sans costume et un tantinet débraillé, était-il, me demandai-je, plus lui-même ou moins ? Il mordait dans son sandwich avec la férocité appliquée d'un chien qui n'a rien mangé depuis des jours et des jours. Lorsqu'il remarqua ma présence, il m'ignora et se rembrunit sans pour autant cesser de mastiquer, puis se pencha de côté et, du pied, referma la porte. Je m'apprêtais à passer mon chemin quand surgit inopinément dans mon esprit l'image de la tasse de café, celle que j'avais oubliée sur la table du salon lorsque le taxi était venu me chercher pour me conduire à l'aéroport. Je vis tout cela très, très loin, dans un lieu désormais situé sur la face obscure du monde, le bord de la tasse marqué par le croissant séché de ma bouche au matin, le reste de café se transformant en un anneau de poudre brunâtre au fond, velu, juste posé là dans l'obscurité et le silence, seul parmi tous les autres objets immobiles et silencieux que j'avais laissés derrière moi dans la maison fermée à clé, et je compris avec une certitude inexplicable mais totale que je ne retournerais jamais là-bas. Ébranlé, je chancelai et me rattrapai d'une main au comptoir. Un réceptionniste qui sortait de l'office me dévisagea. Désireux de masquer ma défaillance passagère, je demandai un plan de la ville ; mon interlocuteur en déplia un entre nous et me montra avec une grande conscience professionnelle – pourquoi faut-il toujours que ces gens-là jettent un coup d'œil ennuyé en coulisse avant de prendre la parole ? – l'emplacement de l'hôtel. Oui, oui, m'écriai-je, je savais où j'étais ! Je lui arrachai le plan, le fourrai dans ma poche sans le plier et me dirigeai vers la porte vitrée et la rue haute et étroite, pour descendre l'escalier en me tirebouchonnant autour de ma canne.

Que signifiait « je ne retournerais pas là-bas » ? Allais-je mourir ici, dans cette ville ? Je ne suis pas superstitieux, je ne crois pas aux prémonitions, et pourtant elle était là la conviction – non, la certitude – que jamais plus je ne rentrerais chez moi. Là-dessus, je me dis : *Chez moi ?* Partagé entre l'étonnement et une inquiétude confuse, j'arpentai la rue en humant les odeurs inconnues de cette ambiance inconnue. Au carrefour ensoleillé, je tombai sur la vendeuse de fleurs, installée à côté de son étal sur un tabouret en toile pliant. C'était une étrangère, une réfugiée elle aussi, je présume, pas une Russe cette fois, mais une femme originaire d'un de ces petits États coincés comme des blocs de basalte – même s'ils se désagrégeaient rapidement à présent – entre les plaques continentales distendues de l'Est et de l'Ouest. Sa peau avait une triste teinte olivâtre et elle portait un costume de gitane, me sembla-t-il, des bracelets, une kyrielle de bagues bon marché et un fichu de couleurs vives solidement noué sous le menton. Elle était jeune, pas plus de trente ans, mais avait un visage de vieille femme aux traits tirés et accusés. Elle parlait toute seule, à toute vitesse, sur un mode de litanie rythmée, sourde, sorte de gémissement atrophié à mi-chemin entre la supplique et la plainte. J'éprouvai un choc, comme si je posais le pied dans le noir sur la première marche d'un escalier inexistant, lorsque je me rendis compte, à la vacuité vitreuse de ses yeux, qu'elle était aveugle. Pourtant, elle perçut aussitôt ma présence et à tâtons attrapa sur son étal un brin de muguet qu'elle m'offrit tandis que son gémissement s'amplifiait pour se transformer en une imploration pitoyable mais curieusement peu insistante, presque indifférente. Je sortis un billet de banque d'une valeur absurdement considérable qu'elle prit avec assurance de sa fine main brun feuille et rangea prestement dans un repli de son corsage brodé de perles. J'attendis ma monnaie, mais rien ne me revint. Apparemment oublieuse de ma présence, elle s'était remise à chantonner à mi-voix et se balançait d'avant en arrière sur son tabouret. C'est seulement à ce moment que je m'aperçus qu'elle était dans un état de grossesse avancé. Derrière moi un tram noir et jaune passa, qui projetait une nuée de grosses étincelles douces, molles et crépitantes autour de son pantographe et faisait vibrer le trottoir. Ployant sous le coup de cette agitation et de ce vacarme, je tournai les talons et poursuivis mon chemin à pas pressés.

Je m'engouffrai dans le premier café qui se présenta et m'installai à une table tout au fond, comme pour échapper à un poursuivant. J'avais la lèvre supérieure moite de sueur et mon cœur ballottait de droite et de gauche à la manière d'un réveille-matin de dessin animé. Qu'est-ce qui m'arrivait, pourquoi cette rencontre m'avait-elle pareillement perturbé ? Je repensai à ce vieux bonhomme, à Paris, parent éloigné du côté de ma mère, qui, dans son appartement humide et froid du Marais, m'avait fourré des poignées de francs dans les mains en me récitant les noms des gens susceptibles de m'aider à

Lisbonne, à Londres, à New York, les psalmodiant inlassablement en un murmure pressant, comme s'il s'agissait des Tables de la Loi. Aujourd'hui encore, un demi-siècle plus tard, je suis capable de me rappeler un nombre surprenant d'entre eux – leurs noms, je veux dire, car bien entendu je ne les ai jamais approchés. Ils sont probablement tous morts à l'heure qu'il est et leurs enfants adultes, juristes, médecins ou pontes dans les assurances, n'ont certainement rien à faire de qui j'étais, de ce que j'ai pu devenir et comment, sans aucune raison, j'ai berné ce vieil homme du Marais en me faisant passer pour quelqu'un d'autre. Je levai ma tasse de café d'une main qui avait recommencé à trembler et m'efforçai de refouler les souvenirs remontant des ténèbres du passé. *Ce qui est remarquable, ce n'est pas ce que nous nous rappelons, mais ce que nous oublions* – qui donc avait dit ça ? Je jetai un coup d'œil circulaire sur le décor chichiteux du lieu, les chandeliers, les machines à café ventrues, le robinet en cuivre brillant du bar d'où coulait sans discontinuer une ondoyante cordelette d'eau. Il n'y avait guère de clients : un vieil homme essoufflé et son chien essoufflé, une femme coiffée d'un chapeau sophistiqué dégustant une pâtisserie et un type aux cheveux carotte, un peu clown, qui, affublé d'un blazer à carreaux gueulard et mal coupé et d'une chemise jaune vif au col douteux dont les larges pointes reposaient sur les revers du blazer, ne cessait de me lancer en douce des regards fuyants et vaguement sardoniques. Musardant près de l'entrée, trois garçons en cravate noire échangeaient des propos décousus en contemplant le bout de leurs souliers vernis. L'espace d'une seconde, bizarrement et sans aucune raison, tout parut s'interrompre, comme si le monde avait cessé de respirer. Est-ce ainsi que la mort se présentera, faille dans le flux du temps à travers laquelle je basculerai léger comme un billet tombant en bruissant dans l'obscurité mystérieuse d'une boîte aux lettres ? Je réglai ma note, puis me levai avec brusquerie pour me diriger vers la porte, comme si, une fois de plus, je fuyais quelqu'un et j'eus la sensation, fréquente dans ces moments précipités, d'avoir laissé quelque chose de moi, me fis la réflexion que si je me retournais maintenant je surprendrais, affalée sur le siège que je venais de quitter, une grossière parodie de moi-même, marionnette grandeur nature, flasque, aux mains pendantes et aux membres tordus, décochant un sourire impavide au plafond.

La porte, lourde et haute, me résista et je dus peser de tout mon poids pour la faire bouger. Dans mon dos résonna un pas sonore et j'aperçus dans le panneau en verre biseauté et ensoleillé qui me faisait face le reflet d'un visage souriant juste derrière mon épaule. C'était le rouquin, celui qui m'avait observé pendant que je prenais mon café. Comme je me tournai pour lui faire face, la porte repartit en arrière, me heurtant à l'épaule, et elle m'aurait projeté, tête la première, au milieu des tables, des chaises et des jambes des serveurs si Poil de carotte ne m'avait rattrapé par le coude – celui qui avait cogné l'étagère de la salle de bains, naturellement – et aidé à garder mon équilibre. Il avait une grosse bouille ronde, rougeaude, et, sur les joues et le menton, une multitude de petits poils rouquins qui scintillaient à la lumière du soleil coulant par la vitre. Ce vilain blazer comme son pantalon étaient bien trop grands pour lui, et il portait une paire de tennis incongrues, jadis blanches, aux lacets crottés et aux grosses semelles de caoutchouc. Il hocha la tête et me lança un drôle de regard en marmonnant quelques mots dans ce qui me sembla une sorte de dialecte. Après avoir repoussé non sans mal cette main insistante et insinuante, j'avançai d'un pas et relâchai la fameuse porte en espérant qu'elle cognerait mon importun à la figure, mais il l'évita avec agilité et me poursuivit dans la rue sans pour autant mettre une sourdine à son incompréhensible baratin. Le seul mot que je parvins à comprendre là-dedans ressemblait à *signore*, Poil de carotte le répétait à l'envi avec une insistance déroutante et hochait vigoureusement la tête, le doigt pointé sur son visage. Je lui tournai le dos et, le regard furieusement fixé droit devant moi, m'engageai dans le haut passage de l'arcade aussi vite que ma mauvaise jambe et le dallage inégal me le permettaient. N'importe, Poil de carotte refusait de me lâcher et trottait allégrement à mes côtés, jacassant et se tortillant dans tous les sens pour se coller sous mon nez. Nous avançâmes ainsi sous les arcades de pierre, passant par des alternances d'ombre et de lumière plus ou moins marquées, sous le regard de promeneurs perplexes jusqu'au moment où, à un carrefour, je m'arrêtai à côté d'un étal de livres d'occasion et esquissai un pas de côté en brandissant haut ma canne d'une main blanche et tremblante ; du coup, Poil de carotte, les lèvres pincées, finit par reculer et, hochant toujours la tête avec un sourire peiné, leva une paire de paumes vides en signe d'apaisement.

J'émergeai des ombres de la longue piazza et m'arrêtai un instant, haletant, le temps que retombent ma colère et mon agitation, me demandant encore ce que ce type avait pu me vouloir. D'un œil froid, je contemplai le panorama, comme on dit dans les guides : les façades chantilly, le cavalier en bronze dégainant son sabre, les deux célèbres églises à l'autre bout de la place, le tout auréolé d'une brume de soleil dorée. Pour moi, cette cité n'est ni plus attirante ni plus intéressante que n'importe quelle autre que j'ai connue. Coutumes, légendes, récits dépeignant des personnages ou des événements hauts en couleur, voilà qui me laisse froid ; le pittoresque, en particulier, me révolte. Je me fous de savoir quelles batailles Emmanuel-Philibert a gagnées ou perdues, dans quel endroit Cavour aimait prendre son dîner. L'histoire n'est qu'un salmigondis d'anecdotes, ni vraies ni fausses, et à quoi bon savoir si telle chose s'est déroulée ici ou là ? Que je méprisais ces romanciers dont, pour mon malheur, j'avais dû au tout début de ma carrière imposer les misérables fictions à mes étudiants, je parle de ces Nordiques adorateurs d'un Sud inondé de soleil, ces prétendus païens – des frimeurs et des parasites, tous autant qu'ils sont – qui plantaient leurs décors sur des îles embaumant le thym, dans des villages nichés au sommet d'une colline noyée au milieu des pins ou dans tel port écrasé de soleil de tel coin méprisé de la Méditerranée où le héros et sa maîtresse aux yeux de biche partageaient leur repas d'adieux dans un petit restaurant en haut d'une ruelle où jamais les touristes ne s'aventuraient, anchois, olives âcres et vin local râpeux, la femme du patron fredonne un air retentissant, les Arabes de la rue jouent les enjôleurs, le chien à trois pattes ronge un bout d'os et le vieux poète à la table voisine crache ses poumons au-dessus d'une dernière absinthe. Comme si le lieu faisait sens ; comme si un cadre coloré et exotique garantissait automatiquement une intensification de l'existence. Non : donnez-moi plutôt un bout de terre anonyme, de l'asphalte, un feu de bois couvant sous des braises suintantes de graisse, de vagues usines en arrière-plan, un non-lieu épuisé, fétide, où je pourrais me sentir à l'aise, où je pourrais me sentir chez moi, s'il m'est un jour donné de me sentir chez moi où que ce soit.

Je continuai à marcher. Un flot d'automobiles traversait la place à toute vitesse et se divisait à la hauteur de la statue du cavalier en deux canaux qui se rejoignaient de l'autre côté dans un désordre assourdissant. Quant au soleil, il se faisait subrepticement absorber par un gros nuage, gris mastic et argent, rutilant sur toute sa lisière frontale et pratiquement statique. Dans un tourbillon confus de battements d'ailes, taches d'encre gris-violet se succédant à la manière d'une série de tests en accéléré, un pigeon se posa devant moi. Je tournai de nouveau, m'éloignai de la place et enfilai des rues pavées encore plus étroites jusqu'au moment où, de manière tout à fait inattendue, je débouchai sur une large avenue bordée de marronniers en fleur. Là, je respirai plus facilement. En passant sous la première vaste et haute voûte de feuillage, l'idée me vint de me demander quand est-ce qu'un arbre se sentait le plus lui-même, à quel moment il se sentait le plus pleinement accompli. Je veux dire, était-il conscient – qui peut certifier que nous sommes les seuls êtres doués de conscience et notre forme de conscience la seule existante ? – et à quel stade de son cycle annuel dirait-il : maintenant, *maintenant*, je suis ce que je suis, maintenant me voici enfin dans mon arborité totale ? Serait-ce lors du premier reverdissement du printemps, dans la splendeur pleinement feuillue de juin, dans le flamboiement automnal ou encore dans la nudité noueuse de l'hiver ? Et puis vivre ce cycle de vie à l'intérieur d'un autre cycle – le premier du bouton au dépouillement, l'autre, le plus long, du jeune plant à la souche creuse –, voilà sûrement qui vous plongerait son homme dans la confusion. La chute de ses feuilles, chaque année, suscitait-elle une émotion comparable à la mort approchante ? Le printemps ressemblait-il à une renaissance ? Je caressais ces pensées dans cette verdoyante pénombre de la mi-journée quand j'entendis ou plutôt perçus l'écho d'un claquement comme si un énorme marteau au loin eût frappé avec douceur une immense feuille en métal souple. Le tonnerre ? Il ne semblait pas. Un bruit d'avion ? Un coup de canon marquant l'heure de midi, peut-être ? En tout cas, j'en fus perturbé et, pressant l'allure, mis le cap sur l'hôtel.

Je m'aperçus peu après que je m'étais perdu et dus m'arrêter à un croisement pour consulter le plan chiffonné que le réceptionniste m'avait donné. Les yeux plissés, je cherchais un nom de rue lorsque je notai, sur le trottoir opposé, une jeune fille, la tête tournée dans ma direction. Assez grande, blonde, ni jolie ni laide, je ne l'aurais pas remarquée si elle n'avait paru me regarder avec un sourire compréhensif, pas inamical, comme si elle m'avait rencontré des années auparavant dans des circonstances peu honorables. Elle se faufila entre deux voitures garées très près l'une de l'autre et se retrouva sur la voie. Allait-elle m'accoster ? À cette éventualité, mon pouls s'emballa et je ne sus s'il fallait que je l'attende ou que je fuie. Qui étaient tous ces gens, la vendeuse de fleurs, Poil de carotte et maintenant cette fille, et que me voulaient-ils ? Les roues bloquées sur un crissement, le camion avait déjà freiné quand il la percuta. Je la sentis pivoter sur les talons, la tête rejetée en arrière et les cheveux au vent, vite et gracieusement cambrée à la façon d'une danseuse. Un cri retentit, pas le sien. Sur le trottoir, derrière elle, un grand costaud grisonnant avait levé un bras et marmonnait sa désapprobation d'une profonde voix de basse. Des véhicules émirent des bruits rauques et se déportèrent les uns sur la droite, les autres sur la gauche tandis que le camion, au milieu de la chaussée, parcourait encore une vingtaine de mètres à pleine vitesse avant de réussir à s'arrêter avec force dérapages et fumée. Quant à la jeune fille, projetée en arrière, elle était plaquée, les bras ouverts, contre l'une des voitures garées. Sa chevelure était imprégnée de sang et un filet rouge vif d'apparence innocente coulait de son oreille gauche. De toute la puissance de ses jambes arquées, le grand costaud au bras levé fonçait laborieusement vers elle mais il n'eut pas le temps de l'atteindre : comme si tout en elle s'était soudain liquéfié, elle s'effondra à terre en un tas informe. D'autres personnes accouraient à présent, des automobilistes s'extrayaient tant bien que mal de leurs véhicules, tendaient le cou pour voir ce qui se passait. Je fis rapidement volte-face et m'éloignai d'un pas chancelant, tête baissée, sans réfléchir à la direction que je prenais ; je n'avais qu'une idée en tête : m'éloigner. La mine renfrognée, distraite, curieuse ou confuse, des passants qui se pressaient pour entrevoir la fille effondrée me bousculèrent. En proie à une sorte de panique, je suffoquais, la sueur me dégoulinait dans les yeux et une douleur brûlante me fouaillait l'aine. Je ne savais pas ce que je fuyais ; pas la mort de la fille, en tout cas, ou pas seulement. Une image esquissée me vint à l'esprit – de Bosch peut-être, ou de Dante ? – d'une silhouette émaciée, voûtée et nue, courant la bouche béante et les bras levés à travers un paysage de terre rouge brûlante avec, attachée après elle, une autre silhouette, son double, en un solide dos à dos. Je finis par arriver à la quiétude d'une petite piazza isolée, avec des pavés, encore plus de pigeons en train de se rengorger et un carré d'herbe poussiéreux, le tout écrasé par la façade baroque, massive d'un palais dont je savais que j'aurais dû connaître le nom, mais que je ne parvenais pas à retrouver. Incapable de faire un pas de plus, je m'effondrai sur un banc en marbre poli. Il n'y avait personne alentour. Typique de la mi-journée, un voile de léthargie enveloppait la ville. Le fameux nuage languide masquait désormais le soleil, si bien que l'air doux et gris et le silence apaisèrent mes nerfs à vif. La douleur qui me taraudait l'aine s'atténuait.

Pourquoi me sentais-je aussi bouleversé ? Ce n'était pas la première mort violente à laquelle j'assistais. Était-ce lié au fait qu'il s'agissait d'une de ces cruelles démonstrations à travers lesquelles la mort nous montre que même les jeunes ne sont pas à l'abri de ses foucades ? Non, voilà qui est trop abscons. Peut-être était-ce simplement parce que la fille avait paru me regarder, avait paru me connaître ou me reconnaître, avait peut-être failli m'aborder. Mais en quoi ce détail devait-il rendre cette rencontre, si tant est que je puisse utiliser ce terme, si dérangeante ? Dans certains cercles, de plus en plus rares il est vrai, mon visage est très connu. J'ai l'habitude que des inconnus me remettent. Ils s'arrêtent, surtout les jeunes, et m'observent timidement, ou avec ressentiment, ou plus souvent d'un œil abruti, morne, endormi, comme si ce n'était pas vraiment moi qu'ils voyaient mais ma représentation, un modèle animé exposé là pour qu'ils aient le loisir de m'étudier en toute liberté. Pourquoi donc l'intérêt de la fille m'avait-il donné envie de prendre mes jambes à mon cou ? Oh, mais je savais, je savais, bien sûr, pourquoi j'étais sur les nerfs : ce n'était pas cette fille que j'avais en tête, mais Magda. De son vivant, on ne peut pas dire que je lui accordais beaucoup d'attention, alors que désormais elle était constamment présente à mon esprit, ne fût-ce que comme une ombre, spectatrice esseulée assise sur les bancs dominant la scène illuminée où se déroulait sans entracte la représentation tapageuse et de plus en plus chaotique de celui et de ce que je prétends être. Elle s'attarde, fantôme malgré elle, désireuse de s'en aller peut-être et néanmoins curieuse de voir le finale pas si grandiose que ça avec les cabrioles de ses clowns, les saluts de ses acrobates et l'ultime tour de piste de ses animaux de cirque. Pour moi, il n'y a que dans la mort qu'elle a commencé à vivre pleinement.

Bizarre, mais j'ai beau m'évertuer, je ne me rappelle pas avec précision comment ni quand nous nous sommes rencontrés. Dans mon souvenir, cette première saison, il y a longtemps, dans un New York d'une netteté irréelle, n'est que précipitation, bruit et chaleur étouffante. Même dans la rue, il me semblait être enfermé dans une usine gigantesque, enfumée, assourdissante. L'animation était constante, il n'y avait jamais un moment de pause ni de calme. Jour et nuit, la circulation grondait sourdement dans les artères au-dessus de la chambre en sous-sol où je logeais ; les papiers, sur la vieille table balafrée qui me servait de bureau, frémissaient et s'agitaient sous le courant d'air du ventilateur électrique que quelqu'un m'avait donné, lequel, refusant obstinément tout soulagement, tournait lentement sa tête nébuleuse et son masque d'escrimeur d'un côté puis de l'autre. Toute la journée, une collection de jambes désincarnées passaient et repassaient sur le trottoir devant la fenêtre au-dessus de ma table, comme s'il y avait, en permanence, une émeute ou un marathon de danse échevelé avec traînements de pieds assortis. À cela s'ajoutaient les conversations, incessantes, bruyantes, pétantes de défis ou dilatées par de soudaines déclarations de sincérité ou de sympathie. Je les rencontrais à la fin de leur journée de travail – *travail* était un mot sacré à l'époque, il se prononçait d'une voix rauque et empreinte de respect –, ces jeunes hommes efflanqués avec leur chemise au col ouvert, leur boule à zéro et leur briquet Zippo, qui transpiraient le sérieux, ces jeunes filles au regard grave qui, en escarpins et jupes à mi-mollets, serraient tel un plastron un exemplaire de poche du *Capital* contre leurs seins. La bière légère, un peu sucrée, la fumée de cigarette goudronneuse, les brusques disputes qui s'apaisaient tout aussi brusquement qu'elles avaient commencé, les braillements et les index pointés, de même que ce geste à moitié fâché, si caractéristique de l'époque et du lieu, pour balayer une opinion contraire : tape de côté, dans l'air, poignet souple et visage tourné, nez plissé et lèvre inférieure tombante : *Ndah !* – tout cela m'était profondément étranger et néanmoins familier, aussi, au début, j'eus du mal à comprendre pourquoi puis je me rendis compte, bien entendu, que j'avais vu cela à maintes et maintes reprises, des années durant, au cinéma, tous les samedis soir, dans ma jeunesse. L'Amérique sur écran m'avait été plus intimement familière que les rues de la ville où j'étais né et où j'avais vécu. Et donc, dans New York, la vraie New York, ce fut ainsi que je choisis de me présenter, comme un personnage sorti de ces films-là, une grosse cigarette collée à la lèvre et un verre de bourbon sous le coude. J'allais même jusqu'à adopter la tenue de l'emploi, feutre brun, costume ajusté à veston croisé et chaussures bicolores. Oh oui, j'avais fière allure. L'intellectuel version dur à cuire, voilà qui faisait fureur en ce temps-là. Il ne me manquait plus qu'une compagne, une grande poupée, facile, tenant l'alcool et aussi coriace que j'étais censé l'être. Les gens furent donc déconcertés, les filles surtout, quand ce fut la douce, la silencieuse et peu démonstrative Magdalena que je choisis pour être ma nana, ma compagne.

Déjà à l'époque, alors qu'elle n'avait qu'une vingtaine d'années, il y avait chez elle un côté massif, froid, un rien granitique et uniformément gris qui se révéla étonnamment attirant, du moins pour moi. Quand je commençai à la remarquer, je compris rapidement qu'elle ne restait à l'arrière-plan ni par timidité ni par crainte – bien qu'elle fût timide et craintive – mais pour pouvoir, à l'abri derrière son anonymat, observer et écouter tout ce qui se passait. Elle déployait une obligeance inlassable, faisait des courses pour les hommes et les plus autoritaires des filles, allait leur chercher des bouquins, des paquets de cigarettes, des sandwiches et des cafés dans des gobelets en carton ; je la revois encore, dans ses sandales et sa robe en tricot à la couleur indéfinissable, les cheveux ramassés en tresses épaisses, en train de descendre les marches du sous-sol à sa façon bizarre, éléphantine, se tournant de côté et posant d'abord un large pied sur la marche avant de placer le second à côté, le menton plaqué contre sa gorge d'une pâleur de poisson et le regard rivé sur ce qu'elle trimbalait, quoi que ce fût. Elle habitait dans le Lower East Side – un nom qui, en ce temps-là, sonnait encore à mes oreilles avec un exotisme aussi évocateur que Samarcande ou l'île enchantée de Hy-Brasail – avec un militant polonais d'aspect simiesque, un plombier à la moustache de révolutionnariste taillée en brosse métallique qui, paraît-il, la battait. Elle refusa de me parler de lui, même quand elle l'eut quitté pour venir partager mon sous-sol, apportant une bouteille de bourbon en cadeau d'emménagement et une valise pas très grande renfermant toutes ses affaires. Une nuit, tard, le Polonais se pointa dans la rue dehors ; soûl et en proie à une crise de fureur larmoyante, il brailla son nom, cogna à la porte et aurait volontiers démoli la fenêtre à coups de pied si elle n'avait pas eu de barreaux. Je faillis me lever pour le chasser – malgré ma mauvaise jambe, j'étais sûr et certain d'avoir raison de cette petite brute – mais Magda m'en empêcha.

Elle n'aimait pas parler d'elle ni de sa vie ; quand par extraordinaire elle évoquait un événement passé, sa voix se teintait de perplexité comme si ce qui lui était arrivé concernait un tiers et qu'elle ne parvenait pas à comprendre par quel hasard elle connaissait tous ces détails. De même ne tenait-elle pas spécialement à savoir ce que j'avais vécu avant notre rencontre. D'autres, y compris les plus téméraires de nos relations, me considéraient avec une sorte de respect étonné, avec presque une vénération sacrée : je représentais du tangible, un authentique survivant sorti du brasier et de la fumée des fours de l'Europe pour débouler au milieu d'eux, tel le monstre de Frankenstein émergeant en titubant du moulin en feu. Pour Magda, cependant, elle-même une survivante, j'étais tout simplement Vander – elle n'aimait pas m'appeler Axel ; ça ressemblait à un nom de chien de garde, affirmait-elle –, un homme comme les autres, plus versatile peut-être que ceux qu'elle fréquentait d'habitude, potentiellement plus violent même que son Polonais, néanmoins juste un homme. Elle ne fit aucune remarque particulière ni sur ma jambe morte ni sur mon œil aveugle et accepta sans commentaire les menteries hâbleuses que je lui racontai sur la manière dont cela m'était échu – la résistance opposée à une foule livrée au saccage, le coup assené par la crosse du fusil d'un membre des sections d'assaut nazies – menteries si souvent répétées que j'y croyais presque moi-même. Pourtant, tôt, un matin qu'il faisait une chaleur étouffante, j'émergeai du sommeil et la trouvai penchée au-dessus de moi – un matelas posé par terre nous servait de lit –, m'observant d'un œil étonné dans un silence solennel, son large et doux visage en appui sur une main. Pendant une minute, ni elle ni moi ne bougeâmes, puis, du bout du doigt, elle effleura la paupière charnue de mon mauvais œil et murmura : *Moi seule je me suis échappée pour te l'annoncer* ; les cheveux se dressèrent sur ma nuque, comme si un oracle s'était exprimé. Qui aurait imaginé que Magda, la grosse, la lente Magda aux pieds plats, énonce quelque chose d'aussi grave, d'aussi sonore, d'aussi bibliquement adapté à notre situation à tous les deux ?

Ma vie avec elle s'apparentait à une certaine forme de solitude. C'était comme vivre dans l'intimité d'une créature d'une autre espèce ; elle me paraissait aussi distante et inaccessible qu'un grand herbivore inoffensif. J'avais à certains moments la conviction qu'elle n'abritait aucun mystère, qu'elle était aussi creuse qu'elle en avait l'air, puis à d'autres j'aurais juré que son apparence de calme insensible était un masque fabriqué pour son propre bénéfice et derrière lequel elle aussi devait être engagée dans de frénétiques stratégies de calcul et de contrôle, répétant, comme moi, un rôle qu'elle n'imaginait jamais pouvoir endosser de manière convaincante. Dans cet état d'incompréhension mutuelle qui tissait notre vie commune, nous ne cessions de nous étonner. Elle était cultivée à un point alarmant, comme, au tout début, j'eus souvent l'occasion, à ma grande honte, de le constater. J'avais déjà réussi à me faire passer pour un grand érudit dans plusieurs domaines grâce à l'emploi judicieux d'un certain nombre de concepts clés glanés dans les travaux d'autrui auxquels j'avais pu donner un tour de causticité ou de perspicacité bien à moi. Dans tout ce que j'écrivais transparaissait une insistance fébrile, tendue, provenant en droit fil du style de vie embrouillé dans lequel je m'étais embarqué ; je façonnais une nouvelle méthodologie de la pensée calquée sur les embranchements et les conflits de mon passé compliqué et en grande partie fabriqué. J'étais capable de discourir avec une aisance convaincante sur des textes que je n'avais pas trouvé le temps de lire, des philosophies sur lesquelles je ne m'étais pas encore penché, des grands hommes que je n'avais jamais rencontrés. Ma nébulosité péremptoire, comme la qualifia bien maladroitement un critique, fascinait la coterie, restreinte mais influente, des hommes de lettres qui testèrent et homologuèrent mes premiers travaux. Certains avaient beau questionner mon bagage théorique et douter de mes connaissances, tous s'accordaient à saluer ma maîtrise de la langue, le ton et l'écho de ma voix singulière ; même mes détracteurs, et ils n'étaient pas peu nombreux, ne pouvaient que battre en retraite, frustrés, en voyant déraper leurs traits les plus acérés sur l'éclatant vernis de ma prose. J'en étais surpris autant que ravi ; comment pouvaient-ils ne pas voir, caché derrière l'effronterie et la bravade de mes écrits, l'autodidacte tremblant penché sur son Webster's, son *Chicago Manual*, sa *Grammar for Foreign Students* ? Peut-être prirent-ils les bizarreries d'usage dans lesquelles je ne manquais jamais de tomber pour des excentricités délibérées que seul, imaginaient-ils, un maître de la langue aurait osé professer ?

Ne te méprends pas sur le sens de mes paroles : je suis sûr d'avoir du génie, une certaine forme de génie. C'est juste qu'il n'a pas celle qu'il a affectée durant toutes ces années. Je me dis par moments que j'ai raté ma vocation, que j'aurais pu être un grand artiste, un modèle d'inventivité irrésistible, malicieux, allusif, magistralement porté au spleen, à la référence ésotérique, aux desseins obscurs, un alchimiste du mot et de l'image. Mes critiques se plaignent en effet du lyrisme ravageur de mon style mature, ils y perçoivent la main blême du poète. Je vois ce qu'ils veulent dire. Mon travail est du genre où le commentaire revendique souvent une égalité de rang avec ce qui est censé être son objet ; une égalité et parfois plus. Dans mon essai sur Rilke, une œuvre de jeunesse, certains passages dénotent une intensité extatique que ce poète lyrique ivre du monde aurait peut-être pu m'envier, alors que mes deux longs essais sur Kleist et Kafka sont aussi désespérés et inconsolables que n'importe quelle pièce ou parabole de ces deux hiérophantes du malheur. Dois-je me courber devant ces grands hommes ? Dois-je plier le genou devant leur excellence ? Le diable m'emporte si j'y consens ! À mon sens, je suis aussi éminent que n'importe lequel d'entre eux. La seule chose qui me chiffonne, c'est quand je pense à tout ce que j'aurais peut-être pu accomplir si j'avais été simplement – si tant est que l'on puisse dire qu'une telle chose soit simple – moi-même.

Magda, qui semblait aussi impressionnée par moi que tous les autres, prenait pour argent comptant mes poses et mes comédies éblouissantes. Si elle subodorait le simulateur, elle semblait ne pas y attacher d'importance, semblait en fait m'admirer – avec son détachement habituel – pour mon culot et mes ressources. Je surprenais à l'occasion un petit sourire particulier qui éclairait brièvement son visage lorsque j'expliquais à un auditoire subjugué un texte opaque auquel, elle le savait, je n'avais fait que jeter un coup d'œil. Elle avait lu Hegel et Marx, elle, et beaucoup d'autres choses par ailleurs. Elle était capable de débiter des citations comme un perroquet, car elle possédait une mémoire remarquable même si elle ne saisissait pas grand-chose de ce que les passages en question signifiaient ; elle trimballait son savoir sur tous ces penseurs titanesques à la manière d'un membre atrophié, équivalent intellectuel de ma jambe inutile. Sur l'ordre du Polonais qui, sans être un grand lecteur, tenait absolument à ce qu'ils forment le couple parfait du Parti, lui, marteau de l'activisme, elle, faucille de l'idéologie, elle avait docilement étudié les textes révolutionnaires de notre siècle. Elle haussait les épaules en me racontant ça et souriait tendrement comme à l'évocation de ces jeux d'enfants pas totalement innocents où on s'amuse à faire semblant. Oui, à sa façon intuitive, silencieuse, elle nous perçait tous à jour. Est-ce pour cette raison que je la choisis, elle, plutôt qu'une autre ? Est-ce pour cette raison qu'elle me choisit ? Était-elle ma protectrice, la gardienne de ma réputation empruntée, usurpée ? Je constate avec une puissante affliction que ces questions resteront désormais sans réponse, en tout cas, de sa part, c'est certain.

Elle considérait le passé comme une sorte de gigantesque, d'inévitable erreur, une théorie de mauvais commencements finalement amendés. Si elle ressentait de la colère face à tout ce qui lui était arrivé, celle-ci ne visait pas les auteurs de ce vaste projet de destruction dans lequel elle avait été prise au piège et auquel elle avait échappé de justesse, mais les victimes elles-mêmes, tous ceux qui n'en avaient pas réchappé, y compris ses parents ébahis, sa sœur si fière de sa beauté brune, son petit frère qui se cramponnait encore à son clairon alors qu'on l'emmenait de force. Ce n'était pas leur manque de résistance, leur malchance, leur égarement, leur aveuglement – sa mère, avant d'être poussée vers les camions, lui avait pressé la main pour lui faire promettre d'écrire –, qu'elle leur reprochait mais le simple fait qu'ils avaient existé, qu'ils avaient été là en premier lieu pour, au bout du compte, lui être enlevés. Elle n'avait rien gardé d'eux, ni photographies, ni documents, ni mèches de cheveux, rien que ses souvenirs, et ça, elle s'en serait bien passée si elle l'avait pu. Qu'elle seule eût survécu, parce que son nom, allez savoir pourquoi, n'avait pas été porté sur les listes, ne faisait qu'ajouter aux motifs de sa colère muette, confuse.

Il y avait plusieurs mois que nous étions ensemble lorsqu'elle finit par se confier. Tard, un après-midi froid et humide de novembre, nous nous réchauffions dans un café de Bleecker Street après un cinéma – ou un cinoche, ainsi que j'apprenais à le dire – quand elle se mit à pleurer, silencieusement, presque pensivement. Entre les deux grands films, les actualités avaient montré des scènes sur les dévastations en Europe et la vue de ces alignements apparemment interminables de cadavres avait ravivé quelque chose en elle, de sorte qu'elle ne put s'empêcher de me raconter ce qui lui était arrivé. Assis à ses côtés pendant qu'elle parlait, je m'abstins de bouger, respirai à peine ; mon poing sur la table, tout près de sa main, me paraissait si lourd qu'il me semblait que je ne pourrais plus jamais le lever. Ses souvenirs de fuite et d'évasion lui revenaient par intermittence, illuminés par des éclairs : les pierres blanches et pointues d'un sentier de montagne ; les bosquets serrés d'arbres noirs défilant à la lumière des phares d'un camion où elle se dissimulait sous des toiles à sac ; un tout jeune soldat à un poste frontière empoussiéré lui offrant une pomme tirée de la poche de sa tunique. On aurait cru qu'elle avait effectué ce périlleux voyage non dans un temps linéaire, mais par bonds gigantesques, se délestant de sa conscience, pour ainsi dire, à chaque étape. Lorsqu'elle eut terminé, il me fallut lui raconter mon histoire, bien entendu, conformément à l'étiquette de notre statut de survivants. Histoire est le terme juste. Nous avions quitté le café et descendions la rue dans le froid glacial et le crépuscule tombant, et à côté de nous les voitures filaient au milieu de la neige fondue, telles des épaves emportées par la crue paresseuse d'une rivière. Elle s'appuyait lourdement à mon bras, un boulet. Elle n'avait pas envie d'entendre ce que je lui racontais, elle en avait assez ; elle n'acceptait ni le faix de son destin tragique ni le mien. Devant sa résistance, ma créativité bourgeonna ; jamais encore – ni depuis – je n'ai débité mon conte aussi bien et avec autant de conviction que ce soir-là, nouant quelques jolis fils de vérité brillants parmi ces mensonges tandis que les flocons blancs et mouillés voltigeaient autour de nous et que les silhouettes anonymes et tassées des passants surgissaient soudainement dans le halo d'un lampadaire puis s'évanouissaient tout aussi vite dans l'obscurité derrière nous. Je ne pus qu'admirer ma prestation. Quel fabulateur je faisais ! Quel artiste ! Et jamais je ne lui avouai la vraie, l'entière, l'indigne vérité.

Haut dans le ciel au-dessus de moi retentit de nouveau ce claquement creux que j'avais noté dans l'avenue sous le marronnier et j'émergeai de mes rêveries en frissonnant. La journée s'était éclaircie et, sous le ciel blanc, intense et vide de nuages, la piazza suffoquait de chaleur. Je reconnus tout à coup l'endroit où je me trouvais : c'était là que N., dans les mois précédant son effondrement, avait logé dans une chambre de la maison Fino, au coin faisant face à la façade massive du palais Carignano – quel nom ! –, d'où il griffonnait des lettres insensées qu'il signait *Dionysos*, *Le Crucifié*, *Nietzsche César*... Je fermai les paupières et pressai un pouce et un doigt dessus jusqu'à ce que de minuscules points lumineux pareils à de lointaines pièces d'artifice se mettent à flamboyer dans la pénombre qui m'enveloppait – je suis persuadé que mon œil aveugle voit quand il est fermé. Je revis, aussi clairement que j'avais vu la scène, le camion déraper, la fille tournoyer et le bonhomme aux cheveux gris lever le bras bizarrement et brailler comme pour écarter de ce lieu de violence et de sang un importun sans méfiance. Je rouvris les yeux et me remis sur pied en chancelant, m'appuyant des deux mains sur le pommeau de ma canne. J'avais chaud ; j'avais soif ; j'étais fatigué.

À mon réveil, les rideaux tirés bouchaient la lumière du jour et je crus que c'était encore l'aube, que j'avais rêvé tout ce qui s'était produit depuis mon arrivée. Figé sur le lit, je fixai les plis d'ombre vaporeuse autour de moi, en proie à une obscure panique. Je ne comprenais pas pourquoi j'étais en costume et cravate ; j'avais même mes chaussures aux pieds, bien que mes lacets fussent défaits. Maintenant que le sang avait recommencé à circuler, mon bras droit engourdi me picotait désagréablement ; mon coude endolori m'élançait. Lentement, ma mémoire entreprit de rassembler ses bribes éparses. J'avais descendu une bouteille de vin en déjeunant dans la salle à manger de l'hôtel, puis j'étais remonté en titubant dans ma chambre où j'avais dû m'endormir comme une masse, laminé par l'alcool et les derniers feux de la fièvre du voyage. Je me redressai précautionneusement et demeurai assis un moment sur le bord du lit, la tête penchée. Qu'est-ce que je fabriquais donc dans cette ville ? J'étais trop vieux et trop usé pour entamer d'aussi longs périples sur un coup de tête. J'aurais pu obliger l'auteur de la lettre à venir me voir en Arcadie, histoire d'éprouver sa détermination. Je me levai en gémissant et gagnai la salle de bains aveugle où je restai planté à grimacer et à battre des paupières sous les grésillements de la lumière blême. Pellicules, caries, gros nez grêlé à la Dr Baloardo. Je me rinçai la bouche ; l'eau du robinet avait un goût de métal. Debout, les mains en appui sur le lavabo et les épaules voûtées, je scrutai le miroir avec lassitude. J'eus alors la sensation, elle me revenait fréquemment, que je glissais légèrement à côté de moi-même, comme si je devenais flou et me scindais en deux. Je me demande si d'autres gens éprouvent ce que je ressens, ce sentiment de n'être jamais vraiment présent où que je sois, de n'être pas tant une personne qu'un bouche-trou déplacé qui dérive à travers le temps. Mon origine et ma destination véritables se situent toujours ailleurs, même si j'ignore où ça pourrait bien être ; peut-être dans l'enfance, cet âge de l'authenticité que j'invoque d'autant plus clairement que je m'en éloigne. Banale possibilité. Réflexions obtuses d'un esprit obtus. C'était le vin, l'épuisement.

Le taxi m'attendait devant l'hôtel. J'étais déjà en retard, mais je m'en moquais ; qu'ils attendent ! Cette fois-ci, la ville, dans la lumière de l'après-midi, me montra une autre de ses facettes, plus douce que celle que j'avais découverte le matin. Le soleil ricochait, or blanc, sur les toits des voitures et les fenêtres des cafés. Nous passâmes au pied de la Mole à la ridicule silhouette de pagode. Je notai sans enthousiasme le flux croissant d'étudiants déambulant dans les rues et peu après apparut le promontoire en béton gris des bâtiments de l'université. Lorsque, sur le perron, je repérai Franco Bartoli, qui, sur la pointe des pieds et le cou tendu, jetait des regards anxieux autour de lui, je ressentis l'envie irrésistible de me recroqueviller au fond du taxi et d'ordonner au chauffeur de poursuivre sa route. Une fois de plus, je me demandai avec amertume quelle mouche m'avait piqué de venir à Turin, que pouvait-il y avoir là pour moi hormis la confrontation, la dénonciation, l'humiliation ? Je descendis du véhicule, me tournai pour régler la course mais aperçus du coin de l'œil Bartoli qui me fonçait dessus, tout content, et commençait déjà à dégoiser alors que j'étais encore largement hors de portée de voix. C'est un petit bonhomme bâti en œuf, fragile, le cheveu clairsemé, barbu, volubile, nerveux et curieux comme une fouine. Il serra vigoureusement une de mes mains entre les siennes et bredouilla quelques « bienvenue » essoufflés qui me tirèrent des grincements de dents. Je passai devant lui et grimpai les marches en m'appuyant sur ma canne tandis qu'il dansait littéralement autour de moi. Tellement gentil d'être venu ! Un tel honneur ! Tout le monde était tellement impatient de me voir ! Je me rembrunis.

« Qui est là ? » demandai-je.

Bartoli égrena des noms sur ses doigts miniatures.

« De vieux amis, me dit-il, radieux, que de vieux amis ! »

Je faillis éclater de rire.

Et ils m'attendaient tous en effet, une quinzaine ou une vingtaine d'entre eux installés dans une pièce spacieuse et basse de plafond, au dernier étage, dont les quatre parois en panneaux de verre fumé étaient assujetties par des cornières couleur rouille avec une rusticité toute moderne. Rassemblés au milieu de ce vaste espace vide où des tables à tréteaux recouvertes de nappes faisaient office de bar, ils me dévisageaient tous avec impatience, tandis que je les observais depuis le seuil. C'était un fait que je les connaissais pour la plupart, de vue tout au moins ; je n'ai pas trop la mémoire des noms, même quand je fais des efforts, ce qui n'est pas fréquent. Je poussai un soupir et, précédé d'un Bartoli sautillant, traversai la pièce, mon sourire froid bien en place, martelant les dalles de caoutchouc crissantes avec une vigueur délibérée. Quant à Bartoli, il plongea au milieu de l'assistance, tourbillonnant et fondant sur chacun des participants à la manière d'un chorégraphe qui regroupe sa troupe. Il avait les gestes maniérés et légèrement mécaniques d'un comédien de métier. Pour ce qui me concernait, on m'accueillit partout avec une chaleur circonspecte. Bartoli m'entraîna vers la table aux boissons, et comme le serveur, un jeune malabar basané aux mains rustaudes, ne réagissait pas avec la vivacité escomptée, il attrapa une bouteille de vin et deux verres et nous servit lui-même.

« Un type du Sud, me glissa-t-il en se tordant la bouche. Ils vivent sur nos impôts et nous envoient des balourds pour nous remercier. »

Franco tire une grande vanité de son anglais sans accent. Sous le regard revêche du serveur, il me tendit un verre puis inclina le sien en guise de salut.

« Difficile de croire que nous avons fini par vous attirer ici, dit-il, l'œil pétillant. Cela fait sept ans que nous vous invitons régulièrement – j'ai consulté nos dossiers, si –, mais toujours en vain. »

Il ressemblait à un boxeur surclassé, dépassé, qui esquivait et feintait en attendant le moment propice pour m'assener une insulte. Je ne faisais pratiquement pas attention à lui. Je repensais, avec une intensité soudaine, hallucinante, aux étés de mon enfance dans la ferme de mon grand-père. Enfant des villes, je remarquais toujours, de prime abord et avec une acuité particulière, les odeurs des lieux, des fleurs, des fruits, des plantes, de leur décomposition, l'odeur âcre du crottin de cheval, l'odeur de terre et d'excréments du petit cabinet en bois sous le vieil arbre au parfum entêtant dans le jardin, la fragrance délicieuse des fraises des bois que j'allais cueillir dans les haies, l'odeur des champignons, l'odeur des poules et de leur sang, l'odeur du chat et des chiens, l'odeur de balle de paille, d'huile, de jets d'eau bouillante, d'animaux, de sueur humaine, du tabac de mon grand-père, l'odeur âcre du vin et de la toile usée, l'odeur de sciure, l'odeur de ma propre sueur. J'aimais surtout l'époque des moissons quand, dans les champs, on fauchait le blé, l'avoine et le seigle avant de les rapporter à la halle de battage. C'était, du moins me semblait-il, une immense bâtisse, grande comme une église, grande comme une cathédrale, avec un haut plafond voûté et des fenêtres en hauteur d'où coulaient d'épais rayons de soleil. Dans un air rendu irrespirable et opaque par la balle de blé et d'avoine, les ouvriers braillaient pour se faire entendre au-dessus de ce fracas infernal, toussaient, crachaient, juraient. La « machine à battre » était une énorme structure en bois, compliquée, aux allures d'insecte géant, tout en mouvements et cliquetis incompréhensibles et assourdissants. Elle était mue par une autre machine à vapeur sous le relais d'une très longue courroie de cuir qui me terrorisait parce qu'elle frémissait et sautait, comme si elle subissait un martyre. Un crépuscule lumineux régnait en permanence dans la halle où les hommes, un tissu sur la bouche, évoluaient en fantômes. Au bout et au bas de la machine, les grains dorés dévalaient une glissière ouverte pour aller s'ensacher tandis que, par le sommet, la paille dépouillée et brisée était rejetée sans relâche dans des pétarades forcenées et plutôt cocasses. Je trottais aux côtés de mon grand-père qui s'efforçait de m'expliquer, par-dessus le bruit, comment fonctionnaient les différentes pièces de la machine. Quelle splendeur et quelle communion j'éprouvais devant le miracle du travail et sa récompense ! Puis, à midi, tout le monde s'arrêtait et un grand silence inouï s'établissait et, tous ensemble, nous allions manger dans la caverneuse cuisine en pierre de la ferme où ma grand-mère nous servait de la bière, du pain, des œufs et des saucisses coupées en rondelles épaisses. À la pause comme au travail, les hommes se comportaient en frères, se collaient de grandes bourrades dans le dos, s'interpellaient bruyamment d'un bout à l'autre de la pièce, riaient, juraient, échangeaient des obscénités. Je circulais librement parmi ce monde d'hommes épuisés et enivrés de travail et de cris. Personne ne me prêtait particulièrement attention ; c'était comme si j'étais des leurs. Puis, la bière aidant, naissait cette première rumeur maladroite d'un chant, balbutiant, se cherchant, se ratant, se perdant, pour enfin se trouver et éclater dans une cacophonie exaltante qui m'entraînait au point que je me sentais étouffer, que l'émotion me nouait la gorge. Lorsque les chants s'interrompaient, on m'obligeait à avaler une gorgée de bière et, malgré mon aversion pour cette amertume qui m'évoquait la porcherie, je souriais, claquais des lèvres et tendais ma chope pour en avoir davantage, ce qui me valait d'être acclamé, puis les chants reprenaient et, de l'autre bout de la longue table, mon grand-père m'adressait un sourire... Tout cela, je m'en souvenais, alors même que cela n'avait jamais eu lieu. Bien sûr, il y avait eu une batteuse, mais je n'avais jamais pu que la regarder travailler de l'extérieur de la halle où je n'avais pas le droit d'entrer en raison de ma constitution prétendument faible ; on me tenait à l'écart des ouvriers, aussi, de crainte que je ne voie et n'entende des choses inconvenantes pour un jeune enfant. Tout cela était un rêve que j'avais échafaudé, fruit de mon désir d'être présent dans la halle de battage comme dans la cuisine, au milieu des hommes, sorte d'hallucination née de mon intense désir de la vivre. Depuis mon observatoire haut perché, je scrutais à présent, les yeux voilés par les années, la cité qui me paraissait calcinée derrière les parois en verre fumé et j'avais la sensation d'émerger d'un évanouissement et de me retrouver parmi un groupe de survivants rassemblés au-dessus du site d'une déflagration majeure, dévastatrice.

Un frôlement sur mon bras m'obligea à me retourner. L'espace d'une seconde, je ne reconnus pas Kristina Kovacs. Elle n'avait pas beaucoup vieilli ni énormément changé depuis la dernière fois où je l'avais vue, et pourtant il lui était arrivé quelque chose. On aurait juré qu'il ne s'agissait pas d'elle mais d'un parent proche, de sa jumelle peut-être, plus floue que la femme que j'avais connue, moins nettement définie, fanée en un sens et en un sens évidée. Ne sachant que lui dire, je me penchai rapidement pour l'embrasser sur la joue. Sa peau, chaude et sèche, donnait l'impression de vibrer délicatement sur toute sa surface, comme si elle était fiévreuse. Elle porta la main à l'endroit où je l'avais embrassée, partit d'un rire familier, voilé – je ne suis pas du genre à embrasser –, et rejeta les épaules en arrière pour lever les yeux vers moi, la tête de côté, une lueur de malice amusée dans ses prunelles d'un noir brillant. Elle s'exclama que j'avais l'air en forme ; elle semblait sincèrement surprise, comme si elle avait atteint une phase de son existence où n'intervenaient plus que des dégradations. Elle n'avait pourtant que la moitié de mon âge, et encore. Je me demandai si elle se souvenait avec la même douce et poignante netteté que moi de cet après-midi, des années auparavant, où elle s'était présentée sans crier gare à la porte de ma chambre d'hôtel à Budapest, ou était-ce à Bucarest ou à Belgrade ? Peu importe le lieu, seul compte le moment. Je revoyais sa combinaison couleur saumon et la solennité avec laquelle elle s'était offerte à moi sur le lit, comme terrassée par la force impressionnante de son désir. J'avais mordu ses lèvres au sang, léché la plante de ses pieds. Là, elle me demanda si j'allais prendre la parole le lendemain à la conférence, ensuite de quoi Franco Bartoli surgit derrière mon coude à la manière d'un vendeur de colifichets et, lissant d'une main sa belle barbe douce et brillante, il déclara avec un sourire satisfait et espiègle que, sûrement, le professeur Vander ne pouvait avoir qu'un seul et unique sujet, ici, à Turin... ? Je ne compris pas à quoi il faisait allusion.

« Je n'ai rien préparé », déclarai-je.

J'aurais aimé qu'il cesse de toupiner autour de moi. Je revoyais les taches de rousseur émaillant le sillon entre les seins pâles, dissemblables et mélancoliques de Kristina Kovacs. Derrière elle, la cité fumée se déployait maintenant vers les montagnes roulottées de nuages au loin. Elle continuait à me regarder avec son sourire désabusé, intime. Elle a, ou avait, l'habitude de bouger la tête de gauche à droite, très lentement, comme si elle oscillait au rythme d'une lente mélodie intérieure. Je ne me sentais pas très bien. La piquette m'avait desséché l'intérieur de la bouche. Je me penchai pour reposer mon verre vide sur la table et profitai de l'occasion pour flanquer, accidentellement ou presque, mon coude dans la petite bedaine de Bartoli, ce qui me requinqua, puis, avec une grossièreté éloquente, je m'éloignai bruyamment de lui et de Kristina Kovacs pour aller me camper, dos à la pièce, devant une des parois vitrées et fixer la cité d'un regard noir et lugubre. Derrière moi, le bourdonnement des conversations qui avait faibli un bref instant reprit sur une note plus tendue, plus aiguë : Axel Vander faisait son rustre, comme d'habitude. De même qu'à la fenêtre de l'hôtel, le matin, j'imaginai de nouveau comment une personne levant la tête dans la rue pouvait me voir, silhouette en suspension dans l'air, cramponnée à un bâton incliné et peut-être tout près de sauter, archange décrépit, paumé. Une fois de plus, je ressentis une poussée d'apitoiement sur moi-même, brûlante, au goût de bile, pure et floue. Kristina Kovacs vint me rejoindre, présence haletante qui m'arrivait à l'épaule. Je crus surprendre une bouffée de son souffle, chaud, brunâtre et désagréable. Ensemble, nous contemplâmes la chaîne de montagnes au loin.

« Je crois qu'on m'a retrouvé, m'entendis-je lui dire sur un ton de légèreté laborieuse, pas convaincante. J'ai reçu une lettre. Quelqu'un a fouiné dans mon passé. Elle débarque. »

Je jetai un regard en coulisse vers Kristina, qui me retourna mon coup d'œil en souriant.

« Elle ? murmura-t-elle en hochant la tête. Oh, Axel, tu as encore fait des tiennes ? »

Je me sentis illico confus et furieux contre moi-même. Pourquoi m'étais-je confié à elle ? Elle ne savait rien sur moi ni sur mon passé, pas plus sur le vrai que sur celui que je m'étais inventé. Que représentait-elle pour moi, sinon un après-midi de passion, en grande partie simulée, dans la chambre d'hôtel surchauffée d'une ville enneigée où je ne remettrais jamais les pieds ? J'ai toujours pensé que c'étaient ces quelques heures au lit qui m'avaient valu sa tardive critique d'*After Words*. Cet article, un texte léger délibérément truffé d'allusions coquines, avait représenté une frivolité incongrue au milieu des graves élucubrations de *Débat*. La lettre de remerciement que je lui avais adressée à sa parution m'avait coûté de gros efforts. J'avais cherché à m'aligner sur son ton malicieux, espiègle, mais le résultat s'était révélé décevant sans que j'arrive vraiment à m'en expliquer les raisons. Le billet qu'elle m'avait envoyé en réponse regorgeait d'innocence et d'affection chaleureuse, sans aucune mention de notre interlude sensuel. Mais, là, je me demandais avec inquiétude si elle n'en savait peut-être pas davantage sur moi qu'elle ne le prétendait, sur mon passé, je veux dire, mon passé intéressant. Cependant, en quoi cela avait-il encore de l'importance ? Cette harpie qui arrivait d'Anvers allait vraisemblablement me démolir. J'attendais impatiemment, je m'en rendis compte, cette destruction annoncée. Oui, laissons-la venir, me dis-je presque gaiement, je lui ferai bon accueil. Tout d'un coup, au lieu de la colère et de l'apitoiement ressentis un instant auparavant, j'éprouvai une sensation d'apesanteur naissante, comme si j'allais m'envoler d'une seconde à l'autre, sans ailes et pourtant merveilleusement aérien, et dériver, libre, dans l'atmosphère, et léger, dans le bleu vide, froid et lumineux.

« Je vais mourir, Axel », dit Kristina.

Elle fixait le sol d'un air de gamine – ou quasiment –, stupéfaite et vaguement penaude, comme si elle avait étourdiment lâché un secret honteux.

« Oui, je vais mourir », répéta-t-elle plus discrètement cette fois mais avec plus de force, testant l'aveu, gravant en elle-même l'incroyable réalité de la chose. Je baissai les yeux vers elle et la dévisageai. Dans un grondement lourd de répercussions, un avion passa très bas au-dessus de l'immeuble et, un instant plus tard, son ombre étincelante courut sur les parois de verre. Kristina sourit, remua la tête tristement et ajouta qu'elle était désolée, qu'il fallait que j'oublie ce qu'elle venait de me confier.

« Parle-moi de ta jeune fille, enchaîna-t-elle avec une gaieté courageuse, épouvantable. De celle qui t'a retrouvé, je veux dire. Tu as dit que c'était une jeune fille, non ? Dans le temps, c'était toujours le cas. Quel abominable secret a-t-elle exhumé ? »

Elle éclata de rire, sans méchanceté. Pour ma part, je refermai farouchement la main sur ma canne. Au nom de quoi pensait-elle avoir le droit de me parler ainsi ? Je suis Axel Vander. On ne me lance pas des réflexions de ce genre, aussi impudemment. Elle approcha d'un pas et posa la main sur mon bras en un geste à la fois insistant et hésitant. Je devinai ce qui allait suivre. Je m'arrachai à son emprise. L'air paraissait soudain lourd, irrespirable.

« Tu te souviens de Prague ? » demanda-t-elle.

Ainsi, c'était Prague, pas Belgrade ni Budapest. Je refusai de répondre.

« Quelle chaleur, murmura Kristina, le regard voilé à l'évocation souriante du passé, quelle chaleur, cette chambre d'hôtel... »

C'était intolérable. Je jetai un coup d'œil alentour. Il fallait que quelqu'un me tire de là. Où était donc cet imbécile de Bartoli maintenant qu'on avait besoin de lui ?

« Je suis désolé, lâchai-je d'une voix hargneuse, pardonne-moi. »

Je m'essuyai la bouche sur ma manche, me détournai avec brusquerie et m'élançai pour traverser la pièce vaste comme l'océan en direction de la porte et de la fuite. Franco Bartoli courut après moi en glapissant. Je brandis ma canne, plus pour le menacer que pour prendre congé, et filai en homme traqué.

Lorsqu'elle sortit de la gare, les lampadaires de la rue brillaient encore faiblement dans la lumière de l'aube et l'air avait une couleur d'eau sale. En consultant un plan de la ville, elle constata que l'hôtel où il logeait n'était pas trop éloigné. Elle décida d'y aller à pied. Un tram surgit en cahotant sur sa voie. Elle aimait bien les trams, leur allure disgracieuse, zélée. Debout sur le trottoir, elle attendit, bagage à la main et imperméable sur le bras, qu'il passe. Avec cet imper, ce sac, sa robe toute simple et ses chaussures démodées, elle se faisait l'effet d'incarner un personnage d'une époque antérieure, le moi plus jeune, enthousiaste et pas encore éprouvé de quelqu'un qui, avec le temps, deviendrait célèbre, tragiquement célèbre peut-être. Souvent, c'était ainsi qu'elle se voyait, sous d'autres traits, dans d'autres vies possibles et avec une netteté telle qu'il lui semblait les avoir déjà vécues. Elle frissonna un peu et enfila son imperméable ; elle avait cru qu'il ferait plus chaud, si loin au sud. Plus tard, le soleil pointerait le bout de son nez. Tassée sur un siège de coin dans un compartiment bondé, son bagage sous les pieds et son imperméable plié en guise d'oreiller, elle n'avait presque pas dormi du voyage. Le train n'avait cessé de s'arrêter à des gares désertes où, de longues minutes durant, il grinçait et soupirait dans le silence désolé de la nuit avant de s'ébranler de nouveau dans une succession de claquements bruyants. À un moment donné, le visage plaqué contre la vitre, elle avait scruté l'obscurité et découvert qu'ils longeaient une chaîne de hautes montagnes saillantes dont les contreforts mêmes se trouvaient à un mètre ou deux de la voie. Elle avait supposé qu'il s'agissait des Alpes, dont elle apercevait les pics étincelants et irréels, si haut, là, au clair de lune. Elle se rappelait s'y être rendue une fois des années auparavant avec son père ; il lui avait fait remonter une pente à cheval sur une luge, puis l'avait laissée boire une gorgée de son vin chaud. Durant l'heure obscure d'avant l'aube, elle avait somnolé un moment ; c'était moins un somme qu'une de ces fièvres nocturnes et agitées de son enfance et elle s'était réveillée en sursaut à plusieurs reprises, persuadée qu'un autre passager l'avait touchée ou cherchait à fouiller dans ses affaires. Ils arrivaient enfin lorsqu'un gros bonhomme, se levant trop tôt alors que le train freinait, avait basculé en avant et lui était presque tombé dessus ; cherchant à se retenir, il avait refermé sa main énorme sur son épaule et lui avait fait mal. Il dégageait une légère odeur de vomi. À présent, tremblante et hébétée, elle traversait la large avenue. Dans les arbres de la piazza en face d'elle, les étourneaux se réveillaient bruyamment et une nuée de pigeons s'envolaient en faisant claquer leurs milliers d'ailes comme des applaudissements moqueurs.

Elle n'avait pas idée de ce qu'elle allait fabriquer une fois à l'hôtel. Il était encore tôt et il lui faudrait attendre au moins une heure avant d'envisager de s'annoncer. Cela ne la dérangeait pas de patienter dans le hall, mais elle n'était pas certaine que le personnel la laisse entrer d'aussi bon matin. Du coup, les voix dans sa tête se mirent à résonner, comme elle l'avait prévu, elles en profitaient, comme chaque fois qu'elle hésitait ou cédait à la nervosité. On aurait dit qu'une foule disparate et curieuse avançait au pas derrière elle, la talonnait et parlait d'elle et de l'épreuve qu'elle vivait en murmures inintelligibles, impatients, surexcités. Elle s'arrêta un instant et, une main sur les yeux, s'appuya contre le rideau baissé de la devanture d'une boutique, mais à peine le monde eut-il été plongé dans la pénombre que le vacarme des voix s'amplifia. Elle prit une profonde inspiration et poursuivit sa route.

En somnolant dans le train, elle avait rêvé d'Arlequin et de son demi-masque. Puis, en se réveillant, elle avait sorti son carnet de notes et son stylo à plume. A., le chef, son masque et sa batte. Maistre à propos du bourreau : « qui est cet être inexplicable... ? Arrache le masque de son visage pour trouver... un autre masque. Papa papa papa ».

Les fantômes qui la suivaient battirent en retraite.

Là-dessus, l'hôtel apparut, un laurier en pot au pied des marches. Devant elle, la porte vitrée coulissa automatiquement et elle se demanda si elle avait foncé à toute allure, au lieu de l'approcher à pas mesurés, comme il convenait, est-ce que le mécanisme aurait fonctionné en temps voulu ou l'aurait-elle pris de vitesse. Elle se vit étalée sur le perron en marbre, au milieu de gros éclats de verre, le sang giclant de sa gorge et de ses poignets. Elle se fit alors la réflexion que les hôpitaux et les hôtels avaient beaucoup de points communs. À la réception, un jeune homme vêtu d'un élégant costume noir lui adressa un sourire évasif. Elle passa devant lui, les yeux fixés devant elle, le dos rond, en s'efforçant de faire croire qu'elle avait parfaitement le droit d'être là. Elle n'avait jamais bien compris comment fonctionnaient les hôtels ni quelles étaient les règles de la vie hôtelière. Par exemple, comment reconnaissait-on les vrais clients des gens qui entraient et sortaient au cours de la journée, visiteurs occasionnels, fidèles venant déjeuner ou rejoindre quelqu'un au bar, ce genre de chose ? Le jeune homme à la réception devinerait-il qu'elle ne logeait pas sur place ? Elle ne lui avait pas réclamé de clé, mais peut-être en avait-elle une quand même, récupérée un peu plus tôt auprès d'un de ses collègues, avant qu'il ne prenne son poste, et gardée en sortant. Il y avait son bagage, bien entendu, mais il n'était pas très volumineux, et, quoi que ce réceptionniste en pense, ce pouvait être un cabas. Mais pourquoi serait-elle sortie à l'aube avec un cabas, alors que tous les magasins étaient fermés, et comment aurait-elle pu le rapporter plein ?

Le hall d'entrée était tout en surfaces marmoréennes étincelantes, avec des éclairages indirects et un plafond bas. Dans une sorte de bassin au centre de la pièce, l'eau d'une fontaine clapotait de manière apaisante au milieu de fougères. Elle ôta son imperméable et s'assit à un bout d'un inconfortable canapé en cuir sur lequel elle savait que ses jambes allaient coller, en dépit de sa robe. Un grand silence indifférent planait alentour. Elle se demanda si les fougères du bassin étaient naturelles ou en plastique ; elles avaient l'air tellement réelles que c'en était louche. Elle s'efforça de ne pas penser aux voix ; souvent, il suffisait qu'elle leur accorde une pensée pour qu'elles se mettent en branle. Le jeune homme de la réception vint lui proposer, en anglais, avec une froide politesse, du café peut-être, ou du thé. Elle refusa d'un signe de tête ; elle ne savait pas comment faire pour payer ; elle s'imagina lui proposer de l'argent et se voir opposer un regard offusqué. Il était beau comme un acteur, basané, sans une ride, et dégageait une assurance tranquille. Il sourit de nouveau avec une pointe d'ironie, cette fois-ci, lui sembla-t-il. En tournant les talons, il jeta un coup d'œil sur son sac et haussa un sourcil d'une manière qui lui confirma qu'il savait ne pas avoir affaire à une cliente. Elle se demanda avec envie comment il avait deviné. Peut-être tous les clients étaient-ils photographiés secrètement lorsqu'ils remplissaient leur fiche, lesdites photos conservées dans un dossier à la réception, et peut-être les avait-il épluchées sans trouver la sienne ? Mais sans doute avait-il compris au premier coup d'œil, à la manière tellement guindée dont elle était assise, les genoux serrés et les mains croisées sur les cuisses ; ça, et le fait qu'elle n'avait pas pris l'ascenseur pour monter à sa chambre, une chambre qu'elle n'avait pas. Elle consulta sa montre et soupira. Le murmure d'une voix exultante et malveillante s'éleva dans sa tête.

Voici que je dors encore une fois, que je rêve. Dans ce rêve, je suis dans un aéroplane ou plutôt dessus car l'habitacle ouvre sur le ciel, il a un plancher et une verrière ronde en métal reposant sur de fins supports en acier. Il y a d'autres passagers à bord, mais les appuie-tête des sièges trop hauts me les cachent. L'air délicieusement frais et doux me fouette le visage. Loin en dessous, par des trouées dans la couche nuageuse, j'aperçois des champs et des rivières, de petites taches de vert correspondant sans doute à des arbres, des maisons et une autoroute, tout un univers en miniature qui se déploie jusqu'à l'horizon partout incurvé. Tandis que je vole, léger comme une plume et libre, je suis moi et aussi quelqu'un d'autre, et c'est très bien, et naturel. Une hôtesse approche et se penche pour me dire quelque chose, mais lorsque je lève la tête vers elle je m'aperçois qu'elle a un visage peiné, barbu, un visage d'homme, doux mais pas efféminé, les yeux mi-clos comme dans la mort, les paupières plaquées sur ses globes oculaires saillants tel un morceau de papier ou de soie. Elle me tend quelque chose, une feuille de papier pliée, une lettre, peut-être, que j'essaie de repousser, mais elle insiste, sans se départir de cette expression douce, bienveillante, malheureuse. *Signore*, répète-t-elle avec une insistance gentille en me montrant du doigt son visage barbu, *signore*, *signore*. Je l'écarte, le papier craque dans ma main, et j'essaie de me lever de mon siège, en vain, ma jambe m'en empêche. Je sais que l'avion va s'écraser, je le sens qui plonge et dévie de sa trajectoire, je sens le plancher en métal vibrer sous l'effort. Le monde me fonçait dessus, les objets dessus grossissant par brusques expansions encliquetées, tels des agrandissements photographiques qu'on empile les uns sur les autres à toute vitesse. Je finis par me relever, libéré, ma jambe s'étant détachée sans douleur au niveau de la hanche, et je remontai l'allée centrale en boitillant et en perdant mon sang quand je m'aperçus que je voyageais non dans un avion mais dans la benne ouverte et brimbalante d'un camion sans chauffeur qui filait à travers la fumée et le vacarme de la circulation de la mi-journée. Un cri retentit, quelqu'un brailla quelque chose et je m'éveillai, glacé de sueur et agrippé au bord du matelas, les dents serrées et les jambes empêtrées dans les draps.

Je me levai en titubant et allai refermer la fenêtre pour étouffer le bruit de la rue. Il n'était pas sept heures du matin mais la journée battait déjà bruyamment son plein. Je songeai avec nostalgie aux matinées somnolentes en Arcadie. Sur la table de chevet derrière moi, le téléphone sonna. Ayant grandi sans, je n'ai jamais pu m'habituer à cet engin, à la manière dont il trône dans chaque maison, dans chaque chambre d'hôtel, prêt à se manifester sans prévenir à n'importe quel moment, irascible et exigeant comme un nourrisson geignard. Je revins m'asseoir sur le bord du lit, décrochai le récepteur prudemment et prudemment l'appliquai contre mon oreille et, l'espace d'un moment, je me vis sous les traits de mon père avec toute la réserve qu'il arborait face à la machinerie du monde. Mon père. Curieux. Je n'avais pas pensé à lui depuis... combien de temps ? De la réception, une voix résonna à mon oreille pour m'annoncer qu' « *una persona* » m'attendait au rez-de-chaussée. Je hochai la tête comme si le réceptionniste s'était trouvé en face de moi. Puis je raccrochai, poussai un soupir. Soit.

Je pris mon petit déjeuner dans ma chambre, sans me presser, ensuite de quoi je marinai un long moment dans un bain brûlant. À présent qu'elle était là, à présent que l'instant de la confrontation était arrivé, je m'enfonçai dans un état de léthargie et de contemplation paresseuse. Cette vision momentanée de mon père avait fait remonter toutes sortes de souvenirs inattendus du lointain passé, de mon enfance, de ma famille, de la maison Vander, avec ses nombreux oncles, tantes et cousins. On aurait dit que je me noyais, tranquillement et que ma vie, au lieu de défiler à toute vitesse devant moi, me soumettait une sélection de séquences au ralenti, comme dans un rêve. Je finis par me lever, me séchai énergiquement et mis mon costume de lin désormais froissé au-delà de tout espoir et mon bout de cravate. Je m'adressai un sourire mécontent dans le miroir : le noyé se prépare pour ses funérailles. Un silence mortel régnait dans le couloir. L'ascenseur arriva avec son fracas métallique et son vacarme de broyeur ; une main dans la poche, j'entrai dans la cabine en frottant une pièce de monnaie – l'octroi du passeur ! – entre mon pouce et un autre doigt.

Curieux que j'eusse atterri en Arcadie, si loin de tout ce que j'avais connu par le passé. C'était vraiment la mauvaise destination; en toute justice, j'aurais dû être emporté dans la direction opposée, comme tant d'autres, au cœur du désastre, les tours qui s'effondrent, les tempêtes de feu, les enfants poussant des hurlements perçants dans le lac en flammes. Pourtant, quand j'arrivai en Arcadie et que je regardai en arrière, je me rendis compte que tout ce que j'avais fait depuis le début m'y avait inexorablement poussé, comme si les essais publiés, les discours prononcés, les honneurs décrochés avaient été autant de zéphyrs qui m'avaient irrésistiblement emporté vers l'ouest, de l'Europe vers Manhattan, puis vers la Pennsylvanie, les plaines de l'Indiana, le morne Nebraska – quelle âpre poésie dans ces noms ! –, avant un dernier grand saut par-dessus les montagnes pour atterrir sur cette étroite bande côtière ensoleillée où j'avais fini par me poser lourdement et sans un bruit dans la poussière, tel un astronaute débarquant sur une planète inconnue. Inconnue, voilà le mot idoine. Cet endroit m'a toujours été étranger, ou du moins m'y sentais-je étranger. Le fait est que je n'avais jamais vécu là, pas vraiment. D'une certaine façon, je ne participais absolument pas à la vie de la ville. Je n'avais pas acheté de voiture. Je n'avais jamais mis les pieds sur ce célèbre pont rouge élancé et diaphane. Quand je me promenais sous l'indéfectible soleil arcadien, lequel semblait constamment me poursuivre d'un œil impassible mais perpétuellement vigilant, je fermais mon esprit au présent afin de réintégrer la cité où j'étais né, suivre de nouveau les ruelles reculées que j'arpentais enfant et revoir les flèches, la congrégation des toits et les champs gelés plus loin ponctués de minuscules silhouettes occupées à travailler ou à jouer, dans le style d'une de ces scènes de genre hollandaises galvaudées qui associent labeurs et festivités. Oh, que n'aurais-je donné durant ces immuables journées arcadiennes pour entrevoir, ne fût-ce qu'un instant, l'éclair d'une lumière pluvieuse sur une route des Flandres en avril ! Pourtant j'aurais dû me sentir à l'aise en Arcadie. Là, tout le monde avait été quelqu'un d'autre avant, à un moment donné, dans une existence totalement différente, comme moi. Durant toutes les années que j'ai passées dans cette ville, je n'ai jamais rencontré une seule personne qui y fût née. D'où êtes-vous ? se demandaient les Arcadiens qui, debout, souriant, les sourcils arqués, les lèvres impatiemment entrouvertes, anticipaient une biographie, une histoire. Ils vous confiaient les détails les plus intimes sur eux-mêmes et leur passé, puis haussaient les épaules, comme ils savaient le faire, pour se défausser de tout cela. L'avenir était leur légende. Moi, bien entendu, je les fascinais. Contrairement aux camarades que j'avais laissés à New York, ils ne s'intéressaient pas au modèle politique que j'incarnais, et accouraient néanmoins vers moi, pleins de curiosité émerveillée, comme s'ils visitaient un site ancien et sacré, lieu de rituels, de batailles et de sanglants sacrifices immémoriaux. Ils me tournaient autour, m'examinaient sous toutes les coutures, regrettaient d'avoir oublié leurs appareils photo et leurs guides. Je les encourageais, pour les plus agréables d'entre eux ou, du moins, les plus utiles, leur faisais bon accueil, les laissais approcher jusqu'au moment où, jugeant que mon authenticité avait été suffisamment attestée, je bouclais solidement les portes et laissais retomber la herse avec fracas afin qu'elle demeure baissée, rivets bien rouillés.

Magda se sentait encore plus déplacée que moi en cette luxuriante et verdoyante Arcadie. New York, ses rues grouillantes, son affairement, ses foules et l'incessante clameur de la multitude humaine lui avaient presque plu. Plus nous allions vers l'ouest, plus elle s'étiolait. L'air des vastes espaces que nous traversions la desséchait, la creusait. En Arcadie, les jeunes l'effrayaient, depuis le gamin à bicyclette qui, dès la première heure du matin, jetait le journal roulé contre notre porte d'entrée avec une énergie vicieuse jusqu'aux petits voyous sur leurs motocylettes qui se poursuivaient d'un bout à l'autre des avenues ombragées et empuantissaient l'atmosphère de leurs gaz d'échappement. Elle se mit à fuir le monde, s'aventurant rarement hors de la maison et jamais sans moi. Je ne me rappelle pas bien à quel moment je compris que son état mental se détériorait. Peut-être cette tare avait-elle existé tout du long, parcelle spongieuse qui, ancrée dans son cerveau dès la naissance, n'avait cessé de croître jusqu'à ce que tout se fût transformé en bouillie sous son crâne ? Quand avait-elle commencé à manifester ce goût pour les sucreries ? Je récupérais des bâtons de sucette collés par terre, des miettes de gâteaux dans les couvertures du lit, des papiers de bonbon flottant opiniâtrement dans la cuvette des W.-C. Souvent, en rentrant, je la trouvais debout dans le vestibule, l'air confus, qui me regardait sans me reconnaître. Je l'entendais parler toute seule, dans la salle de bains ou dans l'escalier, en un murmure discret, pressant. Puis, un matin, elle entra dans la cuisine en semant sur le sol derrière elle une traînée de petites crottes, plates comme des limandes, et je compris qu'il était temps qu'elle s'en aille.

Dans le hall de l'hôtel, un car de touristes du troisième âge venait de débarquer avec force plaintes et criailleries ; ils avaient, comme moi, subi des retards et perdu des bagages. En sortant de l'ascenseur, je m'appuyai un instant sur ma canne pour jeter un coup d'œil alentour. Où était-elle, cette fichue *persona* ? Assis dans des fauteuils bas, deux corpulents hommes d'affaires, attentifs et vigilants comme s'ils se préparaient à un bras de fer, se faisaient face de part et d'autre d'une table encore plus basse. Tassée dans le coin d'un canapé, un sac à ses pieds, une fille aux cheveux roux attendait quelqu'un en espérant ne pas se faire remarquer. Un carlin dans les bras, une vieille sorcière peinturlurée passa devant moi, noyée dans les plis d'un manteau de fourrure. Je me dirigeai vers la réception, mais l'afflux de touristes m'interdit d'approcher davantage. J'envisageai alors de franchir la porte et de m'en aller, je me vis nettement le faire, sinon que, dans mon imagination, ma jambe invalide était guérie et mon pas jeune, rapide et insouciant. Avant même qu'elle ne prenne la parole, je la devinai derrière moi. C'était la fille, bien sûr, la rouquine ; j'aurais dû m'en douter. Grande ; pâle ; des taches de rousseur sur le nez ; des yeux... des yeux comment ?... bleu-vert, oui, et piquetés d'ambre. Je remarquai sa façon de se tenir, son maintien de grande, une jambe en arrière et le genou de l'autre plié pour gommer deux bons centimètres. Elle serrait son bagage devant elle, les deux mains crispées sur la poignée, comme pour repousser une agression redoutée et attendue avec confiance.

« C'est moi Catherine Cleave, dit-elle. On m'appelle Cass. »

Nous nous installâmes dans le hall d'entrée, chacun à un bout du canapé en cuir, face à face, la fille droite comme un I, les poings sur les genoux, son imperméable à côté d'elle et son sac par terre ; elle avait l'air effaré et légèrement hébété d'une réfugiée qui, à peine une heure plus tôt, a franchi la frontière sous le feu ennemi. Moi, j'étais irritable. L'eau qui gargouillait dans le bassin me déconcentrait : quel imbécile avait pu avoir l'idée de coller une fontaine et des fougères à cet endroit-là? J'aime voir les choses dans l'environnement qui leur revient. J'étudiais la fille ou plutôt la jeune femme, ainsi qu'il allait me falloir, je le supposais, penser à elle. Son apparence avait quelque chose de frappant et d'ordinaire. Je notai la jolie morphologie de son visage triangulaire, la légère irritation rosée, délicate, à la commissure de ses paupières, le duvet blond sur ses bras et sur ses longues jambes nues, osseuses. Elle m'expliquait en détails pressés et décousus un projet de recherche sur lequel elle avait travaillé pendant des années, semblait-il, qui avait un lien avec les enfants de Rousseau, pour autant que je me souvienne; c'est à peine si je l'écoutais. Je songeais à la terrible déception que j'éprouvais. J'avais imaginé quelqu'un de bien plus formidable que ça. Ç'aurait pu être une de mes étudiantes, une des plus désespérées, du temps où j'étais encore obligé d'avoir des élèves. Elle comptait se faire un nom en me démasquant, c'était ça? Eh bien, peut-être y parviendrait-elle, mais il allait lui en coûter, et cher, autant qu'à moi, j'allais m'y employer. Pendant qu'elle me parlait, ses yeux, anormalement grands et brillants, ne cessaient de se poser sur telle ou telle partie de ma personne avec une intensité fascinée, dansante, de sorte que j'avais la sensation qu'elle m'assemblait à la hâte en un genre de puzzle vivant. Il émanait d'elle une vibration légère, vive, comme si quelque chose en elle tournait sans relâche à une vitesse terrible et inaudible. J'interrompis l'histoire inintelligible des marmots abandonnés de Jean-Jacques pour lui demander si elle souhaitait prendre un petit déjeuner et elle me regarda d'un air paniqué, puis refusa d'un signe de tête véhément. J'eus le sentiment d'être tombé, nez à nez, sur un sentier forestier avec une créature sauvage, rare et nerveuse, qui aurait cédé une seconde à une curiosité tremblante avant de disparaître, l'instant d'après, dans un craquement de feuilles. Je connaissais ce type de personnages. Ils occupaient toujours le haut de l'amphithéâtre et me fixaient d'un regard avide sans jamais ouvrir la bouche avant d'y avoir été invités. Je jetai un coup d'œil sur la salière profonde et ombrée au-dessus de sa clavicule et sentis, à ma grande surprise, que ma vieille libido frottait ses pattes calleuses avec nostalgie. Je crains d'avoir toujours eu une préférence marquée pour les dingues.

Lorsque je lui eus demandé d'où elle venait et qu'elle m'eut répondu, je lui dis que c'était un pays magnifique, berceau de nombre de grands et célèbres poètes. Comment avais-je pu, même au téléphone, ne pas situer ce grasseyement, cet accent du terroir ? Je lui demandai aussi à quel hôtel elle allait descendre et compris à ses bredouillements et à ses froncements de sourcils qu'elle n'avait nulle part où aller. Bien. Peut-être y aurait-il une chambre de libre ici ? suggérai-je doucereusement en haussant les sourcils. Elle jeta un coup d'œil dubitatif vers les sols en marbre, les chandeliers, battit des paupières. Mais oui, insistai-je, il fallait qu'elle loge ici, j'étais sûr qu'il y aurait quelque chose de libre, j'allais arranger cela sur-le-champ. Comme je me remettais laborieusement sur mes pieds, je notai avec une obscure satisfaction qu'elle avait dû se contrôler pour ne pas me tendre une main secourable. À la réception, elle attendit silencieusement à mes côtés ; en dépit de son immobilité, elle vibrait encore. Oui, annonçai-je en me tournant vers elle, tout en affabilité désinvolte, il y avait une suite disponible, cela lui plairait-il ? Elle me considéra sans piper mot. Je souris.

« Quelque chose de plus modeste, alors ? »

Son front s'empourpra. Tiré à quatre épingles, le jeune homme de la réception gardait un visage impassible. Je posai une fiche devant elle et lui proposai un stylo qu'elle refusa pour, à la place, sortir de la poche de son chemisier son propre stylo plume. Elle se pencha pour la remplir avec l'empressement ronchon d'une écolière. J'essayai de déchiffrer l'adresse qu'elle gribouillait, peine perdue. Le caractère violemment incontrôlé de son écriture me surprit ; ses lettres pointues et penchées se déployaient en rangées écrabouillées. Prestement, je me saisis de la clé que le réceptionniste lui tendait et récupérai également son bagage avant qu'elle n'ait pu réagir. Elle s'empourpra derechef. Je buvais ses fards comme des gorgées du cordial le plus raffiné et le plus précieux. J'allais m'amuser avec celle-là, c'était sûr et certain ! Elle se tourna vers l'ascenseur et je lui emboîtai le pas. Épaules larges, longues cuisses et beaucoup, beaucoup trop grande. Côte à côte, nous montâmes, les yeux rivés au plafond. Elle sentait fort la sueur ainsi que quelque chose de vaguement médicinal que je n'arrivais pas à identifier ; je percevais un passé d'institutions – d'écoles, peut-être, pas seulement ; de sanatoriums ? Peut-être était-elle malade des poumons ? Je ne savais pas trop si les gens étaient encore malades des poumons. En ces occasions singulières, extraordinaires, fantastiques, qu'il est vaste le champ de nos divagations !

La chambre que j'avais réussi à lui avoir était petite et donnait sur un toit plat et une rangée de vieilles cheminées en métal noirci pareilles à celles d'un paquebot. Je posai son sac sur le lit. Le dos à la fenêtre, la jeune femme m'apparut repliée sur elle-même, sur la défensive, les épaules voûtées sur un buste rendu concave et les paumes plaquées sur le ventre. Je dis qu'elle devait être fatiguée après le voyage et elle répondit oui, elle avait eu du mal à dormir dans le train. Puis, de nouveau, le silence s'abattit. Elle n'avait fait aucune allusion à la lettre qu'elle m'avait écrite ni à son contenu. J'ajoutai qu'il fallait qu'elle se repose, puis que nous irions déjeuner ensemble dehors.

« Déjeuner ? » s'exclama-t-elle comme si elle répétait un terme étranger.

Sa bouche flasque et légèrement tordue sembla réprimer une remarque supplémentaire.

Les narines palpitantes pour humer une fois encore son odeur de civette, je surpris une bouffée de l'atmosphère renfermée de la pièce. Ma vieille amie libido s'agita de plus belle. La jeune femme, la pièce, le sac sur le lit et ces cheminées de bateau dehors, tout paraissait soudain participer d'une absurde et excitante aventure dans laquelle je me trouvais subitement embarqué : pour le coup, je me délestai d'un millier d'années ou presque aussi légèrement que d'une cargaison de pellicules.

« Déjeuner, décrétai-je, oui ! » coupant court à toute objection.

Là-dessus, j'opinai du chef, tournai les talons, retournai ma canne et crochetai la poignée de la porte pour l'ouvrir d'un geste ludique ; si j'avais eu un chapeau sur la tête, j'aurais aussi salué avec. Bientôt, je serai libre, me dis-je sans savoir ce que cela pouvait signifier et m'en fichant totalement.

Une fois la porte franchie, je m'arrêtai : mes mains tremblaient.

Croyant l'impressionner, je l'emmenai à l'Esmeralda, mais elle ne prêta pas la moindre attention aux splendeurs lugubrement rococo des lieux, aux murs d'un rouge somptueux, aux cristaux étincelants, aux serviettes richement damassées, aux lourds couverts anciens. Elle ne mangea guère, se contenta de piquer la nourriture sur son assiette, la poussant de-ci, de-là avec sa fourchette sans même la regarder. Elle s'était changée et avait mis une robe grisâtre sans manches qui lui donnait l'air déconcertant d'une veuve de fraîche date, toute jeune. Elle était assise en face de moi, le dos très droit, le cou tendu à la façon d'un oiseau, à la façon d'un cygne, et, bien que nos yeux fussent à la même hauteur, j'avais l'impression bizarre qu'elle était au-dessus de moi en un sens, qu'elle me regardait de haut. Elle avait fait quelque chose à ses cheveux, les avait tirés en arrière ou peut-être juste brossés différemment en un style qui découvrait ses joues larges et plates et les pavillons, trop grands, de ses oreilles ; l'effet produit, je ne sais trop comment, dénotait un état de désespoir un peu diffus. Je n'avais pas faim, mais très soif, comme toujours. Je commençai par m'avaler une bouteille de vin rouge, épais comme du sang, puis m'envoyai des lampées de grappa accompagnées de dés à coudre de café bitumeux qui contractaient et électrisaient mes terminaisons nerveuses. De son côté, elle buvait un verre d'eau à petites gorgées. La fumée de mes nombreuses cigarettes formait un cocon fétide autour de nous et lui déclenchait des quintes de toux. Nous étions installés à côté d'une fenêtre donnant sur une ruelle déserte, en face d'une église en ruine. Que de fois dans ma longue et honteuse carrière m'étais-je assis en face d'une jeune fille au restaurant, encigaretté, souriant sinistrement, un bras négligemment passé par-dessus le dossier de ma chaise, me présentant à son regard intimidé et admiratif à l'instar d'une coupe emplie d'un vieux millésime extrêmement rare. Et voilà que je remettais le couvert, jusque dans ma sénescence. Je lui racontai mon premier hiver à

New York, bouclé dans ce sous-sol de Perry Street où j'avais cru mourir de chaleur en été et où j'eus ensuite l'impression de ne plus jamais devoir me réchauffer. Magda m'avait montré comment rouler des journaux pour allumer le poêle. Je travaillais toute la journée et la moitié de la nuit, sans relâche, et la tête me tournait d'excitation et de fatigue.

« Avant même d'avoir écrit un mot, je savais comment s'appellerait cette affaire, lui confiai-je. L'Alias en tant que fait saillant : le nominatif dans la quête d'identité. Je voyais déjà la jaquette avec le titre en capitales, en gras, au-dessus de mon nom, plus modestement en corps vingt-quatre. »

Je pouffai de rire, lampai ma grappa et sentis avec une satisfaction masochiste la liqueur poisseuse et sulfureuse m'arracher une nouvelle couche de muqueuse sur la langue ; étonnant, le semblant d'apaisement que ces toutes petites douleurs, volontiers endurées, peuvent apporter au dégoût de soi... Ah, mais quel froid glacial dans cette pièce ! Je restais emmitouflé dans ma couverture, seuls mon visage et la main qui écrivait demeuraient à découvert, mon cerveau bourdonnait sous l'emprise des psychotropes que j'avalais d'heure en heure. Le vent soufflant du fleuve gémissait lugubrement contre l'encadrement de la fenêtre et de minuscules boules de suie roulaient sur la page que je m'appliquais à noircir. J'avais essayé de bosser à la bibliothèque, pour la chaleur, mais la présence autour de moi de tant d'autres mendiants me ressemblant beaucoup trop – des types hagards qui soupiraient, se curaient le nez et mangeaient en cachette des sandwiches cachés dans des sacs en papier kraft – m'en avait chassé. Puis le manuscrit fut publié et, aussitôt, comme dans un conte de fées, telle Cendrillon dans sa citrouille, je me retrouvai arrivé.

« Ce genre de chose était possible, expliquai-je, en ces années-là. Il pouvait suffire d'un livre. Bien sûr, tout le monde le lut – j'agitai une main d'un geste paresseux – et chacun crut que je m'adressais directement à lui. Ou à elle. »

Je croisai son regard et esquissai un sourire méprisant. Tu connais ces fameux sourires qui te donnent l'impression que la peau de ton visage craque sous l'effort comme de la cellophane ? Elle m'observait, immobile, le couteau et la fourchette en suspens ; sa fixité soudaine fit légèrement palpiter l'atmosphère entre nous, à la manière dont le réfrigérateur, qui vibrait tout seul sans déranger quiconque, se tait tout à coup après avoir effectué un bond en avant.

« Vous les aviez convaincus », affirma-t-elle.

Je haussai les épaules.

« C'était l'époque, insistai-je. Tout le monde était obnubilé par l'identité ; l'identité, et l'authenticité, tout le bataclan ; le casse-tête existentiel, ha, ha. »

Oui, oui, je les avais convaincus. Pour la plupart. Sournoiserie : lequel d'entre eux avait décrété que la sournoiserie morale constituait la caractéristique la plus marquante de tous mes écrits ? Ne connaissant pas le terme, j'avais dû le chercher dans le dictionnaire.

« Après, tout a changé, poursuivis-je. Magda et moi avons quitté notre sous-sol glacial pour un appartement situé dans une de ces grandes et vieilles maisons mitoyennes du côté de la 70e Rue Ouest, un endroit bruyant où vivaient des gens malins et mystérieux, des types liés au théâtre, des filles artistement malheureuses qui écrivaient de la poésie et un célèbre trompettiste noir. Ce fut un succès d'envergure, tapageur et grotesque. Quelle euphorie ! Et les soirées, l'interminable kyrielle de soirées où je coudoyais de vivantes légendes, les Edmund, Lionel et Mary, et où on me coudoyait en retour. En leur compagnie brillante et jamais totalement sobre, j'appris un langage neuf, un langage de nuances et de petits signes de tête, celui du sourire ambigu, du clin d'œil de l'initié. Les camarades, bien sûr, que je considérais à présent comme si peu raffinés, si gauches – quel bon mot ! –, je les oubliai rapidement. Je les imaginais sur le trottoir désert, groupes compacts de jeunes militants en jean et la boule à zéro flanqués de leurs compagnes, solennelles bonniches en jupes à carreaux et socquettes blanches qui, laissés pour compte et moroses, battaient des paupières devant la poussière que soulevaient mes talons dans leur fuite.

Cass Cleave posa son couteau et me regarda. Je haussai de nouveau les épaules, souris de mon sourire le plus charmeur, le plus candide.

« Ma chère, déclarai-je, j'ai retourné ma veste tellement souvent qu'elle en est élimée. »

C'est seulement à ce moment-là que je mesurai à quel point j'étais furieux, à quel point j'avais été furieux tout du long, depuis le moment où j'avais ouvert sa lettre et avant cela, longtemps avant, en l'attendant, car j'avais toujours su que, tôt ou tard, quelqu'un me l'enverrait. La tête tournée, Cass Cleave regardait la rue. Que savait-elle exactement ? Les yeux en boutons de bottine, je l'observai. Oui, je reconnaissais ce genre de fille : entreprenante, intelligente, maligne et sans défense, en proie à des désirs secrets et ardents, à des désarrois indicibles, cherchant de l'aide partout où elle ne risquait pas d'en trouver. Elle se rongeait les ongles au sang et plus. Je fermai les yeux une minute. Se pouvait-il vraiment que la complexe prouesse que représentait ma vie, ce triomphe remporté de haute lutte à force de risques, d'audaces et de mensonges, soit finalement anéanti parce qu'une semi-démente éprouvait un besoin d'attention exacerbé ? Le soleil de l'après-midi avait basculé derrière les hautes toitures et tombait dans la rue, et, dehors, derrière la fenêtre, un reflet de verre ou de métal ne cessait d'étinceler, d'attirer mes regards. J'étais bien éméché. Sans rien préméditer, je pris l'une des mains de Cass Cleave entre les miennes et souris de nouveau de mon sourire irrésistible, découvrant toutes mes dents. Quel tableau nous devions former pour les autres convives présents, l'ignoble vieux débauché souriant comme un cheval en tripotant cette pâle jeune femme !

« Venez avec moi, proposai-je, empressé et jovial, je veux vous montrer l'endroit où a vécu un de mes grands amis. »

La tête penchée de côté, elle regardait sa main posée sur la mienne d'un air très perplexe, à croire qu'elle n'avait jamais connu ça. Je lui caressai la paume du bout des doigts ; elle était chaude et étonnamment ferme. Lorsqu'elle baissa les yeux, ses paupières, mauves, légèrement brillantes, se révélèrent si renflées, si tendues qu'elles me parurent presque translucides.

Je jetai un coup d'œil autour de moi et le serveur surgit, fringant cadavre presque aussi âgé que moi, qui m'apporta l'addition sans que ses yeux de poisson, humides, regardent vraiment ni la main de la jeune femme ni la mienne à plat sur la nappe maculée de vin au milieu des tasses de café vides, des verres sales et du cendrier hérissé de mégots. Cass Cleave s'était de nouveau détournée et, le visage éteint, fixait le vide. À quoi pensait-elle, à quoi pouvait-elle bien penser ? Sa main ferme, aussi chaude qu'un oiseau, battait doucement dans la mienne, comme si elle renfermait un cœur minuscule. Son poids substantiel me rappela soudainement et brutalement qu'une bonne part de ma vie était derrière moi. J'étais en train de m'épuiser, moi, et mon univers avec. Une vague d'amertume et de colère me submergea, me coupa le souffle. Tant de choses étaient désormais émoussées qui, dans ma jeunesse, m'auraient transpercé comme... comme quoi? Je n'en savais rien, j'avais perdu le fil de mon raisonnement. Je lâchai la main de la fille et me relevai rapidement, renversant mon siège, et cette fois elle tendit le bras pour m'aider, et tant mieux, car, sinon, je suis sûr que je serais tombé. Je m'appuyai sur son bras en jurant et bourrai ma jambe morte de coups de poing furieux. Le vieux garçon avança en traînant des pieds et m'offrit son assistance en gloussant comme s'il avait affaire à un enfant indiscipliné. Je le repoussai et gagnai la porte en titubant. Dehors, au soleil, je fis quelques pas et dus m'arrêter pour m'adosser à un mur. Je levai la tête vers le ciel qui paraissait palpiter, lentement, immensément. La tête me tourna et j'éprouvai de nouveau ce sentiment de déplacement, de glissement et de scission que j'avais éprouvé la veille devant le miroir de la salle de bains de l'hôtel, mais plus nettement cette fois. Je me demandai calmement si je n'étais pas en train de faire un infarctus ou une attaque. Cass Cleave essaya de nouveau de me prendre le bras.

« Ce n'est rien! » criai-je.

Je lâchai un vent sans me retenir, sans me soucier de savoir si elle l'entendait ou le sentait. Je riais, riais et toussais, partagé entre l'euphorie de l'ivresse, le vertige et la fureur.

Il sommeille en mon for intérieur un autre moi qui, en de tels moments, s'éveille en sursaut, surpris par tout ce qui se passe, toute cette vie, son invraisemblance. Plantée devant moi, la fille fustigeait ma confusion. Je l'injuriai. Un nouveau reflet attira mon regard – provenait-il du seuil de cette église ? *Ave, Deus caecans !* Là-dessus, je fis un faux mouvement et lâchai ma canne qui tomba dans un raffut d'ossements. Elle s'accroupit pour la ramasser et je lui aurais volontiers collé un coup de pied si je n'avais craint de perdre l'équilibre et de tomber la tête la première contre le trottoir. J'avais le cœur serré comme un poing. Je lui repris ma canne, tournai les talons et m'éloignai en martelant le sol et en jurant.

Fureur, fureur et peur, tels sont les combustibles qui, également répartis, me font avancer : fureur d'être ce que je ne suis pas, peur d'être découvert pour ce que je suis. Si une de ces forces s'épuise un jour, le violent équilibre qui me maintient se brisera et je m'effondrerai ou bien je m'envolerai malgré moi dans une débauche de pets et de sifflets, pareil à un ballon fugueur. Même quand j'étais jeune... mais non, non, je ne veux pas revenir là-dessus, j'en ai marre. J'en ai fini avec le passé ; parfois, lorsque je regarde en arrière, une ligne nette me barre la vue, comme s'il s'était produit un glissement de terrain.

La jeune femme me suivait à une distance régulière, prudente. Chaque fois que je m'arrêtais, elle aussi s'arrêtait et tournait la tête pour regarder attentivement un truc. Sa robe sombre et ses sandales à lanières lui donnaient l'air d'une fille de l'Attique : Électre égarée dans la cité des tombes. Je me forçai à avancer et me retrouvai peu après sur la petite place du palais Carignano. L'après-midi avait émergé de sa torpeur de midi. Dans les rues animées, des petites voitures entraient et sortaient en vrombissant. Sur un mur apparut alors la plaque en bronze que je cherchais. Trois marches menaient à une porte haute et étroite. Lorsque j'appuyai sur la sonnette, une voix rauque me répondit à travers la bouche grillagée d'un coffret métallique et le verrou cliqueta. J'entrai. Cloisons grises et odeur de renfermé, chaude, d'un intérieur pas ventilé. Cass Cleave n'avait pas encore fini de traverser la rue ; je songeai à lui lâcher la porte d'entrée au nez, comme j'avais envisagé de le faire avec Poil de carotte, au café, mais je me ravisai et la lui tins ouverte, à contrecœur. Pourtant, nous gravissions l'escalier quand je me vis, en imagination, m'arrêter, me tourner et l'enlacer irrésistiblement, déchirer ses vêtements et me plaquer de tout mon long contre elle. Même sa nudité ne me suffirait pas, j'allais ouvrir sa chair comme on ouvre un manteau, la défaire du sternum au cou-de-pied et grimper de tout mon corps en elle, je sentirais son cœur bouleversé se contracter et sauter un battement, ses poumons frissonner, et serrerais entre mes mains ses os enduits de sang. Au sommet de la troisième volée de marches, la virole de ma canne se logea dans une crevasse du marbre veiné, et, pendant que je la dégageais en la faisant jouer furieusement d'avant en arrière, j'entrevis l'immeuble qui bougeait, oscillait et se désolidarisait de ses fondations, puis s'effondrait en une avalanche de briques sur la piazza tremblante et ébahie.

Apparut alors une porte en verre dépoli. Je frappai sur la vitre avec la poignée de ma canne. Pas de réponse. Je m'éclaircis la gorge, Cass Cleave s'éclaircit la sienne. Du doigt, je désignai le nom peint en lettres d'or sur la vitre.

« Fino, dis-je en hochant la tête. Vous voyez ? C'est la famille qui lui louait une chambre. »

Nous attendîmes. Je frappai de nouveau et une minuscule jeune femme, une homuncule vêtue d'une robe grise identique à celle de Cass Cleave et affublée de lunettes à grosse monture noire démodées, finit par ouvrir. Elle sortit en se faufilant de côté et s'empressa de tirer la porte derrière elle, nous interdisant ainsi d'entrevoir quoi que ce soit de l'appartement d'où s'échappait une légère odeur de cuisine. Elle nous salua timidement et resta là à regarder nos pieds à la dérobée, incurieuse et figée. Les mains jointes sur le ventre, elle ne cessait de les faire glisser l'une par-dessus l'autre comme si elle lavait quelque chose d'un geste lent, caressant. Je lui demandai si nous pouvions voir l'endroit où le philosophe avait vécu. Elle fronça les sourcils et ses mains s'immobilisèrent.

« Nietzsche, poursuivis-je d'une voix forte. Friedrich Nietzsche ! »

Le nom sonnait de manière absurde, comme un éternuement ; il fut avalé par la cage d'escalier et nous revint en un écho aux sonorités ricanantes. Les yeux toujours rivés au sol, la jeune femme réfléchissait. Elle avait, à côté de la narine gauche, un petit grain de beauté poilu vers lequel mon œil ne cessait de s'égarer. Lentement, elle fit non de la tête. Personne de ce nom n'habitait ici, répondit-elle.

Elle s'exprimait d'une drôle de façon, lentement, en zézayant, s'interrompait une seconde sur un mot et le faisait ronfler au fond de sa gorge en un son proche du ronronnement d'un chat quand on le caresse.

« Je ne veux pas dire maintenant, insistai-je en braillant carrément. Il y a longtemps ! Il a vécu ici. *Il grande filosofo !* »

De nouveau, je pointai le nom sur la porte, mentionnai la plaque sur le mur dehors. Mais elle ne voulait rien savoir, se bornait à faire non de la tête, distante, pas du tout contrite, inébranlable. À un moment donné, elle leva les yeux une seconde et observa, avec une lueur d'intérêt, la gorge nue de Cass Cleave et les deux plis de chair pâle semés de taches de rousseur à l'endroit où la robe sans manches pinçait ses aisselles dénudées. Le palier, exigu et surchauffé, nous imposait de rester très proches les uns des autres, nous les deux grands et elle toute petite, de macérer dans la chaleur que nous dégagions tandis que, derrière la porte fermée, l'odeur de cuisine s'intensifiait. Je cherchai à ajouter autre chose mais, faute de rien trouver, pivotai sur les talons et redescendis l'escalier, partagé entre la fureur muette et la frustration. Au premier palier, je me tournai et vis Cass Cleave et la naine, toujours à l'endroit où je les avais laissées, qui, les yeux baissés, ne se regardaient pas, ne disaient rien, restaient simplement ainsi, statufiées comme une paire de mannequins.

Je patientais sur le seuil de l'entrée quand elle finit par descendre, négociant une marche après l'autre avec une détermination prudente, s'observant, comme si cette action représentait une manœuvre habile qu'elle venait tout juste d'apprendre. Inopinément, je songeai à Magda. Lentement, la fille me rejoignit, évitant mon regard, ou plutôt ne l'évitant pas, mais me traversant comme si je n'existais pas. Pourtant, je savais qu'elle savait ce que j'allais faire. J'avais la sensation d'être dessoûlé et me sentis, au contraire, violemment sobre quand elle vint se loger dans le cercle de mes bras, complètement immobile et raide ; je m'apparentais à une cascade tombant de part et d'autre d'elle sans la mouiller. Sa lèvre inférieure saillait un peu par rapport à sa lèvre supérieure, de sorte qu'elle paraissait perpétuellement attendre que tombe du ciel une goutte de distillat sacré, mais j'eus quand même du mal à trouver sa bouche lorsque je baissai la tête ; quand j'y parvins, je saisis entre mes lèvres ce doux bourgeon de chair protubérant. Pendant que je l'embrassais, elle ne ferma pas les paupières et moi non plus, de sorte que nous nous regardâmes fixement, surpris, presque atterrés. De nouveau, je décelai sur sa peau cette légère odeur médicinale, douceâtre. Elle me rappelait quelque chose : les violettes, peut-être ? Sous mes mains, ses omoplates roulèrent telles des ailes dures et rigides, roulèrent, puis s'immobilisèrent. Très nettement, comme si on projetait la scène devant mes yeux grands ouverts, je me revis dans la maison de Cedar Street, assis en face de Magda à la table du coin réservé au petit déjeuner et lui faisant avaler les comprimés que je prenais un à un dans la coupe de ma paume pour les déposer dans sa bouche offerte. Il était minuit, un réveil sonnait faiblement dans la maison voisine ; un papillon de nuit cognait contre la fenêtre noire et brillante. Partout alentour, le silence régnait, il n'y avait pas un bruit hormis cet insecte ailé, perdu, qui tambourinait contre le carreau. Les mains de Magda reposaient bien à plat devant elle ; elle avait les ongles cassés et sales. Très calme et docile, elle m'observait sans me quitter des yeux, avec un vif intérêt, semblait-il, pendant que je lui préparais un verre d'eau, que je le lui tendais. Tiens ; bois. Je lui avais expliqué que les comprimés étaient une sorte de bonbons. Violets. Je relâchai Cass Cleave mais elle ne recula pas, resta là à me regarder, paisiblement à mon écoute et à l'écoute de ce que j'allais bien pouvoir faire ensuite, avec les yeux mêmes de Magda.

À l'hôtel, lorsque je la suivis dans sa chambre, elle tirait déjà les rideaux pour nous protéger de l'éclat du soleil de l'après-midi. Là, bien entendu, ce fut la fameuse hésitation de dernière minute et j'eus envie de disparaître. J'en avais marre de moi et de mes désirs, de mon infantile besoin d'étreindre, de serrer et de sucer qui paraissait empirer avec les années.

« Tu te rends compte, lui lançai-je, que je pourrais être ton arrière-grand-père ? »

J'éclatai de rire. Elle ne répondit pas, se borna à déboutonner le col de sa robe qu'elle retira par la tête, se transformant une seconde en un scarabée noir encapuchonné avec des bras griffus aux allures d'antennes. Le bruit de ses sous-vêtements glissant par terre froufrouta au long de mes nerfs.

« Est-ce que tu connais la Vénus de Cranach aux Beaux-Arts de Bruxelles ? demandai-je d'un ton animé, appuyé de guingois sur ma canne. Celle qui porte un grand chapeau noir et un tour de cou assez intéressant ? »

La ressemblance entre la femme peinte et celle-ci, vivante, venait de m'apparaître, elles avaient le même type onduleux, les mêmes hanches marquées, les mêmes membres fuselés ainsi que cette pâleur un tantinet compassée.

« Cupidon, qui lui arrive à peine aux genoux, poursuivis-je, est un bambin furieux entouré d'une nuée d'abeilles, encore que je doive avouer qu'elles me semblent toujours plus proches des mouches à viande. Tu vois le tableau auquel je pense ? »

Elle se pencha pour rabattre les couvertures, le bulbe argenté d'un sein luisant sous l'arc de son aisselle.

« Cranach, repris-je, le Jeune ou l'Ancien, je ne me souviens pas, était, figure-toi, un ami de Martin Luther. On se demande ce que le grand réformateur pouvait bien penser de ces dames lubriques que son copain aimait tellement peindre. »

Assise sur le lit à présent, les jambes plaquées contre son torse, et les bras, pâles, noués autour des tibias, elle ne me regardait pas mais fixait un point devant elle en fronçant légèrement les sourcils, comme si elle cherchait à retrouver un mot ou une image qui lui échappait. Je posai ma canne en équilibre contre la tête de lit, tournai les talons, m'engouffrai dans la salle de bains sans fenêtre et fermai la porte à clé.

La miction représente, à mon avis, un des moindres désagréments de la vieillesse ; en effet, l'abondant passage de l'eau constitue parfois une expérience presque sensuelle. Pour l'heure, mon urine sentait carrément la grappa. J'ouvris le robinet d'eau froide, remplis le lavabo à moitié et plongeai les mains dedans, en en savourant la fraîcheur implacable, ses mouvements, ses oscillations. Puis je consacrai un moment à farfouiller négligemment dans les affaires de Cass Cleave, ses baumes, ses crèmes, ses poudres ; le mélange de leurs fragrances était légèrement et agréablement repoussant. Je dévissai un tube de rouge à lèvres et appliquai le bout écarlate sur l'intérieur de mon poignet où je dessinai une bouche barbouillée, ouverte comme en un sursaut de désir, et y plaquai les lèvres pour goûter cette douceur de cire, poisseuse. Au pays des femmes, je suis toujours le voyageur fraîchement débarqué. Je m'étudiai dans le miroir, moi, les mouchetures écarlates que le rouge m'avait laissées sur la bouche, puis attrapai un mouchoir en papier et les enlevai non sans mal. Mais je m'attardai encore. J'avais beau être enfermé dans cette chambre mortuaire, je percevais les pulsations brûlantes de l'après-midi, dehors, tout autour. Je plaquai l'oreille contre la porte ; pas un bruit. Elle devait être sous les couvertures, maintenant, à attendre avec ses yeux de lamie que moi, son ami, je vienne la dévorer. Je repensai au policier dans la cuisine le matin après la mort de Magda. C'était un jeune gars de petite taille, musclé mais pas mal boudiné dans son uniforme, les cheveux rasés à moins d'un millimètre de son crâne rond, le cuir chevelu bleu ciel et rose. Il s'appelait, nom invraisemblable et horriblement approprié, l'officier Falot. Il m'avait serré la main avec la solennité courtoise de l'adversaire avant le début du duel et, debout maintenant en face de moi, il respirait bruyamment par le nez tandis que sa mâchoire mastiquait consciencieusement une boulette de chewing-gum. Je n'avais encore jamais eu l'occasion d'étudier un policier d'aussi près et, vu ma gueule de bois larmoyante, je ressentais une véritable fascination pour la gamme et la quantité d'impedimenta qu'il trimballait : le gros revolver enfermé dans son holster tel un poing d'acier, la longue matraque noire, les menottes, le téléphone sophistiqué en forme de brique, lui aussi dans une sorte de holster et accroché à sa ceinture. Le plus impressionnant, pourtant, c'était son immobilité, la façon dont il restait là muré dans un silence sans fond, les mains sur les hanches, un pied en avant, avec juste la mâchoire qui bougeait, qui bougeait. On aurait cru qu'il n'y avait rien à dire, pas plus de sa part que de la mienne. Quand je lui offris de préparer une tasse de café, il cilla et parut se formaliser, comme si j'avais formulé une proposition légèrement indécente. Les autres circulaient d'un pas lourd à l'étage. J'étais extrêmement gêné d'avoir à les écouter; c'était comme entendre quelqu'un aux toilettes ou surprendre un couple en train de faire l'amour. L'officier Falot, peut-être sensible lui aussi à l'aspect gênant et indélicat du moment, s'éclaircit la gorge et fit passer son chewing-gum de l'autre côté de sa bouche.

« Mon père est parti de la même façon, me confia-t-il en hochant la tête. Pilules. »

Je hochai la tête à mon tour en fronçant les sourcils pour témoigner ma compassion et le silence revint, à l'exception des fameux bruits en fond sonore. Comment avais-je réussi, la veille, à hisser Magda jusqu'en haut de l'escalier et à la mettre au lit ? je n'en avais pas idée. Je me rappelais le poids écrasant de son bras autour de mes épaules et les petits soupirs mouillés, sinistrement satisfaits, qu'elle ne cessait de me lâcher à l'oreille, semblable à une amante ivre qui tente de chuchoter des mots d'amour obscènes. Voici qu'elle redescendait l'escalier, attachée à une civière, cette fois, le drap plaqué contre son visage, tellement tendu que je distinguais non seulement le dessin de son nez et de sa bouche, mais aussi le bulbe de ses yeux. L'officier Falot marmonna quelque chose et, avec une agilité surprenante, passa prestement à côté de moi et sortit ; un instant plus tard, tous franchissaient le seuil avec fracas et disparaissaient, si brusquement et si radicalement qu'on aurait pu croire que ce n'était pas la dépouille mortelle de Magda qu'ils avaient emmenée mais un criminel bien vivant qu'il leur avait fallu embarquer sans délai pour l'enfermer en lieu sûr. À travers la fenêtre, je les vis s'éloigner, ambulance et voiture de police à la remorque. Autour de moi, la maison transformée vibrait, à croire que j'étais à l'intérieur d'une grande cloche qui, une minute plus tôt, avait tinté pour la dernière fois.

Je revins de ce passé à l'instant présent et le souvenir de Cass Cleave resurgit à mon esprit. Précautionneusement, j'appuyai sur la poignée, ouvris la porte et m'enfonçai dans le crépuscule crispé de la chambre en attente. Ah, petite, femme, pardonne-moi.

Elle n'arrivait pas à dormir. La pièce, d'un calme fantomatique dans la pénombre, lui rappelait les innombrables chambres de malade de son enfance. Il était tard, bien après minuit. Il faisait lourd et étouffant. Éclairé par la lampe près du téléphone, Axel Vander gisait en travers du lit défait, nu, endormi, la bouche ouverte et un bras bizarrement projeté devant lui, comme s'il était tombé en arrière en essayant de repousser un coup qui l'eût assommé. Elle s'écarta de lui et se leva précautionneusement pour aller se poster au pied du lit et l'observer. Les poils de son torse grisonnaient. Elle nota les muscles de ses bras flétris, les tibias sous la peau tendue, blanche comme du papier, de ses jambes. Il avait le visage livide et, imprimée sur chacune de ses pommettes, une tache hectique parfaitement ronde, nette comme un sceau de teinturier. Il respirait si doucement qu'elle se demanda s'il ne faisait pas semblant de dormir. Dans son imagination, elle le vit se redresser et l'attraper par le poignet, perçut presque l'étau de ses vieilles pattes sur sa chair. Elle tira le drap pour le recouvrir et il s'agita, se crispa, puis s'abandonna de nouveau. Il coulait encore en elle, elle sentait son liquide chaud et poisseux entre ses jambes. La première fois, après qu'il avait fini par sortir de la salle de bains et qu'il s'était couché sur elle, il lui avait fait penser à l'une de ces énormes statues de dictateurs qu'on déboulonnait d'un bout à l'autre de l'Europe de l'Est. Patatras. L'affaire avait été vite bouclée. Puis ils étaient restés allongés dans la pénombre, allongés là tout l'après-midi, jusqu'à ce que le jour s'éteigne et que la nuit tombe. Ils ressemblaient à des survivants, s'était-elle dit, échoués sur ce rivage inconnu mais pas inamical. Entre des interludes de sommeil, il l'avait coincée au creux de son bras pour lui raconter des histoires sur lui, dans sa jeunesse ; elle l'avait écouté distraitement, sachant que tout ou presque n'était que mensonges. Il ne savait pas qu'elle savait qui il était réellement. Le lui dirait-elle ? Pas encore ; pas encore. Des poussières de cendres de cigarette lui tombaient sur la poitrine, minuscules baisers chauds, éthérés. Elle essaya de l'imaginer à l'âge qu'il avait sur la photographie du journal, remuant, violent, insatiable, se déployant de tout son long, les deux mains tendues, pour tenter de saisir un avenir qui avait depuis longtemps basculé dans le passé. Puis il s'était de nouveau jeté sur elle et, cette fois, les choses avaient été différentes, il s'était montré tout en torse, en coudes tournoyants et en cuisses frémissantes, besognant et poussant, jusqu'au moment où elle avait cru se fendre en deux, tout net, par le nombril. Qu'il paraissait furieux ! Ensuite, il y avait eu l'odeur d'amande, et puis... Lorsqu'il avait eu terminé, il l'avait poussée de côté sans un mot et avait sombré dans le sommeil, mais elle, malgré sa fatigue, n'avait pu l'imiter. Cela faisait maintenant des heures qu'elle n'avait pas fermé l'œil. Tout semblait extrêmement bizarre, déformé et jonché de trucs déchirés, on aurait dit une plage après une tempête. Ce très, très vieil homme. Soudain, alors qu'elle le regardait, il cessa d'être lui, à moins qu'il ne fût lui et en même temps pas lui. Elle fronça les sourcils, tenta de s'en débrouiller. Peut-être était-ce simplement le fait qu'il était endormi et donc pas présent pour elle en dépit de sa présence ? Non, ce n'était pas cela, le sommeil n'y était pour rien, le sommeil ne servait qu'à le maintenir immobile, ce soudain inconnu, afin qu'elle puisse se concentrer sur ce qui, chez lui, n'était pas là. Son rire cruel résonna dans sa tête et elle crut voir ses yeux s'ouvrir avec un bruit sec, le bon rivé sur elle, l'aveugle fixant follement derrière elle le néant qu'il devinait.

Elle n'arrivait pas à se rappeler quand elle avait entendu parler de lui pour la première fois. Ses livres traînaient sur les étagères de son père, pas lus. Comme très souvent pour les gens et les choses qui piquaient sa curiosité, il avait commencé par représenter une configuration, une sorte d'esquisse s'inscrivant dans un désir qu'elle ne s'était pas soupçonné. Après, les éléments de ce canevas s'étaient assemblés presque par hasard. Il avait écrit un célèbre essai sur la pièce qui avait valu à son père son plus grand succès. Elle avait lu ce qu'il avait fait sur Rousseau, qu'il décriait. Il y avait eu son ouvrage sur la comédie italienne. Puis, dans un journal, elle était tombée sur une photo où il recevait un prix à Jérusalem et avait découvert avec stupeur qu'il était encore vivant, car elle le croyait mort depuis longtemps. Elle avait donc acheté tous ses livres et, installée dans sa chambre au-dessus du jardin chez son père, les avait lus et relus. C'était l'hiver et le jardin formait un bassin de lumière verte et humide où un oiseau solitaire sifflait, inconsolable. Vander lui tenait compagnie dans la chambre, présence tangible qui réduisait au silence les voix dans sa tête. Il y avait quelque chose, dans tout ce qu'il écrivait, quelque chose de sombrement enjoué qui lui parlait sans détour. Elle savait qu'elle allait le trouver, aujourd'hui, c'était chose faite.

Elle tira de son sac une robe en coton qu'elle enfila et se mit aussitôt à transpirer malgré la légèreté du tissu. Elle se demanda si elle ne pourrait pas aller dehors. Les rues alentour étaient silencieuses, elle n'entendait pas un bruit sinon, de temps à autre, une voiture isolée dont les pneus produisaient un sifflement mouillé sur la rue sèche. Elle songea à la fraîcheur et à l'obscurité régnant sous les arcades de pierre. Que penserait-il s'il s'apercevait, à son réveil, qu'elle avait disparu ? Peut-être cela lui serait-il égal ? Peut-être imaginerait-il que c'était ce qu'elle avait attendu de lui, qu'elle avait écrit cette lettre et l'avait attiré en Europe juste pour ce jour-là, pour cette nuit-là, dans cette chambre d'hôtel qu'elle n'avait pas les moyens de s'offrir, afin de pouvoir ensuite raconter qu'elle avait couché avec le grand, le célèbre Axel Vander. Ce n'était pas vrai. Et pourtant, pourquoi lui avait-elle écrit, pourquoi l'avait-elle fait venir ici ? Qu'est-ce qui lui parlait donc dans tout ce qu'il avait écrit ? Le Shelley discrédité, les rêves de Coleridge ou la nature suborneuse de Wordsworth, elle s'en moquait complètement. Non ; ce qu'elle entendait, c'était une voix qui la prenait à partie, elle et elle seule. Prudemment, sur la pointe des pieds, elle recula vers la porte, tendit la main, l'entrouvrit sans quitter des yeux la silhouette endormie sur le lit et s'éclipsa. Une fois dans le couloir, elle tendit l'oreille, persuadée d'entendre encore la respiration d'Axel Vander. Derrière elle, les portes en métal grillagé de l'ascenseur s'ouvrirent en grinçant et la firent sursauter. L'appareil était vide, caisse inondée de lumière crue qui attendait, impassible et patiente, comme s'il était venu spécialement pour elle. Elle recula à la hâte, chercha l'escalier. C'était la lumière de l'ascenseur qu'elle fuyait mais celle-ci la poursuivait, blanc bleuté et translucide tel du lait coupé d'eau, et les portes métalliques ne s'étaient toujours pas refermées.

Au rez-de-chaussée, dans le hall en marbre aux miroirs et aux sièges dorés, elle se sentit soudain sans défense. Comment sortir de là ? Il était tard, elle ne portait rien sous sa robe, n'avait même pas de chaussures. À la réception, le portier de nuit lui adressa un sourire poliment distrait et se replongea dans un grand livre relié cuir ouvert devant lui. Vieux et chauve comme un bébé, il parcourait des colonnes de noms, ou de chiffres, ou d'autres choses en remuant les lèvres. Elle alla s'asseoir sur le canapé en cuir où elle s'était assise le matin même, hier matin désormais. L'eau de la fontaine au milieu des fougères ne coulait plus. Elle se demanda de nouveau si les fougères étaient réelles et envisagea de les toucher pour s'en assurer, mais, pour ce faire, il aurait fallu qu'elle se relève, qu'elle accomplisse quelques pas et qu'elle s'agenouille à côté du bassin. Se relever, accomplir quelques pas, s'agenouiller. Ces gestes lui parurent, en les visualisant, aussi difficiles et pénibles qu'un exercice de gymnastique ou qu'un enchaînement compliqué dans un ballet. Elle resta à sa place. Le silence ne tarda pas à lui sembler oppressant et à lui donner le tournis. Elle avait la sensation de se tenir toute droite entre ses propres mains, fragile récipient rempli à ras bord dont on lui aurait imposé la responsabilité. Elle se força à se relever et à marcher jusqu'à la réception pour réclamer un verre d'eau au vieux portier. Il hocha la tête, à moins que ce ne fût un petit salut, car il baissa brièvement les paupières, murmura quelque chose et s'éloigna à pas feutrés dans la pénombre. Il resta parti durant ce qui lui parut une éternité. Lorsqu'il revint, il portait, d'une main, le verre sur un petit plateau en argent et, pliée sur les phalanges de son autre main, une serviette blanche. Debout, très calme devant elle, il la regarda boire à longues gorgées. Qu'elle avait soif ! Elle trouva la proximité du vieil homme réconfortante et, allez savoir pourquoi, opportune, comme s'il incarnait l'indispensable témoin de ce rituel – l'élévation du verre et l'ingestion du liquide – qu'elle se devait d'accomplir. Ses doux yeux bruns glissaient sur elle avec un intérêt placide, notaient ses bras nus, ses pieds nus, la finesse de sa robe à travers laquelle, elle le supposait, il distinguait sans doute l'ombre de ses bouts de seins, brunis et gonflés par les lèvres avides de Vander. Elle but une dernière et longue rasade d'eau ; sincèrement, elle n'avait pas imaginé avoir autant soif. Le portier, sans cesser de sourire de son sourire mélancolique et bienveillant, avança la paume de sa main vers elle et lui offrit cérémonieusement la serviette. Ainsi posée sur sa main, elle renvoyait une lueur étrange, austère comme un néon, qui se détachait, sur l'obscurité veloutée alentour, ce qui lui rappela avec un frisson la lumière de l'ascenseur. Son uniforme noir était encrassé par les années.

« Vous ne dormez pas ? » demanda-t-il.

La question, curieusement intime, ressemblait à une question de médecin, ou de prêtre, et elle ne sut trop que répondre. Elle s'essuya les lèvres avec la serviette et apprécia la rugosité du lin, son odeur de linge blanchi, amidonné.

« Il fait chaud dans la chambre », expliqua-t-elle, le doigt pointé vers le plafond pour lui montrer qu'elle parlait de la pièce à l'étage, de la chambre, sa chambre où – si le vieil homme savait ça ! – un autre vieil homme dormait étalé en travers de son lit, la chair flasque et la bouche béante. Le portier hocha la tête de plus belle, fronça les sourcils en signe de sympathie, à la manière de quelqu'un qui cherche à apaiser un enfant anxieux.

« *Si, si*, fait chaud », répéta-t-il à mi-voix avec un petit soupir doux sans cesser de sourire.

Elle lui tendit le verre vide et la serviette et il lui avança le plateau pour les récupérer. Elle le remercia et il refit un petit salut de la tête tandis que, surgi de nulle part, un losange de lumière or terne balayait le dôme grêlé et luisant de son crâne. Après, il se retira à reculons, tenant devant lui le plateau avec le verre et la serviette, puis pivota et se fondit dans la pénombre, sans bruit. Elle retourna s'asseoir sur le canapé.

Vander. Vander. Vander. Elle n'avait absolument pas été surprise quand il lui avait pris la main au restaurant. Après, tout s'était déroulé avec l'inévitabilité implacable et lisse d'un rêve. Et, comme dans un rêve, elle avait la conviction que tout cela avait été prédestiné, la chambre, le lit, le petit bout d'après-midi brûlant entre les rideaux, l'homme besognant au-dessus d'elle avec la concentration d'un bourreau de rêve ; tout cela lui était apparu comme un simple ensemble de variations sur des événements ayant déjà eu lieu, dans un autre compartiment de sa vie, nettement plus conscient. Depuis sa plus tendre enfance et aussi loin qu'elle pouvait se rappeler, elle avait été victime d'hallucinations ; du moins, on lui avait affirmé que ce devait être ça. Pour elle, cela ressemblait à des événements réels ou bien à des souvenirs d'événements réels, accessibles et précis. C'était ça qui expliquait tous ses troubles, ses absences, comme on dit. C'était juste que les choses qu'elle voyait dans sa tête lui paraissaient si nettes, si nettement présentes et si concrètes qu'elle n'arrivait pas à les différencier suffisamment des choses vérifiables en vertu des normes des autres, vérifications qu'on lui réclamait constamment avec plus ou moins d'indulgence, plus ou moins d'exaspération. C'était pour cela que les voix lui parlaient, pour faire valoir une autre version des événements, la leur. Aucune d'entre elles ne semblait se rendre compte, pas plus celles qui parlaient en elle que celles de l'extérieur, du vacarme assourdissant qu'elles produisaient en s'exprimant toutes en même temps. Face à pareille cacophonie, comment faire entendre ses arguments ? Elle mourait d'envie de démontrer, ne fût-ce qu'une fois, de manière irréfutable, non ce qu'elles voulaient qu'elle comprenne, mais ce qu'elle comprenait, elle. Dans un film qu'elle avait vu, enfant, un homme, durant ce qui ressemblait à un cauchemar, se battait et tuait quelqu'un, puis découvrait à son réveil qu'il serrait dans sa main un vrai bouton arraché en rêve au manteau de sa victime. Un jour, peut-être reviendrait-elle, elle aussi, d'une de ses prétendues hallucinations pour ouvrir la paume et leur montrer triomphalement un bout de preuve, minuscule, brillant et dur que même elles ne pourraient réfuter.

Elle avait six ou sept ans, un dimanche après-midi d'hiver, quand elle avait pour la première fois compris que son cerveau déraillait au-delà de tout espoir de guérison. Aussi loin que remontaient ses souvenirs, elle avait été malade, mais, du fait de son extrême jeunesse, elle n'avait pas encore pris conscience qu'elle n'irait jamais mieux, que son état ne ferait qu'empirer. Ce dimanche-là, son père et sa mère l'avaient emmenée faire une promenade en voiture au bord de la mer. Elle leur avait dit qu'elle n'avait pas envie d'y aller, mais son père avait éclaté de rire et répondu qu'il savait qu'elle voulait rester toute seule rien que pour boire du whisky et fumer des cigarettes. Sa taquinerie exprimait une forme de violence. Il avait une de ses crises de fureur souriante parce que c'était dimanche, qu'il n'y aurait pas de représentation ce soir-là et qu'il allait être obligé de passer la soirée à la maison, qu'il allait s'ennuyer. Ils remontèrent la route côtière pour admirer le panorama, comme l'avait aigrement remarqué son père. Il n'aimait pas conduire et sa mère avait donc pris le volant. En chemin, ils s'arrêtèrent à divers endroits, mais sans descendre de voiture. À l'avant, ses parents fixaient d'un œil sombre la mer et la masse arrondie des îles au loin, fondues dans une brume grise et salée, tandis qu'à genoux sur le siège arrière, elle observait par la vitre les véhicules qui les dépassaient. Dans bon nombre de ces automobiles, il y avait des enfants à son image, pâles visages moroses qui s'encadraient derrière les glaces et lui lançaient des regards hostiles. À travers le silence dans son dos, elle sentait croître le désespoir rageur des adultes. Sa mère fumait comme une cheminée, allumant chaque cigarette au mégot de la précédente. Baisse ta vitre, pour l'amour du ciel, s'écria son père. Une fois au bout de la route côtière, sa mère fit demi-tour, son père marmonna quelque chose et la dispute éclata. Ils se querellaient à mi-voix, de sorte qu'elle ne pouvait pas entendre ; ils s'affrontaient avec une véhémence d'autant plus horrible qu'elle était sourde. La brève journée touchait à sa fin et, dans le pare-brise, le dessous des nuages bas avait pris une teinte rosée de haut fourneau. Regarde, lui dit son père d'une voix fausse – sa voix de scène ; le doigt tendu, il oublia un moment la dispute, ils ont la couleur d'un feu de coke ! Et de partir de son fameux rire. Elle détourna les yeux du ciel écrasant et porta son attention sur la gauche vers la mer qui montait à l'assaut du bord herbeux de la route. De longues vagues ondulantes venaient lentement mourir là, une à une, épaisses, en plis sans fin, boueuses. Elle sentit sa chair se rétracter à la façon dont un escargot se rétracte quand on le touche. Un poids immense, le poids du monde lui-même, l'oppressait au point qu'elle n'arrivait plus à respirer. On aurait juré qu'il s'était passé quelque chose d'effrayant et que ce ciel brûlé, ces vagues incessantes, turbides, ce sauvage murmure à l'avant de la voiture en étaient les conséquences. Et sa solitude ; ça, surtout. La haussière avait été amenée, la proue était tournée vers le grand large et elle comprit que, désormais, elle ne reviendrait plus jamais en arrière. Son père, devinant sa détresse peut-être, effleura du bout du doigt l'épaule de sa mère pour la faire taire, se tourna sur son siège, sourit d'un air bougon et l'appela par son nom, comme s'il se demandait si c'était bien elle, sa petite fille, qui s'était ainsi métamorphosée en l'espace d'un instant. Ce fut la première fois qu'elle sentit l'odeur d'amande. Puis la voiture s'arrêta sur le bas-côté, une roue sur le talus, portières ouvertes, et elle se retrouva allongée sur le côté, la tête renversée à l'extérieur, le front offert à la fraîcheur de l'air et des bulles chaudes entre ses lèvres tandis que son père, à genoux devant elle, scrutait son visage avec anxiété et lui posait une question. Derrière lui, la nuit, banc d'obscurité brunâtre, montait de la mer, et, très haut, les minuscules lumières d'un aéroplane, tantôt rubis, tantôt émeraude, scintillaient. Soudain, une gigantesque mouette passa en trombe, tout près, puis piqua en diagonale dans l'atmosphère embrumée, les ailes raides et déployées, et elle crut une seconde lire un avertissement dans ses yeux froids.

Son père. Elle le voyait souvent alors qu'il n'était pas là, fantôme de l'homme vivant. La deuxième fois, par exemple, pendant que Vander s'activait à la fouailler en grognant, la bouche rivée, mouillée, après son épaule à la manière d'une créature marine, papa avait ouvert la porte et surgi dans la chambre, il parlait. Il était pieds nus et portait un vieux pantalon d'un bleu défraîchi et trop grand, du genre de ceux qu'il affectionnait en vacances. Il était jeune, bien plus jeune qu'elle ne pouvait jamais l'avoir connu, bronzé, et souriait férocement, comme à son habitude, en découvrant ses belles dents pointues, ce qu'il faisait invariablement quand il cherchait des prétextes pour s'emporter. Il circulait torse nu, une serviette à mains, blanche, autour du cou. Bien que rasé, il avait conservé une moustache et une barbiche de mousse qui lui donnaient l'allure, en négatif, d'un de ces superbes félons élisabéthains qu'il avait si souvent interprétés. Il discutait avec quelqu'un dans une pièce plus éloignée, sa mère, supposait-elle, à qui il racontait quelque chose, une blague ou une histoire qui venait de lui revenir, et traçait dans l'air des dessins abstraits avec son rasoir tout en parlant de son ton perpétuellement animé, perpétuellement dominateur, qui coupait, sculptait et moulait le monde. Il était minuscule, ce rasoir, elle l'avait remarqué ; il avait dû oublier le sien et emprunter celui-ci à sa mère. Peut-être discourait-il dessus, peut-être lui avait-il rappelé une de ses tournées à l'étranger ? Ça l'amusait de rapporter ses liaisons à sa mère, de la taquiner, d'essayer de la rendre jalouse en évoquant des actrices passionnées et des propositions en coulisse. La lumière derrière lui brillait d'un éclat bleu et or aveuglant et il y avait là une balafre d'ombre mauve ainsi qu'un je-ne-sais-quoi de vert perroquet, une feuille de palme peut-être qui ne cessait de se balancer d'avant en arrière d'une façon agitée, saccadée, bizarre. Pourtant, ce qui retint son attention, ce fut la perle de sang, de la taille d'une coccinelle, sur sa lèvre à l'endroit où il avait dû se couper, à son insu, avec son rasoir. La bouche de son père l'avait toujours fascinée ; elle aimait la regarder remuer quand il parlait, elle aimait ses baisers, ces lèvres chaudes, sèches, celle d'en haut où le sang avait perlé avait tout à fait la forme des oiseaux de mer stylisés qu'elle coloriait, enfant, dans son livre d'images. Elle aimait le picotement des tout petits poils de barbe sur son menton, elle aimait sentir son haleine quand il riait. À présent, il s'était tu et attendait, l'oreille tendue, le sourire mou, la tête inclinée, les yeux brillants, les lèvres un peu entrouvertes, et pendant ce temps-là le rose de la bulle de sang envahissait lentement sa moustache de savon. Faute de réaction devant l'histoire ou la blague qu'il venait de raconter, parce que sa mère, si c'était bien de sa mère qu'il s'agissait, avait cessé d'écouter ou dormait, la lumière déserta lentement son visage et son sourire fit place à un vague rictus et, enfin conscient de sa coupure, il porta le doigt à sa lèvre, découvrit le sang et parut déconcerté, comme s'il ne comprenait pas de quoi il s'agissait, ni comment c'était arrivé là, sur son doigt, sur sa lèvre.

Corps : voilà un terme qu'elle n'aimait pas, sa sonorité, le *c* dur, le *o* rond et marqué, les trois consonnes finales assourdies. Vander à la fin lui avait marmonné quelque chose à l'oreille, un grognement rauque, laid et pressé. Il pouvait la briser entre ses bras, l'anéantir. Sans doute aurait-elle dû avoir peur de lui. Les yeux clos et le visage presque souriant, il lui avait tété le sein comme un bébé.

Elle frissonna dans sa robe légère ; la nuit avait fini par devenir glaciale. Aucun bruit, nulle part autour d'elle, à croire que tout le bâtiment baignait dans les grands fonds obscurs d'une mer silencieuse. Elle imagina les autres clients, par douzaines, par centaines peut-être, tous étendus dans leurs lits comme autant de cadavres chauds, endormis, rêvant, remuant, murmurant peut-être, ou peut-être éveillés comme elle, c'était sûrement le cas pour certains. Elle imagina les couples amoureusement enlacés ou se tournant le dos, rigides de fureur muette, ainsi qu'elle avait souvent vu ses parents après une de leurs disputes. Peut-être, en cet instant précis, quelqu'un était-il sur le point de mourir ou d'accoucher, ce n'était pas impossible, rien n'est impossible. Partout dans le monde, les gens meurent ou naissent, crient entre les griffes de la passion ou de la douleur. Terrifiante pensée, terrifiante. Enfant, elle restait allongée, sans fermer l'œil, à écouter la vie de la maison se mettre au ralenti. Après les représentations, son père rentrait tard, elle l'entendait dans la cuisine, au-dessous, entrechoquer la vaisselle ou balayer les stations de radio à plein volume pour produire un raffut énorme car le silence l'angoissait, à ce qu'il affirmait. Elle le suivait par la pensée tandis qu'il allait d'une pièce à l'autre, allumait toutes les lumières, se servait un verre, s'accordait quelques mesures de musique qu'il arrêtait ensuite d'un geste brusque : jamais elle n'entendait le crissement d'une aiguille sur un disque vinyle sans songer à son père. Sinon, il parlait tout seul, très fort, ou répétait un dialogue pour un public fantôme en testant différents débits et différents rythmes ; si la pièce était mauvaise, il se moquait des vers, les déclamait d'une voix de basse tonnante qui, même si elle ne comprenait pas les mots, si elle ne saisissait que leurs cadences lugubres, lui arrachait un sourire dans le noir. Il chantait aussi, faux, ne connaissait que des trucs idiots, des chansons de sa jeunesse ou des publicités radiophoniques. Parfois sa mère, fâchée d'avoir été réveillée, ou peut-être le plaignant, se levait et enfilait un peignoir pour descendre et lui tenir compagnie, mais jamais très longtemps. En dépit de tout ce qu'il racontait sur sa détestation du silence et de la solitude, il préférait au fond rester seul.

« Oh, Cass Cass Cassy, je suis un solitaire », chantonnait-il, les mains sur le cœur, en une pose tragique.

En dernier lieu, toujours, il entrouvrait sa porte et jetait un coup d'œil dans sa chambre et, toujours, elle faisait semblant de dormir, sans trop savoir pourquoi. À d'autres moments, elle aimait sa compagnie, surtout quand elle avait eu une crise, ils s'asseyaient alors côte à côte à la table de la cuisine ou devant le poste de télévision, le son coupé, sans rien dire, juste pour être ensemble. Mais il y avait aussi des moments où il l'intimidait, ou bien c'était plus que de la timidité, presque du dégoût, et plus encore que ça, quelque chose pour lequel il n'existait pas de mot. Lorsqu'il avait regagné sa chambre, la sienne et celle de sa mère, et qu'il se couchait, elle entendait les ressorts du lit qui craquaient et le drôle de soupir flûté qu'il poussait immanquablement ; un silence s'installait ensuite, et elle percevait un changement dans l'atmosphère, une sorte de relâchement, ou une absence, signe que la conscience de son père échappait à tout contrôle, et elle se retrouvait seule pour entamer son périple nocturne.

Là, elle entendit au loin le tintement sombre et lourd d'une cloche d'église sonner l'heure. Trois heures. Combien de temps avait-elle passé sur ce canapé ? Après une crise, le temps prenait toujours un côté élastique. Et c'était bien une crise qu'elle avait faite dans les bras de Vander lorsque son père lui était apparu, un rasoir à la main. Sans doute Vander se flatterait-il de l'avoir amenée à ce pic de volupté, puisqu'elle avait tremblé et frémi sous lui, la tête rejetée en arrière, les lèvres retroussées sur ces petits cris aigus contenus, honteux qu'elle n'avait pu retenir. Le paroxysme, comme toujours, ne s'était pas prolongé au-delà de quelques secondes et, une fois passé le pire, elle avait glissé dans un bref et classique assoupissement, ou une torpeur, couchée en chien de fusil, la jointure du pouce pressée contre ses dents de devant, saisie de temps à autre de légers frissons et s'ébrouant comme un chien qu'on vient de sortir de la mer. À côté d'elle, Vander, couché sur le dos, dormait déjà, la bouche ouverte et protubérante et les paupières – des paupières de lézard – frémissantes. Elle savait qu'elle ne trouverait pas le sommeil. De crainte de le réveiller, elle demeura immobile un long moment, sensible à l'odeur d'ammoniac de leurs ébats, aux sifflements et aux cliquetis liquéfiés du climatiseur inefficace tapi derrière une grille sous la fenêtre. Puis survint la sensation d'évidement, ce qu'elle redoutait le plus ; c'était comme si une énorme main s'enfonçait irrésistiblement en elle et lui arrachait les entrailles, la transformant en une cage d'os et de peau flasque, vide. Un jour, elle avait vu Grand-mère Cleave faire ça à un poulet, éviscérer le volatile en fourrant son poing dans le trou flasque en dessous pour ramener, d'un rapide tour du poignet, le paquet des intestins intacts dans leur membrane opalescente. La vieille femme lui avait montré les œufs luisants, d'une pâleur de perle, en pleine formation à l'intérieur de l'oiseau, tout un chapelet dont la taille allait croissant depuis la moucheture gélatineuse jusqu'à la coquille quasi formée.

L'odeur d'amande, toujours l'odeur d'amande. Puis son père, au ralenti, l'avait soulevée de terre et serrée dans ses bras. Allez, allez. M. Mandelbaum est venu te faire une petite visite. *Mandel* : amande. Tellement bizarre la manière dont partout les choses éveillent des échos. Comme si...

Chargé d'un seau et d'une serpillière, le vieux portier émergea de nouveau d'entre les ombres. Il ne parut pas du tout surpris de la voir encore là, lui adressa son sourire d'excuse, tendrement triste. Il promenait son seau et sa serpillière avec un air d'écœurement chagrin, comme s'il ne savait pas trop ce que ça pouvait être ni à quoi ça servait, même si c'était lui qui les charriait. Elle se leva et grimaça lorsque ses cuisses se décollèrent du cuir du canapé. Sa robe, derrière, était humide ; elle espérait ne pas avoir laissé une marque poisseuse à l'endroit où elle s'était assise. Le portier lui dit quelques mots et, bien qu'elle n'eût rien saisi, elle sourit et esquissa un signe de tête, comme si elle avait compris. En montant l'escalier, elle s'arrêta et se retourna ; il lavait le sol en marbre à côté du bassin en longs gestes indolents sans se départir de sa mine contrariée et légèrement déconcertée ; il n'avait même pas retiré sa veste pour cette besogne.

Devant la chambre, elle tendit l'oreille mais n'entendit pas le moindre bruit. L'espace d'un instant, elle crut que la porte était fermée à clé, que Vander s'était levé et l'avait fermée derrière elle, puis qu'il était retombé dans le sommeil et qu'elle n'arriverait pas à le réveiller ou que, dans le cas contraire, il ne la laisserait pas entrer et qu'elle resterait en plan, pieds nus, dans sa robe tachée, vision frissonnante que les autres clients surprendraient en descendant petit-déjeuner. Ils la prendraient pour une ivrogne ayant égaré sa clé. Ils la prendraient pour une prostituée chassée par un client mécontent. Ses mains se mirent à trembler. À sa grande surprise, le bouton tourna gentiment sous sa pression tremblotante (elle n'éprouva pourtant aucun soulagement, ce qui l'étonna) et elle se dépêcha d'entrer. La lampe de chevet était toujours allumée, mais le lit était vide. Avait-il regagné sa chambre ? Peut-être avait-il décampé pour de bon, regagné sa chambre, fait ses bagages et quitté l'hôtel ? Mais, non, elle n'avait pas bougé du hall, comment aurait-il pu partir sans qu'elle le voie. Peut-être s'était-il éclipsé par une sortie de service, la laissant se débrouiller avec le personnel, régler la note, ou les notes, la sienne à lui comme la sienne à elle, alors qu'elle n'avait pas d'argent pour payer. Mais non, ses vêtements étaient toujours là, en tas au pied du lit là où il les avait enlevés, sa chemise, son pantalon, ses chaussures luxueuses, sa vilaine cravate.

La porte de la salle de bains, blanche et muette, affichait un air de réprimande maussade. Elle retira sa robe, la roula en boule et la fourra au fond de son sac. Au même moment, Vander revint de la salle de bains. Elle se redressa précipitamment, plaqua une combinaison sur sa nudité. Lui aussi était nu ; il sortait de la douche, des gouttelettes d'eau scintillaient dans le buisson embroussaillé en dessous de son ventre et la longue cicatrice déchiquetée sur l'intérieur de sa cuisse avait un éclat rougeoyant. Les lèvres pincées, un sourcil arqué, il l'examina des pieds à la tête. Elle se dépêcha d'enfiler la combinaison, un chemisier, une jupe, des sandales. Appuyé contre le chambranle de la porte, il l'observait en souriant froidement.

« On sort ? » demanda-t-il.

Elle ne répondit pas. Il était comme tous les autres, tout en fanfaronnade dédaigneuse après, petit garçon qui chaparde une gâterie et ne sait pas trop s'il sera puni pour son geste mais ne regrette rien non plus. Il restait là, exposé devant elle, la défiant de se détourner de sa jambe mutilée, de son œil mort qui louchait furieusement ainsi que de toutes ses chairs pendantes, bedaine, gland ratatiné et scrotum retenu par un mince fil de peau jaunâtre, telle une tête d'ail au bout de sa tige. Mais oui, pourquoi avait-elle enfilé ces vêtements, où croyait-elle aller ? C'était encore le milieu de la nuit. Elle ne s'était habillée que pour être habillée ; ce n'était pas la vue de la chair nue de Vander qui l'avait fait tressaillir, mais la conscience de sa nudité à elle ; pas la honte, simplement le fait d'être consciente. Assis sur le bord du lit à présent, il leva la tête vers elle et, par en dessous, lui adressa un sourire en coin.

« Vénus habillée de feuilles de figuier », déclara-t-il, un doigt pointé pour tracer ces mots dans l'air, comme s'il s'agissait du titre d'un tableau.

Il avait lu en elle ; les gens semblaient toujours pouvoir lire en elle. Peut-être les voix qui résonnaient dans sa tête résonnaient-elles dans les leurs aussi pour leur expliquer ce qu'elle pensait ? Là-dessus, il boutonna sa chemise et dit : eh bien, pourquoi pas, oui, ils devraient aller faire une balade. Elle leva les yeux vers le noir tesson de nuit qui se dessinait entre les rideaux de la fenêtre.

« Pour moi, c'est encore l'après-midi », ajouta-t-il.

Il lui montra le cadran de sa montre et, allez savoir pourquoi, éclata de rire.

« Heure du Pacifique. »

La montre, ancienne, une antiquité peut-être, avait un verre rayé et une trotteuse cramoisie dans un cadran à part, plus modeste ; c'était une montre de femme, trop petite pour lui ; elle lui évoqua, sans qu'elle sache pourquoi, des voies de garage encombrées de wagons abandonnés, aux fenêtres grises de crasse, où, sous un soleil voilé, des coquelicots ondulaient au milieu du ballast. D'accord, répondit-elle, ils iraient se promener. Que tout était devenu anodin, neutre et lent ! Difficile de penser maintenant à ce qui s'était passé entre eux sur ce lit à peine quelques heures plus tôt. Ce qui la frappait, comme toujours, c'était le changement après, le côté incongru de tout ce qui suivait. Plus jeune, elle avait cru que le temps l'aiderait sûrement à négocier une transition harmonieuse entre la partie de traversin frénétique et ses corollaires, debout, à se racler la gorge et à éviter de se regarder, de même qu'on lui avait appris, durant les cours de danse de son enfance, à se relever avec plus ou moins de grâce d'une position accroupie pour faire des pointes vacillantes. Mais cette acrobatie autrement plus sérieuse, elle n'avait jamais réussi à la maîtriser, et personne ne la lui avait enseignée. Vander se pencha gauchement par-dessus sa jambe raide et noua son lacet avec une maladresse laborieuse. Elle baissa les yeux vers ses mains en mouvement, sa grosse tête penchée et sa vilaine chevelure argent tout emmêlée sur la nuque et se vit amorcer un pas en avant et le toucher. Elle cilla des paupières. Elle n'avait pas bougé.

Ils descendirent. Le silence, sorte de miasme, paraissait plus oppressant que jamais, lourd du souffle inaudible de tous ces dormeurs anonymes, de sorte qu'elle avançait avec précaution comme si quelqu'un risquait de surgir inopinément pour lui reprocher de troubler la quiétude des lieux. Vander, quant à lui, cognait délibérément sa canne à la main courante en laiton le long du mur et abattait, tous les deux pas, le talon de sa chaussure contre le bord de la marche avec une brutalité telle qu'elle se demandait par quel miracle des étincelles ne jaillissaient pas de la pierre. Dans le hall, elle ne vit pas trace du vieux portier. La nuit, brillante et noire, pesait contre la porte vitrée qui commença par refuser de s'ouvrir, puis céda brusquement en frissonnant, tandis que le carreau émettait un profond tintement de cloche : ding ! L'air était frais, doux et pur et le ciel, vide d'étoiles et encore tout noir, paraissait briller, si bien qu'elle eut la sensation vertigineuse de le regarder à travers une coquille de cristal, invisible et immensément haute. Elle effleura les feuilles vernissées du laurier dans son pot, dehors, sur le trottoir. Mais Vander remontait déjà la rue en claudiquant. Elle s'attarda un moment, puis lui emboîta le pas tout en reniflant ses doigts sur lesquels elle décela, à moitié estompée, la vague puanteur âcre du feuillage. Puis elle rattrapa Vander et ils cheminèrent un moment sans échanger un mot. Tout proches de part et d'autre d'eux, les grands immeubles sombres vacillaient. Elle essaya d'ajuster son pas sur la démarche syncopée de Vander : foulée de la bonne jambe, tapement de la mauvaise, bruit lourd et sourd de la canne. À sa façon, il était presque gracieux, se voûtant, se balançant, puis rejetant une épaule en arrière avant de se pencher pour amorcer l'enjambée suivante. Elle se demanda comment l'appeler, comment s'adresser à lui. Axel lui évoquait un aboiement métallique et Vander donnait l'impression que la syllabe finale s'était détachée. Il est difficile de dire un nom à voix haute. Nommer autrui, c'est perdre son propre nom en un sens. C'est vrai ? s'interrogea-t-elle, c'est vraiment ça ? Elle réfléchit pendant que la nuit froide lui soufflait au visage, que le vaste et profond silence grasseyait à ses oreilles. Très souvent, le cours de ses pensées l'emportait bien au-delà d'elle-même ou suivait sa voie, sans elle. Pensait-elle ou était-elle pensée ? Elle n'arrivait pas à avoir une emprise solide sur les choses. Une idée, notion ou théorie, lui venait à l'esprit qui apparemment sonnait tout à fait juste, puis son contraire se présentait qui, à son tour, paraissait correct, mais comment choisir entre les deux, sans parler de la myriade de possibilités adverses qui se bousculaient pour être prises en compte ?

Et, de toute façon, Axel Vander n'était pas son vrai nom. Elle glissa une main dans la poche de son chemisier et sentit le stylo plume. Son petit fusil à la chambre chargée.

Ils débouchèrent sur une longue piazza pavée. Un cavalier en bronze, immobile sur sa monture, se dressait au-dessus d'eux dans l'obscurité et une lueur venue de nulle part se reflétait sur son front. Elle revit le portier de nuit, son livre noir, son plateau d'argent ; elle revit le verre avec ses bulles d'air pareilles à de minuscules billes de mercure plaquées contre l'intérieur de la paroi sous la surface du liquide ; elle se revit en train de lever le verre et de boire à longues gorgées. Sur les pavés couverts d'humidité, le bout en caoutchouc de la canne de Vander couinait. Ils marchaient à côté des arcades, chaque arche formant une voûte de pénombre semblable à celles qui l'encadraient. Un chien se détacha d'un amoncellement de guenilles informe qu'elle supposa être son maître placidement endormi, s'approcha et, animé d'un faible espoir, les regarda en remuant la queue.

« Qui est-ce qui m'a trahi ? » lui lança Vander.

Trahi. Elle lui demanda pourquoi il lui demandait ça ; quelle importance de savoir qui, au bout du compte ? Il accueillit sa question avec un grognement.

« Comment savais-tu où aller ? insista-t-il. Pourquoi Anvers ? Pourquoi ces vieux journaux ? »

Elle repensa – pour quelle raison ? elle n'en avait pas idée – à une ligne de la jaquette d'*After Words* qu'un critique, piqué par l'envie de se mesurer au style de Vander, avait écrite : « Tous les reflets et fulgurances d'un chandelier imposant et vaguement tremblant », et ne put retenir un rire étouffé. Il la regardait fixement.

« J'ai rencontré, dit-elle, un homme dans un bar. »

Pour être plus précise, il l'avait accostée au cours de l'après-midi qui devait être le dernier de son séjour à Anvers. Son père lui avait payé ce voyage ; il mettait toujours volontiers la main au porte-monnaie, avait-elle remarqué, quand son périple la faisait sortir du pays. Venue effectuer des recherches sur le passé de Vander, elle avait suivi son parcours au fil des étagères des archives publiques, des bibliothèques, des thèses universitaires ; mais plus elle avançait, plus les traces de Vander s'atténuaient, comme si un balai avait effacé ses empreintes. On lui parla d'un vieux monsieur, journaliste de renom et, d'après certains, ancien collabo aussi, qui avait été proche d'Axel Vander dans leur jeunesse, avant guerre. Malheureusement, lorsqu'elle voulut lui rendre visite, elle apprit qu'il venait de faire une attaque, qu'il était hospitalisé et qu'on le jugeait perdu. Elle se déplaça quand même. Tout était blanc, ses cheveux, son long visage étroit, souffrant, son peignoir, la literie, le mur derrière sa tête tremblante d'oiseau de proie. À part ses yeux qui la fixaient avec une sorte de questionnement angoissé, il était totalement immobile. Elle se fit la réflexion qu'il incarnait un autre fantôme, le sien. Elle passa une heure à côté de lui, sans parler, et durant tout ce temps il l'observa avec une impatience furieuse, du moins lui sembla-t-il ; loin d'avoir quelque chose à lui raconter, il paraissait attendre qu'elle lui fasse une confidence dont il avait besoin. Peut-être la confondait-il avec quelqu'un d'autre ? Lorsqu'elle avait repéré Vander dans le hall de l'hôtel, le premier matin, elle avait perçu la présence de cet autre vieux bonhomme derrière lui, elle l'avait vue, pour ainsi dire, forme miroitante un instant présente, ombre faite non d'obscurité mais de lumière blanche et froide.

En ce dernier jour, donc, elle essayait de tuer le temps dans un de ces pubs faussement vieillots tout en bois et en chopes de bière en étain, à deux pas de la cathédrale, avant d'aller prendre son train. C'était une fin d'après-midi de mars, sombre et humide, plus proche du milieu de l'hiver que du début du printemps. Assise, emmitouflée dans son manteau, à une table d'un recoin bondé près de la fenêtre, elle contemplait les arbres sur la place qui, de temps à autre, se secouaient sous une rafale de vent et versaient une pluie de grosses gouttes argentées qui étincelaient comme des pièces de monnaie en tombant. C'est là, dehors, qu'elle l'avait aperçu pour la première fois, l'homme aux cheveux roux. Pourquoi avait-il fallu qu'elle le remarque, lui en particulier ? Elle n'en avait pas idée. Il était debout sous les arbres à sous, minablement attifé : chaussures craquées, pantalon informe et trop long et vieux manteau tellement serré par un unique bouton au niveau du nombril qu'on aurait juré que sa constitution maigrelette dépendait de ce seul support pour rester à la verticale. Il ne portait pas de chapeau et la pluie n'avait pas l'air de le gêner. Elle l'observa un moment. Les mains dans les poches et les coudes plaqués au corps, il semblait aider son manteau à le soutenir. Regardait-il dans sa direction à elle ? Une ambulance passa, dans le hurlement de sa sirène et le tournoiement de son gyrophare bleu, et elle se détourna, car elle n'aimait ni la vue ni les sirènes des ambulances et, lorsqu'elle releva les yeux, l'inconnu avait disparu de sous les arbres. Quelques minutes plus tard, néanmoins, il faisait son entrée dans le bar. Il surgit derrière elle, s'assit à la table voisine, sortit une blague à tabac en plastique de la poche de son manteau et se roula une cigarette. Elle remarqua le léger tremblement de sa main ; ce n'était pas un signe d'infirmité, mais plutôt, à ce qu'elle pensa, le résultat de longues heures, d'années de concentration sur de petites tâches compliquées, désuètes ; peut-être s'agissait-il d'un horloger ou même d'un scribe. Elle le vit penché sur son établi muni d'une percerette ou d'une plume d'oie. Il feignait un air savamment rêveur, préoccupé, le front négligemment plissé, les yeux dans le vide, et elle devina qu'il allait lui adresser la parole. Il se tapota vivement les hanches, les flancs, la poitrine, fronça encore plus le front, pinça les lèvres, puis pivota avec brusquerie vers elle, feignit de la remarquer et, la mine suppliante, effectua le geste de gratter une allumette. Elle répondit qu'elle était désolée, qu'elle n'en avait pas.

« Ah, vous parlez anglais, s'écria-t-il du ton de celui qui salue une rare prouesse. Moi aussi. »

Elle se demanda quel âge il pouvait bien avoir. Cinquante ans ? Soixante-dix ? Impossible à dire. Son visage était blanc comme du petit-lait et tellement effilé qu'il paraissait devoir se muer en une fine ligne droite s'il se tournait davantage vers elle. Ses cheveux, presque orange et constellés de particules de pluie qui lui faisaient une parure incongrue, étaient manifestement teints. Il reposa sa cigarette, pas allumée. Elle se dit qu'elle ferait mieux de s'en aller sur-le-champ ; elle jeta un coup d'œil dehors vers le ciel pleureur, la rue où la lumière du jour s'attardait ; son train ne partait pas avant plusieurs heures. Soudain, le nouveau venu, qui avait louché sur le livre de Vander posé sur la table devant elle, se pencha en avant et, faisant montre d'une élasticité de contorsionniste, se mit quasiment la tête à l'envers pour déchiffrer le titre de l'ouvrage.

« Ah, s'exclama-t-il. Vous le connaissez ? »

Elle fit non d'un signe.

« Moi, oui, enchaîna-t-il. Ou disons que je le connaissais. »

De ses longs doigts très blancs qui rappelaient des doigts de sorcière de conte de fées, il retourna le bouquin, examina la photographie de Vander sur la quatrième de couverture et sourit.

« Mais il ne s'appelait pas Alex Vander à l'époque. »

La serveuse surgit alors, une blonde vigoureuse habillée d'un chemisier à volants, d'une ample jupe noire et d'un corselet sans doute destinés à parodier, supposa Cass Cleave, le costume national ; elle portait un plateau doré qu'elle tenait avec désinvolture par un bord, comme une arme. Le rouquin lui parla dans une langue qui devait être du flamand ou peut-être du néerlandais et, lorsqu'elle se fut éloignée après avoir acquiescé d'un signe de tête, il coula un regard intimidé vers Cass

Cleave et passa la langue sur sa fine lèvre inférieure. Elle se demanda, sans la moindre inquiétude, qui il était et pourquoi il lui adressait la parole. Elle l'étudia attentivement – ce visage étroit, ces mains blanches. Il continuait à sourire et à hocher la tête par-devers lui, comme s'il repensait à un souvenir triste et néanmoins chéri. Oui, reprit-il, il avait connu Alex Vander.

« Oh, il y a longtemps, très longtemps. En ce temps-là, il écrivait pour un journal, de même que... »

D'un ongle long et ambré, il tapota la photographie.

« ... son ami. »

Il dodelina du chef et sa voix se transforma en un murmure.

« Très fortes opinions, lui confia-t-il dans un souffle. Très extrémistes. »

Incapable de le suivre, elle fronçait les sourcils.

« Son ami ? s'écria-t-elle en consultant la photo. Ce n'est pas lui, là ? »

Il lui jeta un coup d'œil à la dérobée et son sourire se mua en un rictus de joyeuse malice. Elle n'aimait pas la manière dont il léchait sa lèvre inférieure, le bout gris de sa langue pointue qu'il dardait et rentrait tout aussi vite.

« Comment s'appelait-il, s'il ne s'agissait pas d'Axel Vander ? » demanda-t-elle.

Mais il se contenta de sourire encore plus et, les yeux clos et les lèvres fermement pressées l'une contre l'autre, leva un doigt qu'il agita avec espièglerie. L'amazone au corselet réapparut avec, sur son plateau, un minuscule verre évasé renfermant un doigt de liqueur cornaline, visqueuse, brillante. Pour payer, il puisa dans un petit porte-monnaie en cuir et compta ses pièces avec un soin tatillon. Cass Cleave le regarda porter son verre à ses lèvres exsangues qui déjà se retroussaient, puis lamper sa boisson avec un plaisir tangible. Il poussa un soupir de satisfaction, reposa son verre, approcha sa chaise et lui raconta alors l'histoire d'Axel Vander qui était mort et de cet autre qui vivait.

Au-dessus de leurs têtes, une toute petite cloche tinta, une fois, deux fois, trois fois, puis une quatrième fois grelottante, ce qui la fit sursauter. Sur un côté, le ciel plombé virait au bleu cendré. Elle avait froid maintenant dans son chemisier léger. Il y avait si longtemps que Vander se taisait qu'elle avait presque oublié sa présence. Il s'arrêta et flanqua un coup de canne dans un objet par terre. C'était un sac en plastique blanc fermé par une ficelle avec quelque chose de mou à l'intérieur.

« Un homme dans un bar, dit-il. Je vois. Et tu étais en train de lire mon livre. Quelle coïncidence ! »

Il ne la regardait pas.

« Dis-moi, poursuivit-il, comment s'appelait cet homme mystérieux ? »

Max quelque-chose, répondit-elle.

« Scheindiene, Schaundeine, un truc de ce genre, je ne me rappelle pas. »

Il déclara n'avoir jamais connu personne de ce nom-là. Il continuait à piquer le sac, à le retourner dans tous les sens. Sous ses assauts, le plastique rebondi qui avait une vague forme de cœur tremblotait et s'affaissait ; la ficelle avait été nouée avec une minutie affreuse.

« Il devait parler de quelqu'un d'autre, affirma-t-il. Il devait confondre. »

Elle ne lui avait pas dit tout ce que cet homme lui avait confié ; elle avait tu la part la plus importante. Vander fronçait les sourcils, l'air très absorbé, son attention comme totalement monopolisée par le truc, quoi que ce fût, dans le sac en plastique.

« Mais il te connaissait, insista-t-elle. Il connaissait les dates de parution des articles. Six semaines. Six exemplaires. »

Il finit par la regarder ; la tête penchée de côté, il réfléchissait, calculait. Il avait en partie réussi à ouvrir le sac et quelque chose de sombre suintait, un liquide sombre, épais. Elle sentit son estomac se soulever, puis se calmer.

« Viens, ordonna-t-il en refermant une main dure sur l'intérieur tendre de son bras juste au-dessus du coude pour l'obliger à reprendre la direction de l'hôtel, rentrons, tu frissonnes. »

L'aube reprenait rapidement des forces. Petits nuages très hauts, teintés de rose. Les étourneaux.

Il y eut un flottement général suivi, lorsqu'ils finirent par éclater, d'applaudissements notablement modérés. Souriant d'un air menaçant au public déployé sur les bancs des gradins en demi-cercle devant moi, je m'attardai une minute de plus que ce témoignage de politesse, les mains si férocement cramponnées au bord du lutrin que les auditeurs des premiers rangs avaient dû craindre que je ne le leur lance à la tête. Ils étaient vexés que je n'aie pas préparé une communication pour la circonstance et que j'aie choisi à la place de lire – et sur un ton d'ironie lassée en plus – un chapitre d'*After Words*, celui, justement célèbre, si je puis dire, sur les derniers jours calamiteux de ce pauvre Nietzsche ici, à Turin, que la majorité d'entre eux avait sans doute déjà lu, bien sûr. Qu'avaient-ils escompté ? Ils auraient dû s'estimer heureux que j'aie accepté de prendre la parole devant eux. J'allais descendre de l'estrade quand Franco Bartoli leva précipitamment la main et demanda avec une fausse gentillesse écœurante si je voulais bien répondre à une ou deux questions. Je poussai un soupir bruyant et appuyé. S'ensuivit le traditionnel silence gêné accompagné de traînements de pieds, puis Bartoli se redressa à moitié sur son siège et, tournant la tête, encouragea du regard tel ou tel de ses étudiants qui, muets, se cachaient au milieu de l'assemblée, constituée pour la plus grande part d'universitaires d'âge mûr, immédiatement reconnaissables au côté singulièrement terne de leur tenue vestimentaire. En fin de compte, un jeune homme des derniers rangs s'éclaircit la voix et demanda dans un marmonnement enthousiaste quelle était, s'il vous plaît, la vision du professeur Vander sur l'état actuel de la critique culturelle. Je rejetai la tête en arrière, pointai le menton en avant et souris.

« Ma vision ? répétai-je. De mon estrade, très bonne, merci. »

J'esquissai un bref salut, abandonnai le lutrin et me dirigeai d'un pas mal assuré vers ma place – j'avais absorbé plus d'une généreuse gorgée de grappa avec mon café du matin et les effets s'en faisaient sentir. De tous côtés, il y eut des hochements de tête et des rires sarcastiques et même quelques applaudissements pondérés. Je louchai vers l'endroit où je pensais voir Cass Cleave – il y avait cinq minutes que je lisais quand je l'avais aperçue, du coin de l'œil, qui entrait rapidement et se glissait sur un siège à côté de la porte – mais elle n'était pas là. À la place qu'elle aurait dû occuper se trouvait une costaude Brunhilde de Göttingen aux genoux massifs, une spécialiste de Nietzsche, justement, qui me toisait d'un air furieux, les yeux exorbités par l'indignation devant la manière frivole, tous en convenaient, dont j'avais traité la transfiguration finale de son sujet et son effondrement sur la Piazza Carlo Alberto, exactement un siècle auparavant. Franco Bartoli, l'un des applaudisseurs pondérés, me souriait avec une jovialité furibonde. Je m'assis. La salle n'avait pas de fenêtre et on avait du mal à respirer dans cette atmosphère ouatée. J'étais fatigué, déprimé, irritable. Bartoli, allant présenter le nouvel intervenant, s'arrêta au passage et se pencha pour me glisser à l'oreille, avec une amertume mielleuse :

« Très spirituel, Professeur, mais pas totalement original, à mon avis. »

À l'autre bout de la salle, Kristina Kovacs mettait de l'ordre dans une liasse de papiers sur ses genoux et regardait Bartoli comme dans l'attente d'un signal. Non, non, me dis-je, je ne pouvais pas supporter d'écouter Kristina commenter encore un de ses concepts élégamment humoristiques sur la phénoménologie des bandes dessinées ou le champion de foot en tant qu'héros existentiel – parfois, je me demande vraiment pourquoi j'ai choisi de passer ce que je suis obligé d'appeler ma vie professionnelle dans cette petite sphère de préciosités et d'arcanes triviaux. Je me levai à la hâte et, tel un homme fuyant un incendie, me frayai un chemin jusqu'à la sortie.

Le couloir sentait la mine de plomb, le papier moisi et les corps jeunes gorgés d'hormones en effervescence. Penchée par une fenêtre ouverte pour mieux fumer en douce, une créature mal attifée, décharnée, plutôt mâle, un étudiant, présumai-je, me lança un regard ronchon, provocant. Inutile de te montrer agressif, pâle éphèbe – regarde, moi aussi, j'en allume une. Dans mon dos, la porte de l'amphithéâtre s'ouvrit et des pas pressés se rapprochèrent. C'était Kristina Kovacs. Il fallut qu'elle se retrouve juste sous mon menton ou quasiment pour s'arrêter – je me rappelais ce truc chez Kristina, cette manie de coller les gens, même des inconnus, même d'anciens amants éphémères. Elle leva la tête vers moi – je notai un éventail de fines ridules à la commissure extérieure de chaque œil –, et m'offrit son sourire sceptique, entendu.

« Tu as cru que je serais l'intervenant suivant ? me lança-t-elle, amusée. C'est pour ça que tu es sorti ? »

Franchement, j'aurais souhaité qu'elle ne me colle pas autant, la tête rejetée en arrière, oscillant de droite et de gauche de manière infinitésimale au rythme de sa triste mélodie intérieure. Je lui dis qu'il m'aurait été impossible de passer une minute de plus au milieu de ce troupeau de graves crétins. Elle partit d'un rire étouffé, fit claquer sa langue en guise de gentil reproche puis ajouta avoir apprécié ma contribution aux débats.

« Très méchant de ta part, de lire un passage tellement connu, poursuivit-elle avec, dans l'œil, un pétillement désagréablement joyeux. Franco était furieux, tu l'as remarqué, j'en suis sûre. »

Je me rembrunis. Crois-tu, envisageai-je de lui demander, crois-tu que le simple fait qu'on se soit envoyé en l'air l'espace de quelques heures un après-midi il y a longtemps te donne droit à cette familiarité insolente ? Mais le regard de Kristina s'était tourné vers des profondeurs intérieures.

« Pauvre homme », fit-elle, et, durant une seconde, je crus qu'elle parlait de moi et, à ma grande stupeur, je sentis monter en mon for intérieur, par réaction, quelque chose de chaud, avec tout l'enthousiasme anxieux du chien qui bondit en entendant la clé de son maître tourner dans la serrure. Elle pinça mon coude entre ses doigts comme pour une pressante supplique.

« Pauvre malheureux, insista-t-elle, ces lettres écrites en pleine folie, quand il évoquait le grand vide autour de lui. »

Fermement, je me dégageai de son emprise – on aurait dit qu'un papillon frémissant mais insistant cherchait à se poser sur moi – et ricanai.

« Dans ce qui me semble être la toute dernière de ces fameuses lettres, il expliquait également à l'un de ses correspondants, parmi ceux qu'il mettait le plus à contribution, qu'il préparait lui-même son thé, qu'il faisait ses courses et portait des bottes percées. Même Zarathoustra se doit d'assumer les tristes impératifs du quotidien. »

Elle n'écoutait pas ; une fois de plus, elle avait les yeux mouillés.

« Mais écrire à la femme de Wagner, reprit-elle, cette femme entre toutes, l'appeler Ariadne et déclarer qu'il l'aimait, puis donner l'ordre de fusiller tous les antisémites... »

Elle était, je le notai avec agacement, très bouleversée. Dans son agitation, elle paraissait soudain vieillie et épuisée. Je jetai un coup d'œil désespéré autour de moi. Le jeune fumeur à la fenêtre nous considérait avec un écœurement incrédule, nous, ces deux vieux qui, plantés côte à côte en une intimité scandaleuse, nous pelotions à qui mieux mieux. Kristina glissa son bras sous le mien et je n'eus d'autre option que de me tourner et de m'éloigner dans le couloir avec elle. Son insistance à me toucher, à presser mon bras contre son flanc, par exemple, à me forcer à sentir la chaleur de sa chair maigre et sa cage thoracique ramollie ou tout comme en dessous me répugnait un peu. Je notai aussi la fragilité de son bras à l'intérieur de sa manche : on aurait cru qu'il n'y avait que de l'os et du tissu. Au bout du couloir, à l'endroit où une grande fenêtre, baignée d'une éblouissante clarté blanc fumé, nous faisait face apparut la silhouette de Cass Cleave qui, élancée et ondulante dans la lumière aveuglante, venait vers nous. Elle tressaillit en nous voyant bras dessus, bras dessous. Elle portait une ample robe en lin à travers laquelle je distinguai nettement, comme si le tissu fût un instant devenu transparent, son corps nu et maigre aux hanches marquées. Elle continua à avancer, tête basse, les yeux fixés sur ses pieds. En nous croisant, nous nous arrêtâmes tous.

« Kristina, déclarai-je avec un grand geste, permets-moi de te présenter Catherine Cleave. »

Je les regardai échanger une poignée de main. Il y avait là quelque chose d'obscurément comique qui me valut une vive envie de rire.

« Mlle Cleave, poursuivis-je sur le ton du protecteur hautain, est ma biographe. »

Pour le coup, j'éclatai franchement de rire. Pourquoi n'y avais-je pas songé plus tôt ? Ma biographe ! Cass Cleave me dévisagea avec de grands yeux puis tourna précipitamment la tête. Kristina continuait à lui tenir la main, la jaugeait, cette grande fille à la toute petite tête, tellement dégingandée qu'elle en était émouvante. Magda, me surpris-je à penser, avait toujours détesté les poignées de main, elle aurait fait n'importe quoi pour les éviter ; je me demande pourquoi. J'essaie de me rappeler ses mains, de les visualiser ; je connais leur forme, leur texture, mais je n'arrive pas à les voir. Est-ce ainsi qu'elle finira par me quitter, membre après membre, jusqu'au moment où il ne me restera plus rien, hormis ma honte ?

« Et avez-vous vu le saint suaire ? demanda Kristina à Cass Cleave. Notre célèbre *Sindone.* »

Ma mémoire claqua des doigts : *sindone*, pas *signore*. Kristina se remit en marche et Cass Cleave et moi lui emboîtâmes le pas, moi à sa droite, elle à sa gauche ; Kristina avait une demi-tête de moins que Cass Cleave ; je baissai les yeux vers les cheveux ternes de la petite bonne femme, puis les relevai vers ma grande amie, souris et clignai de l'œil. Ma biographe.

« Le professeur Vander vient de nous lire quelque chose, déclara Kristina, la tête toujours baissée mais s'adressant à Cass. “ Effacement et Présence véritable ”, un chapitre de son célèbre ouvrage. J'ai été surprise – elle me regardait à présent – que tu ne mentionnes pas le saint suaire : l'effacement, tu vois. »

Elle lâcha un rire bref.

« Il s'agirait du premier autoportrait. Je continue à penser que c'était la Magdaléenne qui tenait le drap, pas Véronique. Mais la Magdaléenne, c'étaient les cheveux, non ? »

... Longues et épaisses tresses brunes dégoulinant comme des herbes aquatiques à la lueur jaune de la lampe, eau se déversant du pichet blanc. Elle s'agenouilla à côté du bain, fervente devant la fontaine sacrée, ses larges épaules inclinées, son cou blanc dénudé. Son grand crâne fragile comme un œuf sous le pétrin de mes doigts. Où ? Newyorpennindianabraska. Toujours en route, en route vers l'ouest, à parcourir le damier de ce pays en longues enjambées tout en souplesse. Les cités, puis les plaines, puis ce qu'on appelle les hautes terres, avec neige et sapins, puis les montagnes, les puissants sommets, puis le désert et enfin la côte de Barbarie sur les eaux bleues de laquelle ses cendres un jour flotteraient brièvement, tanguant...

Quoi ?

Quelqu'un me posait une question.

« Quoi ? »

Cass Cleave, devant moi, scrutait anxieusement mon visage et me demandait avec inquiétude d'une voix qui me paraissait incroyablement lointaine si j'allais bien. Si j'allais bien ? Je répondis que oui, bien sûr. D'une contorsion, je libérai mon épaule de son contact. Toutes ces fichues bonnes femmes qui se repassaient ma pomme de main en main ! Nous étions au bout du couloir, près de la grande fenêtre. Dehors, à hauteur des yeux, se détachait l'invraisemblable coupole en forme de pudding ocre et terre de Sienne brûlée d'une église sur les couvertures de laquelle le soleil implacable miroitait. Où était Kristina Kovacs ? Pour une raison ou pour une autre, elle nous avait quittés sans que je m'aperçoive de quoi que ce soit. Avais-je perdu connaissance à un moment donné ? Si c'était le cas, pourquoi n'étais-je pas tombé par terre ? Cass Cleave ajouta quelque chose à propos d'un bobo, mon bobo. Je remuai la tête, à l'instar d'un vieux chien aux oreilles pleines d'eau, m'efforçai de comprendre. Mon bobo ? Où ça, mon bobo ?

« Ta communication, je veux dire, précisa-t-elle en faisant un geste en direction de l'amphithéâtre, ta lecture, ton topo. »

Je remuai la tête de plus belle.

« Qu'est-ce que tu racontes ? m'écriai-je. Tu étais là. Je t'ai vue entrer. »

Elle fronça les sourcils, déclara que non, elle arrivait à l'instant.

« Je t'ai vue, insistai-je. Tu étais en retard. Tu t'es assise sur le côté, près de la porte. Je t'ai vue. »

Elle essaya de me prendre par le bras, mais je me dérobai. Un escalier, suivi d'un second, puis une issue de secours, double porte fermée par une barre métallique que je ne réussis pas à relever. Cass était à côté de moi. Elle posa sa main par-dessus la mienne sur la barre. Je perçus la chaleur discrète de son visage proche du mien.

« Je vais bien, affirmai-je. Je vais très bien. »

Les portes s'ouvrirent toutes grandes, coulissèrent comme une cloison de bateau, et une éblouissante lame de soleil nous inonda.

Mais, à dire vrai, je n'allais pas bien. Je décrétai qu'il fallait que je mange quelque chose. Ce que je voulais, en réalité, c'était un autre verre, bien sûr, beaucoup d'autres verres. Au premier restaurant venu, j'exigeai de faire halte. Il était situé sur une grande place poussiéreuse, la piazza Vittorio Machinchose, qui descendait vers le Pô. Nous nous installâmes à une table dehors, sous un store en toile, avec vue sur les hauteurs boisées de la rive opposée du fleuve, d'un bleu mat sous la lumière éblouissante de midi. Je commandai un verre de vin pétillant et bus cette boisson gazeuse, douceâtre et au goût légèrement métallique, ravi de sentir des nuées de bulles minuscules, froides et vives, détoner plaisamment dans mes sinus. Par moments, une forte rafale de vent chaud montant du fleuve faisait onduler et claquer la toile au-dessus de nous comme une voile de bateau. Une main en visière devant les yeux, une aisselle mauve dénudée, Cass Cleave regardait en direction du Pô, sans rien dire.

« Peut-être, suggérai-je, devrais-tu vraiment écrire ma biographie. Utiliser toutes ces recherches, tout ce travail de fouine qui t'a tellement occupée. »

Elle continua à se taire, continua à me dérober une partie de son visage, lequel était à peu près aussi expressif qu'un profil de médaille. C'était, je commençais à m'en rendre compte, sa pose préférée ; que tu étais transparente, mon petit, finalement !

« Tu pourrais l'écrire à la première personne, poursuivis-je, faire comme si tu étais moi. Je te donne carte blanche. Je t'accorde les droits sur ma vie. Qu'en dis-tu, *mein irisch Kind* ? »

Brusquement, j'éprouvai un vif désir d'être seul, rien que moi et mon verre. Le fait est, et j'ai bien conscience, compte tenu des circonstances, du macabre de ma remarque, le fait est que Cass Cleave n'était pas, comme on dit ou comme on disait, mon type. Je n'ai jamais vraiment eu un faible pour le genre piriforme, grande et pâle, même si, apparemment, c'étaient toujours celles qui me couraient après. Si j'avais eu le choix – je l'ai rarement eu, vu ma stature, bien entendu –, j'aurais penché pour les petites boulottes. Il trône, accroupie au centre du labyrinthe désormais pratiquement défeuillé de mon imagination sensuelle, une silhouette à la Bouddha, rose et nue avec des seins lourds aux mamelons framboise, des épaules joliment rondes, des genoux à fossettes lisses et brillants, et trois charmants bourrelets rebondis au-dessus des hanches. Elle n'a pas de visage, cette idole charnue, juste un espace vide en forme de cœur sur lequel, parvenue à une certaine température, ma fantaisie vénérienne estampe à la hâte un agrégat de caractéristiques rudimentaires. Ses cheveux, néanmoins, je les vois, très noirs et brillants, séparés au milieu et fermement tirés en arrière – le seul attribut, soit dit en passant, que Magda, et uniquement dans sa jeunesse en plus, partageait avec mon idéal secret. D'où provient donc l'image de cette petite idole grassouillette ? De très loin, je le pressens, de très loin en vérité, d'aussi loin peut-être que le lit de gésine. Troublante pensée.

Les toits pastel des voitures garées sur la place flamboyaient au soleil, voyants et héraldiques comme les bannières et les boucliers d'une armée rutilante et prostrée.

« Qui est Magda ? demanda Cass Cleave, qui, la mine renfrognée, semblait focaliser toute son attention sur le flot de véhicules filant le long du quai. Tu m'as murmuré ce nom à l'oreille. Magda. »

Je revis la chambre, le lit, la fille, m'interrogeai sur ce que cette expérience avait pu représenter pour elle, la malheureuse. Elle avait dû avoir l'impression de débarquer dans un pays lointain, en ruine et pestilentiel, où une très vieille bête endémique, dernier spécimen de son espèce, féroce et effrayante avec sa fourrure pelée, son haleine de cadavre et son œil furibond l'avait attaquée et capturée.

« Magda était ma femme. Elle est morte. »

On nous apporta le repas que je ne me rappelais pas avoir commandé. Quant à mon verre, le serveur arrêta de me servir alors qu'il était seulement à moitié plein – de vin rouge, maintenant, je le notai – et je l'apostrophai avec hargne pour l'obliger à le remplir à ras bord. Je le portais à mes lèvres quand ma main se mit à trembler violemment, comme sous l'effet d'un Parkinson, et le vin se renversa et éclaboussa la nappe. Cass Cleave essaya d'éponger avec sa serviette, mais je la repoussai d'une tape sur la main en lui ordonnant sèchement de ne pas s'occuper de ça.

« Ne t'affole pas, lui lançai-je d'un ton brusque. Je déteste quand on s'affole. »

Là-dessus, je me mis à lui parler de Hitler à Berchtesgaden. C'est un truc que je fais dans les dîners, histoire de me divertir, à défaut d'autre chose. Adroitement, je lui brossai un tableau de la montagne magique avec ses bandes de trolls qui se démenaient à qui mieux mieux pour devenir les chouchous du Führer, ces petits gars aux cheveux lisses et leurs blondes compagnes tout en mollets et en gros popotins carrés, emballés de satin, et lui, au milieu d'eux, roi de la montagne, rêveur, distant, d'une politesse exquise, projetant calmement la destruction du monde. Elle gardait les yeux rivés sur son assiette.

« Tu te demandes si je l'admirais ? » suggérai-je.

Elle me regarda.

« Un peu, autrefois. Un peu, aujourd'hui. Mes amis et moi, dans notre jeunesse, nourrissions le beau rêve d'une Europe libre et nettoyée. »

Je repris une autre grande rasade de mon verre et me rejetai en arrière en lui souriant franchement.

« Je suis un vieux léopard, déclarai-je, mes taches me vont jusqu'à la moelle. »

À une table proche, un vieux bonhomme, l'air canaille, un canotier sur le crâne, nous guignait avec intérêt et m'adressa, lorsque je croisai son regard, un léger signe de tête plein de malice et d'envie. Curieux, mais jamais les gens ne nous ont pris, Cass Cleave et moi, pour autre chose que ce que nous étions ; une aura devait nous envelopper, un je-ne-sais-quoi de sulfureux que nous générions, ou que, moi, du moins, je générais, leur signalait que nous n'étions pas père et fille. Je ne sais pas trop pourquoi, mais le regard concupiscent du vieil Aschenbach me fit repenser à Prague et à Kristina Kovacs. Quand elle s'était présentée à la porte de ma chambre d'hôtel, ce jour-là, j'étais au lit, sans doute encore en train de soigner une de mes gueules de bois d'après déjeuner. Debout en face de moi, elle affichait une attitude de quasi-pénitente, mains plaquées sur la poitrine, tête inclinée, me regardant de biais et par en dessous en souriant sans se fatiguer à dire un mot ni avoir besoin que je lui en dise un, ce qui produisait un effet obscène. À l'époque, elle était sacrément séduisante, dans le genre un peu blessé, provocant, et pratiquement tous les hommes et un nombre non négligeable de femmes participant à la conférence à laquelle nous assistions l'un comme l'autre – sur Molière, Kleist et Amphitryon, si ma mémoire est bonne – avaient essayé de l'attirer dans leur lit, mais c'est le mien qu'elle avait choisi. Pourquoi ? Après, elle déclara que c'était parce qu'elle admirait mon esprit, ce qui me fit rigoler ; eût-elle eu la liberté de jeter un coup d'œil dans cet antre immonde qu'elle aurait reculé, sans voix, jusqu'à la porte, en levant les mains au ciel et en hochant la tête, horrifiée. En ce temps-là, elle avait encore un mari à

Bucarest, je crois, erreur de ses jours estudiantins. De sa voix d'alto, troublante et chocolatée, elle me parla de lui, Istvan ou Ivan ou Igor, un nom dans ce genre-là ; allongée sur le dos, une main sous la tête, elle contemplait pensivement le plafond à travers la fumée de sa cigarette en caressant d'un doigt distrait sa lèvre enflée à l'endroit où mes dents féroces l'avaient mordue. J'écoutais, dans un demi-sommeil. Tous ces drames ! La nuit où on avait fouillé leur appartement. Le jour où on avait confisqué sa machine à écrire. Ces peurs qu'ils avaient eues, ces disputes. La fois où Igorstvan, après un week-end d'interrogatoire par la police secrète, était revenu, les yeux rouges et le visage cendre, et où, furieux et effrayé, il lui avait flanqué un coup de poing dans le ventre de sorte qu'elle n'avait pas pu avoir son bébé, perte qui, d'après elle, représentait la tragédie de sa vie.

« Cette saleté de pays, sifflait-elle de sa bouche de dragon toute fumante. Ces saletés de gens. »

Mais regarde ! Voici Kristina en personne, et Franco Bartoli aussi, à notre table à l'ombre du store, ils écoutent la petite qui leur parle et rit très bizarrement. Comment se sont-ils retrouvés là sans que je m'en aperçoive ? Je ne me souviens pas du tout de les avoir vus arriver, se joindre à nous, commander le verre de vin avec lequel ils jouent. J'entends Cass Cleave évoquer un certain Mandelbaum qui vient lui rendre visite. Ce sont ses termes mêmes : « Il vient me rendre visite. » Polis et mystifiés, les deux autres, bien droits sur leurs chaises en face d'elle, tripotent nerveusement leurs verres, plissent le front avec affabilité, écarquillent les yeux, haussent les sourcils. Penchée vers la table, les jambes entortillées et un pied coincé derrière une cheville, la petite parle à toute vitesse, achoppe sur certains mots, enroule une mèche de cheveux autour d'un doigt, la roule serrée, serrée, et part de son drôle de rire nasillard, comme si elle leur racontait un truc particulièrement cocasse. M. Mandelbaum a une odeur, explique-t-elle, une odeur d'amande qui le précède et l'avertit. Une fois arrivé, il la prend dans ses bras et l'étreint très, très fort jusqu'à ce que le souffle lui manque et qu'elle tombe par terre. Voyant que je lui prête attention maintenant, ou du moins que j'essaie, du fond de ma brume alcoolisée, elle m'adresse un sourire joyeux, désespéré, les yeux à la fois brûlants et voilés. Devant ma vision déformée, elle ressemble à un de ces vilains portraits cubistes où les images se télescopent, où le visage se présente à la fois de face et de profil, tu vois ce que je veux dire. Avec un calme parfait et sans la moindre surprise, je me rends compte qu'elle est folle.

« Il sent les amandes, dit-elle, M. Mandelbaum. »

Son sourire se figea comme si une lumière s'était éteinte sur sa figure et elle attrapa son verre – ou le mien peut-être – à deux mains et but longuement le vin sombre tout en m'observant par-dessus le bord. La table avait été débarrassée et je tenais un verre de... de quoi ? De grappa encore une fois, ce devait être ça. Le soleil me brûlait la nuque. Comment se faisait-il que personne ne semblait avoir remarqué mon absence momentanée ? Où étais-je parti ? À Prague, oui, avec Kristina, vêtue de sa combinaison saumon. Dans une grande lampée, Cass Cleave, la tête rejetée en arrière et la gorge frémissante, finit le restant de vin, reposa son verre avec un bruit sec, puis me regarda de nouveau. Ses traits étaient de travers à présent, comme si la moitié du portrait, celle de profil, avait partiellement glissé. Elle se leva de son siège en vacillant, tourna les talons et s'enfonça dans les profondeurs obscures du restaurant. La toile du store claqua, un toit de voiture étincela. Kristina Kovacs s'éclaircit la voix et s'agita sur son siège.

« Tu dis qu'elle est en train d'écrire ta biographie ? » s'écria-t-elle d'un ton dubitatif.

À ces mots, Franco Bartoli afficha un sourire fat.

« C'est votre biographe ? fit-il. Ah. »

Il escamota un autre sourire fat.

« Ah, je vois. »

Avec son front dégarni et brillant, sa bouche en passage d'œuf et sa barbe légèrement rousse, duveteuse, douce et maigrichonne, il ressemblait, le petit Franco, à un animal domestique rare et précieux, gâté et capricieux à force d'avoir été bichonné. Sur l'arête de son nez fin, ses lunettes non cerclées ne se voyaient pratiquement pas. Je me demande pourquoi je le méprise autant. Il mentionna alors, avec une fureur chuchotée et sifflante, un universitaire français à la mode qui s'était décommandé à la dernière minute alors qu'il avait accepté d'assister à la conférence et de préparer un article.

« Presque pareil, intervins-je bruyamment en lui coupant la parole. Votre Français. Bator, Bartoli : presque la même chose. »

J'éclatai de rire et brandis mon verre de grappa vide que j'agitai à l'attention du serveur morose appuyé contre une treille recouverte de vigne.

« Bator, le gnome, poursuivis-je. Je l'ai rencontré une fois. Mauvais, ignare et court sur pattes. »

Les lieux s'étaient vidés, il ne restait que nous. Je m'entendais respirer, rugissement sourd, stertoreux, comme si un soufflet de forge besognait sous mon crâne, signe avéré chez moi du début de l'ivresse. La nappe blanche renvoyait un pâle reflet et les objets dessus, couteau, fourchette, burette à huile, moulin à poivre, présentaient tous le même angle avec leur ombre, donnant l'impression d'avoir délibérément été placés ainsi, telles des pièces d'un jeu d'échecs ou même des runes offertes à mon déchiffrage. Le serveur ronchon apporta la bouteille de poison limpide, me servit; je bus. J'essayai d'allumer une cigarette, m'empêtrai avec l'allumette, me brûlai et poussai un juron. Assis, très immobiles, très droits, tels deux magistrats, les mains croisées sur la table devant eux, le regard fixe, Bartoli et Kristina Kovacs me considéraient d'une façon bizarre, pour ne pas dire alarmante, on aurait dit des automates.

« Vous avez liquidé votre bergère », déclara Franco Bartoli.

Je toussai et recrachai ma grappa.

« Quoi ? » m'écriai-je d'une voix rauque.

Un haut-le-cœur m'avait secoué.

« Quoi ? répéta Kristina Kovacs en me tapant sur le dos avec sollicitude. Il dit que tu as laissé tomber ta fourchette. »

Elle était là, en effet, ma fourchette, par terre ; ses pointes, là, entre mes genoux, dispensaient une lueur entendue, funeste. Je me penchai pour la ramasser. Kristina Kovacs se leva, son sac à la main. Soudain effrayé à l'idée de me retrouver seul avec Franco Bartoli, je tendis la main pour la retenir, exigeai de savoir où elle allait. Elle m'adressa un petit sourire sec.

« Je vais voir ce qu'il advient de ta biographe », me lança-t-elle.

Elle se fraya un chemin entre les tables et entra dans le restaurant où Cass Cleave l'avait précédée. Du bout du doigt, Franco Bartoli, pensif et tendu, roulait lentement une miette de pain.

« Vous savez qu'elle va mourir, dit-il en me regardant. Kristina, je veux dire. »

Derrière le soleil qui se réverbérait sur les verres de ses lunettes, il était impossible de distinguer ses yeux. Et, là, je compris que Kristina Kovacs et lui étaient amants. Cela me vint à l'esprit, juste comme ça ; l'abus d'alcool aiguise souvent ma clairvoyance. Depuis combien de temps cette histoire durait-elle ? me demandai-je. Peut-être – et en un sens, c'était amusant –, peut-être venait-elle seulement de commencer, peut-être remontait-elle à la nuit précédente. Franco dut voir la lueur de compréhension qui éclairait mon visage, car il s'empressa de baisser les paupières et se mit à rouler une nouvelle boulette de pain, plus nerveusement cette fois. Je les imaginai au lit après, Kristina éveillée et péniblement éplorée, et Franco, avec sa bedaine, ses mains de petit garçon et ses chaussures fourrées de semelles intérieures discrètement glissées sous le lit, qui ébauche une grimace silencieuse tout en réprimant un nouveau bâillement ; puis, du fond de l'obscurité, Kristina lâche l'horrible nouvelle de sa maladie et Franco repense aussitôt à la texture sèche de sa chair et à la puanteur brune qu'exhalaient ses poumons déjà défaillants alors qu'il rebondissait sur elle, et l'envie le saisit de prendre ses jambes à son cou, de remonter la piste de vêtements qu'il a semés entre le lit et la porte et de dévaler le couloir de l'hôtel, l'escalier, la rue, de sortir de la ville elle-même, loin ! mais, à la place, il lui faut rester allongé là, paralysé par la consternation, n'osant pas lever le petit doigt de crainte d'entraîner l'effondrement retentissant de tout ce qu'il n'a pas envie d'entendre, de cette femme, de sa détresse, de sa vie et de sa mort prochaine. Suivent alors des heures de discussion, toutes les terreurs de Kristina qui dégringolent, son angoisse qui pompe l'air de la pièce jusqu'à ce que Franco ne puisse pratiquement plus respirer. Lui aura-t-elle parlé de cet après-midi à Prague avec moi, rideaux tirés, de ses cris et de ma jambe morte entre ses cuisses imprimant avec brutalité son grotesque tatouage sur le matelas ? Elle l'aura fait ; oh oui.

« Prenez un verre, proposai-je en lui adressant un sourire presque tendre. Prenez un verre avec moi, Franco, en souvenir du passé. »

Il s'obstina à ne rien dire, à garder les yeux baissés.

« Je sais que vous l'avez liquidée, répéta-t-il dans un murmure rauque de haine. Je le sais. »

Kristina revint, contrariée.

« La jeune femme, commença-t-elle, puis elle se tourna vers moi. Je l'ai appelée à travers la porte, mais elle m'a dit de m'en aller. Elle semblait... »

Il est des moments, je les connais bien, où soudain tout se ramollit et se vide, comme si les choses se dépouillaient de leur air et que les gens pris là-dedans, se sentant déplacés, poussés en quelque sorte à côté d'eux-mêmes, hésitaient. Kristina Kovacs posa son sac sur la table. Franco Bartoli fit le geste de se remettre sur ses pieds, mais se ravisa, la mine légèrement confuse, allez savoir pourquoi. Je me rejetai bien en arrière et levai la tête dans l'espoir de repérer quelque chose au-dessus de moi, mais ne trouvai que le ciel grouillant, le bord du store, un entrelacs de feuilles à travers lequel se faufilait la fumée de ma cigarette et un avion à réaction invisible, très haut, qui graduellement biffait le zénith de sa double marque crayeuse. La brise encore. Le soleil sur les voitures garées. Le fleuve, étincelant.

Cass Cleave émergea de la pénombre du restaurant, tête baissée, chancelante. Elle s'arrêta une seconde et jeta un coup d'œil autour d'elle, une main en visière et les yeux plissés contre l'éclat du soleil, comme si rien de tout ça – les tables vides, la treille couverte de vigne et nous trois qui la dévisagions –, comme si rien de tout ça ne correspondait à ce qu'elle avait cru retrouver. Elle négocia son chemin entre les chaises – on aurait juré une horde d'animaux tapis – et, une fois à côté de moi, s'appuya du bout des doigts sur la table et se pencha en avant selon un angle mal assuré. Elle se mit à parler, mais sa voix la trahit, et, à la place, elle partit d'un rire dément, nasillard. Elle avait une vilaine éraflure sur le coude, emperlée de sang, et une tache sur sa robe. Je tendis le bras, m'emparai de la main sur laquelle elle ne s'appuyait pas et cherchai à m'en servir comme d'un levier pour me relever, mais peine perdue, je retombai sur mon siège et fermai les paupières.

Le dernier cadeau que je fis à Magda, un des rares objets que je lui ai offerts – comme la plupart des personnes déplacées, je me méfie des biens matériels –, fut un vase en verre très ornementé et ridiculement cher. Je m'étais rappelé, ce qui ne me ressemblait guère, je suppose, que cette année-là marquait le quarantième anniversaire de notre vie commune et m'étais dit qu'il fallait que je marque l'événement, même si elle avait presque totalement perdu la tête. Dans la boutique de la rue Euclide, un étroit cube en verre et profilés en acier – n'y a-t-il donc que moi pour éprouver ce drôle et inexplicable pincement au cœur accompagnant l'achat d'un cadeau ? –, le vase, un grand et fin cristal vert pâle parcouru de grosses volutes nuageuses d'une blancheur de sucre, m'avait paru beau et attrayant. Pourtant, après une à deux semaines dans le living, ses nuances de vert commencèrent à m'évoquer la morve tandis que ses serpentins de sirop blanc gelé me collaient une légère nausée si je les gardais trop longtemps dans ma ligne de mire, de sorte que j'en arrivai à considérer cet objet comme assez malfaisant, voire menaçant. J'avais envie de m'en défaire, mais je voyais bien que Magda s'y était attachée, à lui et à son horrible viridité, laquelle devait avoir, à ses yeux, un éclat suffisamment pénétrant pour traverser les brumes de son entendement désespérément égaré et l'atteindre. Enfermée dans une placide quiétude, elle passait des heures en contemplation si bien que je n'avais pas le cœur de l'évacuer par la porte de service et de le briser en mille morceaux par terre comme je croyais devoir le faire. Or, le vase, qui me trouvait sans doute tout aussi répugnant ou qui jugeait mon animosité insupportable, décida de mettre un terme à notre misère mutuelle. Voici ce qu'il se passa : un truc vraiment bizarre, sincèrement. Le lendemain de la mort de Magda, j'étais allongé dans la pénombre sur le canapé du salon, marinant dans mon nouvel état de veuf – appliqué à un homme, ce terme continue de sonner faux à mes oreilles –, un pochon de glace sur le front et une bouteille de plus en plus vide sur le sol à côté de moi, quand une vive explosion, aussi nette et tangible qu'un coup de fusil, me colla une frousse telle que je me redressai presto, à la manière de l'homme monstre qui, penché au-dessus de sa table, voit jaillir une grosse étincelle bleue entre les électrodes. Je me dépêchai de sauter sur mes pieds et, en proie à une gîte avinée, me dirigeai en chancelant jusqu'au living pour mener mon enquête, songeant, dans mon état éméché, à l'officier Falot – tu te souviens de lui ? – et à son pistolet bleu et contondant, bourré de balles réelles. Il me fallut mener de longues et infructueuses recherches avant de découvrir ce qu'il s'était passé. Le vase s'était cassé, non pas en fragments comme il convient pour ce genre de matériau, mais en deux moitiés presque égales, selon une verticale remarquablement nette, comme si une lame de diamant formidablement rapide ou encore un puissant rayon ultra, surnaturel, l'avait coupé par le milieu. Ainsi que je l'ai peut-être déjà signalé, je ne suis pas superstitieux de nature – ou je ne l'étais pas, étant donné que cette scène se situe avant que le fantôme de Magda ait commencé à me hanter –, et je compris qu'il avait dû simplement y avoir un défaut dans le vase, une fêlure si fine qu'elle était passée inaperçue et qu'il avait fini par céder à un changement infinitésimal dans la température de l'air ou bien à une variation de la pression atmosphérique. Je repensai, avec un pincement de quasi-remords, à cet objet naguère haï qui avait dû subir, jour après jour, mes regards maléfiques et, des heures durant, la contemplation câline mais peut-être pas moins accablante de Magda et s'était retrouvé enfermé, sans pouvoir broncher, à devoir mener une lutte atroce contre les forces irrésistibles du monde à l'œuvre, à batailler pour préserver – l'espace d'une heure, d'une minute, de quelques secondes supplémentaires, les dernières – son intégralité et son équilibre. Je pense, bien sûr, à Cass Cleave. Car il en allait ainsi avec elle aussi, elle formait un autre grand réceptacle, crispé et fissile, qui attendait de se fendre en deux.

Dans les toilettes, elle avait été victime d'une de ses crises. Elle ne se souvenait pas d'être tombée, n'avait retrouvé que vaguement l'odeur douce, sèche et bien connue, et les voix qui s'étaient mises à parler toutes ensemble dans sa tête. Puis la Kovacs avait frappé à la porte en l'appelant par son nom et elle s'était relevée tant bien que mal et avait fait un tampon d'une liasse de papier hygiénique afin de frotter l'ourlet de sa robe taché par les saletés sur le sol. C'était une de ses plus grandes peurs, de s'évanouir un jour dans ce genre d'endroit immonde et d'être retrouvée sans connaissance, coincée, la culotte aux genoux, entre la cuvette et la porte. Une fois dehors sous le soleil, elle se sentit tremblante et légère, et l'air lui parut avoir changé d'état, s'être transformé en une sorte de fluide visqueux et radieux qui la soutenait et la gênait en même temps. C'était toujours pareil après une crise, il lui semblait que tout autour d'elle était différent, comme si elle avait traversé un miroir et débouché dans l'autre monde étincelant qu'il renfermait. Lorsque Vander se souleva de sa chaise et lui attrapa la main, elle perçut le tremblement infime de son bras, eut l'impression que la dernière parcelle de vie le quittait et, quand sa tête roula en avant et heurta la table dans un fracas effrayant, elle le crut vraiment mort. Sa grand-mère était décédée dans les bras de son père, qui s'était endormi en l'enlaçant, et que même la mort de sa mère n'avait pas réveillé. Partir comme ça, sans un bruit, à la façon dont on sortirait d'une pièce en refermant discrètement la porte ! Dans son esprit, elle vit une main, la sienne, relâcher lentement le bouton brillant et son reflet incurvé, miniature, se rapetisser jusqu'à devenir un point sombre et disparaître. Partir.

Quand Vander s'effondra, Kristina Kovacs et Franco Bartoli bondirent illico et s'affairèrent à la manière de deux automates que la chute du Professeur, en démarrant un moteur, eût mis en branle. Kristina Kovacs effleura le poignet de Bartoli, lequel se tourna aussitôt et boutonna sa veste. Elle n'avait pas ouvert la bouche qu'il avait déjà acquiescé à ce qu'elle n'avait pas dit et marmonnait quelque chose en italien : une prière peut-être, à moins qu'il ne fût en train de maudire la malchance qui lui valait d'être là. Il jeta un coup d'œil à Vander, affalé, la tête sur la table et les bras ballants à hauteur des mollets, recommença à branler du chef et déclara que, *si certo*, il allait chercher la voiture. Et de s'éloigner prestement à petits pas résolus, une main plaquée contre la poche de sa veste. Vander émit alors un rot bruyant et fracassant comme un commentaire méprisant qui se termina en gémissement. Kristina Kovacs s'approcha de lui et, sous le regard de Cass Cleave, l'attrapa aux épaules pour le redresser laborieusement sur son siège. Dodelinant de la tête, il gémit de nouveau, plus fort. Kristina Kovacs lui parlait à mi-voix, comme à un enfant, dans une langue que Cass Cleave ne reconnut pas, puis avec un geste bizarre, triste, elle passa le bras autour de son crâne en une sorte de prise de catch, tendre cependant, et l'attira vers elle jusqu'à ce que son front appuie contre sa taille. Il avait les yeux fermés, la bouche ouverte et un filet de bave sur le menton. Quant à Cass Cleave, elle sentait bien qu'elle avait envie de dire ou de demander quelque chose, mais ne voyait pas de quoi il pouvait bien s'agir ni à qui s'adresser, et de toute façon voici que Franco Bartoli, au volant de sa petite voiture rouge vif, venait se garer le long du trottoir.

À eux trois, ils remirent Vander sur ses pieds et l'amenèrent péniblement jusqu'à la voiture, le poussant, brimbalant sur ses coins, sur toute la largeur du trottoir, comme s'ils déplaçaient une armoire. Puis il fallut, non sans mal, l'installer sur le siège avant, très bas. Il représentait un poids mort et pourtant, au beau milieu de cette lutte, alors qu'elle se penchait pour le soutenir par en dessous, que son cou se retrouvait coincé contre son aisselle chaude et moite, Cass Cleave l'entendit ou crut l'entendre glousser par-devers lui. Même lorsqu'ils eurent enfin réussi à l'asseoir sur le siège, sa jambe raide n'en continua pas moins, avec une obstination cocasse, à ressortir du véhicule jusqu'à ce que Bartoli l'immobilise du bout de son soulier délicat et que, tel un buteur de penalty mais à revers, il retire vivement son pied à la dernière minute et claque la portière. Ils allaient démarrer quand le serveur accourut avec l'addition qu'ils avaient oublié de régler et Bartoli, les ailes du nez blêmes de fureur, dut redescendre et fourrer une liasse de billets entre les mains du gars pour étouffer ses récriminations. À l'hôtel, tout le temps qu'ils bataillèrent pour gravir l'escalier avec le soûlard, la porte vitrée automatique ne cessa de s'ouvrir avec un empressement balourd pour se refermer illico parce qu'un coude déployé ou un pied écarté avait rompu un bref instant le faisceau de l'œil électronique tandis que, dans la rue, une file de voitures bloquées cornaient et rageaient derrière le petit véhicule tremblotant que Bartoli avait abandonné. Dans la chambre, Franco Bartoli, le bras de Vander agrafé autour du cou, perdit l'équilibre et bascula, lentement, en chancelant, et tous trois, pour se retenir, durent lâcher Vander, qui continua à vaciller puis piqua en avant, la tête la première, et s'aplatit sur le lit avec la violence d'un arbre abattu. Cass Cleave alla s'asseoir paisiblement sur un siège tandis que Bartoli, haletant, reculait d'un pas, se brossait les mains sur le devant de sa veste, puis relevait les revers de son veston à la manière d'un videur qui vient de jeter à la rue un fauteur de troubles particulièrement agressif. Kristina Kovacs, qui avait réussi à allonger Vander sur le dos, lui ôta ses chaussures. Cass Cleave, tremblante, se releva et, sans savoir pourquoi elle faisait ce geste sinon qu'il paraissait s'imposer, alla tirer les rideaux de la fenêtre pour bannir la lumière. Brusquement plongée dans la pénombre, la pièce prit un aspect pieux et Cass Cleave se fit la réflexion que la silhouette de Vander sur le lit et les deux spectres humains qui l'encadraient auraient pu incarner des personnages de retable.

L'air perplexe, Kristina Kovacs lançait des coups d'œil intéressés autour d'elle, comme si elle venait de se rendre compte qu'elle avait perdu quelque chose ici un jour et se demandait si elle ne pourrait pas éventuellement remettre la main dessus. Pressé de partir, Franco

Bartoli la tirait par la manche pour l'entraîner vers la porte. Il dit à Cass Cleave qu'il téléphonerait plus tard et elle acquiesça ; elle avait envie de les voir partir rapidement. Mais, sur le seuil, Kristina Kovacs s'attarda, l'air toujours préoccupée.

« Il ne devrait pas boire, déclara-t-elle en hochant la tête comme si elle parlait toute seule. Franchement, il ne devrait pas boire. »

Bartoli lui prit le bras à deux mains et l'attira à sa suite dans le couloir. Sans doute s'arrêtèrent-ils à la réception, car peu après, alors que Cass était tranquillement assise près du lit dans l'immobilité sanctifiée de la pièce, on frappa un coup sec à la porte et un élégant vieux monsieur très mince, habillé d'un costume pâle et brillant fit son entrée. Il était le médecin, expliqua-t-il d'une manière donnant à penser qu'il n'y en avait qu'un dans toute la ville. Il avait l'air oriental. Son visage était basané, fin et émacié, ses yeux sombres mais pas méchants ; ses cheveux clairsemés, teints en noir et généreusement brillantinés, dispensaient une odeur agréable, de santal, songea-t-elle, même si elle n'était pas trop sûre de connaître l'odeur du bois de santal. Il avait une vraie trousse de médecin qui, telle la bouche lippue d'un poisson, s'ouvrit avec un bruit sec en relâchant une familière senteur d'antan. Elle observa d'aussi près qu'elle osa le faire le tissu nacré et étonnamment lumineux de son costume ; brillant de mille feux à la lumière de la lampe de chevet, il ressemblait plus à une sorte de métal, extraordinairement fin et doux, qu'à du tissu. Il lui demanda de retirer la cravate de Vander et de déboutonner sa chemise, puis, assis sur le bord du lit, le bout d'un pied posé par terre, ausculta le cœur de son patient, lui souleva les paupières, braqua une lampe sur ses prunelles et, toujours avec la lampe, lui examina les oreilles avant de lui faire ouvrir la bouche pour l'examiner elle aussi. Enfin, des profondeurs de sa trousse, il sortit une seringue à l'ancienne avec éléments métalliques et piston en verre ainsi qu'un petit flacon, en verre lui aussi, rempli d'un liquide transparent ; il le retourna et piqua son aiguille dans le bouchon en caoutchouc, lequel avait la même couleur, nota-t-elle avec intérêt, que la chambre à air d'une roue de bicyclette ; peut-être, songea-t-elle, provenait-il du même genre de caoutchouc, et, de nouveau, elle s'étonna devant le fait que, malgré leur disparité apparente, tant de choses soient secrètement semblables. Le médecin manipula l'avant-bras de Vander de haut en bas, telle la poignée d'une pompe à eau. Puis il y eut le cérémonial du tampon d'ouate qui la faisait toujours frissonner. Elle regarda l'aiguille appuyer sur la peau flasque, puis la piquer et enfin s'enfoncer en douceur dans la veine. Lorsqu'il eut rangé l'aiguille et le flacon vide, le médecin demeura un long moment immobile, comme si c'était à lui et non à Vander que le calmant avait été administré. Puis il leva les yeux vers elle.

« Et vous, s'enquit-il, vous vous êtes blessée ? »

Du doigt, il désigna l'éraflure sur son coude.

« Je suis tombée », expliqua-t-elle.

Il acquiesça d'un signe de tête et prit sa main entre les siennes ; ses longs doigts effilés étaient lisses et secs, pareils à des morceaux de bois lisses, secs et articulés ; de son autre main, il esquissa un geste bizarre, sur le côté, puis de haut en bas, une sorte de bénédiction, peut-être. Son haleine sentait le tabac et quelque chose de chaud et de doux. Dans la quiétude de la pièce, on n'entendait que le bruit de la respiration douce et régulière de Vander. Le médecin examina de près l'éraflure sur son coude puis parut s'en désintéresser, lâcha sa main et détourna de nouveau la tête, pensif. Elle imagina l'endroit où il vivait. Elle le visualisa mentalement, ce grand appartement silencieux, lugubre, qui, comme lui, sentait la fumée de tabac, le bois de santal et un je-ne-sais-quoi de douceâtre, avec de grands meubles sombres et flous et, dans des cadres en argent terni, des photographies d'enfants au visage grave, pâle, ses frères et ses sœurs, morts ou dispersés à présent, et de vieilles gens au regard sévère, son père, mince comme lui, avec un col montant, sa mère, jeune fille blême et mélancolique. Comment pouvait-il y avoir tant de gens dans le monde, se demanda-t-elle, tant de vies ? Sans parler des innombrables morts.

« Il va dormir, déclara le médecin, qui commença par jeter un regard à la dérobée vers Vander puis reporta son attention sur elle et lui sourit, comme s'il venait de jouer au magicien. Il va dormir et puis, demain matin, il se réveillera. »

Il s'en alla. Elle se rassit sur le siège à côté du lit, les mains sur les genoux, et écouta les bruits de la journée s'atténuer autour d'elle et se fondre en un long et languide soupir tissé d'une myriade de voix. Du blanc plombé, la fente entre les rideaux passa à l'ambre puis au bleu d'Arabie, chaud. La dernière fois qu'elle avait observé Vander assoupi, il avait paru la fuir et se défaire de sa personnalité, à sa manière singulière, mais là, plus inconscient qu'endormi, il faisait montre d'une présence plus vivante que s'il avait été réveillé ; ainsi allongé sur le dos, les yeux fermés, les sourcils froncés, comme s'il se concentrait sur un casse-tête ou un problème, il semblait peupler la pièce, donnait l'impression qu'il y avait des tiers réunis en une assemblée silencieuse et invisible. Mais peut-être n'était-ce pas Vander qui produisait cet effet-là, peut-être ne s'agissait-il pas de ses fantômes à lui, mais des siens. Elle alla à la fenêtre et regarda dehors, vers le ciel, et vit, exultant au-dessus de la cité, le visage argent couvert de dartres de la lune.

Plus tard, Vander se réveilla. Au début, il ne comprit pas ce qu'il fabriquait là ni ce qu'il s'était passé. Elle lui rapporta ce que le médecin avait dit.

« Tu es épuisé et empoisonné par l'alcool. Il ne faut pas que tu boives autant. »

Il n'écoutait pas. Il lui ordonna d'allumer davantage de lampes et quand elle refusa d'obtempérer il roula d'un bout à l'autre du lit à la recherche des interrupteurs sur le mur, puis se laissa retomber sur les oreillers avec des grognements de colère et de désespoir. Il demanda où étaient Bartoli et Kristina Kovacs, où ils étaient partis.

« Je leur ai dit que tu étais mon père », déclara-t-elle.

Il leva la tête avec brusquerie et la dévisagea.

« Tu es folle, s'écria-t-il. Et, moi, je suis un crétin. »

Il exigea qu'elle aille lui chercher des trucs, un verre de vin, des provisions, des cigarettes, un livre à lire, il mangeait ses mots, son œil mort se baladait dans son orbite. Au bout d'un moment, il retomba dans le sommeil. Il paraissait toujours fâché. Elle remonta ses couvertures, puis regagna sa chambre, empruntant les couloirs prudemment de crainte de rencontrer un autre client ou, pire, un employé de l'hôtel. Elle était persuadée qu'il y avait, derrière chaque porte, quelqu'un de caché, une main sur le bouton, prêt à bondir et... Pour quoi faire ? elle n'en avait pas idée. Ce qui l'effrayait, c'était ce bond.

Sa chambre avait l'air d'avoir subi une légère altération : on aurait cru qu'une bande d'intrus étaient venus tout déranger puis qu'ils avaient tout remis en l'état. Elle ôta sa robe tachée, fit couler de l'eau chaude dans la salle de bains pour bassiner son coude écorché. Elle se brossa les dents et passa un long moment, immobile devant le miroir, la main serrée sur sa brosse, sans se regarder. Elle ne savait pas quoi faire. Elle retourna dans la chambre, s'assit sur le bord du lit et téléphona à sa mère pour lui dire qu'elle rentrait. La main en coupe autour du microphone, elle murmurait, comme si quelqu'un dans la pièce risquait de surprendre ses paroles, et sa mère dut lui demander à plusieurs reprises de se répéter. Durant certains silences, elle l'entendit même respirer. Elle songea à leurs voix qui fendaient l'obscurité à toute vitesse, qui filaient au-dessus des toits de la ville, puis de la campagne, puis des hauts sommets blancs et puis d'autres villes et puis de la mer et puis... et puis...

« À propos, ton père m'a quittée, lui confia sa mère avec un petit rire dur. Il est reparti vivre avec le fantôme de sa maman, dans ce qu'il considère toujours comme son chez lui. »

Elle ne répondit pas. Elle était en train de réfléchir au fonctionnement du téléphone. Les fils transportent-ils les mots eux-mêmes ou ces mots sont-ils transformés en signaux, en impulsions, lesquels seront retransformés en mots ? Comment ça marchait ? Il devait y avoir, à l'intérieur de chaque poste, un mécanisme destiné à coder tout ce qui se disait au moment où c'était dit et à le décoder immédiatement à l'arrivée. Mais où se trouvait-il donc, ce mécanisme ? Dans le téléphone même ou dans le truc qu'elle tenait, le, comment dit-on, le récepteur ?

« Tu vas bien ? » lui demanda sa mère, incapable de réprimer une note d'impatience dans sa voix.

Est-ce qu'elle allait bien ? Elle ne savait pas. Doucement, elle raccrocha et se dit que le clic de la connexion interrompue avait retenti à la manière d'une langue qui claque une seconde avant que la ligne ne soit coupée. Son père avait donc fini par partir ; tant mieux. Elle patienta un moment et décrocha de nouveau le récepteur en se demandant pourquoi ça ne s'appelait que récepteur et jamais émetteur. Elle n'avait pas dit au revoir. Encombrée par les reproches, la ligne gronda discrètement à son oreille. Elle raccrocha de nouveau et attendit, tendue, les épaules voûtées, les bras étroitement croisés contre la poitrine et les yeux rivés sur l'appareil, que sa mère la rappelle. Mais il ne sonna pas. Comment aurait-il pu ? Elle ne lui avait pas donné ses coordonnées. Elle songea à la lune entourée de tout cet espace, de ce noir, qu'elle avait contemplée de la fenêtre de la chambre de Vander.

Elle refit le chemin en sens inverse à travers les couloirs silencieux, bourdonnants. Vander dormait toujours. Elle se pencha sur lui, nota son odeur d'infirmerie, de cendre, de cire de bougie et d'urine. Entre les paupières pas tout à fait fermées de son œil aveugle brillait un minuscule reflet en écaille de poisson. Elle regarda les tendons de sa gorge se tendre à chaque inspiration puis s'assit et reprit sa veille. Malgré son calme retrouvé, elle savait qu'elle ne dormirait pas. Elle avait toujours la sensation, apparue après sa crise au restaurant, de flotter, engourdie et raide comme un poisson dans un cours d'eau, alors que tout autour d'elle la dépassait à toute vitesse, le monde lui-même et tout ce qu'il englobait, dense, clair et pressé. Quelle heure était-il lorsqu'elle entendit chanter l'enfant ? elle n'en avait pas idée, sinon qu'il était tard, le milieu de la nuit. Peut-être avait-elle dormi, finalement, d'une sorte de sommeil, assise, là, au bord du lit, car, en entendant l'enfant, elle s'était fait la réflexion que ce bruit l'avait réveillée. Et maintenant, de même que le rêve s'évanouit parfois quand le dormeur est réveillé en sursaut, tout ce qui lui était passé par la tête, quoi que ce fût, rêve, rêveries ou souvenirs, tout s'évanouit sur-le-champ pour ne lui laisser que cet instant précis, dans cette chambre, à la lueur de la lampe, avec ce vieillard qui respirait sur le lit et, venant du couloir, le bruit de l'enfant qui chantait. Ce n'était pas une de ses voix, c'était en dehors d'elle, en dehors de la pièce, réel, une chanson sans paroles, ténue, aiguë. Elle s'assit et l'écouta un moment, sans peur. Ce n'était pas tant un son qu'un élément du silence, un élément de la nuit, à la fois là et pas là, comme l'obscurité ou l'air lui-même. Elle alla à la porte et l'ouvrit précautionneusement. Elle s'attendait à trouver l'enfant dehors, sur le seuil même, le visage levé vers elle pour lui offrir sa chanson, mais non, il n'y avait rien ni personne. Elle inspecta le couloir d'un bout à l'autre ; il était désert. Elle sortit et la porte se referma derrière elle ; ce n'était pas grave, elle avait la clé, la clé de Vander, elle la serrait dans sa main. Elle avança jusqu'à l'endroit où le couloir décrivait un coude. Une brise légère, venant en sens inverse, plaqua ses mains inefficaces contre sa figure, ses bras nus. Elle s'obstina et se vit reprendre sa progression. L'enfant était un garçon, ou un garçon manqué peut-être, minuscule, un être miniature, plus proche du nain que de l'enfant, avec un petit visage blême aux traits pointus et un casque de cheveux noirs qui lui faisait un V sur le front. Il était assis, allongé, plutôt, sur la moquette, par terre, devant une porte fermée, dans une posture curieuse, contorsionnée, en appui sur un coude. Il avait une sorte de poupée avec laquelle il jouait. En entendant son pas prudent, il arrêta aussitôt de chanter et, apparemment pas surpris de la voir surgir ainsi, silencieuse, à pas silencieux, il la dévisagea de ses grands et graves quinquets. Ses paupières inférieures bâillaient un peu de sorte que, de l'endroit où il se trouvait, elle distinguait les bords internes de ses yeux, deux fins croissants de membrane brillante de la même texture que les lèvres roses, entrouvertes, de sa petite bouche. La poupée avec laquelle il jouait était en laine, elle avait un torse beige rembourré, des membres beiges, une tête chauve et cabossée, toute boursouflée et usée ; le visage, elle s'en aperçut, n'avait pas de traits. Se désintéressant d'elle, l'enfant reprit sa complainte et lança la grosse poupée dans une danse branlante et titubante. Elle eut envie de dire quelque chose, mais il lui sembla qu'il ne la comprendrait pas, quelle que fût la langue dans laquelle elle s'exprimerait. Elle se contenta donc de le regarder jouer et d'écouter sa chanson monotone. Puis la porte devant laquelle il était allongé s'ouvrit brusquement de l'intérieur, s'ouvrit toute grande sur un bruit de succion et un coup de vent, et, bien qu'elle ne vît de la pièce qu'un bout de lampe et un pied de fauteuil, elle eut une impression de boissons, de vêtements jetés par terre et d'assiettes sales en équilibre sur des accoudoirs de canapé. Une voix s'éleva, à laquelle répondit, plus au fond, un rire nonchalant, et un bras d'homme en manche de chemise s'abaissa, attrapa l'enfant par les aisselles, le souleva d'un mouvement vif et le ramena vers la chambre. La dernière chose qu'elle vit de lui, ce furent ses petites jambes atrophiées brimbalant à la manière désarticulée des membres inférieurs, inutiles, d'une poupée de ventriloque quand, coincée sous le bras de son maître, elle disparaît dans les coulisses une fois le numéro terminé. Elle regagna la chambre de Vander et, sans se déshabiller, s'allongea à côté de lui sur le lit et finit par sombrer dans un sommeil sans fond.

Un cliquetis et un bruit violent les éveillèrent tous les deux en même temps. Il faisait grand jour. Déconcertés et inquiets, ils se dévisagèrent d'un oreiller à l'autre l'espace d'une inspiration retenue. Le bruit violent se répéta. Cass Cleave se leva, écarta les lourds rideaux et ouvrit généreusement les deux grands panneaux vitrés.

Dehors, un volet s'était détaché et heurtait le mur. Des prêles se dressaient, hauts, dans le ciel récuré et, au-dessus de la cité tout entière, une brise océanique se déversait en de lumineuses volutes. Elle se pencha à l'extérieur et attacha solidement le volet. Puis Vander se redressa, les yeux troubles, battit des paupières et fit claquer ses lèvres collées tandis que de longues mèches de cheveux blancs flottaient et voltigeaient autour de sa tête comme des filaments saturés d'électricité statique.

« Toi, s'écria-t-il en l'enveloppant d'un regard furieux. Encore ici. »

Elle ne répondit pas mais vint arranger ses draps et ses couvertures autour de lui. Il n'esquissa pas un geste pour l'aider, refusa même de bouger ses fesses pour lui permettre de retendre le drap.

« Je suis malade, insista-t-il. Je dormais ? »

Elle s'obstina à ne pas lui répondre. Dans un geignement, il s'extirpa alors du lit, passa devant elle en traînant des pieds et claqua la porte de la salle de bains derrière lui. Les draps et les couvertures, lorsqu'elle les ouvrit, libérèrent plus âprement encore son odeur de cire et de cendre. De la salle de bains montèrent des bruits de vomissements suivis d'un bruyant gémissement de fureur écœurée. Elle retourna à la fenêtre. Dans l'immeuble en face, un homme penché à sa fenêtre fumait une cigarette. Elle distingua un bureau derrière lui, une table de travail, des papiers et des appareils, tous sombres et dénués d'ombre sous la lueur glaciale, irréelle, des tubes au néon du plafond. Ils se dévisagèrent un moment, en proie à un vague désespoir amusé, tels deux parias piégés sur leurs îles respectives et séparés par le profond canal, sans gué, de la rue. Elle sentit le bâtiment vibrer sous les assauts du vent.

Affamée, elle décrocha le téléphone pour commander le petit déjeuner. La voix qui répondit, perçante et grêle, lui parut émaner d'une succession de citernes sonores et toujours plus profondes. Elle n'avait pas idée de ce qu'elle pouvait bien demander, crut entendre le vent bruire dans le récepteur. Perdant patience, la voix de la cuisine lui fit une remarque qu'elle ne comprit pas, puis la communication s'interrompit. Vander sortit de la salle de bains, nu, blême et frissonnant.

« Je suis malade », répéta-t-il sans la regarder en se dirigeant vers le lit, les épaules voûtées et se frottant les paumes avec l'énergie effarouchée du nageur inquiet qui approche de la rive redoutée. Des grains de beauté chocolat lui tatouaient le dos, de longs poils gris lui pointaient des omoplates et la chair flasque de son derrière difforme ballottait quand il marchait. Elle n'avait jamais vu quelqu'un d'aussi grand, d'aussi nu, d'aussi désarmé. En proie à un léger étonnement, elle réfléchit aux mystères du temps et aux dommages qu'il infligeait. Bientôt, d'ici à quelques années, une décennie tout au plus, sûrement, il serait parti et tout ce qu'il avait été et ce qu'il était aujourd'hui aurait disparu.

Il s'était remis au lit et avait remonté les couvertures sous son menton. Elle discernait sur sa mâchoire creusée les petits poils durs qui scintillaient comme des grains de sable renversés. Quand on frappa, elle se retourna d'un mouvement brusque, l'air affolée, à croire que la personne dehors risquait de donner de l'épaule contre la porte et de l'enfoncer. Pendant un moment, elle se dit avec terreur que c'était peut-être le médecin revenu s'assurer qu'elle avait bien fait tout ce qu'il lui avait demandé, que Vander se reposait, qu'il avait arrêté de boire, que l'éraflure sur son bras avait guéri, que tout était exactement comme il fallait et que rien ne clochait. Ce n'était pas le médecin, mais un serveur qui apportait le petit déjeuner qu'elle n'avait pas commandé. Le tout était disposé sur une sorte de chariot qu'il poussa dans la pièce, penché dessus à la manière d'un joueur de billard et jetant à chaque pas, sous ses paupières tombantes, des regards circonspects à droite et à gauche. C'était un homme âgé, chauve ; elle le reconnut sans toutefois pouvoir le situer. Son regard se posa sur elle, puis sur Vander dans le lit derrière elle, et il se rembrunit : il n'y avait qu'un petit déjeuner. C'était très bien, se dépêcha-t-elle de marmonner en levant les mains, cela suffirait, cela ferait l'affaire. Elle craignait de se mettre à hurler s'il disait un mot, un seul mot. Elle contempla la nourriture avec une expression proche du désespoir, impuissante. Il y avait des œufs, de la viande froide, des lamelles de fromage pâle et luisant, des petits pains, des biscottes, de minuscules pots de miel et de confiture, des pots remplis de lait et d'eau chaude et des sachets de thé et de Nescafé ainsi qu'un grand verre à vin rempli d'un jus d'orange incroyablement orange coiffé d'un couvercle en papier froncé. Le serveur approcha la table de la fenêtre, la fit pivoter pour la placer bien comme il faut, en l'alignant sur des marqueurs invisibles par terre, consulta Cass Cleave du regard, puis, tel un prêtre qui soulève le tissu blanc recouvrant le calice, il ôta le couvercle en papier du verre de jus d'orange d'un mouvement de la main grave et bizarre et elle le reconnut. C'était le portier de nuit, celui qui lui avait apporté le verre d'eau et la serviette – comment se faisait-il qu'elle ne l'ait pas reconnu immédiatement, comment avait-elle pu l'oublier ? La tête sans tronc de Vander lui adressa quelques mots en italien, mais il parut ne pas entendre ou choisit de l'ignorer et continua à fixer Cass Cleave de ses yeux sombres et mélancoliques, tout à fait semblables à ceux du médecin. Elle piocha une poignée de pièces dans son portemonnaie et il la remercia d'un petit signe, en agitant la tête de droite à gauche et de haut en bas avec une grimace dénotant la gratitude, puis il empocha les pièces et passa prestement devant elle en direction de la porte ; sur le seuil, il se retourna pour saluer de nouveau et silencieusement, silencieusement, il se retira.

Pendant qu'elle évoluait dans la pièce, Vander, la tête sur l'oreiller, l'observait, la suivant des yeux. Il lui ordonna de manger. Elle tira une chaise et s'assit à côté de la nourriture. Elle n'avait plus faim. Elle réfléchissait, se sentait surexcitée. Son regard brillait. Elle glissa un sachet de thé dans la tasse, versa de l'eau chaude dessus, puis grignota une des biscottes.

« Tu ne devrais pas te ronger les ongles, lui lança Vander. Regarde-les donc. »

Dehors, le vent chaud soufflait en rafales bruyantes, et, dans la chambre, tout paraissait tendu à se rompre, ils se seraient crus dans la cabine d'un navire toutes voiles dehors.

« Je t'ai vraiment vue entrer dans cet amphithéâtre, déclara-t-il, bougon et accusateur, sans la regarder à présent. Ce devait être ton fantôme. »

Elle ne pipa mot et but une gorgée de thé tiède, pensive.

« Tu es entrée, poursuivit-il, et tu t'es assise, moi, j'étais en train de parler de l'inexistence du moi. »

Il partit d'un rire bruyant, lequel se termina sur un accès de toux qui ébranla le lit, puis il sortit sa main de dessous les couvertures et la brandit sous ses yeux.

« C'est avec ça que j'ai écrit les fichus articles que tu as dénichés, ajouta-t-il. Dedans, il n'est pas une cellule de ce temps-là qui survive. Alors, à qui appartient cette main ? »

Il, je, je revis la bouteille vide couchée, les pilules mauves dans ma paume. Je fermai les paupières. J'écoutai le vent balayant les toits. La fille se leva, approcha, s'agenouilla à côté du lit pour prendre ma main entre les siennes, puis la porta à ses lèvres et l'embrassa. Je.

Tout était si simple, si simple et si clair. Elle aurait dû le voir dès le début. Les signes avaient été là tout du long, ou, plutôt, tout du long chaque chose avait constitué un signe, les grands sommets blancs scintillant au clair de lune qu'elle avait aperçus du train, le gros bonhomme qui lui était presque tombé dessus, la volée de pigeons à la gare émergeant des ombres du jour naissant, tout : la jeune femme bizarre à la maison de Nietzsche ; le docteur qui lui avait pris la main et esquissé dessus une sorte de bénédiction ; l'enfant en train de chanter. Elle avait vu tous ces trucs sans pourtant les voir. Il en allait toujours ainsi avec elle, elle allait son chemin un bon moment, elle regardait les choses, elle les remarquait, les contemplait, mais elle ne les connectait pas, ne reconnaissait pas les connexions ; elle ne les comprenait pas. C'est seulement quand le serveur avait ôté le couvercle en papier du verre de jus d'orange, qu'il avait tourné le poignet avec cette lenteur solennelle que les choses avaient fini par s'imposer à son esprit. C'était comme si une lumière s'était allumée dans sa tête. Ou bien non, non, c'était comme si elle avait été immergée dans un milieu dense et sombre et qu'elle fût soudain remontée pour émerger sans bruit à la surface et déboucher à la lumière, à la clarté. Et tout était si clair, et si simple.

Ce qui n'était pas clair, c'était de savoir si les signes étaient vraiment des signes à son intention expresse ou s'ils représentaient des éléments de la chose elle-même, la chose pour laquelle elle n'avait pas de nom, pas encore ; des éléments, c'est-à-dire, qu'elle aurait le droit de voir, de remarquer, de comprendre. Il se pouvait que le plan qu'elle venait brusquement d'entrevoir ne constitue que l'aspect superficiel d'un arrangement bien plus profond et infiniment plus complexe auquel elle n'aurait jamais le droit d'accéder. S'il devait en être ainsi, elle ne se formaliserait pas. En effet, elle aimait penser qu'il y aurait un niveau qu'elle ne pourrait pas atteindre, qu'elle ne pourrait jamais atteindre, une mosaïque sous la mosaïque qu'elle avait découverte. Une mosaïque, oui, rapportée sur le sol d'un temple et, elle, à genoux, prêtresse liée à ce lieu saint en vertu de vœux immémoriaux dont elle ne pourrait se dédire. Elle avait même reçu son sceptre sacré, sous forme d'un stylo, avec ses reliques profanes en sécurité à l'intérieur.

Elle ne comptait pas pouvoir appréhender pleinement le sens de ce qui avait été... de ce qui avait été mis en place. Si elle devait comprendre, cela voudrait dire qu'il n'y avait pas de mystère, or le mystère était fondamental. Non, elle devait simplement accomplir les rites à la manière requise. Elle avait la certitude qu'elle aurait connaissance de ces rites et de la manière correcte de les accomplir. On lui expliquerait. On lui montrerait. À moins peut-être qu'elle ne soit déjà en train de faire ce qu'il convenait, qu'elle l'eût fait depuis le début. À moins que ce qu'elle avait fait, ses actes les plus insignifiants, n'ait correspondu précisément à ce qu'il fallait faire, sans qu'elle l'ait su. À cette pensée, elle éprouva un instant d'une telle intensité de – elle ne savait pas comment formuler cela –, d'une telle intensité de quelque chose qu'elle sursauta. Tout avait un sens, une fonction, une place dans le plan, et rien ne serait perdu.

Elle se sentit heureuse lorsque Vander, au lit, retomba dans le sommeil, la laissant seule pour réfléchir. Tout cela avait un lien avec lui, il se trouvait au centre même de tout cela, il représentait ce centre-là. Était-elle donc destinée à le sauver ? Elle contempla son visage ravagé qui, au repos entre les épais oreillers, paraissait serti dans du marbre étincelant. Incrustées dans son crâne, ses paupières veinées de bleu ressemblaient à deux sphères terrestres miniatures parcourues sur toute leur surface de minuscules cours d'eau bleus. Des frissons la saisirent, elle se mit à trembler, comme si le vent brûlant qui soufflait dehors la traversait, elle aussi, et qu'il balayât tous les espaces vides en elle. Elle se leva le plus discrètement possible, sortit, regagna sa chambre et fit son sac pour le rapporter chez Vander. Elle était en train de ranger une robe lorsque, en regardant dans le miroir de la porte de l'armoire, elle s'aperçut qu'il était de nouveau réveillé et que, la tête tournée sur l'oreiller, il l'observait. Il lui demanda ce qu'elle fabriquait. Elle répondit qu'elle défaisait son sac.

« Je vais rester ici avec toi et te soigner. »

Vander l'enveloppa d'un regard indifférent et lointain.

« J'ai rêvé de ma femme, dit-il. Elle était avec moi, ici, dans cette chambre. »

Il se sentait fatigué, fatigué et malade. Il avait la sensation que son cerveau avait fondu, qu'il s'était dilaté dans sa coupe en os. Peut-être avait-il réellement fait une attaque dans la rue, le premier jour avec elle, ou dans ce restaurant, la veille ? Quel effet une attaque pouvait-elle bien produire ? Il essaya de fléchir les bras, de bouger sa bonne jambe. Les couvertures lui parurent anormalement lourdes.

« Je crois que je suis paralysé, lâcha-t-il à mi-voix – il paraissait trouver l'idée presque amusante. Je n'arrive pas à bouger. »

Penchée sur lui à arranger ses oreillers, Cass Cleave s'interrompit et le regarda droit dans les yeux. Était-ce ainsi que cela se passerait ? se demanda-t-elle, ce serait donc la tâche qui lui incomberait, s'occuper de lui et rien de plus ? Elle se vit s'activer ici même, le lit un sarcophage, son corps emmailloté et sa tête vivante ; elle vit les jours s'égrener de l'aube aux midis brûlants, puis la longue et lente descente vers le soir et la nuit. La tête parlerait, elle serait un oracle, lui confierait des choses ; elle comprendrait ; il lui serait donné de comprendre ; elle saurait. Brusquement, avec une vivacité animale, il sortit une fois encore le bras de dessous les couvertures et referma l'étau de sa main de prédateur autour de son poignet. Il avait les doigts secs et très chauds. Elle étudia ses ongles agate, striés, cassés. Il la relâcha, les forces lui manquaient ; sa main battit en retraite sous le drap à la manière d'un animal qui s'esquive peureusement. Des marques blanches apparurent sur son poignet, puis le sang afflua de nouveau sous sa peau malmenée. Elle se pencha, posa la bouche contre son oreille en lui disant, dans un murmure brûlant, quelque chose que je ne parvins pas à comprendre. Son souffle brûlant. Disant quelque chose.

II

Viens ici, ma jolie fantôme, arrange mes oreillers et assieds-toi à mes côtés que je te raconte une histoire, une histoire que je croyais avoir oubliée jusqu'à ce que tu fasses resurgir tout ça. Elle commence il y a très, très longtemps dans la ville d'Anvers par une balade dans ces ruelles sinueuses que j'avais surnommées, forcément, le Parcours Vander. L'angle de la place aux platanes bornait la limite de mon univers, le début du sien. Quand je songe à cette cité, il y fait toujours gris, ce gris de mercure, lumineux, caractéristique des premiers jours du printemps dans un pays du Nord qui, pour moi, symbolise la couleur même du passé. Dans notre secteur, la rue menant à la place était très étroite et devait gravir une légère pente, sur un plan incliné, car le trottoir de gauche était plus haut que celui de droite, ce qui me donnait le vertige et l'impression que j'allais basculer lorsque je la remontais invariablement – allez savoir pourquoi – du côté le plus bas. Au lieu de la girouette d'une église et de la fragrance des fleurs d'aubépine, j'ai pour repères mnésiques les trois boules dorées au-dessus de chez Wassermann, le prêteur sur gages – comment gardaient-elles leur éclat, me demandais-je toujours, étaient-elles en or véritable ? –, et l'arôme de vanille chaleureux, écœurant, provenant de la pâtisserie à l'angle de la place. Les grandes demeures sur le terre-plein du secteur éloigné, le secteur Vander, au-delà des arbres, étaient hautes, brunâtres et coiffées d'une multitude de cheminées ; dans le brouillard givrant des matins d'hiver, leurs étages supérieurs se fondaient dans une immatérialité rêveuse qui rappelait les édifices diaphanes des arrière-plans d'un Memling ou d'un Tintoret. Elles avaient des volets et des balcons en fer forgé et, çà et là, l'une de leurs immenses fenêtres autorisait un bref regard sur l'opulence de la vie qu'elles abritaient : un chandelier flamboyant, un vase de roses sur une table d'époque, une femme élancée vêtue de soie qui, debout, un bras replié et un coude en appui dans la paume de son autre main, fumait une cigarette et baissait les yeux sur le monde avec une expression d'indolente insatisfaction. Pour ce qui était de l'appartement des Vander, il comptait une série de pièces hautes et fraîches aux murs peints en blanc argenté, en bleu grec ou en rouge, un rouge riche et profond. À mes yeux avides de jeune garçon, le mobilier, tous ces brocarts, ce similor et ces bois sombres et luisants illustraient la quintessence même du goût et du luxe discret, même si je suppose qu'il ne s'agissait en réalité que du traditionnel bric-à-brac de la grande bourgeoisie. Les Vander ne cherchaient pas à dissimuler le fait qu'ils avaient de la fortune. Vander père était négociant en diamants, activité qui, dans une cité autre que la nôtre, aurait paru d'un louche et d'un exotique excitants. Derrière une façade joviale, il se révélait très astucieux et circonspect. Il voyageait beaucoup, se rendait à Amsterdam, à Paris, à Londres, et je le soupçonne d'avoir entretenu une maîtresse dans plus d'une de ces villes : il tripotait sa petite moustache et souriait par-devers lui d'un air endormi qui dénotait une riche réserve mentale d'images voluptueuses. D'une douceur de pigeon, sa femme, une grosse dame remuante à la poitrine opulente et au popotin massif, avait des yeux étonnés et très ronds, d'un bleu presque décoloré, qui donnaient à son visage une expression perpétuellement surprise et inquiète. Tout le monde l'appelait maman, même son mari. Axel traitait ses parents avec un dédain indulgent, feignait d'être amusé par leur suffisance et leurs prétentions.

« Typique des gens de leur espèce, bien entendu, déclarait-il avant de pousser un soupir languide. Je sais que je devrais les détester, mais je n'y arrive pas. »

L'appartement abritait également une kyrielle de parents Vander, des oncles et des tantes, une paire de cousins éloignés, des personnes bizarrement mal définies, âgées, timides, qui se faisaient le plus discrets possible, comme s'ils craignaient de se voir expulsés s'ils attiraient l'attention sur eux. Le dimanche soir, ils s'installaient dans les coins obscurs du salon pour écouter avec une gravité lugubre maman Vander chanter des lieder accompagnée au piano par son mari ou, à l'occasion, par un Axel peu enthousiaste. Elle avait une voix de mezzo larmoyante qui chevrotait dangereusement sur les notes les plus basses. Elle préférait les chansons les plus guimauves de Schubert et de Robert Schumann. Ces récitals laissaient Axel tremblant d'hilarité et d'exaspération mêlées. C'était un pianiste plus que passable. Du temps où nous allions à l'école ensemble, il avait essayé de m'apprendre une ou deux pièces faciles, en vain.

« Oh, tu es nul », avait-il décrété en me surnommant Hanswurst le bon à rien et en faisant mine de me coller des coups de poing dans le torse. Il avait raison. J'étais infichu de suivre les mélodies dans ma tête, et mes doigts énormes – Hanswurst reflétait bien la réalité – pianotaient sur les touches à la manière de deux grosses poignées de saucisses crues.

En ce temps-là – je te parle, mon petit, d'il y a cinquante ans et plus –, les Vander représentaient pour moi l'idéal même de ce que devait être une famille : civilisés, séduisants, amusés et amusants, bien dans leur peau, parfaitement conscients de leur position dans le monde. Je me revois en train d'évoluer parmi eux, le visage brûlant du reflet de leur lumière, pareil à un jeune voyou qui, de la lie des bas-fonds, a été invité à monter participer, quelles que fussent la modestie et la passivité de son rôle, à la représentation d'une comédie de mœurs étincelante, sophistiquée et enchanteresse. Je n'avais pas été engendré dans un estaminet, pour reprendre la jolie formule du poète, mais notre logement – je n'aurais jamais osé qualifier d'appartement notre sombre taupinière aux plafonds bas – était le contraire du domicile où les Vander menaient grand train. Ma famille ne partageait pas, le samedi soir, de dîners aux chandelles débordants de disputes animées et de plaisanteries multilingues, ne goûtait – ou ne subissait – pas de récitals le dimanche; notre musique du week-end, c'étaient les cris, les hurlements perçants et l'écho des coups énergiques qu'échangeait notre large fratrie. Nous menions une vie de taupe; je garde une impression de torpide, de brunâtre, d'exténué, d'odeur d'air re-respiré... Allons, je ne tiens pas à t'oppresser avec des réminiscences familiales. Non qu'elles me gênent encore – il y a tant de choses, plus récentes, dont je pourrais avoir honte –, mais parce que, parce que, eh bien, je ne sais pas. Mon père, ma mère, mes frères et mes sœurs aînés, ces prototypes bâclés augurant de ma venue ainsi que les multiples cadets constamment dans mes jambes, tous ont dans mes souvenirs une apparence bizarre, démodée, parfois vilainement floue, à l'instar des personnages de second plan, sur de très vieilles photographies, qui ont l'air empruntés, arborent un sourire inquiet et ne savent que faire de leurs mains. Parmi eux, j'étais trop grand, dans tous les sens du terme ; j'étais le géant dont la tête menaçait de crever leur plafond, qu'ils devaient nourrir, soigner, ménager et éloigner des fenêtres de crainte que les voisins ne pétochent en l'apercevant.

Je crois que j'aurais mieux jugé ma famille, du moins plus chaleureusement, si nous avions été vraiment pauvres, je veux dire d'une pauvreté de ghetto. Il y avait une pointe de poésie du désert chez les vrais gens du shtetl que nous croisions dans les rues avoisinantes, un soupçon de la tente et du buisson ardent, d'airs de violon et de gaieté religieuse qui nous manquaient totalement ou que nous avions depuis très longtemps refoulés. Nous avions nos prétentions à nous : mon père était négociant lui aussi, même s'il ne s'occupait que de fripes et non de bijoux. Bien entendu, les Vander m'acceptaient; ils m'avaient assimilé ; j'étais l'ami d'Axel et donc un cas à part, exempt de l'aversion générale – je ne voudrais pas formuler cela plus vigoureusement – avec laquelle les Vander considéraient ceux qu'ils qualifiaient délicatement, en ma présence, de « ton peuple ». Au cours des dîners dans leur appartement, le père d'Axel aimait divertir la tablée avec un numéro de sa composition, mettant en scène un couple archétypique, Moïse et Rachel, rôles qu'il interprétait tour à tour, les yeux plissés, les épaules voûtées, chantant et se frottant les mains jusqu'à ce que sa femme, riant aux larmes, lui claque sa serviette au nez et lui crie :

« Quelle honte, Léon, quelle honte, qu'est-ce qu'on va penser de nous ! »

Personne autour de la table, pas même moi, lors des quelques rares et précieuses occasions où je fus invité à dîner, n'aurait imaginé se sentir insulté ou humilié par ce qui n'était, somme toute, qu'une imitation pleine de bonhomie. Axel lui aussi était, avant tout, amusé d'avoir pour ami un représentant de cette race même dont il prétendait condamner l'influence pernicieuse sur le corps politique. Je dis « prétendait » parce que je ne crois pas qu'Axel se souciât sérieusement de ces problèmes sociaux, en dépit des fréquentes déclarations belliqueuses qu'il pouvait faire à ce sujet. Ce qui ne le touchait pas directement ne pouvait pas avoir de conséquences exhaustives, profondes, véritables. C'était aussi simple que ça.

Il était mignon, cet Axel. Pas beau, tu comprends, mais mignon. Il avait le physique séduisant, un peu efféminé, un rien cruel, sculptural et doucereux des acteurs français de l'époque. Il le savait, en plus. Il soignait ses cheveux et ses ongles – il fréquentait un salon de manucure, j'imagine – et s'habillait avec la négligence étudiée d'un authentique dandy. Je le revois en train de se balader au bord du lac du Nachtegalenpark de Wilrijk, un dimanche matin, vêtu d'un vieux pantalon en lin et d'une chemise en soie blanche au col ouvert, un pull (pour jouer au cricket ! c'étaient de fervents anglophiles, les Vander) jeté sur les épaules, les bras vaguement croisés sur son torse légèrement creusé, les lunettes de soleil arrimées dans sa chevelure brillantinée couleur de blé poli dont la mise en place avait dû exiger cinq bonnes minutes de travail devant le miroir. Ses petites amies... comme je lui enviais ses petites amies, toute une kyrielle, dès le début de son adolescence. Les plus douées, les plus sérieuses, en particulier, tombaient amoureuses de lui, mais celles qu'il préférait, c'étaient les vendeuses, les secrétaires, les actrices et autres ; il choisissait toujours astucieusement ceux à qui il donnait le droit de l'approcher. Est-ce que je lui en voulais ? Bien entendu. J'avais envie d'être lui, évidemment.

Et pourtant je le méprisais aussi, un peu. Derrière la conversation étincelante, le charme, le physique somptueusement séduisant, il y avait en lui tout un domaine vide, insipide, qui manquait totalement de convictions et de certitudes intellectuelles. Par instants, une expression circonspecte, presque effrayée, se notait dans son regard, l'expression d'un être limité, conscient qu'il risque à tout moment d'atteindre ses limites et de voir ses faiblesses étalées au grand jour. C'était, j'en ai peur, un amateur, un opportuniste des idées, en bref un dilettante, même si personne, moi en particulier, n'aurait osé le proclamer. Mais puisque je me suis lancé dans cette voie, je peux aussi bien continuer : contrairement à ce que lui et tant d'autres affirmaient, il n'avait rien d'un esprit exceptionnel. Il était doué ; il était précoce ; il savait parler, à sa façon allusive, nonchalante, impossible à interrompre, mais cela s'arrêtait là, à du blabla, et pas beaucoup plus. Cela étant, on lui prédisait un grand avenir, il allait faire beaucoup de bruit dans le monde, moi-même je m'associais à ces allégations, mais je suis sûr et certain que, au fond de moi, je ne me laissais pas abuser. C'était un garçon très intelligent qui lisait vite et avait une bonne mémoire ; mais les idées, la réflexion véritable s'embourbaient dans les bas-fonds de son intellect. Il se révélait très vulnérable à la taquinerie ou à tout ce qui s'apparentait à la moquerie, même affectueuse, et se montrait toujours prêt à réagir à n'importe quel genre d'offense. En société, s'il pensait qu'une plaisanterie suscitant l'hilarité générale pouvait avoir été lancée à ses dépens, son visage s'empâtait un peu, son front se rembrunissait, son regard s'obscurcissait et il agressait celui qui l'avait offusqué avec la force et la violence accablantes de la brute de cour d'école qu'un gringalet a imprudemment osé fâcher. Ces éclats vengeurs me déprimaient, d'autant que l'envie de protester et de protéger se manifestait instinctivement en faveur d'Axel et non de sa victime au supplice. Il faisait partie de ces êtres, beaux et remarquables, dont la perception qu'ils ont d'eux-mêmes doit primer sur toute autre chose, afin de préserver le reste d'entre nous, de quelle manière ? nous ne pouvons pas vraiment le préciser. Donc, son père et sa mère le gâtaient, les parents pauvres le flattaient et nous autres, heureux si déjà une partie de sa luminescence se reflétait sur nous, et à partir de nous, endurions sans nous plaindre son mépris éclatant. Je sais, je sais, le ton condescendant que j'adopte pour parler de lui n'a rien de convaincant. Je ressens encore l'envie, l'amertume, le désir sans objet, inexhaustible, singulier, les efforts anxieux et toujours vains en vue de me justifier, tous présents, qui bouillonnent en bulles marronâtres en moi, toujours présents, tous, après tant d'années.

Je ne sais pas, je ne me rappelle pas ou bien j'ai refoulé le nom de la personne qui l'a approché pour la rédaction de ces articles. Il n'est guère possible que j'aie été l'intermédiaire ; même si à l'époque j'étais bien introduit auprès d'un certain nombre de quotidiens et de périodiques, je doute que le *Vlaamsche Gazet* ait été du lot. La position éditoriale du journal anticipait bruyamment et avec confiance ce qu'il appelait le jour de l'unité où on en aurait enfin terminé avec tous les ennemis anonymes du pays. Personne ne définissait ce Jour de l'Unité et aucune date n'était jamais avancée, mais tout le monde savait à quoi il ressemblerait lorsqu'il se présenterait et savait aussi qui étaient ces fameux ennemis. Le rédacteur en chef, Hendricks – j'ai oublié son prénom –, grand, trop gros, luisant, le rire sifflant et les yeux sournois, avait, dans les premières années de cette sale décennie qui touchait à son terme calamiteux, décidé de la direction que prendrait l'avenir, même si, en privé, il n'exprimait que mépris pour notre voisin immédiat de plus en plus menaçant, à l'est. Au petit matin, quand était achevé le travail de la nuit et que les presses roulaient, il tenait conseil avec son équipe de rédacteurs, des nationalistes tous rompus au coup-de-poing américain, au Stoof, juste à côté des bureaux de la *Gazet* sur Nationalestraat, une belle vieille taverne qui connaît encore de beaux jours, m'a-t-on dit, même si les vapeurs persistantes de Hendricks et de sa bande continuent sûrement d'y polluer l'atmosphère. Là, ramassé dans son coin réservé, il trinquait bruyamment avec sa cruche en étain, sa cruche réservée, échangeait des potins, racontait des blagues et éclatait de rire dans une débauche de postillons tout en faisant ballotter sa poitrine de bonne femme. C'est Axel qui m'amena là. Je suppose qu'il voulait voir comment j'allais me débrouiller, comment j'allais me défendre au milieu de cette assistance féroce. Dans l'ensemble, on me maintenait avec fermeté à la périphérie des choses où, avide comme une hyène, je tournais en rond toujours à l'affût d'une brèche par laquelle je pourrais éventuellement plonger la tête, moi aussi, dans les entrailles fumantes de l'époque. Je surprenais Axel qui me jetait des coups d'œil ponctuels, amusé par mon ardeur, mon empressement étincelant. Ma présence n'atténuait absolument pas le discours enragé de Hendricks, pas plus qu'elle ne tempérait ses blagues youpines ; tout cela, c'était pour rire, on était tous de joyeux drilles, des coriaces, on avait le cuir épais et, par ailleurs, manifester des égards particuliers envers ceux d'entre nous dont les origines étaient... différentes aurait représenté une forme d'insulte, non ? Comme Hendricks aimait à le répéter, en lançant de vifs coups d'œil alentour, le problème ne tenait pas à la Race, mais à la Culture, notre Grand

Héritage Européen. Voyons, pas vrai, ça ? hein ? hein ? la cruche d'étain frappait violemment la table, faisait sursauter ces gros gars. Et Axel, qui opinait du chef avec les autres, m'observait à la dérobée sous ses cils pâles, souriait et haussait discrètement les épaules.

Lorsque ses articles commencèrent à être publiés, j'en fus jaloux, je ne le nierai pas. Pourquoi Hendricks ne m'avait-il pas invité à écrire pour son journal, à la place d'Axel ? Je me serais montré bien plus virulent quant à la menace que les miens étaient censés représenter pour notre – leur ! – culture, si on me l'avait demandé. Si, si. J'étais plus dur qu'Axel, plus implacable, plus audacieux, plus brutal. J'aurais vendu mon âme, j'aurais vendu *les miens* pour m'attirer, l'espace d'un moment prolongé, l'attention du public même s'il s'agissait d'un torchon dans le genre de la *Gazet*. Pourquoi avaient-ils fait appel à lui, Ariel, alors qu'en moi ils disposaient d'un Caliban plus qu'enthousiaste ? Cette demi-douzaine d'articles qu'il écrivit étaient beaucoup trop élaborés et opaques pour ce qu'on en attendait. Mais c'était comme ça : ce mélange de confiance en soi et de manque d'assurance feint que manifestait Axel, avec cet air entendu, amusé, distant qui l'auréolait et dans lequel il se réfugiait, pareil à Zarathoustra dans son nuage, pour ne laisser derrière lui qu'un rire étouffé, fascinait les gens comme Hendricks, oui, même des brutes dans son genre. Pour moi, ce fut le dernier des six articles qu'il signa qui constitua le plus vif raffinement de l'insulte, la goutte de poison qui s'étalait sur la cinglante conclusion de la série. Il avait la forme d'une interview avec moi – avec *moi* ! – incarnant le spécimen typique des jeunes intellectuels mécontents. Il écrivit non seulement les questions mais la plupart des réponses et remania en toute liberté les quelques opinions qu'il m'autorisa tout de même à exprimer.

Pourquoi le laissai-je faire ça, pourquoi le laissai-je mettre ces paroles sur mes lèvres ? Abject, abject, abject ; comme elles vous restent sur le cœur, ces vieilles trahisons de soi. Quand parut ce prétendu entretien accompagné de nos photographies, imprimées côte à côte, j'en ressentis une fierté inavouable, choquante, honteuse, en même temps qu'une satisfaction puérile en constatant que celle d'Axel était mauvaise – il avait parfois l'air très fatigué et anxieux sous certains éclairages – et que son nom dessous avait été écorché.

En dépit de toutes mes dénégations, je suis obligé, bien qu'il m'en coûte amèrement, de reconnaître qu'il réussit son boulot de polémiste bien mieux que je ne l'aurais fait. Ce furent sa retenue même, sa minutie, son insistance délicate, comme on pourrait peut-être le formuler, qui donnèrent leur force à ces *feuilletons*. Moi, j'aurais tempêté, raillé, braillé des insultes entrecoupées d'éclats de rire méphistophéliques suraigus et forcés. La mesure et la distance calculée du style d'Axel, son vernis de grand patricien, ses traits d'esprit voilés – il fallait parfois deux lectures, voire plus, pour saisir une de ses plaisanteries –, sa lassitude aristocratique, l'impression qu'il écrivait uniquement parce qu'un devoir historique mondial l'avait traîné jusqu'à son bureau et lui avait collé un stylo entre les mains, voilà ce qui le rendait si efficace ou qui l'aurait rendu efficace s'il s'était adressé à un public sérieux et non à la populace qui remuait les lèvres pour arriver à lire la *Gazet*. Que peuvent-ils avoir tiré, par exemple, de son appel pour l'*esthétisation de la vie nationale* ou de sa suggestion en vertu de laquelle ils pourraient peut-être *échapper à l'épreuve du moi via une sublimation dans l'éthique totalitaire* ? Elle avait pourtant dû sonner harmonieusement à leurs oreilles épaisses, cette suggestion – pareille à une brise dans l'herbe, j'entendais un des soupirs délibérément futiles d'Axel bruire au milieu des mots –, aussi simple et entraînante qu'une marche, selon laquelle la vie culturelle et intellectuelle de l'Europe ne perdrait rien de bien important, vraiment rien du tout, si d'aventure on éloignait certains éléments orientaux, censément assimilés, pour les enraciner quelque part, loin, dans les steppes d'Asie centrale par exemple ou sur une des côtes d'Afrique, plus clémentes.

La boîte à pilules de maman Vander fut la toute première chose que je dérobai jamais – petit frisson étonnamment violent ! –, même si, bien entendu, je n'y vis pas un vol, mais un emprunt. Je l'aperçus dans une antichambre tendue de draperies de l'appartement Vander, posée sur le bord d'un socle supportant un buste de Goethe où maman Vander l'avait laissée en passant et oubliée ; son reflet argent me parut aussi invitant qu'un clin d'œil. Je l'empochai sans y réfléchir, sans ralentir mon allure. J'avais besoin d'argent, et très vite, parce que je tenais absolument à acheter certains livres pendant qu'il en était encore temps, avant qu'ils ne soient interdits à la vente ou expédiés au bûcher. Je comptais raconter à Axel ce que j'avais fait, une fois la boîte dégagée, persuadé que cela l'amuserait sûrement, mais je ne le fis jamais, de le lui raconter, je veux dire. Ce qui me contraignit au silence fut un sentiment de gravité, pas celle de mon méfait, mais de la chose elle-même : l'objet volé, je le découvris, acquiert un poids mystérieux, devient beaucoup plus lourd que la somme des matériaux qui le constituent. Cette petite boîte – elle ne renfermait que quelques pastilles violettes enrobées de sucre dont sa propriétaire, son ancienne propriétaire, était dépendante – se révéla si pesante dans ma poche que j'eus l'impression, en m'enfuyant avec mon trophée chapardé, que j'allais verser d'un côté. Je ne perdis pas de temps à la mettre au clou. Il s'avéra que c'était une pièce de valeur, française, du début du XVIIIe siècle ; lorsque je revins la dégager, le vieux Wassermann eut du mal à s'en séparer, je le vis bien. Après cela, je la gardai pendant de nombreuses années, malgré toutes sortes de vicissitudes et de pertes, et même si avec le temps elle cessa d'être aussi emblématique qu'elle l'avait été autrefois, elle ne se défit jamais tout à fait de sa lourdeur excessive, inexplicable. À présent, elle a disparu, elle a levé le pied subrepticement, à mon insu, à la façon mystérieuse dont les objets échappent à une poigne négligente.

Ce fut la dernière fois que j'allai chez les Vander, la fois où je volai la boîte à pilules. Le vol ne fut pas la raison de mon bannissement ; je ne suis pas certain que l'on s'en aperçût jamais ou, quand bien même, que l'on me tînt pour coupable. En ces jours d'invasion, de défaite, d'occupation – autant de désastres étourdissants qui se virent rapidement et modestement qualifiés d'*événements* –, les Vander ne souhaitaient plus m'accueillir comme auparavant. Rien ne fut dit, naturellement, mais il y avait, lorsque j'entrais dans ces vastes pièces surchauffées, une tension dans l'atmosphère que ma sensibilité exacerbée ne pouvait manquer de noter. Je m'éloignai donc. La rupture se fit dans la dignité et passa inaperçue, des deux côtés. C'est curieux comme même les situations soumises aux perturbations les plus violentes improvisent en toute hâte afin d'imposer leurs propres règles de politesse. Dans les premiers jours, quand on eut fini par comprendre que *les événements*, *de gebeurtenissen*, étaient irréversibles et qu'il faudrait d'une manière ou d'une autre vivre avec, il apparut un certain petit sourire, désabusé, triste, chagriné que les gens, les yeux levés au ciel, échangeaient en des phases particulièrement difficiles, ainsi lorsque l'annonce d'un nouveau décret apparemment capricieux limitait les mouvements ou les réunions ou imposait des impôts supplémentaires à telle ou telle partie de la société, en général celle à laquelle j'appartenais. Au début, ces mesures ne constituèrent que de simples contrariétés. Nous les subissions, faute d'avoir le choix, mais nous efforcions parallèlement de feindre au moins de les mépriser. Cependant, à mesure que les mois passaient, la vie dans les ruelles misérables du mauvais secteur de la place devint de plus en plus tronquée, jusqu'au moment où nous en arrivâmes à avoir véritablement l'impression de vivre de l'air du temps. Nous avions le sentiment de flotter au-dessus de nous-mêmes, ballottés tantôt d'un côté tantôt de l'autre, selon que chaque nouvelle ordonnance délivrée à notre encontre agitait et hochait nos frêles longes. Nous devenions de plus en plus légers, dépouillés, article après article, de toutes nos possessions. Telle semaine tombait l'interdiction de circuler en tram, la semaine suivante celle de circuler à bicyclette. Le lundi matin, les familles se voyaient ordonner de fournir tant de costumes pour hommes, tant de robes de femmes et tant de manteaux ; à midi, l'ordre était annulé, sans explication, mais retombait le lendemain. On nous notifia que nous n'avions plus le droit d'avoir des animaux domestiques ; c'était le milieu de l'hiver, et, des jours durant, de longues files de gens parcoururent à pied – pas de trams pour nous, rappelle-toi – de tortueuses routes enneigées jusqu'à la fourrière indiquée à la périphérie de la ville où nos chiens, nos chats et nos perruches devaient être supprimés. Pourtant, la vie, avec son détachement habituel, suivait son cours. Il restait le théâtre, il restait des concerts ainsi que des conférences et des réunions publiques, et, lorsque tout cela nous fut interdit, il nous resta les cafés où nous pouvions nous retrouver et discuter, et, lorsque même les réunions furent prohibées, il resta la TSF qui nous apportait des nouvelles d'ailleurs, de tous ces ailleurs, grésillant sur les ondes. J'appréciais tout particulièrement les émissions musicales ; elles émanaient de Stuttgart, de Hilversum, de Paris, parfois même de Londres si les parasites se tenaient correctement. La musique était, eh bien, la musique, mais c'était curieusement émouvant, pendant les entractes, d'entendre le public se détendre une minute, tous ces gens, si lointains et néanmoins magiquement présents, à la présence tellement palpable que j'avais l'impression d'être au milieu d'eux. Aujourd'hui encore, dans une salle de concerts, je ne peux entendre les murmures de la foule bouillonnante sans être immédiatement ramené un demi-siècle en arrière dans le petit salon aux murs tapissés de papier peint, avec sa nappe à pompons, son abat-jour couleur de peau parcheminée, son gros appareil de TSF en bois, à la façade entoilée, à l'unique œil de chat vert qui palpitait et se contractait pendant que la musique brouillée se déversait dans la pièce et l'emplissait tel un brouillard lumineux. Bien sûr, je ne pouvais que le détester, lui aussi, ce public ; à mon oreille, ces gens semblaient tellement à l'aise, sottement inconscients de tout ce qu'ils avaient et que je n'avais pas ici où, partout alentour, furtivement, le monde se refermait sur nous, armé de gourdins et de torches enflammées.

Axel et moi continuions à nous voir, moins souvent qu'avant, en dehors de chez lui, en dehors du Stoof et en dehors des gens du shtetl aussi, inutile de le préciser. Nous nous rencontrions en terrain neutre, tant qu'il restait encore des terrains susceptibles d'être qualifiés de neutres. À mon égard, du moins au début des *gebeurte-*

nissen, il manifestait une affabilité teintée d'impatience, une exaspération contenue. Il me tapotait le poignet, sans méchanceté, et m'accusait d'être exagérément alarmiste face à ma situation et à celle des miens.

« Oui, oui, oui, disait-il avec un sourire grognon, je sais tout cela, moi aussi, je lis les journaux, tu sais. »

Mais assurément, poursuivait-il, assurément je devais convenir qu'il fallait faire quelque chose, que les problèmes ne pouvaient pas continuer comme par le passé. Et même si des gens devaient être expédiés quelque part, cela serait-il si grave ? Peut-être un climat mieux adapté à leurs tempéraments et à leurs caractères raciaux leur réussirait-il ? De toute façon, seuls les fauteurs de troubles s'en iraient, eux, et éventuellement les malades, les très vieux, les fous, les syphilitiques. On les enverrait à Helgoland, dans les montagnes des Tatras ; Hendricks lui avait assuré que, rien que la semaine précédente, un millier d'entre eux avait embarqué à Hoek-van-Holland sur un bateau à destination de l'Amérique du Sud. Et, de toute façon, insistait Axel, pourquoi est-ce que je m'inquiétais ? Je ne risquais rien, j'étais son ami. Nos photographies n'avaient-elles pas été publiées, côte à côte, dans *De Vlaamsche Gazet* ?

Que lui dire, quelle réponse lui avancer ? Il ne pouvait pas comprendre ce que j'éprouvais lorsque je m'aventurais en dehors de notre périmètre, ce sentiment de me cacher, tapi derrière moi-même quand j'arpentais une de ses rues, que je m'asseyais dans un de ses cafés, que je l'écoutais m'affirmer, avec un rictus irrité, que c'était précisément ça le problème avec moi, avec tous les miens, cette hystérie, cette attitude servile et geignarde, ces gémissements de chien battu. Pourquoi n'avions-nous pas pensé aux conséquences avant que notre race de fouineurs sournois infiltre banques, magistrature et ministères jusqu'à saturation ? Tout était parfaitement simple, parfaitement évident. Il y avait longtemps qu'on aurait dû réagir, il avait toujours insisté là-dessus et maintenant on réagissait. Comment avions-nous pu ne pas voir venir les choses, tant que ça ne nous était pas tombé dessus, dans le vacarme et la fumée ? En tout cas, ce serait bientôt fini, terminé. Ces questions-là étaient déplorables et iraient en empirant, il ne le niait pas ; le dernier acte serait vraisemblablement sanglant – « Comme c'est toujours (éclair de ses petites dents blanches et carrées) le cas » –, mais, une fois qu'on aurait attrapé tous ces corps par les pieds et qu'on les aurait flanqués en coulisse, la scène dépouillée serait nette, dégagée et débordante de possibilités ! Tout en disant cela, il me fixait droit dans les yeux, calmement, hochait un peu la tête en arborant son fameux sourire, comme s'il racontait à un enfant, en termes simplifiés, la trame d'une tragédie dont seuls les adultes pouvaient correctement démêler les circonvolutions. Il n'avait pas l'air d'envisager que les metteurs en scène et les régisseurs de tout ce drame puissent finir par anéantir la baraque. J'avais honte – oui, sincèrement, j'avais honte, pour moi et pour lui. C'était, notez-le bien, c'était le même Axel Vander dont la monographie sur Heine – écrite alors qu'il avait dix-sept ans – avait poussé plus d'un sage professeur à marmonner dans sa barbe qu'un nouvel Hofmannsthal avait fait son apparition parmi nous. Que trouver à lui dire s'il devait un jour m'appeler pour l'aider à s'exonérer quand, se frappant le front, il reviendrait enfin à la raison et verrait le sens exact de cette folie actuelle et de ces vils fantasmes ? Il s'était collé dans les rangs des fanatiques et des barbares, dont les éléments les plus raisonnables en apparence transformaient en un instant une conversation parfaitement amène en déclamations arrogantes et trépignantes. On apprenait vite à repérer chez ces individus les signes de la tirade imminente : le front qui virait au cramoisi, l'œil vitreux, la projection taurine de la tête. Les femmes comptaient parmi les pires qui ajoutaient à la fureur masculine une note d'hystérie et de répulsion sexuelle bien à elles. J'étais au lit un après-midi avec une actrice – visage de porcelaine, cheveux au carré, bouche pareille à un insecte écarlate, une ex d'Axel – quand, en pleine action, elle se souleva au-dessus de moi, les bras tendus et tremblants sous l'effort, pour me raconter avec des accents d'indignation fleurie comment la nuit précédente un *vuile jood* vêtu d'un manteau à col de fourrure l'avait accostée devant l'entrée des artistes et lui avait proposé de l'argent pour aller chez lui faire ce que précisément, eût-elle réfléchi une seconde qu'elle l'aurait compris, elle était en train de faire avec moi, ici, dans ce lit, avec un des frères de sang de cet impudent.

Et pourtant, et pourtant... Combien de fois dans ma vie ai-je prononcé ces mots : *et pourtant* ? Tout doit être nuancé. Le fait est qu'une part de moi appartenait au camp d'Axel. Oh, oui. C'est là mon secret le plus grave, le plus immonde. Dans mon cœur, moi aussi, je voulais voir la scène nettoyée, les planches bien balayées, le public effrayé et atterré. Tout cela pour l'amour de l'idée, tu vois, l'idée radieuse, sombre, unique. Esthétiser, esthétiser ! Tel était notre cri. Notre philosophe préféré n'avait-il pas décrété que l'existence humaine ne peut se justifier qu'en tant que phénomène esthétique ? Nous en avions assez de la seule vie, de tout ce désordre, de toute cette confusion, de toute cette mollesse. Il fallait tout refaire – refaire ou détruire. Nous aurions, j'aurais sacrifié n'importe quoi pour ce brasier régénérateur. Et, dans un murmure, j'ajoute : *et je le ferais encore*. Ceux qui ont réduit les miens en cendres étaient ceux que j'espérais voir l'emporter; aujourd'hui encore, je regrette leur défaite. Tu es choquée ? Ce n'étaient pas de ces brutes gesticulantes elles-mêmes que je souhaitais la victoire – pour eux, ces hommes vils sans exception aucune, si tant est que l'on puisse parler d'hommes, je n'éprouvais que répugnance –, mais de l'Idée qu'ils portaient à leur insu, tel le cheval de bois et sa secrète troupe d'Argiens. Tu vois, ma Cassandre ? Quelque chose avait été subrepticement introduit dans le monde, quelque chose de terrible et de vrai qui devait pouvoir l'emporter à tout prix. De vrai : oui. Peu importaient les mensonges nécessaires. Avec le temps, ils seraient devenus superflus, tout comme les menteurs. Il suffisait que l'Idée triomphe, que la grande instauration commence !

Comment, vas-tu demander, ai-je pu concilier les terreurs du quotidien avec ces troubles désirs d'apocatastase ? Car, parmi les miens assurément, tout le monde tremblait, moi autant que les autres. La peur est principalement un phénomène éphémère : à la perspective de la mort, elle flambe dans l'obscurité, sur une route déserte la nuit ou encore devant l'imminence d'un incendie ou d'une inondation ; l'animal humain n'est pas équipé pour vivre constamment dans la peur, son système ne le supporte pas. Pourtant, l'espace de deux bonnes années, de deux mauvaises années, nous avons vécu pratiquement tout le temps dans la terreur. La peur brûlait en nous de manière inextinguible. À certains moments, elle se réduisait à une braise de charbon logée à la base du sternum, puis se déployait en rideaux de flammes dépenaillés et laissait derrière elle une brûlante pluie de cendres. Les pôles de notre existence, c'était soit la terreur irrésistible, dévorante, soit une sorte d'apathie poisseuse ponctuée de phases de rage futile. L'espoir frénétique s'achevait dans l'épuisement, l'indifférence ; les journées qui nous voyaient rassemblés, au petit matin, autour d'une manchette de journal en proie à une excitation pétrie d'espérance nous retrouvaient, à la nuit tombée, avachis, le regard vide, stupéfiés tels des opiomanes dans une fumerie. Maux de tête, crampes d'estomac, tripes nouées, voilà comment le corps protestait contre l'insupportable tension d'une existence constamment dominée par la peur. Nous souffrions d'une incontinence des émotions. La plus petite marque de gentillesse, le plus petit signe de compassion apparente pouvait mettre quelqu'un à genoux en un témoignage de reconnaissance rampante. Il y avait ce hoquet de gratitude irrépressible quand quelqu'un parmi ceux qui avaient le pouvoir sur nous décidait de se montrer plus coulant face au respect d'une banale ordonnance. Je l'entendis qui m'échappait, ce hoquet, même avec Axel, en ces occasions, assez rares, où il exprima son indignation devant une marque de cruauté mesquine particulièrement imbécile à laquelle on avait ordonné que fût soumis notre secteur. Le coup d'œil narquois et le silence qu'il opposait, avant de me tourner le dos, à mes gages de gratitude hoquetants constituaient néanmoins des camouflets aussi flagrants que la bourrade cavalière qu'un tiers m'aurait collée dans le torse.

En dépit de tout ce que j'ai dit jusqu'à présent, je ne pense pas de mal de lui. À sa mort, je crois que j'aurais pleuré d'émotion, à défaut d'autre chose, si j'étais du genre à verser des larmes.

J'appris son décès par la presse, deux paragraphes sur une page intérieure du *Staandard*. Peut-être est-ce parce que je tombai par hasard sur cet entrefilet que je n'en saisis pas immédiatement le contenu. Assis sur le banc d'un parc, en manteau et cache-nez, je m'apprêtais à lever le camp, cette journée de fin d'automne ayant viré au froid glacial, et avais ouvert mon journal en grand, bras bien tendus, pour le replier quand, tout à coup, la chose se mua en un messager ailé et me dépêcha le nom d'Axel qui se détacha, seul d'entre toutes ces colonnes imprimées. Mes premières réactions furent classiques – ce devait être une erreur, une méprise sur l'identité, peut-être même une blague – accompagnées d'une drôle de sensation d'exaltation en moi, une sorte d'euphorie abominable. En proie au vertige, je relus les deux paragraphes. Ils étaient d'une imprécision frustrante, scandaleuse et, songeai-je, délibérée. Il semblait avoir péri de mort violente mais du fait d'un accident ou bien de la main d'une ou de plusieurs personnes, voilà qui demeurait obscur. Le reporter anonyme avait soigneusement choisi ses tournures – tragique décès de, les amis sous le choc, une grande perte pour –, comme si on lui avait conseillé de traiter l'affaire avec prudence et qu'il retransmît discrètement la consigne à ses lecteurs. Je me levai d'un bond, roulai le journal, le fourrai dans ma poche avec des manières de coupable et m'empressai de sortir du parc en serrant le col relevé de mon pardessus contre mon menton et en résistant à l'envie furieuse de prendre mes jambes à mon cou. On m'aurait cru personnellement impliqué dans la mort d'Axel. Pourquoi ? Je n'en savais rien. Devant moi, un énorme nuage bleu raisin, ressemblant à une lente et menaçante recrudescence de possibilités indéfinissables, jouait des coudes pour se dégager de l'horizon bas vers l'ouest.

Je me débarrassai du *Staandard* et me mis à la recherche de la *Gazet*. L'après-midi s'achevait et le premier kiosque sur lequel je tombai, au carrefour de Maria-Theresialei, fut celui du vieux bonhomme au goitre – mon Dieu, voilà que je le revois, clair comme le jour, avec ses mitaines et sa sempiternelle casquette en laine à rabats sur les oreilles – qui fit un tas d'histoires pour, marmonnant entre ses dents, récupérer de dessous une pile de revues pas très nettes ce qu'il prétendit être le tout dernier exemplaire de la dernière édition. Je lui achetai son exemplaire et détalai comme un rat qui a chapardé une broutille. À peine avais-je passé le coin que je m'arrêtai pour éplucher les pages, une fois, deux fois, trois fois. Il n'était pas question d'Axel. Je fus surpris de n'éprouver aucune surprise.

Je portai ensuite mes pas vers les bureaux de la *Gazet* pour tenter de parler à Hendricks. J'ignore ce que j'attendais de lui : je ne l'avais pas vu et n'avais pas eu de nouvelles de lui depuis dix-huit mois ou plus. On me fit patienter un long moment à la réception. Les odeurs familières de papier journal, d'encre, de poussière de papier m'arrachèrent un sanglot de nostalgie étouffé, vaguement lié, peut-être, au deuil de mon ami qui me touchait trop, à mon avis, pour que j'aie déjà commencé à le ressentir. Derrière le comptoir, la fille responsable des petites annonces feignit de ne pas me connaître ; nous avions flirté ensemble, dans le temps. Je feuilletai les pages déjà sèches et cassantes des éditions des semaines précédentes, rangées dans leur grand classeur. Des vendeurs de journaux entraient et sortaient en courant, en sifflotant. Une vieille folle surgit de la rue, brailla quelque chose et ressortit. Des nuages de neige molle poussés par le vent s'abattaient contre les fenêtres. Je repensai à cette marche que nous avions effectuée ensemble, Axel et moi, dans les Ardennes, avant la guerre, et à la petite auberge où nous avions débarqué par une nuit pluvieuse ; nous avions bu de l'eau-de-vie de prune à la lueur d'un feu de bois et il avait évoqué une étude sur l'esthétique de Coleridge qu'il projetait d'écrire ; qu'il était enthousiaste ! Ses yeux brillaient à la lueur des flammes ; qu'il paraissait jeune ; qu'il était jeune, et moi aussi ! Il ne vécut pas assez longtemps pour rédiger cet ouvrage, et quand, des années plus tard, j'essayai de l'écrire à sa place – de l'écrire pour lui, si je puis dire –, je n'y parvins pas davantage.

Hendricks refusa de descendre et dépêcha un de ses assistants pour se débarrasser de moi. Je me rappelai la tête de ce gars pour l'avoir rencontré durant les longues soirées au Stoof, mais ne pus retrouver son nom. Je vis qu'il se souvenait de moi, lui aussi ; il eut la décence d'éviter mon regard. Il était gros, comme son patron, essoufflé par l'escalier, et se pencha par-dessus le comptoir, en haletant exagérément, une main plaquée contre le torse. Quand j'exigeai de savoir s'il connaissait les détails de la mort d'Axel, il se contenta de hausser les épaules. Tout était confus, dit-il, personne ne savait vraiment ce qu'il s'était passé. J'insistai, mais il se borna à faire non de la tête et me répéta ce qu'il venait de me débiter. À son ton brusque, irrité, je devinai que la *Gazet* ne souhaitait pas du tout être associée à ce décès, un parmi tant d'autres, somme toute. Derrière le comptoir, la fille, qui se tapotait les dents avec un crayon et feignait de ne pas écouter, détourna les yeux. Découragé, j'allai me balader dans les rues. La neige avait cessé de tomber, mais un ciel bedonnant, un peu mauve, pesait bas sur la ville, annonciateur d'une grosse averse. Dans une rue proche de la gare, il y avait, vêtus de capotes trop grandes, un trio de soldats adolescents assis côte à côte à l'avant d'un blindé arrêté, jambes ballantes, pareils à trois gamins qui font l'école buissonnière et pataugent dans une mare. Un peu plus loin, attachées aux grilles du Stadspark, il y avait, vêtues de manteaux de facture grossière serrés à la ceinture, trois jeunes filles mortes qui, le front troué d'une balle – sorte d'horrible pendant des jeunes soldats désœuvrés –, arboraient autour du cou une pancarte sur laquelle était barbouillé un message que je n'essayai pas de déchiffrer; je songeai aux corbeaux morts, à leur plumage noir bleuté maculé du rouge rubis du sang séché, que mon grand-père, voilà bien longtemps, accrochait à une corde sur les clôtures entourant ses champs de blé pour dissuader leurs voraces compagnons.

Je n'ai jamais découvert les circonstances exactes de la mort d'Axel. J'envisageai de consulter sa famille et allai me poster, à plusieurs reprises, sous les arbres de la place, le nez levé vers les fenêtres de l'appartement Vander, mais chaque fois le courage me manqua. Puis ils déménagèrent, du moins me sembla-t-il, car, la dernière fois que je me faufilai discrètement sous leurs fenêtres, il n'y avait pas signe de vie à l'intérieur, pas de lampes allumées, pas de vases garnis de fleurs, seul un store brisé qui pendait de guingois. Je menai une enquête auprès des gens que nous avions connus, Axel et moi, mais soit ils refusèrent de me parler, soit ils prétendirent ne pas en savoir plus que moi sur ce qui lui était arrivé. Des rumeurs extravagantes se mirent à circuler. Certaines s'avérèrent par trop ridicules pour qu'on leur prête attention, comme le fait qu'il se serait suicidé après un chagrin d'amour – imagine, Axel se pendre, et pour une femme ! D'autres étaient un peu plus plausibles, mais je ne pus davantage y croire. On racontait ainsi qu'il n'était pas mort du tout, mais qu'il avait été raflé par erreur avec une bande de communistes et interné à Breendonck, d'où son père cherchait à monnayer sa libération. Tard, par une nuit humide, je rencontrai dans la rue un journaliste que je connaissais, que j'avais connu avant, soûl et l'œil fou, le visage ruisselant de pluie ou de larmes, c'était difficile à dire ; il m'agrippa par les revers de ma veste et m'assura dans un murmure sanglotant et pressant qu'Axel avait été pris dans une dispute entre les factions entourant les autorités militaires, que l'affaire s'était terminée dans un bain de sang, qu'il avait été abattu et son corps balancé dans une tombe anonyme. À l'époque, il courait toutes sortes d'histoires de ce genre, au sujet de toutes sortes de gens. De tout ce que j'entendis sur la disparition d'Axel, le plus surprenant fut toutefois le micmac plein d'héroïsme que me servit une de ses anciennes amies avec des accents d'admiration tragique, un matin glacial, dans un café de la Groenplaats, selon lequel il avait été trahi, arrêté, torturé et sommairement exécuté pour son rôle de premier plan dans l'organisation d'une cellule secrète de la Résistance. Elle paraissait si affligée et si solennelle, la Monique, avec ses yeux ronds comme des billes, et la lumière teintée de rose, dehors, si figée, si délicieusement glacée que je ne pus que branler du chef et me taire pour ne pas rire. Bien des années après, néanmoins, en Arcadie, une nuit que j'assistais à un pénible dîner universitaire, je me retrouvai assis en face d'un vieux bonhomme tout racorni, le gilet semé de cendres et la cravate émaillée de soupe, un savant de la vieille Europe, un Wallon, venu nous rendre visite, qui, en entendant mon nom, fit montre d'une surexcitation soudaine et me salua chaleureusement comme un vieux compagnon d'armes. Je le tins à distance avec ce que je savais être un horrible sourire de temporisation et étudiai cette physionomie ravagée par les années – joues effondrées, lèvre pendante de l'amateur de bourbon, yeux chassieux et larmoyants, pâle crâne lisse et bombé en forme de chapeau de champignon vénéneux géant – et recherchai à la hâte les traits d'un individu que j'avais peut-être connu autrefois ou du moins croisé en compagnie d'Axel, des années auparavant. Nul buste aux yeux vides ne broncha dans la galerie obscure de mes souvenirs. Et qu'imaginait-il, ce vieux crétin, s'il avait vraiment connu Axel et me prenait à présent pour lui, qu'une quarantaine d'années avaient suffi à le faire grandir de plus de trente centimètres et lui avaient rectifié son profil d'acteur en celui d'un canasson à la retraite ? Plus je lui opposais une timidité démotivante, plus il débordait d'émotion, passant d'un anglais risible à un français exécrable et macaronique, tendant faiblement le bras de l'autre côté de la table pour essayer d'agrafer ma main qui battait en retraite avec des façons de crabe et vantant inlassablement *les beaux jours d'antan aux Pays-Bas* quand, coude à coude avec nos *amis ardents*, nous décimions l'intendance militaire de ce *sale boche* d'envahisseur. Il m'aurait inquiété davantage s'il n'avait campé une telle caricature ; néanmoins, je me dépêtrai au plus vite de ses attentions dégoulinantes et désertai le bâtiment pour aller me balader dans les ténèbres parfumées du campus, sous les eucalyptus nimbés de la musique énergiquement stridulée des criquets, et réfléchir à la nécessité d'inviter le vieux guerrier à venir escalader les collines avec moi le lendemain pour lui régler son compte. Cependant, lorsque j'arrivai à Sprague Hall, le matin suivant, pour écouter sa communication, un mot sur la porte m'informa que, en raison de circonstances inopinées, la conférence du professeur de Becker avait été annulée. Il s'avéra que, au cours d'un petit déjeuner agité dans la salle à manger de l'université, le professeur gueule-de-bois avait eu une altercation – à propos de la pertinence du concept de Durkheim sur la conscience collective, pour autant que je me souvienne – avec un des nombreux jeunes Turcs de la faculté et s'était tellement échauffé qu'il était tombé raide contre la table au milieu des tasses de café et des soucoupes de muesli, victime d'un infarctus. J'ai toujours eu une veine de pendu.

Pendant longtemps, j'ai eu du mal à m'habituer à l'idée qu'Axel était parti ; à dire vrai, je ne m'y suis toujours pas totalement fait. À l'époque, cela n'aurait pas dû me poser autant de difficulté ; en ces années critiques, il paraissait souvent bien moins plausible d'être en vie que paisiblement décédé. Dans le cas d'Axel, toutefois, la mort semblait en quelque sorte... inappropriée. Tout le monde peut mourir à tout moment, bien entendu. L'enfant bien-aimé, l'hercule du cirque, la Vierge de Cranach, tout un chacun ne tient que par un fil ténu. Après, pourtant, une fois le premier choc passé, on croit deviner, même dans la fin la plus improbable, une inévitabilité qui se serait trouvée là depuis le début, à notre insu, l'embryon de la mort se développant gentiment jusqu'à l'heure de la parturition fatale. C'est de là que proviennent les fantômes, je suppose, de ce phénomène de vies achevées avant que d'être finies. Le rôle de revenant convenait mal à Axel. Il était destiné à vivre, lui. La mort, une mort prématurée, représentait un truc trop sérieux, trop pesant, pour lui être tombé dessus. Je me surpris donc à revenir encore et encore, avec une incertitude spéculative croissante, à ces étranges rumeurs circulant sur son sort. Notamment, je ne parvenais pas à me débarrasser du récit théâtralement larmoyant de Monique sur son engagement dans la Résistance – une Résistance, à propos, dont à l'époque je ne discernais pas grand-chose. Se pouvait-il que ce fût vrai ? Se pouvait-il que ce qu'elle m'avait raconté fût une version déformée, « mélodramatisée » d'une affaire authentique dont l'histoire selon laquelle il aurait été interné par erreur n'aurait constitué qu'une variante ? Axel aurait-il vraiment pu être impliqué dans un acte de bravoure insensé qui aurait mal tourné, qui lui aurait valu d'être arrêté et de se voir loger sans cérémonie une balle dans la nuque ? Se pouvait-il que je me sois complètement trompé sur lui, que, durant toutes les années où je l'avais fréquenté, il m'ait caché ses véritables convictions ? Le problème, avec les morts, c'est qu'ils emportent leurs secrets dans la tombe. Lorsque j'essayai de visualiser Axel dans une cave enfumée en compagnie d'un groupe de partisans équipés de cartouchières, scrutant des plans à la lumière d'une bougie crachotante – « Et là on intercepte le convoi » – , la chose me parut grotesque mais je dus pourtant admettre que c'était le genre d'initiative qui aurait étoffé une image qui lui était chère, une image de lui sous les traits d'un Byron ou d'un Pimpernel. L'ironie que tout cela constitue pour moi ne m'échappe pas. Si, en dépit de l'invraisemblance cocasse de la chose, Axel était vraiment un héros méconnu, ma situation s'avère donc piquante de bout en bout. Je m'apparenterais au protagoniste d'un de ces romans de troisième ordre, prétendument philosophiques, si populaires dans les années hantées d'après-guerre, à l'homme qui endosse l'identité d'un pécheur sans se douter une seconde que celui qu'il incarne a été un saint tout du long.

En envisageant cette possibilité – je veux dire, qu'il ait été un martyr de la Résistance –, en l'envisageant, à défaut d'autre chose, pourquoi, vas-tu te demander, ai-je eu toujours aussi peur d'être un jour démasqué ? J'imagine que je ne le comprends pas beaucoup mieux que toi. Qu'ai-je donc fait, somme toute, à part adopter le nom d'un mort en des temps de danger et d'adversité mortels ? Je n'ai rien pris, ou plutôt rien emprunté sinon son identité, et la mort la lui avait déjà retirée, ou presque. Que m'a apporté cette duperie entretenue pendant un demi-siècle ? La réputation d'Axel Vander dans le monde, c'est moi qui l'ai construite. C'est moi qui me suis hissé, à la force du poignet, jusqu'à ce sommet. C'est moi qui ai écrit les livres, décroché les prix, flatté ceux qui devaient l'être, éliminé mes rivaux. Lui, qu'a-t-il accompli, que laisse-t-il derrière lui ? Deux monographies, quelques critiques non dénuées de finesse dans de modestes revues, une poignée de poèmes méjugés. Il était précoce, je le lui accorde, mais change les deux dernières syllabes et prétentieux lui irait mieux. Et puis il y a les fameux articles de la *Gazet*, qu'en fait-on ? Même si c'est lui qui les a écrits, ce petit chéri au vernis terni, ils relèvent de ma responsabilité à présent. C'était pour lui, en partie du moins, que je les ai cachés si longtemps jusqu'à ce que, toi, mon chat curieux, tu tombes dessus par hasard. Tu ne me croiras pas, j'imagine, si je te dis que lorsque mon esprit parfois un peu lent comprit enfin qu'en endossant son identité j'assumais aussi automatiquement la responsabilité de ses actes, je fis un pacte avec moi-même en vertu duquel, si j'étais démasqué comme imposteur j'affirmerais – attends un peu –, j'affirmerais que c'était moi, et pas lui, l'auteur de ces fichus articles et que je l'avais persuadé de les signer sous prétexte que seul ce moyen convaincrait Hendricks de les publier dans la *Gazet* ! Tu peux rire tant que tu veux dans les Champs élyséens où tu erres, mais j'ai un code d'honneur, un code curieux, certes, le mien. Si tu m'avais démasqué devant tous, j'aurais été vilipendé pour avoir abandonné les miens, trahi ma race. On aurait raconté que, pour me défaire d'une identité honnie, j'avais délibérément pris la place laissée vacante par un monstre mineur dont les opinions vénéneuses risquaient d'être un jour découvertes et de m'être attribuées. C'est peut-être vrai. Cependant, si tout cela n'était ni plus ni moins qu'une lâche tentative visant à m'affranchir d'un passé et d'un peuple dont j'avais honte, en ce cas, ladite tentative a échoué. Le passé, mon passé, le passé de tous les autres est toujours là, chambre secrète en moi, à l'image de ces pièces dissimulées derrière une cloison factice où toute une famille se terre depuis des années peut-être. Dans le silence, dans la solitude, je ferme les yeux et je les entends, là-dedans, les pas de souris des tout-petits, les murmures des adultes, leurs soupirs. Comme ils se taisent lorsque le danger approche ! *Chut !* Quelque chose craque. Un gémissement d'enfant est promptement étouffé. Quelqu'un plaque une oreille contre le mur, un doigt levé incite au silence, tandis que toutes les autres personnes présentes retiennent leur souffle, paralysées, les yeux grands ouverts. Des lames de lumière s'insinuent à travers les fentes du plâtre. En bas, dans la cour, des moteurs tournent et des talons de bottes claquent sur les pavés glacés. Des cris résonnent dans le lointain, des hurlements et des cris. Mes paupières se soulèvent. Un soupir. Tous partis, tous ; partis.

À propos, j'ai fait un rêve, la nuit dernière ou ce matin, récemment, en tout cas. Voilà que ça me revient. Faut-il que je t'en parle ? Ce n'était pas à proprement parler un rêve, ou ce dont je me souviens ne l'est pas ; il se peut que ce ne soit qu'un fragment de saga, la saga d'une nuit, dont j'ai oublié le reste. Comme souvent pour les rêves, il me paraît très lourd de sens même si je suis infichu de dire ce qu'il signifie. J'étais debout dans l'obscurité, sur un promontoire élevé ; je savais qu'il était élevé à cause de l'air qui me balayait la figure, dense et glacé, pas du tout pestilentiel. Je devinais un précipice devant moi et, en contrebas, une vaste plaine qui s'étendait très loin. Des éclairs illuminaient par intermittence un horizon lointain. Il ne se passait rien. J'étais simplement posté là, à la lisière de cette immensité noire, tel Dante attendant Virgile. Puis, des ténèbres – je note la sonorité de plus en plus ecclésiastique de ces notations –, une grande voix tonna, la voix de Yahvé en personne, peut-être. *Ici*, disait-elle, *ici sont enterrés tous les Abraham et tous les Isaac ; ici se trouvent leurs tombes*. C'est tout ce dont je me souviens ; l'obscurité, le promontoire élevé, l'horizon obscur et cette voix. Et un grand sentiment de tristesse, pas la tristesse du deuil ou de la perte, mais celle où l'on est confronté à une tragédie immense, terrible, inévitable.

Non, je n'ai pas assisté aux funérailles d'Axel. Je savais qu'on ne souhaitait pas m'y voir, que ma présence embarrasserait les Vander, qu'elle risquait même de les mettre en danger. Je ne sais pas quand elles se déroulèrent ni même où. Aujourd'hui, je me dis que j'aurais dû y aller pour sa mise en terre. Il paraît que les proches d'un disparu ne peuvent trouver la paix ni faire leur deuil tant qu'ils ne connaissent pas le sort de l'être aimé et, en particulier, l'endroit où il (ou elle) est enterré(e). Je ne tiens pas à passer pour quelqu'un de bizarre, mais, si je me penche sur ma vie et sur les périodes où j'ai connu de grandes tensions et des pulsions suicidaires, je me demande si je n'ai peut-être pas, tout du long, différé le deuil de mon ami. Cela me fait-il paraître trop bon, trop loyal ? Bien sûr que oui. Mais sans doute y a-t-il profondément enfoui en moi quelque chose que je ne comprends pas et dont je ne connais la nature que de manière intuitive. Cela semblera par trop évident si je dis qu'il s'agit d'un autre moi – ne suis-je pas, comme tout le monde, comme toi, comme toi en particulier, ma chère inconstante, constitué d'une légion de moi ? –, n'importe, je ne vois que ça pour décrire cette sensation. Ce Je distinct, secret, est tourmenté par des affects et des émotions qui ne me touchent absolument pas, sinon que je suis le canal par lequel ses réactions doivent forcément se manifester. Il va tendre l'oreille au pathos le plus banal, le plus insignifiant ; c'est une vraie poire pour les sensibleries. Les couchers de soleil, le souvenir d'un chien perdu, le lent mouvement mièvre de telle symphonie, n'importe quel vieux truc rebattu suffisent à lancer la manivelle de l'orgue funèbre. En passant dans une rue, je vais surprendre une bribe de mélodie facile se déversant par la fenêtre ouverte d'une chambre d'adolescent et une énorme bulle brûlante de quelque chose de très voisin du chagrin va monter en moi et il me faudra continuer à avancer d'un pas pressé, tête baissée, la gorge nouée sur ce bol de malheur étouffant. Un mendiant va m'approcher, édenté et puant, et je vais ressentir une envie formidable d'ouvrir grands les bras pour l'attirer et l'écraser contre moi en une étreinte fraternelle et chaleureuse, au lieu de quoi, naturellement, je vais l'esquiver, les poings serrés solidement enfoncés dans mes poches, en détournant les yeux du spectacle de sa misère. Ces déploiements d'émotion débridée et sûrement feinte peuvent-ils véritablement avoir pour origine un deuil vieux de près d'un demi-siècle ? Avais-je donc tant d'affection pour Axel ? Peut-être n'est-ce pas pour lui seul que je porte le deuil, mais pour tous mes morts qui, réunis en un enfer volubile au fond de moi, réclament à mi-voix le sang chaud de la vie. Mais pourquoi devrais-je me considérer comme quelqu'un de singulier – qui, parmi nous, n'a pas un Hadès grouillant de fantômes ?

Oui, j'aurais dû assister aux funérailles d'Axel et à sa mise en terre, ne fût-ce que pour en finir avec lui. Même lorsque, dans mon cœur, je parvins enfin à accepter le fait qu'il devait vraiment être mort, il demeura encore dans quelque ventricule auxiliaire un caillot de doute opiniâtre. Je repensais aux fenêtres dépouillées de ce qui avait été la maison Vander ; y avait-il un lien entre sa disparition et la soudaineté avec laquelle la famille avait décampé ? Pourquoi l'assistant de Hendricks s'était-il montré si évasif quand je l'avais interrogé ce fameux après-midi à la *Gazet* ? Que savait-il donc qu'il n'était pas disposé à me confier ? Aujourd'hui encore, je me surprends à me demander avec un sentiment de gêne tissé d'une excitation singulière s'il ne serait, somme toute, pas possible qu'Axel ne soit pas mort, mais vivant quelque part, caché pour on ne sait quelle raison, évoluant, comme moi, sous un autre nom, le mien peut-être ; voilà qui ferait une sacrée blague. Peut-être a-t-il commis à l'époque un forfait dont personne parmi nous n'a rien su, un forfait tellement honteux qu'il ne peut se résoudre, encore maintenant, à sortir de l'ombre pour le confesser. En ce cas, il aurait fallu qu'il s'agisse d'un truc autrement plus grave que cette poignée d'articles pour la *Gazet*, car, même sénile, Axel aurait pu charmer le monde entier et se faire pardonner cette peccadille. À moins que mon usurpation de son identité ne l'ait empêché, tout ce temps et au nom de Dieu sait quel scrupule ou par peur de passer pour un crétin, de revendiquer le nom, l'existence même qui lui reviennent de droit ? Cette éventualité me procure, je l'admets, une certaine vile satisfaction. Il n'est pas totalement déplaisant d'imaginer qu'Axel, en dépit de son intelligence, de sa vivacité, de son assurance, de son physique séduisant, ait pu languir dans l'obscurité durant ces cinquante années, rongé par la frustration et l'échec tandis que, moi, j'arpentais la scène du monde en me faisant, dans tous les sens du terme, un nom.

Oh, mais je sais que c'est impossible. J'aurais entendu parler de lui, tôt ou tard ; Axel n'aurait pas monté pareil numéro de disparition sans venir s'en vanter, ne serait-ce que devant moi. N'empêche, à plusieurs reprises, durant toutes ces années, j'ai éprouvé une sensation sinistre le long de ma nuque, comme si quelqu'un m'espionnait et se moquait de moi à mi-voix ; comme si on me manipulait. Il est certain que quelqu'un m'a bel et bien eu à l'œil le jour des déportations, même si je n'affirme pas qu'il s'agissait d'Axel. Peut-être était-ce Max Schaudeine, par exemple, qui, des cintres, tirait les ficelles ? Je repense au petit mot qui m'est parvenu ce fameux matin de la tempête de neige, environ un mois seulement après l'annonce de la mort d'Axel, gribouillé sur un bout de papier et glissé sous notre porte d'entrée. Ma mère me l'apporta. Nous nous postâmes dans la lumière de neige bleutée de la fenêtre de ma chambre, moi, avec ma vieille chemise de nuit en guenilles et elle, un châle autour des épaules. Ses longs cheveux étaient détachés et je me rappelle m'être fait distraitement la réflexion qu'elle était devenue très grise à mon insu. Elle attendit, à la manière silencieuse, inquiète, dont elle accomplissait tout désormais, pendant que je dépliais la feuille de papier quadrillé arrachée à un cahier bon marché pour prendre connaissance de ses instructions laconiques. Je ne reconnus pas l'écriture : avec ses grosses capitales régulières appuyées sur la page où les grains de graphite scintillaient dans les lignes, on aurait juré celle d'un écolier. Il fallait que je prenne le train de midi pour Bruxelles, ce jour-là, que je m'asseye dans tel compartiment, dans telle voiture et que je reprenne le même train au retour et le même numéro de siège qu'à l'aller. Le message n'était pas signé. Je ne voyais pas du tout qui pouvait me l'avoir envoyé, de même que je ne pouvais dire ce qu'il augurait, mais, les temps étant ce qu'ils étaient, je sus aussitôt que j'allais me plier à ces injonctions. Ma mère, dans l'attente de ma réaction, scrutait mon visage plus anxieusement que jamais ; elle avait lu ce mot avant de me l'apporter, je n'avais aucun doute là-dessus. Aucun problème, déclarai-je avec désinvolture, ça venait d'un ami, je l'attendais. Je me demande encore pourquoi je lui ai menti. Elle hocha la tête, tristement, sachant que c'était un mensonge, et se fondit d'un pas traînant dans la pénombre.

Je m'interromps ; j'hésite. Ma mère, j'y pense rarement, quand je ne dors pas, mon père pareil. Pour un homme de mon âge, le fait même d'avoir eu des parents paraît absurde ; je suis aujourd'hui tellement plus vieux qu'ils ne l'étaient lorsque je les ai perdus qu'on pourrait croire que ce ne sont pas mes parents que j'évoque mais plutôt mes enfants devenus des adultes tristes – des enfants, je m'empresse de le préciser, que je n'ai jamais eus, du moins à ma connaissance. Cependant, si, dans la journée, ma mère et mon père sont largement absents de mes pensées, ils font, malgré eux, de fréquentes apparitions dans mes rêves ou, tout au moins, à leur périphérie. Là, ils rôdent, serrés l'un contre l'autre, hésitants, incertains, apparemment effrayés, comme les cousins Vander, à l'idée d'être attrapés et expulsés au milieu d'une hilarité générale et malveillante qui les tournerait en ridicule. Ils sont vêtus de noir et mon père, le négociant en fripes, arbore, invraisemblable accessoire bohémien, une cravate noire qui flotte au vent. Je remarque qu'ils se tiennent par la main, que mon père a l'air penaud. Ils ressemblent à deux modestes invités qui se sont présentés sans déguisement à un bal costumé d'une gaieté bruyante et résolument orgiaque dans les vapeurs fumantes duquel mon moi ensommeillé se trouve pris au piège, Tibère comateux incapable de les accueillir, de les inviter à entrer, de leur offrir l'hospitalité, incapable même de leur assurer un départ discret et dans la dignité. Dans l'espace dégagé entre ses sourcils, ma mère affiche ce pli révélateur de ses malheurs les plus profonds, les plus inexprimables. Je l'intimide, elle ne veut pas me regarder et garde les yeux baissés, ce qui rend son comportement d'autant plus désespérément implorant. Mon père a son air de circonspection amusée. C'était un homme plein d'humour et même d'esprit, mais il hésitait tant à lâcher ses boutades, il affichait un tel manque de confiance en lui que son auditoire les appréciait rarement ou les appréciait trop tard, de sorte que, dans mes souvenirs, il se détourne toujours avec un demi-sourire déçu, mélancolique. Mes parents. Les ai-je un tant soit peu connus ? De leur vivant, je crois que c'est à peine si je leur prêtais attention, sauf quand ils faisaient écran à mes desseins et me bouchaient ainsi la vue que je pouvais avoir sur l'avenir radieux. J'ai longtemps nourri l'espoir qu'ils n'auront pas souffert à la fin, ni eux ni les autres, mais, depuis, j'en sais davantage sur l'espoir.

Conformément aux instructions, je grimpai dans le train pour Bruxelles. Il n'y avait qu'un seul autre occupant dans le compartiment, un jeune homme maigre au regard furtif, un employé de bureau apparemment, vêtu d'un costume rayé à veston croisé trop grand d'au moins une taille. Physiquement, il passait inaperçu à l'exception de son nez, énorme, pâle, à l'arête très marquée et grêlé sur toute sa surface telle une tête de hache sacrificielle en pierre. À partir de là, le reste de ses traits, désespérant de soutenir la comparaison, s'incurvait vers l'arrière. Il tenait sur ses genoux une petite valise en carton-pâte éraflé, du genre de celles dans lesquelles les prestidigitateurs serrent leurs affaires, qu'il entrouvrait de temps à autre pour jeter un coup d'œil à l'intérieur. Papiers ? Message urgent ? Lingots d'or ? Pistolet d'assassin ? Nous échangeâmes un minimum de politesses avant de nous asseoir et de regarder par la fenêtre le paysage enneigé qui, sans se presser, déployait à l'infini son vaste éventail autour de nous. Telles des amibes, nos regards flottaient l'un vers l'autre, se croisaient et se détournaient illico. Lorsque nous entrions dans la lumière opaque d'une gare et que son reflet fantomatique surgissait dans la vitre proche de lui, j'avais l'impression, à en juger par la direction dans laquelle ses yeux se portaient, qu'il me fixait avec une vive attention : on aurait juré qu'il craignait que je ne lui saute dessus s'il baissait la garde un instant. Je me demandais s'il avait un lien avec le mot d'avertissement, si ce n'était pas lui qui l'avait écrit. Fallait-il que je l'aborde d'une manière ou d'une autre, que je lui pose une question, que je le provoque ? Nous continuions à avancer à travers la campagne gelée, en dessous les roues martelaient leurs rythmes croisés d'une irrégularité folle, et nous, sur le siège pelucheux et poussiéreux, changions de fesse, nous éclaircissions la gorge et soupirions sans mot dire. Une fois, dans des grincements de freins, le train s'arrêta lentement au milieu de nulle part et passa un laps de temps horriblement long à haleter sur place. Nous scrutions lugubrement le paysage enneigé où il n'y avait pas âme qui vive. Deux soldats se présentèrent à la porte du compartiment, se penchèrent vers nous, puis s'éloignèrent. Le Tarin glissa le doigt à l'intérieur du col de sa chemise, poussa un petit ouf de soulagement, puis se tourna vers moi et risqua un sourire nauséeux. Je m'entêtai à ne rien dire : c'était peut-être un fervent collabo qui redoutait quand même les attentions des militaires. Dehors, quelqu'un brailla, et, après une série de bruits métalliques et de brimbalements violents, nous repartîmes.

À Bruxelles, au buffet de la gare saturée d'humidité, j'avalai trois verres de schnaps coup sur coup et mes mains cessèrent de trembler. Lorsque je regagnai le quai, le convoi de retour s'ébranlait déjà et je dus courir et sauter en marche, ce qui me valut de m'écorcher vilainement le tibia. Je remontai les couloirs bringuebalants en boitant jusqu'au bon compartiment et il était bien là avec son regard inquiet, sa valise sur les genoux et son grand tarin violacé par la peur et le froid. J'exhibai le petit mot et il en exhiba un autre en tout point semblable. Je me mis à rigoler. Il se mit à rigoler. On rigola de concert. C'était comme si on reprenait notre souffle. Il n'en savait pas plus que moi, me confia-t-il. Un inconnu devait avoir sillonné la ville de nuit pour délivrer ces avertissements d'une porte choisie à une autre. Nous nous demandâmes si, peut-être, il n'y avait pas à bord du train d'autres personnes dans notre situation, un groupe dispersé de fugitifs en déroute. Il devait se passer quelque chose chez nous, dit-il, et ils firent un effet tellement bizarre, ces mots, *chez nous*, puis il déglutit sans bruit et détourna les yeux. Peu après, il ouvrit sa valise de prestidigitateur. Dedans, il avait des sandwiches, une pomme, une petite bouteille d'aquavit qu'il partagea généreusement avec moi. Nous bûmes à tour de rôle à la bouteille ; nous nous serions ouvert les veines pour mélanger nos sangs que notre camaraderie n'aurait pu être scellée de manière plus solennelle ! À la fin de la journée, j'étais éméché et d'une euphorie insouciante. Sur le quai, ce fut un échange d'adresses, des braillements par-dessus le vacarme des trains et des annonces par haut-parleurs, de ferventes poignées de main, des promesses de se revoir, puis chacun tourna les talons et, se redressant avec soulagement, s'en alla à pas pressés, sachant que jamais nous ne nous reverrions, à moins peut-être que l'Ange du Seigneur ne vienne encore une fois cogner à notre porte.

Je rentrai à pied à travers la ville silencieuse ; sous mes bottes la neige crissait. L'effet de l'aquavit eut tôt fait de se dissiper. Le tibia m'élançait encore à l'endroit où je m'étais écorché dans l'après-midi en courant après le convoi. Quand j'arrivai à notre rue, elle était plongée dans l'obscurité la plus totale, pas une seule fenêtre éclairée et le silence partout, et, là, je compris. Autour d'un brasero allumé, trois sentinelles armées de fusils tapaient des pieds pour se protéger du froid. Je me gardai de les approcher et me faufilai à travers les ombres en notant au passage, accablante exhalaison tout droit sortie de l'enfance, la puanteur vive et brûlante du charbon de bois qui se consumait. Je me rappelle la scène en termes expressionnistes, les silhouettes bestiales des soldats sur les lieux, l'intensité terrible du brasier et la lumière éclatante de la lune tranchant nettement la rue en deux sections. Partout sur les trottoirs enneigés le gel scintillait ; en marchant dessus, je m'aperçus que ce n'était pas du gel mais des éclats de verre. Les devantures des magasins étaient en miettes, des planches fraîchement coupées condamnaient les portes des boutiques ; l'odeur de pin qui régnait là constituait une autre odeur incongrue, de forêt et de flanc de montagne, cette fois. L'immeuble où j'habitais, enfin, où j'avais habité jusqu'alors, était aussi sombre et vide que tous les autres. La porte d'entrée, démolie, ne tenait plus que par une charnière. Derrière, le vestibule formait un trou noir et rectangulaire qui ouvrait sur un autre univers.

J'allai au cinéma. Le film, pour autant que je me souvienne, s'appelait *Jew Süss*, à moins que ma mémoire, avec sa lamentable soif d'à-propos, ne m'ait fourni ce titre en lieu et place d'un truc moins pertinent. Assis de biais sur leurs sièges, rang après rang, les gens avaient l'air aussi amorphes que moi : le visage levé dans la pénombre papillotante, ils suivaient la projection sans bouger, comme figés de stupeur ou de peur et, pareil à une nuée de lucioles, le bout de leurs cigarettes brillait et s'éteignait tandis que des volutes de fumée s'élevaient en tourbillonnant avec lenteur sous le spasmodique cône de lumière mêlée d'ombres sales du projecteur. Le film terminé, je fus le dernier à sortir. Dans la rue, je m'arrêtai devant un éventaire encore ouvert et achetai un tortillon de papier rempli de marrons chauds que je répartis dans les poches de mon pantalon, d'abord pour me réchauffer, ensuite pour avoir à manger. Sans y avoir réfléchi, je regagnai la gare centrale où, tel un fugitif dans le sanctuaire d'une cathédrale, je passai la nuit sur un banc de cette nef sonore. Je ne cessais de glisser dans le sommeil pour en émerger presque aussitôt avec un sursaut de peur qui se transformait vite en une sorte de stupeur indolente, incrédule, face à tout ce qui se passait. Vers le milieu de la nuit, le froid se fit cruel et je me rendis aux toilettes pour rouler les feuilles d'un journal abandonné – la *Gazet*, pas inopportunément – autour de mes jambes, sous mon pantalon. Où avais-je appris ces us de vagabond ? Un peu avant l'aube, un autre paria chercha à me vider les poches. Cette initiative d'amateur me réveilla sur-le-champ et je lui lançai un formidable coup de pied qui manqua sa cible. C'était un vieux type barbu. Je me rappelle sa bouche, trou rose et rond enfoui dans une toison emmêlée. Levant ses mains à la paume brune, ouvrant et fermant silencieusement sa bouche toute ronde, il battit prudemment en retraite avec des mines réprobatrices, à croire que c'était moi l'agresseur. Je ne me rendormis pas mais attendis le matin pour me lever avec raideur et me rendre dans un café rempli d'ouvriers où je dépensai mes derniers sous pour une assiette de pain et de saucisse; aujourd'hui encore, je me rappelle la saveur de ce repas. Je recommençai à sillonner les rues. Il faisait un temps éclatant, rigoureux et lumineux et tout vibrait et tintait comme si la ville eût été enfermée sous une cloche de verre. Le gel émaillait l'atmosphère d'un brouillard cristallin. Dans mes bottes roidies, j'avais les orteils gourds. De plus, mon tibia écorché m'élançait encore, à ma grande colère. Cette colère, qui ne s'expliquait guère, allait se manifester souvent au cours des mois qui suivirent ; pour le fuyard, ce sont les petits maux persistants qui font le plus souffrir. À la fin, je rentrai chez moi. Je n'avais nulle part ailleurs où aller.

Je comptais qu'il y aurait encore des soldats dans la rue. En plein jour, il m'aurait été impossible de me cacher. Je n'avais pas idée de ce que serait ma réaction s'ils me sommaient d'approcher. Je me dis qu'il faudrait peut-être que je me précipite sur eux en agitant les poings et en hurlant, comme ça ils me tireraient dessus et c'en serait fini. Qui sait, peut-être réussirais-je à coller un œil au beurre noir à l'un d'entre eux ou à lui fracasser la mâchoire avant de tomber ? Mais la rue était déserte. Le brasero ne brûlait plus, même s'il renfermait des cendres encore étonnamment chaudes et je passai un moment à me frotter les mains au-dessus. Rien ne bougeait, sinon, tendu par un courant d'air, un rideau derrière une vitre brisée dans les étages. La lumière hivernale accusait tous les contours et je repensai avec une acuité soudaine à des matins semblables quand, enfant, je partais à l'école. Je me faufilai dans notre immeuble par la porte basse à côté de la boutique du boucher, barrée comme toutes les autres, et déboulai dans la cour aux relents de mortier humide et d'égout. Dans le vestibule, il y avait la bicyclette que je n'avais plus le droit d'utiliser et le landau noir sans roues abandonné là des années auparavant. Je scrutai le haut de la cage d'escalier. Un grand silence régnait là aussi, et un froid inhumain, et toutes les portes étaient solidement bouclées, à croire qu'elles ne s'ouvriraient plus jamais. À la moitié de la première volée de marches, je trouvai un soulier d'enfant, banalité totale, de côté, la bride arrachée, un bouton en moins. Sur notre palier, le mur était marqué à l'endroit où il avait été râpé et éraflé par le passage, au fil des années, d'épaules, de coudes, de chaussures; je n'avais encore jamais prêté attention à toutes ces traces, mais elles me paraissaient à présent aussi mystérieuses et suggestives que des hiéroglyphes immémoriaux. Je sortis ma clé puis, dans un accès de prudence, me ravisai, la remis dans ma poche et frappai à la porte, doucement, modestement, en mendiant ou en fils prodigue. J'attendis. Qu'est-ce que j'espérais ? Quelques instants plus tard, des pas approchèrent discrètement de la porte puis s'arrêtèrent. Oui, toi, mon lecteur le plus assidu, tu reconnaîtras le moment et son image, car je l'ai employé dans de multiples contextes, en tant que symbole facétieux de la condition humaine : deux personnes postées de part et d'autre d'une porte fermée, l'une à l'extérieur, l'autre à l'intérieur, l'oreille tendue, chacune essayant de deviner l'identité et les intentions de l'autre. Je frappai de nouveau, plus timidement encore, simple effleurement des phalanges sur le bois, et, comme si ce second coup constituait le signal, la preuve que l'individu dedans avait attendus, le verrou joua aussitôt avec un déclic, la porte s'entrebâilla très légèrement et un œil circonspect frangé de cils pâles se posa sur moi. Je marmonnai quelque chose, je ne savais trop quoi, mais quoi que ce fût, mes paroles provoquèrent un ricanement à l'intérieur et la porte s'ouvrit toute grande.

Il était mince, remarquablement mince, et avait un visage blafard, étroit et allongé et des cheveux roux crépus. Il portait une longue capote, pas boutonnée, et un long cache-col gris dégoulinant qui ajoutait une touche d'un lugubre cocasse à son apparence. Il avait à peu près mon âge, bien qu'il eût l'air – allez savoir pourquoi –

beaucoup plus vieux. Un journal sous le bras, roulé en un bâton serré, il me considéra presque gaiement des pieds à la tête, puis d'un geste ample et amical m'invita à entrer. J'obtempérai, mais m'immobilisai dès que j'eus franchi le seuil. Debout à mes côtés, il suivit mon regard avec intérêt pendant que je regardais autour de moi. J'avais anticipé du désordre, des tiroirs forcés, des affaires semées par terre, or tout était comme d'habitude, peut-être un petit peu plus miteux et un rien honteux sous le regard sceptique et pétillant de cet inconnu. Pourtant, à mesure que les minutes s'égrenaient, l'endroit perdit de sa réalité pour se transformer en une reproduction, si je puis dire, habile, aux détails fidèles et néanmoins dénués de toute authenticité. Tout paraissait plat et creux, comme un décor de théâtre. Je notai la lumière crue du soleil à la fenêtre qui semblait provenir d'une puissante lampe électrique installée derrière la croisée. Même l'odeur qui flottait dans l'air n'était pas tout à fait la bonne.

« Je m'appelle Schaudeine, déclara l'intrus. Vous pouvez m'ap peler Max, si vous voulez. J'étais en train de jeter un coup d'œil sur les lieux. »

Il haussa les épaules et sourit d'un air résigné, histoire de montrer qu'il ne se souciait guère de ses responsabilités – quelles qu'elles fussent. J'ai utilisé le terme d'intrus, or il semblait tout à fait à l'aise, il semblait chez lui, presque, plus que moi en tout cas. Il soupira. Il y avait tellement à faire dans ces affaires – il hochait la tête –, tellement de trucs à vérifier, à noter, à justifier – franchement, on n'imaginait pas.

« Quand cela concerne toute une famille, je veux dire », précisa-t-il en me jetant un coup d'œil à la dérobée.

S'agit-il d'un effet de mon imagination ou vis-je réellement sa paupière tressaillir ? Où était-elle, m'entendis-je demander, cette famille, où était-elle partie ? Je faillis ajouter : Où les a-t-on tous emmenés ? mais m'arrêtai à temps. Il feignit de réfléchir un moment en se mordillant la lèvre inférieure.

« À l'est ? » finit-il par suggérer, les sourcils arqués, comme si j'étais peut-être mieux placé que lui pour répondre.

Il commença alors à se promener dans le logement, à examiner divers trucs sans rien toucher. Je lui emboîtai le pas. Sur le seuil de la chambre de mes parents, il s'arrêta, les mains dans les poches de sa capote, et se balança sur ses talons.

« Ah, fit-il, la chambre des parents. »

Ensemble, nous contemplâmes le lit bas, dépouillé de ses draps et de ses couvertures, et ses deux creux fantomatiques côte à côte sur le matelas, la couette défraîchie pliée au pied, la chaise au fond paillé, la table de nuit avec sa cuvette et son broc à eau. L'armoire était ouverte, dedans il n'y avait même pas un cintre. La pièce n'avait jamais été aussi nette, aussi rangée, aussi vide. Schaudeine se tourna vers moi.

« Je ne suis pas sûr d'avoir saisi votre nom ? » me lança-t-il.

Qu'il était poli, on aurait pu voir en nous deux locataires potentiels auxquels on aurait par mégarde attribué la même heure de visite et qu'il eût pris l'initiative afin d'atténuer toute gêne.

« Mon nom ? m'exclamai-je. Je m'appelle Axel Vander. »

Je n'avais pas réfléchi à ce que j'allais dire, mais n'éprouvai pourtant aucune surprise en m'entendant répondre. Au contraire, il me parut totalement naturel, comme si j'avais enfilé une nouvelle tenue coupée expressément pour moi ou, plutôt, pour mon vrai jumeau, désormais décédé. C'était par ailleurs excitant, d'une manière que je ne pouvais pas expliquer précisément. Aussitôt après, je me sentis chanceler, haleter, à croire que j'avais accompli une prouesse d'une audace insensée, franchi un gouffre dans mes nouveaux habits éblouissants ou escaladé une hauteur vertigineuse d'où il m'était donné de contempler un autre pays sur lequel j'avais entendu des histoires fabuleuses mais que je n'avais jamais visité. Je ne perçus pas non plus la disproportion qu'il y avait entre ces sensations et leur cause – j'avais simplement donné une fausse identité, somme toute, tel un petit malfrat face à un policier curieux. Est-ce ce qu'éprouve le comédien en entrant en scène tous les soirs, cette légèreté, cette liberté soudaine, ce que Goethe quelque part appelle *den Fall nach oben*, qui s'accompagne d'un tremblement d'hilarité secrète difficile à maîtriser ?

« Vander, eh ? s'écria Schaudeine en m'étudiant des pieds à la tête avec un intérêt redoublé. C'est un nom qui me dit quelque chose. »

Il se frotta vigoureusement les mains – des mains fines et blanches – avec un bruit de papier émeri.

« Eh bien, il va falloir réfléchir à ce que nous allons faire de vous, puisque apparemment vous êtes... »

Il me décocha un sourire espiègle, fugitif.

« Puisque apparemment vous êtes resté en plan. »

Je ne devais jamais découvrir qui il était, ni pourquoi il se trouvait là, ni de qui il détenait son pouvoir. De même que j'ignore pourquoi il décida de me venir en aide. Il ne voulait pas d'argent, ce qui était aussi bien, puisque je n'en avais pas. Cela paraîtra absurde, peut-être, mais j'ai le sentiment qu'il m'a sauvé – et il m'a sauvé, j'en suis sûr et certain – pour la seule et unique raison qu'il trouvait amusant que j'aie échappé à la rafle et à la déportation uniquement parce que je n'étais pas chez moi.

« Quelle histoire, eh ! » répétait-il à l'envi avec son sourire tombant de comédien, en hochant la tête comme si j'avais effectué un numéro d'acrobatie audacieux.

Naturellement, je n'évoquai pas le mot d'avertissement. Aujourd'hui encore, je me demande si c'est lui qui l'a écrit, bien que je ne puisse avancer aucune explication sensée quant aux raisons qui auraient pu le motiver. Quel bénéfice aurait-il pu retirer d'un acte de magnanimité aussi désintéressé ? Parce que, ça aussi, ça l'amusait ? Qu'il fût un gredin, je n'en doute pas. Difficile de penser qu'il est encore en vie. Comment a-t-il échappé à la corde ? On en a lynché de moins méchants que lui. Hendricks, par exemple, quelques années plus tard, dans la bonne humeur qui suivit la Libération, se retrouva pendu par sa propre ceinture à un lampadaire, pour pas beaucoup plus que ces fameux éditoriaux dont brusquement tout le monde, dans un tardif élan de lucidité, mesurait la forfaiture. Mais Schaudeine, Schaudeine n'était pas du genre à se laisser lyncher.

Il m'emmena au café que nous fréquentions autrefois à l'angle de la place, Axel et moi, et m'offrit un second petit déjeuner, avec café et petits pains, en décrétant que j'aurais besoin de manger pour le voyage qui m'attendait ; je ne posai pas de questions sur ledit voyage. Il ne commanda rien pour lui, mais me regarda dévorer avec une approbation et un plaisir avunculaires, son journal toujours roulé sous le bras. Je me faisais l'effet d'être un écolier arraché aux griffes d'une bande de voyous à la sortie des classes ; j'étais là, sans contusions ni nez ensanglanté, à me régaler d'une superbe collation généreusement offerte par mon nouvel ami souriant et sinistre, mais si peu. Il parla beaucoup, fit allusion à de puissantes relations en haut lieu ; il avait accès, m'assura-t-il d'un ton insouciant, à tout un réseau d'auxiliaires qui se déployait sur tout le continent : des amis, des associés en affaires, des sympathisants – quelle était la cause avec laquelle ils, et lui aussi sans doute, sympathisaient, il ne le spécifia pas – qui m'aideraient à tracer ma route vers une vie nouvelle, au-delà des mers, si nécessaire. Il sourit de nouveau ; cette fois-ci, il cligna incontestablement de l'œil ; il se peut même qu'il ait tapoté d'un doigt l'aile de son nez. Pour ma part, je hochai la tête, attrapai un nouveau petit pain. Je n'étais pas totalement attentif. Mon attention se concentrait sur quelque chose à l'œuvre en moi, un changement, une transformation ; on aurait juré que toutes les particules me constituant se réalignaient selon un axe totalement neuf. Ce n'est pas tous les jours qu'on perd d'un coup la totalité de sa famille. Je ne dirai pas que je n'étais ni attristé ni inquiet pour eux. J'ignorais alors que je ne les reverrais jamais, que le tourbillon dans lequel ils avaient disparu ne me rendrait rien d'eux, sinon de la poussière. À ce que j'avais compris, on les avait expédiés sans doute vers un endroit lointain et peu agréable, le Helgoland d'Axel ou l'Amazonie de Hendricks, et j'imaginais qu'on n'allait pas tarder à m'arrêter moi aussi et à m'envoyer les rejoindre. Je me demandais même si la nouvelle vie dont Schaudeine me parlait avec tant de chaleur n'était pas un euphémisme désignant mon arrestation et mon transfert imminents. Bien sûr, me disais-je, sa mission consiste peut-être précisément à sillonner la cité afin d'apaiser les peurs des gens et les préparer, peu importait de quelle manière trompeuse, pour qu'ils ne fassent aucune difficulté lorsque les soldats se présenteraient au volant de leurs camions. Cependant, même si ce devait être le cas, je m'en moquais. Pour le moment, j'étais trop obnubilé pour m'en soucier. Car je contemplais la perspective de la liberté, laquelle excluait tout le reste. Toutes mes particules grouillantes et crépitantes étaient tournées vers cette possibilité électrique. J'étais enfin, j'en prenais conscience, un agent totalement libre. Tout m'avait été enlevé, tout devait donc m'être permis. Je pouvais faire ce que je voulais, suivre mes caprices les plus fous. Je pouvais mentir, tricher, voler, estropier, tuer et tout justifier. Pire : la nécessité de me justifier ne se présenterait même pas, puisque les terres où je m'aventurais à présent représentaient des terres de non-droit. Les historiens ne se lassent jamais de signaler que l'un des moyens d'asseoir la tyrannie consiste à offrir à ses auxiliaires la liberté d'accomplir leurs désirs les plus intimes et les plus vils ; peu d'entre eux se préoccupent de comprendre, cependant, que les victimes aussi peuvent devenir des êtres libres. À la dérive et sans abri, sans famille ni ami, à moins qu'il n'eût fallu compter Schaudeine pour ami, j'avais enfin le loisir de devenir ce truc tout particulièrement insaisissable, à savoir – à savoir ! – moi-même. Il m'arrive de penser que c'est peut-être la seule vraie raison pour laquelle j'ai endossé l'identité d'Axel. Si cela te paraît relever du paradoxe, tu ne connais rien de la problématique de l'authenticité.

Comme je l'ai déjà répété – avec trop d'insistance peut-être ? –, je ne suis pas du tout porté sur le mystique, mais je dois noter un phénomène curieux, pour ne pas dire déconcertant, qui se produisit alors. Dans les jours précédant ma rencontre avec Max Schaudeine, je vécus une série de coïncidences vraiment extraordinaires. Pour être banales, comme souvent, elles n'en étaient pas moins remarquables. J'entamais une lecture sur un personnage de roman, par exemple, reposais le livre, sortais me promener et rencontrais dans la rue quelqu'un répondant au même nom, lequel n'avait rien d'ordinaire. Un matin que je venais de commencer la rédaction d'un essai sur Napoléon à Iéna me parvint de cette même ville une lettre d'une personne de ma connaissance qui travaillait sur Hegel, bien entendu, à l'université là-bas. Je connaissais deux jeunes filles, toutes deux prénommées Sarah; je convins d'un rendez-vous un soir avec l'une d'elles à tel endroit et à telle heure; elle me posa un lapin, mais précisément à l'heure convenue je repérai l'autre Sarah à l'autre bout de la rue. Comment expliquer ces conjonctions étranges ? Probablement n'y avait-il rien, hormis le fait que j'étais tellement sur le qui-vive que je me focalisais sur des choses auxquelles, sinon, je n'aurais pas prêté attention, que je n'aurais même pas remarquées. Mais pourquoi ces jours-là justement? N'étais-je pas constamment sur mes gardes désormais face aux stratagèmes sournois et menaçants du monde? S'agissait-il d'un pressentiment animal du danger imminent ? Était-ce un avertissement que le destin avait gentiment trouvé moyen de m'adresser à travers ces événements mineurs et invraisemblables ? Je ne veux pas le croire, car en ce cas ma conception de la nature aléatoire de la réalité serait remise en question et je n'ai guère envie d'admettre une telle possibilité.

Je mis donc immédiatement le pied dans la toile poisseuse du réseau que Schaudeine avait établi d'un bout à l'autre du continent et me lançai dans ce périple qui allait m'entraîner de grands bonds désordonnés en rebondissements élastiques vers un lieu de refuge ailleurs. Peut-être, si je suis encore en vie une fois achevée cette confession et s'il me reste suffisamment d'énergie, écrirai-je un récit détaillé de cette période : *Katabasis ou Mon envol vers la liberté*. Pour l'instant, une simple ébauche devrait suffire. Redresse-toi et écoute-moi avec attention, s'il te plaît.

Le chemin de mon évasion – ce terme me déplaît, il fait tellement barbouze, mais, sinon, comment qualifier cet épisode ? – me conduisit initialement, selon une franche diagonale, à l'autre bout de la France, dans le coin sud-est de la baie de Biscaye. Le voyage ne présenta pas de grandes difficultés ; des gens de Schaudeine intervenaient à chaque nœud du réseau à travers lequel je progressais, me fournissaient de quoi manger, un abri, de faux papiers, des conseils de prudence. Quant à moi, je piquais des trucs, même à ceux qui m'aidaient. Je devins un voleur émérite ; il y a un art du vol, comme en tout, si on a une approche suffisamment pure, suffisamment désintéressée. Ça, c'est un truc que j'ai appris, en particulier, il faut être désintéressé ou du moins faire sérieusement semblant de l'être, si on doit réussir dans le délicat business de la survie. Cela étant, plus je m'enfonçais vers le sud, plus j'avais la mort dans l'âme. Je n'étais pas désespéré, je n'avais même pas peur, sincèrement, je n'avais plus peur, seulement, je ne voyais pas de fin à cette fuite dans laquelle je m'étais embarqué, j'avais parfois l'impression que ma vie se résumerait toujours à ça, à cet interminable périple et que j'allais finir par faire marche arrière sur cette même route pour revenir à mon point de départ et revoir encore et encore la même araignée et le même clair de lune entre les arbres. Je touchai le fond par un crépuscule de décembre où, assis dans un bar obscur, j'écoutais des draps claquer lugubrement le long du front de mer désert quand je me rendis compte avec un sursaut de tristesse que c'était le soir de Noël. Les choses s'améliorèrent le lendemain, cependant – même le ciel menaçant se leva légèrement –, lorsque je rencontrai mon contact sur place, une jeune fille aux cheveux ras coiffée d'un béret et vêtue d'un manteau noir trop grand que je pris pour un garçon tant qu'elle n'eut pas ouvert la bouche. Son père et elle devaient me faire passer la frontière cette nuit-là, puis me conduire jusqu'à San Sebastian avec le camion du père. En attendant, elle m'examina de la tête aux pieds avec une vive lueur d'intérêt dans ses yeux sombres – rappelle-toi, j'étais jeune en ce temps-là, et costaud, et vigoureux, j'avais encore mes deux jambes et mes deux yeux –, puis m'entraîna dans sa chambre minuscule au-dessus de la mer où nous ôtâmes nos habits dans la lumière marine aux reflets de poisson et où elle me grimpa dessus pour, leste et agitée comme un vairon, se fourrer dans maintes fentes et crevasses comme à la recherche d'une miette insaisissable et précieuse. Quand nous eûmes terminé, que je me fus finalement et totalement vidé, elle s'installa d'un bond sur mon torse à la manière d'un gymnaste sur un cheval-d'arçons et j'aperçus, l'espace d'une seconde, un filament de sperme argent tendu entre ses lèvres ouvertes. Puis elle me sourit et s'écria de sa petite voix chaude et haut perchée : *Joyeux Noël, mon petit!*

Elle s'appelait – prénom pittoresque – Josette. J'ai honte d'avouer que je lui volai sa montre, un gros machin bon marché mais remarquablement solide, je l'ai encore et elle marche encore, à sa façon. Elle lui avait été offerte par un de mes prédécesseurs sur cette route, lequel avait sans doute fait le détour par cette chambre au-dessus du front de mer. Josette. Par ses manières comme par sa taille, elle personnifia une étrange préfiguration de ma lady Laura que je rencontrai, quelques semaines plus tard, sous une humide et printanière lumière d'Angleterre, tout en neige fondue et en épis de lumière mouillée, dans un train reliant le port de Southampton à la ville de Londres. J'avais débarqué le matin même d'un bateau en provenance de Lisbonne, cité dont je ne garde pour tout souvenir que l'odeur de goudron, le goût répugnant de l'huile d'olive crue et les rideaux de pluie à l'éclat d'aluminium qui ondulaient d'un bout à l'autre des quais comme j'appareillais à l'aube. Assis derrière une table, à Southampton, un officier d'un grade indéterminé avait examiné longuement et d'un œil noir le passeport qu'un faussaire octogénaire de Liège m'avait fabriqué avec amour, puis l'avait refermé sèchement avec une sorte de rire pas amusé avant de me rendre ma carte maîtresse. J'étais censé être un pilote des Forces françaises libres, je possédais un document qui le prouvait. Il n'y avait pas de chauffage à bord du train. Le compartiment fourmillait d'officiers de l'armée et empestait la fumée de cigarette et la laine mouillée. Recroquevillée dans un coin diagonalement opposé à mon siège, lady Laura portait un énorme manteau, tout à fait identique à celui de Josette mais beaucoup plus coûteux, ainsi qu'un chapeau noir à bord tombant orné d'une chatoyante plume de paon tombante. À l'exception d'une paire d'yeux noirs brillants qui, je le sentais, se posaient de temps à autre sur moi, lourds de questions, il était malaisé de distinguer ses traits derrière tout ce feutre emplumé. Je remarquai ses petits pieds blancs gainés de soie dans leurs souliers luxueux ornés d'une bride fermement boutonnée sur le cou-de-pied. Ses mains minuscules, d'une pâleur d'os poli, émergeaient des larges manches de son manteau telles les griffes de la fourrure d'un animal mort. Les soldats, mentalement laminés par la tension des combats, discutaient bruyamment entre eux sans s'occuper d'elle. Des perles de neige fondue, aux allures de crachats, biffaient les vitres couvertes de buées de longues lignes obliques. Le contrôleur se présenta et poussa un soupir de contrariété lorsqu'il se fut penché sur mon billet, puis m'annonça, sur un ton de regret embarrassé pour lequel je lui garde aujourd'hui encore une bouffée de tendresse chaleureuse, que j'étais dans un wagon de première et que j'allais devoir le quitter. Je n'eus pas le temps de rassembler mes affaires que le manteau dans le coin remua et qu'une main plongea dans un porte-monnaie en mailles d'argent d'où elle tira un gros billet de banque blanc qu'elle agita d'un geste languide. Le contrôleur empocha l'argent, poinçonna mon ticket, salua d'un coup de chapeau et se retira en m'adressant un clin d'œil. De sous l'aile du chapeau emplumé, les fameux grands yeux noirs, veloutés comme des pensées, me fixèrent un bref instant, vides d'expression, puis se détournèrent.

Elle était allée accompagner un de ses amants qui partait à la guerre. La nuit d'avant, il avait pris pour eux une chambre dans un hôtel de Southampton sous le nom du commandant Smith et madame.

« Je me suis vraiment fait l'effet d'être une poule », me révéla-t-elle avant d'éclater de rire.

L'homme, craignant de mourir au combat, avait pleuré dans la nuit, s'était cramponné à elle.

« Honnêtement, ajouta-t-elle, effarée, un vrai bébé. »

Elle regrettait maintenant de ne pas lui avoir dit adieu à Londres, cela lui aurait évité de le voir craquer ainsi. Elle me confia tout cela avant que nous ne descendions du train. Tout en me jaugeant, en me testant du regard, elle me demanda si je la trouvais épouvantable. Debout sous le crachin, devant la gare, nous attendions un taxi. Le haut de son chapeau, entièrement constellé de gouttes de pluie scintillantes comme des gemmes, m'arrivait à mi-torse.

« Je ne pensais pas que les Français étaient fabriqués comme vous », déclara-t-elle.

Je lui dis que je n'étais pas français, mais elle ne voulut pas m'écouter; je devais apprendre à bien connaître sa capacité à ne pas entendre les choses qui l'embêtaient.

Pour ma part, je commençais déjà à souffrir de mon premier mal de tête londonien. Un taxi arriva. Elle proposa de me déposer, mais je lui répondis que je n'avais nulle part où aller, ce qui était la vérité. À ces mots, elle fit la moue et fronça les sourcils, les yeux perdus dans le vide, pensive. Nous allâmes prendre un petit déjeuner tardif dans un hôtel de Knightsbridge, qu'elle régla. De la fenêtre de la salle à manger, nous pouvions voir les voitures rouler au pas sous la pluie. Sous son manteau, elle portait une soie gris tourterelle. Elle but une tasse de thé au citron mais s'abstint de manger.

« Ici, ils me font des œufs à la coque, s'écria-t-elle. Vous en voulez ? »

Et, pour la première fois, elle sourit. Quand j'eus fini de manger – oh, là, là, qu'est-ce que je pouvais engloutir à l'époque ! –, elle déclara qu'elle allait rentrer dormir, mais qu'il fallait que je passe la voir dans l'après-midi. Elle sortit un autre gros billet de banque sur lequel elle nota son adresse à l'aide d'un petit crayon argent accroché au bout d'une mince cordelette noire.

« Voici une épreuve chevaleresque, m'expliqua-t-elle. Si vous le dépensez, vous ne saurez pas où j'habite. »

Je sillonnai la ville pendant des heures, sans rien ressentir vraiment. Il y a des moments comme ça, tous les réfugiés les vivent, où l'on se sent en suspens, privé de volonté, ni dans le désespoir ni dans l'espoir non plus mais dans l'attente, simplement, de ce qui va suivre. Le jour tombait déjà quand je pressai la sonnette de sa maison de Belgravia, une petite construction haute et étroite. Elle se présenta à la porte, vêtue d'un peignoir en crêpe de Chine cramoisi et tenant à la main un fume-cigarette en ébène, parfaite parodie de la vamp de théâtre. Ses cheveux très noirs étaient savamment retenus par des tas d'épingles ornées de perles ; elle arborait un maquillage blanc argile qui lui faisait comme un masque et un rouge à lèvres cramoisi lui aussi qui donnait à ses traits délicats une touche orientale excitante. Elle s'était livrée à ces préparatifs pour accueillir quelqu'un, pas moi en tout cas, et, après qu'elle eut ouvert la porte, elle me dévisagea un moment avec une consternation ébahie avant de se rappeler qui j'étais. Dans le couloir, elle me précéda.

« Fichu Southampton, dit-elle par-dessus son épaule, j'ai pris froid. »

J'apercevais, sous le maquillage, une roseur délicate tout autour de ses narines ainsi que dans le petit sillon au-dessus de sa lèvre supérieure.

Son salon était meublé dans le style moderne, froid et tout en angles, de l'époque : tables basses en verre et acier, chaises aux allures de phasmes, chandelier hérissé de piques de cristal menaçantes ; quant aux murs, ils étaient tendus d'un tissu noir qui renvoyait des reflets dérangeants pour ma vision périphérique. Il régnait une chaleur de serre, mais elle ne cessait de se plaindre de la température glaciale. Sans me demander mon avis, elle me servit un gin puis s'installa, les bras croisés sur la poitrine et frissonnant délicatement, dans l'angle d'un canapé blanc cuboïde apparemment inconfortable.

« Je me sens très mal pour Eddie, maintenant, me confia-t-elle, le pauvre chou. »

Eddie était le pseudo commandant Smith, celui aux larmes de pleutre.

« Je n'aurais jamais dû vous raconter tous ces trucs sur lui. Vous devez me trouver horriblement dure. »

Elle me regarda par-dessous ses longs cils collés de mascara, puis baissa les paupières et se mordit légèrement la lèvre en une parodie de contrition et de remords quasi souriante. La sonnette retentit, ajoutant une note théâtrale supplémentaire à la scène. Elle ne fit pas un geste pour y répondre, se comporta même comme si elle n'avait rien entendu. Il s'agissait certainement de l'homme qu'elle avait attendu à ma place. La sonnette retentit de nouveau. Nous restâmes assis sans rien dire. Elle me dévisagea calmement. Mon estomac, encore aux prises avec les restes de ce petit déjeuner exceptionnellement riche, gronda et gargouilla. Le type à la porte appuya sur la sonnette une dernière fois, brièvement, sans trop de conviction, puis repartit. Lady Laura suivait du bout du doigt une couture de la housse du canapé. Une mèche de cheveux avait échappé aux épingles retenant sa coiffure et pendait à côté de son oreille, pareille à un coquillage noir brillant. D'une voix ténue, elle déclara que nous devrions peut-être aller au lit – « même si je viens juste de me lever ».

Elle était vraiment minuscule ; si je m'en étais rendu compte, j'aurais peut-être éprouvé une pointe d'inquiétude devant l'aisance avec laquelle j'avais attiré, coup sur coup, deux petits garçons manqués. Lorsqu'elle eut ôté son peignoir, sous lequel elle se révéla commodément nue, et qu'elle se fut allongée devant moi sur le lit, j'eus peur de casser quelque chose en posant les mains sur elle. En ce qui concerne les femmes, j'ai toujours été, tu peux en témoigner, l'éléphant dans le magasin de porcelaine. J'en ai tellement fait voler en morceaux, telles des figurines de Meissen. Même cette grande urne vernissée que formait Magda à la fin se retrouva écrabouillée sous mes sabots rageurs. Mais la perspective de dégâts exquis excitait lady Laura, qui releva ses genoux d'une touchante fragilité, ouvrit les bras et, les yeux fendus, me sourit.

« Viens, fit-elle avec un gloussement rauque de chatte. Brise-moi en deux et fais un vœu. »

L'un dans l'autre, plus ou moins, elle me garda environ deux ans. L'arrangement entre nous, elle le définit clairement dès le départ : elle décidait de tout. Pas question, par exemple, que je dispose d'un droit exclusif sur sa couche ; en fait, je devais n'avoir aucun droit, digne de ce nom, sur ce qui lui appartenait, quoi que ce fût. Elle comptait déjà de nombreux admirateurs et continua à les accumuler sans faillir. Elle évoluait dans un cercle étroit de bambochards où les moutons noirs de l'aristocratie frayaient avec la communauté artistique. Elle disposait d'une très grosse fortune qui lui venait de son défunt père, un duc, mais bien que très dépensière n'était pas généreuse. Elle m'acheta de beaux vêtements, des chaussures faites main, diverses breloques mettables, mais c'étaient plus des parures pour elle que pour moi, par procuration. Elle s'entêtait à vouloir que je sois français – « Sincèrement, chéri, personne ne vient de ton pays » – et me présentait partout comme *mon Français*. Je l'aimais beaucoup, vraiment, beaucoup ; peut-être plus qu'elle ne m'aimait. Il y avait quelque chose de malsain chez elle, quelque chose d'âcre, de terni, d'usé que je trouvais profondément attirant ; je me rappelle l'odeur de tabac froid de ses cheveux, la texture râpeuse de ses jambes rasées, ses yeux creusés, meurtris, ses cernes prune. Pourtant, de toutes les femmes que j'ai connues, aucune, pas même toi, Cass chérie, ne s'est montrée aussi tendre, aussi délicate, aussi voluptueusement désarmée qu'elle. Elle aimait, affirmait-elle, ma taille, ma corpulence invraisemblable, incroyable, moi, sa brute blonde de contrebande aux grosses mâchoires carrées, aux pognes de tueur et à l'accent ridicule, impossible à situer.

Nous ne savions rien l'un de l'autre, je veux dire rien d'important. Elle me conduisit un bref moment, sa main fraîche et menue posée légère sur la mienne, à travers les pages d'un de ces romans chic et d'une cruauté amusante, à la mode en ce temps-là, dont je dévorai des étagères entières dans le but de perfectionner mon anglais et dont l'écho, je pense, se décèle encore dans le style plus froid, plus guindé et lamentablement hétérogène de ma prose. Tout ce que je voyais de Laura, c'était la façade radieuse, fragile qu'elle choisissait de présenter aux gens en général, ces gens banals, quelconques, parmi lesquels, elle veillait à ce que je ne me fasse aucune illusion là-dessus, je n'étais, pour ce qui la concernait, qu'un monsieur Tout-le-monde de plus. Qui sait ce qu'elle voyait en moi, au-delà du simple physique ? Elle m'emmenait partout, à des fêtes, dans des clubs, des studios d'artistes, assister à des bals dans de gigantesques demeures et même une fois à la cour. Elle connaissait toutes sortes de personnages véreux. Nous assistions à des courses de chiens, nous fréquentions des tripots, un endroit dans l'East End où se déroulaient des combats de coqs et où, à la fin d'une rencontre particulièrement sanglante, elle se tourna vers moi avec un sourire étincelant, terrible, et j'aperçus sur sa joue en pointillé un ruban de sang de coquelet en forme de croissant, songeant sans aucun lien logique aux égratignures de ronces que je récoltais enfant en ramassant des mûres dans la ferme de mon grand-père. Elle mangeait trop, fumait trop, dormait trop longtemps et avec trop d'amants. Mais, surtout, elle buvait.

Ce fut au cours d'une visite chez sa mère, à la campagne, que je découvris son penchant secret pour la boisson, je veux dire l'alcoolisme grave qui l'occupait à plein temps. Nous y descendîmes, comme on disait alors, pour le week-end. C'était la première fois que je devais être présenté à la duchesse douairière, ce qui inquiétait sa fille, je m'en aperçus aux intonations métalliques de sa voix et aux sourires par trop éclatants qu'elle ne cessa de me décocher alors qu'elle menait sa superbe petite voiture à une allure infernale sur les routes verdoyantes du Berkshire. Ému par cette vulnérabilité jusque-là insoupçonnée, je me sentis protecteur envers elle et décidai de la défendre contre la Douairière qui, dans mon imaginaire indigné, prenait de minute en minute les dimensions et la férocité d'un dragon de conte de fées. Elle vivait dans un style grandiose bien qu'un peu défraîchi dans un manoir en pierre érigé sur une colline dominant un minuscule hameau aux toits serrés vers lequel les nombreuses fenêtres du fameux manoir refusaient de poser leurs regards hautains. Tout comme sa demeure, la dame en question était massive, impressionnante et d'une laideur fascinante. La première image que j'eus d'elle ne contredit en rien la férocité et l'ardeur auxquelles je m'étais préparé car, chaussée de bottes en caoutchouc et armée d'un outil en forme de pioche, elle tisonnait une flambée en plein air avec une vigueur revêche. En accueillant sa fille, elle consentit à recevoir un baiser sec sur la joue. Elle me déchiffra du premier coup d'œil et sa mâchoire se figea en une expression de mécontentement. À mes côtés, Laura, notablement découragée, avait tempéré toute son animation. Je compris alors qu'elle m'avait amené là pour provoquer sa mère – laquelle dut immédiatement deviner mon statut d'amant à demi rétribué – mais, bien entendu, la vieille, qui avait le cuir épais, ne se montra ni surprise ni choquée. Nous nous dévisageâmes un long moment, elle et moi, et, malgré mes quelque vingt centimètres de plus qu'elle, je crus qu'elle allait me coller le talon de sa botte en caoutchouc sur le front et me ficher en terre, sans effort, comme un gigantesque piquet de tente. Une bouffée de fumée de bois m'arriva en pleine figure et m'amena les larmes aux yeux. Je fis un commentaire sur le voyage, louai le temps, vantai la maison.

« Vous êtes allemand ? » s'exclama d'une voix forte la Douairière avec une incrédulité sourcilleuse.

Laura marmonna une réponse inintelligible et, tête basse et les mains enfoncées dans les poches de son manteau en cuir, s'éloigna à grands pas vers le manoir.

Les choses allèrent de mal en pis à mesure que l'après-midi avançait péniblement. À quatre heures, on nous servit le thé dans la serre, sous les frondes ployées d'une fougère géante. Derrière mon siège, une horloge de parquet émettait des clics et des clacs de désapprobation monotone, lente, énorme. La Douairière se plaignit des filles de ferme venues de Londres pour retourner les pelouses et planter des patates ; elles ne connaissaient rien à la campagne, affirma-t-elle, ne pensaient qu'à fumer et à aller au bal ; elle les soupçonnait d'entretenir des relations immorales avec les hommes du village. Je hochai la tête en signe de sympathie et gardai le visage penché sur ma tasse de thé ; un fou rire étourdissant me tenaillait. Entre sa mère et moi, Laura semblait au supplice, partagée entre la colère et un écœurement violent, on aurait dit une gamine forcée de subir la compagnie d'adultes. Elle finit par s'arracher brutalement à son siège et s'éclipsa, le dos voûté, sous le prétexte de demander à la bonne de refaire du thé. Elle avait disparu depuis un bout de temps considérable et je commençais à m'interroger avec inquiétude sur la durée qu'une telle course pouvait prendre, même dans une habitation aussi grande – avait-elle fui, tout compte fait, avait-elle repris sa voiture en m'abandonnant à la compagnie de cette ignoble mégère ? – quand j'entendis, très loin et très haut dans le manoir, un cri fluet pareil à un hululement qui me déclencha des picotements le long de la colonne vertébrale. Je posai ma tasse ; je devais sûrement avoir l'air inquiet. La Douairière, qui avait elle aussi entendu le hurlement, croisa ses grandes mains viriles sur sa cuisse et m'enveloppa d'un regard pénétrant non dénué, me dis-je, d'une pointe de satisfaction amusée.

« Depuis combien de temps, monsieur Vandal, me demanda-t-elle, connaissez-vous ma fille ? »

Je finis par dénicher Laura à l'étage, enfermée dans une petite salle de bains attenante à une pièce qui, je le découvris, avait été la nursery. Au début, elle refusa d'ouvrir la porte et il me fallut attendre en regardant d'un œil plutôt désespéré des vaches en train de paître dans un pré éloigné de l'autre côté d'une fenêtre circulaire. À la fin, j'entendis la serrure jouer. Laura brandissait une bouteille de gin, à moitié vide, dont elle avait réussi à casser le goulot en se coupant très vilainement la main. Elle s'assit sur le couvercle en bois du cabinet et gémit et pleura pendant que, à genoux devant elle, je déchirais mon mouchoir en lanières pour ligaturer sa blessure. Tous les équipements de la pièce, toilettes, baignoire tachée de rouille, lavabo, porte-serviettes étaient des objets en miniature, réalisés à l'échelle d'un enfant, disproportion grotesque qui me dérangea ; nous avions réintégré un conte de fées, moi, dans le rôle du géant inquiet, et elle, dans celui de la toute petite princesse hystérique. Elle était déjà soûle, consciencieusement, complètement, à un point que je n'avais encore jamais ni vu ni bu. Elle ne cessait de balancer entre des excuses cramponnantes et des crises de fureur accusatrice où elle manquait se dévisser la tête tandis que de grosses bulles de salive iridescentes venaient exploser sur ses lèvres molles et rongées par le gin. Elle braillait que tout était ma faute, qu'elle n'aurait jamais dû m'amener ici, à quoi avait-elle pensé, c'était fou, fou, elle aurait dû le savoir, oh, comment pourrais-je jamais lui pardonner, elle était désolée, vraiment désolée, vraiment, vraiment désolée... Toujours à genoux devant elle, je la pris dans mes bras et elle enroula ses jambes autour de ma taille, appuya sa tempe brûlante contre ma joue avec tant de force que je crus qu'elle allait me casser une molaire. Elle gémit à mon oreille, me bava sur l'épaule. Si jamais je l'ai aimée, ce fut à ce moment-là.

Elle dormit jusque tard dans l'après-midi, là, dans la nursery, recroquevillée au fond du lit pour enfant, un coussin plaqué contre l'estomac. La Douairière, qui avait remis ses bottes en caoutchouc et enfilé un tailleur en tweed apparemment aussi pesant qu'une cotte de mailles, passa nonchalamment la tête dans la pièce et déclara devoir aller régler un grave problème agricole ; il y avait manifestement belle lurette qu'elle était immunisée contre les chagrins de sa fille. Elle m'adressa une sorte de petit sourire ironique et s'éclipsa. Je m'assis à côté du lit, en proie à un curieux sentiment de paix. Dehors l'après-midi d'avril vibrait sous les ombres galopantes et les soudaines apparitions du soleil. J'écoutais la vie de la maisonnée alentour, les heures qui sonnaient, une des bonnes qui chantait dans les cuisines, un garçon de course occupé à siffloter, et j'avais l'impression de voir tout cela de très haut, de manière claire et détaillée, telles ces invraisemblables perspectives aperçues à travers une fenêtre cintrée dans une œuvre de Van Eyck, la maison, les prés, le village, les routes qui serpentent, de petites silhouettes de face et puis, là, à l'avant-plan, cette chambre, ce lit, cette femme-enfant endormie et moi, curieux, attentif, l'œil à tout. Dis-moi que ce monde n'est pas un lieu drôlement insolite, plus insolite encore que ce que les dieux auraient inventé, si tant est qu'ils eussent existé. Elle finit par se réveiller, me sourit et se redressa en repoussant une mèche de cheveux collée à la commissure de ses lèvres. Elle ne dit rien, se contenta de tendre les bras tel un bébé réclamant silencieusement qu'on le prenne. Le petit lit refusa de nous accueillir tous les deux et nous nous allongeâmes donc par terre sur un vieux tapis usé. Je ne l'avais jamais vue si douce, si attentive, si peu sur ses gardes. Elle dispensait une forte et agréable odeur de gin. Au beau milieu de nos lents ébats, elle se tortilla sous moi, m'obligea à me mettre sur le dos, se coucha à l'envers sur mon ventre pour me prendre dans sa bouche et ne me lâcha pas tant que je n'eus pas joui contre la lame brûlante de son épiglotte. Puis elle pivota derechef – quelle agilité ! –, s'appuya de toute sa longueur contre moi, sprat à cheval sur un requin et, l'espace d'une seconde, j'entrevis Josette, ses cheveux très courts et ses petits seins retroussés, qui me souriait dans la lumière écaille de poisson d'Hendaye, et une émotion me traversa, pointue comme une aiguille, étonnamment proche de la souffrance. Laura nicha son visage enflé au creux de mon épaule. De la fenêtre, une ultime et fine flèche de lumière en forme de faucille vint lui barrer la cuisse.

« Je suis dans l'oralité la plus totale, n'est-ce pas, décréta-t-elle dans un soupir. Toi, la bouteille, les clopes, la bouffe. Sevrée top tôt, je suppose. »

Il me reste à évoquer un dernier souvenir à propos de ce week-end. Le lendemain, dimanche, le matin, lorsque Laura et sa mère furent parties effectuer quelque rituel bucolique – remettre des bibles à quelques paysans, peut-être, ou distribuer du gruau à leurs enfants – pour l'accomplissement duquel, on me le signifia clairement, ma compagnie n'était pas requise, je sautai sur l'occasion d'aller explorer le domaine de la Douairière. Sur une modeste volée de marches en bois usé, au fond de la maison, près de ce que je supposais être les chambres des domestiques, je croisai une bonne répondant au prénom de Daisy ou de Dottie, une jolie fille, costaude, bien charpentée, dotée de bras de laboureur et d'incisives au chevauchement charmant, qui fleurait bon les miches de pain et le savon et me permit avec bonne humeur de l'embrasser et de poser la main sur son corsage chaud. Il y avait eu une averse, mais la pluie avait cessé, la lumière ressemblait à de la soie moirée, le vent soufflait et de grosses gouttelettes frémissantes s'accrochaient aux nombreux carreaux d'une haute fenêtre au-dessus de nos têtes. Je pense souvent à elle, aujourd'hui encore, chère Dot ou Daise. Je n'étais pas alors la brute que je suis devenu. J'espère qu'elle a eu une bonne vie et qu'elle vit encore, choyée par la troisième ou même la quatrième génération. J'espère aussi, sans trop y croire, qu'elle ne m'a pas totalement oublié. Quand elle se fut libérée de mon étreinte, qu'elle eut tourné les talons avec un rire pour, relevant ses longues jupes entre deux doigts et deux pouces avec une délicatesse de dame, remonter l'escalier en trébuchant, je sortis de ma poche un netsuke en jade vert-blanc tacheté que j'avais chapardé dans le salon et, surpris par moi-même, allai le replacer sur le manteau de la cheminée à côté de ses compagnons.

L'année touche à sa fin et moi aussi ; il fait assez frisquet. Hier, en levant la tête, j'ai vu que, durant la nuit, la neige avait recouvert les sommets de la couronne de montagnes entourant la ville. Les petites boutiques de la via dei Mercanti s'allument de bonne heure. Les ménagères en profitent pour aérer leurs manteaux de vison à l'égard duquel elles affichent une fierté touchante ; en portant ces riches fourrures ou en étant portées par elles, comme on en a souvent l'impression, ces dames ressemblent plus que jamais à d'exotiques gros toutous à sa mémère. Je ne suis pas le seul à m'intéresser aux charmes discutables de ces mères de famille. Un autre vieux bonhomme, dont je surprends parfois l'œil noir et brillant de rapace, arpente les rues de notre quartier et me décoche à l'occasion un soupçon de sourire apparemment malicieux avant de se détourner en feignant un profond intérêt pour telle botte d'asperges sur un étal de légumes. Comme moi, il a une canne, mais la sienne est un élégant jonc de Malacca rehaussé d'une poignée en argent en forme de tête d'animal, de loup, je crois ; je ne serais pas surpris si cette affaire dissimulait une lame d'épée. Il est plus petit que moi, mais, cela dit, tout le monde ou presque l'est, et il a des mains menues et couvertes de taches brunes et de tout petits pieds chaussés de souliers vernis. Il s'habille richement de poil de chameau et de tweed anglais ; ses chemises, à ce que j'en vois sous son cache-col en cachemire sont faites sur mesure, en coton ou en soie de la meilleure qualité ; elles ont toutefois été confectionnées pour une version plus charnue de sa personne et son cou de tortue branle pitoyablement dans le carcan rigide de leur col qui bâille. Il a un visage étroit, presque totalement dénué de chair avec juste un tégument de peau couleur tabac extrêmement fin et bien tendu sur son ossature. Une mèche de cheveux noirs brillantinés, teints, c'est sûr et certain, lui barre le crâne. Il est vieux – c'est-à-dire qu'il a environ mon âge. Il semble ne jamais se départir d'une cigarette qu'il tient, selon un angle gracieux, entre ses doigts osseux et fuselés. Je ne sais pas pourquoi je le remarque, lui en particulier, il y a tant de types de cet acabit dans cette cité équivoque. Je crains que nous ne liions connaissance, lui et moi, c'est sans doute inévitable. Je nous vois déjà au café Torino ou au Caval'd Brôns, penchés front contre front au-dessus d'un jeu d'échecs de poche, avec nos cigarettes et nos dés de grappa veloutée, alors que la nuit descend et que la neige tombe, assourdissant les bruits de la ville.

Kristina Kovacs, la pauvre Kristina, sera morte avant le printemps.

Je ne suis pas le premier à avoir exalté les plaisirs de la vie à Londres pendant la guerre. Je ne parle pas du grand sentiment communautaire, nouveau et chaleureux, que tout un chacun est censé avoir éprouvé, la sauvegarde du moral collectif, du feu du foyer et tout le tintouin ; non, ce à quoi je pense, c'est à la licence, voluptueuse et languide, juste pimentée d'un zeste de soufre, que nous autorisait la possibilité constante d'une mort violente, imminente, frappant sans discernement. Vivre à Londres avec lady Laura et sa fortune, c'était comme naviguer sur un paquebot à bord duquel tous les aimables rituels d'une croisière de luxe sont scrupuleusement observés alors qu'il est devenu incontrôlable et dérive désespérément. Quelle importance si, là-haut, sur le pont, le commandant était soûl et si, en bas dans la cale, l'équipage pompait frénétiquement ? En dépit des bombes et des rumeurs de bombes, en dépit des privations et des restrictions assommantes dans notre quotidien, nous évoluions avec légèreté, ma petite amante et moi, de bar en bar, de club en club, de fête en fête, insouciants et aussi heureux sans doute que nous en avions la capacité, l'un comme l'autre. Toute la ville résonnait d'airs retentissants et de grâces mélancoliques. Je songe au reflet riche et profond des coffrets en bois des TSF ; aux taxis asthmatiques, noirs et rectangulaires comme des corbillards aux phares recouverts de croix en papier adhésif noir ; à un certain plat d'œufs de caille qu'on engloutissait avec des gobelets de thé au goût boisé, dégusté tard la nuit dans un lit inconnu, chez quelqu'un, quelque part ; aux chants bruyants dans des endroits malfamés ; à la main de Laura sur mon poignet quand elle se tournait vers moi en riant d'une blague, qu'elle surprenait mon regard et laissait son rire se transformer en une expression d'amour et de désir qui, pour être presque entièrement feinte, n'en était pas moins touchante. Néanmoins, de toutes les sensations d'alors que j'ai le loisir d'évoquer, celle qui me revient aussitôt est celle de l'odeur omniprésente dans les rues bombardées au début de mon séjour, mélange lugubre mais pour moi profondément stimulant de cordite, de vieux mortier et de canalisations d'égout rompues. Les bombardiers labouraient Londres, retournaient sa couche arable. Et, moi, j'incarnais une sorte de cinquième colonne à moi tout seul. Les autorités me manifestaient un intérêt sporadique. Je subis un entretien déconcertant avec une espèce de policier en civil et, durant deux semaines inquiétantes, il sembla qu'on allait peut-être m'interner sur une affreuse île ventée proche du littoral, puis Laura parla à quelqu'un de sa connaissance dans les services secrets de l'armée et la menace fut abandonnée sans autre forme de procès ; à mon avis, il avait dû y avoir une sorte de chantage discret. Parmi son cercle rapproché, il y avait aussi ceux qui nourrissaient des soupçons sur mon compte. Ainsi, ce pair, cet aristo, lord Quelque chose, gras, mielleux et fabuleusement riche, un collectionneur de tableaux, pianiste de jazz amateur, un *des miens* de surcroît, qui, tel un fourmilier après sa proie, avançait son pâle et gros appendice dans ma direction et suggérait sournoisement que les choses à mon propos étaient sûrement moins simples qu'il n'y paraissait... Laura me disait que tout le monde me prenait pour un espion, ce qui l'enchantait.

Je ne me rappelle pas exactement quand je suis devenu Axel Vander, je veux dire quand j'ai commencé à me considérer comme lui et plus comme moi. En tout cas, pas quand je donnai à Max Schaudeine son nom au lieu du mien, le jour où nous nous retrouvâmes ensemble dans la lumière bleue de neige de la chambre dépouillée de mes parents. Je ne comptais pas alors endosser l'identité d'Axel, l'appropriation de son patronyme représentant à elle seule une surexcitation bien suffisante pour la journée. Était-ce à Liège en ce glacial crépuscule de novembre où, avec le haussement d'épaules embarrassé du véritable artiste, le vieux faussaire me tendit mon... – mon ! – passeport qui, usé à façon et la page de couverture barrée d'un pli, arborait le nom d'Axel en dessous de ma photographie ? Était-ce la première fois au lit avec lady Laura où, dans un élan de candeur d'après l'amour, je faillis lui avouer la vérité sur qui j'étais en réalité, puis me ravisai, tranquillement, sans même reprendre mon souffle ? Peut-être est-il impossible de distinguer l'instant précis de la décision ? Tous les jours, en d'innombrables occasions, ne nous glissons-nous pas naturellement dans d'autres moi sans même nous en apercevoir ? L'homme qui se relève du lit de son amante n'est pas du tout le même que celui qui va rencontrer son ennemi mortel une demi-heure plus tard. De toute façon, c'est la question du pourquoi, plus que celle du quand, qui m'intéresse. Que je me suis démené dans ce domaine de la duperie insensée ! Je devins un virtuose du mensonge, fis chanter mon instrument de manière tellement mélodieuse que nul ne pouvait mettre en doute l'authenticité de son expression. Quels ornements j'exécutais, quelles cadences ! Je mentais sur tout, même quand il n'en était pas besoin, même lorsque la simple vérité eût davantage permis de préserver le faux-semblant. J'inventais des détails de ma vie inventée avec une minutie et une créativité obsessionnelles, me fabriquais un alibi inattaquable pour une affaire que nul tribunal ne risquait jamais de juger. Pourtant, je demeure fasciné par le paradoxe en vertu duquel il m'aurait été totalement égal que quelqu'un s'avance tout à coup avec la preuve irréfutable de mon imposture alors même que je bataillais pour préserver les apparences. Je lui aurais ri au nez et aurais admis l'affaire avec un haussement d'épaules. Ou quelqu'une. Je repose la question que j'ai déjà posée : en quoi cela m'a-t-il profité de prendre son identité ? Ce devait être, simplement, que ce n'était pas tant le fait que je voulais être lui – et pourtant je voulais vraiment être lui –, mais plutôt que je ne voulais plus être moi. C'est-à-dire que je désirais échapper à ma personnalité, à mon moi immédiat, non au monde de mon entourage, le monde des miens, mes pauvres disparus. On dirait que cela a une grande importance. N'empêche, je vis sous son identité depuis si longtemps que j'ai du mal à me rappeler à quoi cela ressemblait d'être celui que j'étais autrefois... je m'arrête, en proie au doute, je me perds dans ce fatras de pronoms personnels et impersonnels qui renvoient à toutes sortes de personnes. Ne va pas t'imaginer que je comptais perpétuer sa mémoire ou vivre la vie dont il a été dépossédé ; non, rien de tout cela, je n'aurais pas eu cette loyauté, ce grand cœur. Je l'aurais défendu, oui, j'aurais essayé de protéger son nom, mais si j'avais été démasqué je me serais défait de sa peau avec l'aisance d'un agent secret se débarrassant de sa couverture pour en endosser une autre.

Tant de questions, tant de quiddités, et je ne suis pas plus avancé pour autant. Le mystère demeure, comme toujours : pourquoi ? Si, comme je le crois, comme j'y tiens, il n'existe pas de moi singulier, fondamental, à quoi au juste suis-je censé avoir échappé en me faisant passer pour Axel Vander ? Rien qu'à un être, cet insupportable fourre-tout d'affects, de désirs, de peurs, de tics, de rictus ? Être quelqu'un d'autre c'est être un truc et un seul. Je pense à un acteur de l'Antiquité, un vétéran du théâtre de l'Attique, un sans-grade, un vieux de la vieille. Le public le connaît mais ne peut retenir son nom. Il n'incarne jamais Œdipe mais a joué Créon une fois. Il a un masque, il l'a depuis des années : c'est son talisman. L'argile blanche avec laquelle il a été façonné a pris une nuance et une texture d'os. Des années de sueur et de frottements ont ramolli l'intérieur en feutre grossier de sorte qu'il s'applique avec douceur contre les contours de son visage. De plus en plus, en effet, il en vient à penser que le masque ressemble davantage à son visage que son visage lui-même. À la fin d'une représentation, lorsqu'il l'ôte, il se demande si les autres comédiens le voient vraiment tel qu'il est ou s'il n'est plus qu'une tête dotée d'un front totalement lisse telle, sur la place du marché, la vieille statue de Silène dont les intempéries ont oblitéré tous les traits. Il se met à porter le masque chez lui, quand il n'y a personne. C'est un réconfort, ça le revigore ; le vieux comédien trouve ça merveilleusement reposant, c'est comme être endormi et néanmoins conscient. Puis un jour il se présente à table avec. Sa femme ne fait aucun commentaire, ses enfants le regardent un moment fixement puis haussent les épaules et reprennent leurs chamailleries habituelles. Il vit son apothéose. Homme et masque ne font qu'un.

Aujourd'hui, il a fini par m'adresser la parole, mon sosie en poil de chameau, comme je l'avais prévu, au bout du compte. Je m'étais arrêté pour examiner la devanture d'une boucherie via Barbaroux. J'ai toujours été fasciné par l'allègre impudeur de ces étalages de chair fendue, de sang et d'os – toujours éclairés de manière tellement lugubre.

« Vision barbare, *signore* », dit une voix dans mon dos.

Je tournai la tête et il était là, cet amateur de calembours qui, dans son manteau coûteux et démodé, se courbait en bancroche sur sa canne. Il présente une ressemblance marquée avec Stravinski âgé. Quand il sourit, ses grandes lèvres minces se retroussent et découvrent ses dents d'une façon qui fait étonnamment penser à un cheval. Nous allâmes dans le petit café derrière l'église de la Piazza della Consolata et bûmes un chocolat chaud arrosé de grappa, car il faisait un froid de loup. Il m'expliqua que ce bistrot existait depuis très longtemps, que ses propriétaires et gérantes n'ont jamais été que des femmes. N., je l'apprends avec intérêt, venait régulièrement ici prendre son café du matin et lire ses journaux. J'ai dit que je me demandais s'il emportait son fouet avec lui, cela fit glousser mon nouvel ami qui, du coup, laissa tomber des cendres de cigarette sur le revers de son manteau. Il n'est pas de Turin, ni même italien, mais je n'arrive pas à situer son accent. Il voulut savoir, comme tout le monde, si j'étais allé voir le saint suaire. Je lui confiai que j'avais fait une tentative un jour, sans succès. Il me répondit, en jetant un coup d'œil par dessus son épaule et en baissant la voix, qu'il pouvait m'organiser une visite privée, si je le souhaitais. On aurait cru qu'il me proposait un article de contrebande, ou une femme. Je laissai tomber le sujet. Il me dit son nom, mais je ne le saisis pas ; quelque chose comme Zoroastre. Il est médecin, affirme-t-il. Je crois qu'il sait qui je suis. Je vais avoir du mal à l'éviter, désormais.

Je n'aurais pas dû voler l'argent de Laura. C'était trop facile pour que je puisse résister, une affaire de quelques chèques détournés et des trucs judicieusement mis au clou – la maison de Belgravia s'apparentait à un coffre à bijoux bourré de bibelots qui ne jouissaient pas d'une grande considération et ne faisaient en tout cas l'objet d'aucune surveillance. J'en arrivai à penser que j'avais le droit d'arracher à la somnolence une partie de cette fortune dormante. Elle me faisait confiance, la Laura. C'est-à-dire qu'elle jugeait inconcevable que quelqu'un, du moins quelqu'un qu'elle connaissait, puisse avoir le mauvais goût de lui dérober quelque chose. Elle était vraiment pingre – l'ai-je mentionné ? –, à la façon dont seuls les gens très riches peuvent l'être. Elle gardait les bouts de bougie, stoppait ses bas filés avec une pointe de vernis à ongles, ce genre de trucs. Et refusait d'assurer ses diamants. Dommage. Elle aurait pu nous épargner à tous les deux beaucoup de frais et de souffrances. De frais pour elle, de souffrances pour moi.

J'avais le projet de me rendre en Amérique le plus vite possible. Tel avait été mon objectif tout du long. Je n'étais pas le traditionnel réfugié nourri d'espoir en provenance d'une Europe ravagée et en plein effondrement. L'Amérique n'incarnait pas pour moi la terre des libertés, des brillantes perspectives d'avenir, des recommencements. Non : l'Amérique, c'était le vide. Dans l'image que je m'en faisais, le pays n'avait pas d'habitants, nulle part, juste de grands bâtiments silencieux, austères, des machines rutilantes et des espaces désolés s'étendant à l'infini. Le nom même me paraissait un mot créé pour la circonstance ou encore un anagramme indéchiffrable, comportant trop de voyelles. En Amérique, rien ne m'obligerait à être quelqu'un ni à croire en quoi que ce soit. Aucune cause ne réclamerait mon soutien, aucune idéologie n'exigerait mon engagement. Là-bas, je serais une existence pure, un point sans affect évoluant à travers le temps, une balle de nihilisme argent qui pénétrerait proprement tous les obstacles, percerait des trous dans les flancs de tous les monuments bouffés aux mites de la prétendue civilisation. Foi négative ! Tel devait être le fondement de ma nouvelle religion. Une croyance passionnée et dévorante en rien. Ce que je chapardais à Laura, je le considérais comme sa contribution à mon Église de l'Âme Singulière. Mon dû, son tribut.

Le printemps était revenu quand les deux voyous m'agressèrent dans le parc. C'étaient de véritables malabars, pas aussi grands que moi, mais suffisamment. Il existe des professionnels dans tous les domaines et, après quelques tâtonnements préliminaires, ils exécutèrent leur boulot avec un grand sens du détail. Tout cet interlude se déroula sans un mot. Je m'étonne de ne pas avoir appelé au secours – à l'époque, il y avait toujours des flics pour faire leur ronde. Curieusement, je garde de cet incident un souvenir extérieur, comme si je n'avais pas été un protagoniste de la scène, mais plutôt un témoin, un mauvais samaritain atermoyant dans les fourrés. Je me revois là-bas, j'arpente d'un pas décidé une allée bordée de haies de lauriers. Le crépuscule approche, il fait beau et calme, l'air embaume l'herbe tondue pour la première fois de la saison. Je porte un costume gris rayé à veston croisé, des richelieus à bout golf gris-brun, un feutre gris orné d'un ruban en satin noir, un véritable gentilhomme. Je déborde de vigueur et de détermination ; après de longs mois de travaux effectués en secret – secret requis par la règle tacitement instaurée par Laura en vertu de quoi son gigolo devait passer pour un crétin, brave mais illettré –, je venais de terminer ce que je considère comme ma première œuvre d'importance, ce fameux essai, « Shelley discrédité », que tu as tant admiré, et l'avais envoyé à une revue new-yorkaise gauchisante. Or voici que se présente une réalité moins agréable sous les traits d'un de mes deux agresseurs, en casquette et costume ajusté et brillant, qui me demande une allumette pour sa cigarette.

J'aurais dû me méfier. Pendant que je farfouillais dans mes poches, l'autre surgit dans mon dos et m'assomma avec un gourdin. Oui, un gourdin, le vrai truc. Je dus néanmoins sentir qu'il approchait et commencer à me retourner, car le coup porta légèrement à côté et m'atteignit sur l'oreille et non derrière, endroit, m'a-t-on dit, qu'un voleur de grand chemin chevronné aurait visé. Momentanément assommé, je tombai à moitié dans les bras du type en face de moi. S'ensuivit un bref épisode de gesticulations acharnées tandis qu'il essayait de se débarrasser de moi et que je m'agrippais alors que le porteur de gourdin dansait d'un pas lourd autour de nous en cherchant l'occasion de m'en remettre un coup. Celui auquel je me cramponnais sentait la suie, fait, indice qui, par la suite, me parurent devoir intéresser la police au plus haut point, mais ce ne fut pas le cas ; peut-être les agressions violentes constituent-elles, ou constituaient-elles, une activité secondaire courante chez les ramoneurs – il y avait tant d'aspects des us et coutumes anglaises dont je ne savais rien. Il respirait péniblement et paraissait surtout pressé d'en finir. Mon oreille m'élançait furieusement à l'endroit où le gourdin m'avait attrapé et, durant un moment de calme précaire où nous étions tous trois figés en un équilibre laborieux, je vis, accrochée à un mince fil tremblotant de bave sanguinolente, une de mes dents tomber par terre. Au bout d'un moment, ils réussirent à m'entraîner au milieu des lauriers où ils m'assommèrent afin d'accomplir leur ouvrage consciencieusement. Tout le monde ne sait pas que le globe oculaire est l'un des muscles les plus résistants, les plus coriaces du corps humain. On pourrait lui taper dessus avec un marteau sans le faire éclater, même si, bien sûr, il est peu probable qu'il puisse par la suite fonctionner en tant qu'œil. Quelle flambée de couleurs je vis durant une seconde, des rouges et des verts de feu d'artifice ainsi que des ors célestes, puis un noir profond, doux et satiné s'installa qui, je le compris, ne se lèverait jamais plus. Peut-être est-ce le même talon, et son clou métallique acéré comme un rasoir qui, à travers mon pantalon, me taillada l'intérieur de la cuisse gauche en sectionnant tout un paquet de nerfs ?

Je fus retrouvé, à-propos qui me paraît aujourd'hui cruel et malvenu, par un couple d'amoureux, un jeune homme et une jeune fille. Je me rappelle un policier sur un genou, penché sur moi, le casque coincé dans le pli du coude, me demandant poliment si je le voyais. Cela me fit un effet comique. Le liquide sur mon visage était du sang, pas de l'eau de pluie, comme j'avais commencé par le croire alors qu'il ne pleuvait manifestement pas. Le jeune gars qui m'avait trouvé avança poliment pour demander au policier s'ils pouvaient continuer leur route, son amie et lui, car elle se sentait mal. Ma jambe blessée n'avait plus aucune sensibilité, on aurait cru qu'on m'avait amputé à hauteur de la hanche. Peu après, une ambulance arriva et je fus évacué vers un hôpital où on m'installa dans une salle caverneuse de vingt ou trente lits, tous vides et sinistrement en attente, draps ouverts, couvertures bordées et oreillers lisses comme le marbre. Un petit bouledogue de médecin surmené vint m'examiner et soupira avec irritation tout du long. Il me colla un pansement sur l'œil, puis ordonna qu'on me conduise en salle d'opération où je fus maladroitement et partiellement anesthésié pendant qu'il recousait ma jambe, ensuite de quoi on me ramena dans ma salle toujours vide où je restai seul. Au petit jour, mon œil se mit à me faire souffrir de manière intolérable, mais j'eus beau appeler à l'aide à grands cris, personne ne se manifesta. Dans la matinée, je fus transféré dans une chambre particulière

– Laura avait décroché son téléphone – et, au bout d'une semaine, on me jugea suffisamment remis pour me transférer en ambulance dans un petit hôpital à la campagne ridiculement pittoresque avec des massifs de roses, une girouette, des fenêtres encadrées de lierre et des bonnes sœurs vêtues de blanc dont les guimpes compliquées évoquèrent à mon imagination médicamentée et ébranlée par la douleur des fantômes de papillons géants. C'est là que Laura vint me faire sa première visite.

Elle passa la tête par la porte et, grimaçante et souriante, se faufila dans la pièce. Elle portait, je le remarquai, l'ensemble moulant en soie gris bleu du jour de notre rencontre, ou bien un autre tout à fait identique ; elle avait vraiment le sens du symbolique. Elle avait apporté un panier de pique-nique garni, une bouteille de champagne et une pile de livres pour moi. Elle considéra les livres, puis mon œil avec son pansement, et esquissa une moue.

« Pas très délicat, fit-elle. Je suis désolée. »

Elle toucha le pansement du bout du doigt ; je voyais qu'elle luttait pour dominer sa curiosité.

« C'est très douloureux, chéri ? »

Elle s'installa sur le lit en évitant le monticule que ma jambe immobilisée formait sous les couvertures et plaça le panier entre nous. Je débouchai le champagne.

« Mon grand costaud », murmura-t-elle.

Lorsque je commençai à remplir une coupe à son intention, elle poussa un petit cri aigu et fit mine de retenir ma main, prétextant avoir passé une semaine dans un endroit horriblement cher où on l'avait totalement désintoxiquée. Elle me regarda par-dessous ses cils et sourit en se mordant la lèvre.

« Oh, entendu, alors, décréta-t-elle, mais juste une, attention. »

Elle me demanda si j'étais bien traité et poussa un soupir de mauvaise humeur en affirmant qu'ils avaient intérêt, compte tenu des sommes qu'ils lui soutiraient. Je lui dis que j'avais espéré la voir plus tôt.

« Il parle ! » s'écria-t-elle, puis elle applaudit.

Ensuite de quoi, elle prit un air sérieux, fit la moue et se mit à tirer sur les brins de laine de la couverture.

« Je serais bien venue, naturellement, mais tu sais combien je suis délicate.

Elle m'annonça que sa mère m'envoyait ses amitiés et ne put réprimer un sourire narquois. Je souris aussi. Elle s'empara de ma main et la pressa.

« Tu n'es donc pas si malheureux, alors, chéri, non ? Et tu me pardonnes ? Ils n'étaient pas censés te faire mal, tu sais, juste peur. »

Je lui demandai qui les avait recrutés en son nom. Elle haussa les épaules. Elle avait vidé trois coupes de champagne et une lueur un peu démente éclairait ses yeux. Nous gardâmes le silence un moment. Elle se remit à tirailler la couverture, l'air revêche.

« Tu m'as volé mon argent, enchaîna-t-elle à mi-voix sans me regarder. Tu as vendu mes affaires. C'était très mal. »

Une rafale de vent plaqua sa paume contre la vitre et un cerisier, dehors, hocha la tête en lâchant une pluie de fleurs roses. Elle me tenait encore la main et, là, elle la porta à ses lèvres et l'embrassa.

« Pauvre chéri », fit-elle en souriant tristement.

Elle régla toutes mes factures d'hôpital. Moi, j'écrivis à sa mère en mentionnant quelques-uns des penchants intimes les plus bizarres de Laura et combien ce serait gênant si ce genre de confidences se retrouvaient dans les colonnes des potins mondains ; une semaine plus tard, je reçus un chèque généreux à la poste du Berkshire, accompagné d'une lettre de reproches, remarquablement digne, de la Douairière. Je dégageai l'une des bagues de Laura de chez le prêteur et la lui retournai. Elle m'en remercia par un petit mot dans lequel elle me disait que j'étais très gentil et que je lui manquais déjà. Un mois plus tard, je voguais sur l'Atlantique, à destination de l'Ouest, dans un convoi de dix navires dont trois furent torpillés et coulés au large des Açores. À bord, je rencontrai un fonctionnaire suédois de la Croix-Rouge, qui promit de se renseigner sur les membres de ma famille. Un mois après mon arrivée à New York, il m'adressa un courrier m'annonçant que mon père était mort de malnutrition dans un camp de travail du sud de la Pologne où, peu après, ma mère, incapable de continuer à fournir un travail productif, avait été abattue. En ce qui concernait mes frères et sœurs, malheureusement, ajoutait le Suédois, il n'avait pu obtenir aucune information.

Donc, tu vois, mon petit.

III

Ce furent, de l'avis de Cass Cleave, les meilleurs des moments, peu nombreux, pas très nombreux, qu'ils allaient passer ensemble. Elle avait une tâche : prendre soin de lui. Jamais elle ne s'était sentie aussi libre d'elle-même. Toute son énergie, toute son attention se concentraient sur lui. Elle crut au début qu'il allait mourir tellement il se montrait amorphe et replié sur lui-même. C'est à peine si elle parvenait à faire la différence entre son bon et son mauvais œil, ils paraissaient aussi vides d'expression l'un que l'autre, même si, elle le sentait, Vander ne cessait de l'observer. S'il devait mourir, il mourrait; ce serait le destin. C'était le mot qui lui venait à l'esprit : destin. Elle avait un objectif presque sacré. Elle le soignait avec ce juste mélange de sollicitude et de rudesse qu'elle se rappelait avoir vu chez les nonnes en charge des hôpitaux où elle avait passé une si grande partie de son enfance. Elle se voyait, comme elles, de blanc vêtue, évoluant silencieusement, à pas silencieux, les bras chargés. À d'autres moments, elle incarnait une chrétienne jetée aux lions, lesquels s'agenouillaient devant elle avec une douceur d'agneau; elle entendait la clameur sauvage de la foule alentour qui réclamait son sang à grands cris, elle apercevait le cercle de ciel bleu au-dessus, sentait la poussière brûlante sous ses pieds nus. Et c'est vrai qu'il ressemblait à une grosse bête malade qui, tapie dans sa tanière, haletait doucement dans la chaleur tandis que ses paupières se refermaient lentement pour lentement se rouvrir, que son regard jaunâtre, toujours dirigé un peu à côté d'elle, la voyait néanmoins. Il parlait rarement ; des jours entiers s'écoulaient sans qu'elle l'entende prononcer un seul mot. On était en mai. Le matin, elle descendait à la réception et attendait que personne ne lui prête attention pour ramasser, par pleines brassées, tous les journaux posés sur une grande table à l'intention des clients et les remonter à la chambre où elle s'asseyait dans un fauteuil à côté du lit et les lui lisait à haute voix en prenant des articles au hasard. De temps à autre, il gloussait devant le compte rendu de telle absurdité, de telle calamité. Quand il en avait assez, il détournait le visage, levait une main et frappait l'air d'un geste las pour l'éloigner. Il avait élaboré une grimace, plissait les yeux et claquait les lèvres avec écœurement comme s'il avait un goût déplaisant dans la bouche. Et puis, quel que fût le zèle avec lequel elle le lavait, il sentait. C'était une odeur qu'elle avait déjà rencontrée, il y avait longtemps, mais qu'elle n'arrivait pas à situer, douceâtre et légère, pas totalement désagréable, une odeur de truc mort caché sous un buisson. Elle apprit à éviter les toilettes pendant un bon quart d'heure après qu'il y était passé. Il disait que son foie devait être en train de pourrir. Rien de tout cela ne la dérangeait.

Un jour, près de la fontaine de la réception, le directeur de l'hôtel l'arrêta pour lui parler, les doigts bien écartés devant le torse à la manière d'un chanteur d'opéra ; il affectait un grand sourire dénué de chaleur.

Il lui demanda si Vander avait besoin de revoir le médecin. Elle répondit que non. Il ajouta que l'hôtel s'inquiétait. Elle remarqua qu'il avait les cheveux teints, comme le médecin ; on les aurait crus totalement barbouillés d'encre. Devant l'ascenseur, elle se retourna ; toujours posté à côté du bureau, il l'observait.

Elle aimait par-dessus tout le soir quand la lumière du jour commençait à baisser et qu'elle pouvait tirer les rideaux. À ces moments-là, c'était comme s'ils étaient seuls au monde, sans le moindre être vivant alentour. Elle commandait le dîner, toujours quelque chose de simple, une omelette ou une soupe pour lui, des pâtes pour elle. Il réclamait du vin, bien sûr, mais elle feignait de ne pas entendre et, du coup, il l'injuriait. Le vieux serveur de la première nuit n'avait pas reparu. Elle se demanda si elle ne l'avait pas imaginé ; elle en avait imaginé d'autres, souvent, des personnages qui émergeaient de ses rêves pour arpenter le monde, aussi réels que des êtres réels. Quand ils avaient terminé leur repas et qu'elle avait déposé le plateau par terre dans le couloir, elle se faisait couler un bain dans lequel elle passait un long moment. Elle se sentait tellement fatiguée. L'eau tiède l'apaisait. Elle examinait son long corps blafard ; sa peau avait le manque d'éclat de l'argent terni et, lorsqu'elle bougeait, de brèves étincelles couraient le long de ses flancs, pareilles à des phosphorescences. Elle laissait toujours la porte de la salle de bains entrouverte, inquiète à l'idée qu'il se lève en cachette, s'habille et s'échappe. Que ferait-elle sans lui ? Il représentait sa vocation, à présent.

Elle ne dormait pas. C'est-à-dire qu'elle dormait, mais si légèrement que ça ne comptait pour ainsi dire pas comme sommeil. Elle s'allongeait à côté de lui, sous le drap, et, les yeux à peine fermés, lui tenait la main s'il le lui permettait, tout en passant mentalement des tas de choses en revue, des souvenirs, des trucs imaginés, des idées d'avenir, d'un avenir possible avec lui. Il lui arrivait aussi de rêver, de drôles de rêves, tendres, comme elle n'en avait encore jamais vécu, si tant est que des rêves puissent être vécus. À l'aube, elle était toujours parfaitement éveillée. Même si le jour ne filtrait pas à travers les rideaux épais, elle savait si le soleil était levé. Tous les soirs, le vent tombait et, au matin, il reprenait. Il avait un nom, Vander le lui avait appris, le fœhn, prononcé *Fenn*, mais, normalement, il ne soufflait pas en cette saison-là. Tout le monde s'en plaignait, les serveurs, la femme de chambre, ils hochaient la tête et émettaient un bruit de gorge, une sorte de clic. La femme de ménage lui avait posé problème au début. Elle voulait entretenir la chambre elle-même, récurer la baignoire, changer les draps et même passer l'aspirateur, mais la femme de ménage jugea manifestement l'idée scandaleuse, inadmissible, et elles se chamaillèrent tous les matins pour les serviettes propres et les draps propres. Puis Vander fit une remarque en italien à la domestique, lui lança une menace ou lui proposa une gratification, et les disputes cessèrent. La femme venait du Sud. Petite et sans âge, elle avait les jambes arquées et la peau tellement basanée qu'elle en paraissait verdâtre. Elle sentait l'eau de vaisselle. Après cette première fois, lorsque Vander lui adressait la parole désormais, elle riait de ce qu'il lui disait, piquait probablement un fard en prime – sinon que ses fards passaient inaperçus, vu son teint –, poussait de petits cris ravis en remuant la tête et allait même parfois jusqu'à lever les mains en l'air puis sortait en courant de la pièce avec des glapissements aigus. Lorsqu'elle était enfin partie et qu'ils se retrouvaient de nouveau seuls, il lui décochait un regard plein de haine avant de se rallonger sur le dos comme un cadavre, puis fermait les paupières et remontait le drap jusqu'au menton.

Au bout d'un moment, sous le coup de l'ennui, supposait-elle, il recommençait à lui parler. Ce n'était pas une conversation, bien entendu, il ne s'intéressait à rien de ce qu'elle pouvait avoir à dire. Assis dans son lit, vêtu d'un vieux cardigan gris, les yeux rougis, pas rasé, il lui racontait des choses, des bribes de réminiscences, des potins sur des universitaires décédés, de vieilles blagues, des affabulations. Il évoquait sa femme morte.

« Magda, disait-il, Magdalena, en fouillant le passé et, l'air renfrogné comme sous l'effet de la perplexité, hochait la tête, représentait un perpétuel affront pour tout ce que je jugeais révoltant. »

Il pouffait, remuait les sourcils en la regardant, l'invitait à admirer son esprit. Il l'envoya acheter des paquets de cartes et, des heures durant, ils jouèrent ensemble. Il lui apprit des jeux abscons, compliqués, dont elle n'avait jamais entendu parler. Elle lui dit qu'elle l'aimait, il se moqua d'elle et lui demanda de ne pas se ridiculiser, mais elle remarqua qu'il détournait vite son regard d'elle, lui montrant, tel un cheval surpris, le blanc ou plutôt le jaune de ses yeux. Elle ajouta que son cœur était à lui.

« Cœur ? s'écria-t-il en rejetant la tête en arrière et en découvrant ses dents à sa manière habituelle. Cœur ? S'il pouvait penser, le cœur s'arrêterait de battre. Un auteur que tu n'as pas lu, un grand, a écrit ça. Ne me parle pas de cœur. »

Il riait, jouait l'homme indigné et égrenait des citations, il était comme ça. Elle le surnommait Arlequin et parfois Svidrigailov. Il l'appelait Cassandre. Elle déclara que si elle était Cassandre, alors il était Agamemnon. Gagamemnon, plutôt, répliqua-t-il. Il ne souriait pas, s'était rembruni.

« Aujourd'hui, la prévint-il, aujourd'hui, tu vas apprendre à jouer au piquet. »

Le fracas incessant du vent dehors l'énervait. Elle se sentait en suspens, en apesanteur, aéroportée, pour ainsi dire. Il lui semblait se retrouver à bord d'un avion quand, après l'ascension initiale, l'appareil se voit brusquement libéré non seulement de la terre mais aussi de l'effort désespéré qu'il a déployé pour prendre son essor et s'enfonce, durant une minute ou deux, dans une espèce de silence truffé de raclements alors qu'il s'élève en douceur dans l'air comme s'il volait non de son propre accord mais qu'il eût été en un sens propulsé. Une fois, au cours d'un vol, elle avait eu pour voisin un homme, un ingénieur, calé en aéronautique ; lorsqu'elle lui avait confié qu'elle n'arrivait pas à comprendre comment les moteurs restaient fixés après les avions, il lui avait répondu que le plus étonnant était que l'avion puisse s'arrimer aux moteurs. Elle avait tout de suite saisi ce qu'il voulait dire. Il en allait de même pour elle, elle incarnait l'avion et son cerveau les moteurs qui essayaient de le fuir. Elle avait du mal à préserver son intégrité. La moindre secousse risquait de la faire voler en un million d'éclats. Tout se présentait de la même façon, en particules fusionnées qui cherchaient à se dissocier. Une seconde de déséquilibre, un effondrement de l'équilibre et tout exploserait. Oui, oui, répétaient les voix âprement, exploserait, tout exploserait...

Il ne mourut pas. Au bout d'une quinzaine, il fut suffisamment rétabli pour aller s'asseoir au soleil, à côté de la fenêtre ouverte. Il recommença à l'ignorer. Il donnait des signes d'impatience et arpentait la pièce, en traînant sa jambe morte. Un jour qu'elle avait quitté la chambre une minute seulement, il réussit à soudoyer la femme de ménage qui lui apporta une bouteille de whisky. Lorsqu'elle tenta de la lui arracher, il lui flanqua un coup de poing, l'œil mauvais. Mais il ne but pas le whisky et il ne mourut pas.

Plus il se remettait, plus son état à elle se dégradait. Toutes les voix revinrent, toutes unies, se bousculèrent pour l'agresser. Elles lui dirent qu'il était cruel, qu'il allait lui faire du mal, la tuer même. La nuit, à présent, elle sombrait dans une sorte de coma qui lui interdisait de bouger les membres alors que son esprit continuait à tourner sans répit, pareil à un moteur électrique emballé. Sur ce, la femme de chambre lui apprit que le saint suaire allait être présenté au public, que des gens du monde entier se pressaient à Turin pour cet événement rare et capital. Elle demanda à Vander, désormais suffisamment en forme pour sortir, s'il l'emmènerait le voir. Elle lui raconta qu'il était conservé dans un réceptacle en argent à l'intérieur d'un coffret en fer dans une urne en marbre au sein de la chapelle en marbre noir. Sainte Véronique en personne avait apporté cette relique en France quand, après la crucifixion, elle avait fui la Terre sainte en compagnie de Marie, mère de Dieu, navigué en Méditerranée jusqu'à Chypre d'abord, puis vers les côtes françaises où elle avait fini par s'établir dans le Languedoc. Cathares. Les chevaliers de Saint-Jean-de-Jérusalem. La révocation de l'édit de Nantes. Les francs-maçons. Le duc d'Orléans, héritier du trône de France. Elle avait étudié tout cela, avait fait des découvertes, percé des secrets. Il se moqua d'elle, affirma que ce suaire était une imposture, qu'en matière d'impostures il s'y connaissait. Croyait-elle vraiment qu'il reproduisait l'image du Christ crucifié ? Pourtant, il se leva et s'habilla. Il dit que la tête lui tournait. Il dit qu'il allait probablement tomber dans la rue et qu'elle allait être obligée de le ramener à l'hôtel en le traînant par les pieds. Il la dépeignit en train d'avancer, tête baissée, agrippée à ses jambes comme aux brancards d'un chariot et lui, par terre derrière, les bras en V à la traîne, la veste et la chemise remontées et sa tête cognant contre le trottoir. Il éclata de rire, alluma une cigarette, toussa. Une fois dehors, le vent chaud qui avait recommencé à souffler leur dessécha les lèvres et déposa une fine couche de sable sur leurs paupières. La ville paraissait irréelle, tentaculaire sous la chaleur turbulente et la lumière acide du soleil. Dans une obscurité d'ombre sous-marine ils parcoururent les trottoirs en marbre poli de la via Roma, sous les hautes arcades. Elle avait glissé son bras sous le sien et s'y cramponnait en se demandant s'il se rendait compte qu'elle tremblait. Sur les places empoussiérées, les gens grouillaient partout autour d'eux, se croisaient, le visage inexpressif ou vaguement renfrogné, comme s'ils venaient de vivre un événement sensationnel mais immatériel. Au début, elle eut l'impression qu'ils erraient sans but, puis elle se dit qu'il devait y avoir un plan derrière une telle animation et elle le vit d'en haut, de très haut, ces innombrables files de gens qui s'amalgamaient, se mélangeaient et se reformaient en un tracé mouvant et néanmoins toujours semblable, immense complexité des individus coulant dans et à travers ledit tracé sous la gouverne de lois secrètes, immuables, et elle se trouvait au cœur de tout ça, foyer mobile, réticent. Lorsqu'ils furent entrés dans le Duomo, Vander s'assit sur un banc pour se reposer et sa canne tomba par terre avec un fracas exagéré. Offert aux regards de tous dans son confessionnal ouvert, un prêtre aux joues bleutées entendait des confessions, l'air furieusement découragé, la tête inclinée pour saisir les murmures pressants d'une vieille femme à genoux devant son genou droit. La chapelle du Saint-Suaire était fermée. Pourquoi? Cass Cleave ne comprenait pas. La femme de ménage lui avait-elle menti? Très agitée, elle courut ici et là demander à des touristes armés d'appareils photo s'ils savaient pourquoi la chapelle était fermée. Elle sentait que Vander l'observait, devinait son sourire. Les touristes la dévisageaient et passaient leur chemin, ignorant honteusement ses questions implorantes. Elle alla consulter le confesseur dans son isoloir. Il fronça les sourcils et, dans un murmure rauque, courroucé, lâcha une phrase avec brusquerie. Elle revint se tapir à côté de Vander et pressa sa main entre les siennes.

« Il est exposé quelque part ailleurs », lui dit-elle, la tête levée vers lui, puis elle se mit à se ronger l'ongle du pouce.

Dehors, la chaleur pire que jamais, l'air dense qui bourdonnait, lui évoquèrent un énorme gong en laiton sur lequel quelqu'un aurait frappé. Les gens alentour étaient moins nombreux à présent, en quête d'ombre et de fraîcheur pour la plupart, ils avaient trouvé refuge dans des restaurants et des hôtels. De nouveau, Vander se plaignit de vertige. Des perles de sueur émaillaient son front et sa lèvre supérieure et des taches sombres et humides marquaient sa veste aux aisselles et dans le dos. Un homme aux cheveux carotte les croisa. Il portait un blazer, une chemise jaune sale et des chaussures de sport crasseuses; il la fit penser à un clown dans le privé. Vander, qui semblait le connaître, tenta de lui dire quelques mots, mais l'autre se dépêcha de détaler en jetant des coups d'œil inquiets par-dessus son épaule.

Ils finirent par dénicher l'endroit où le suaire était exposé. Apparemment, sous un grand chapiteau rayé installé sur une place verdoyante entre une église et un petit palais de forme massive ; une fois entrés, ils découvrirent néanmoins que ce chapiteau ne représentait en fait qu'un accès compliqué à l'église ou au palais – ils ne purent trancher – et en tout cas que le saint suaire était exposé dans l'un ou l'autre lieu. Sous la toile, la lumière cotonneuse et dense semblait provenir d'un rêve. Il y avait des guérites pour la vente des billets, des stands de souvenirs et des panneaux de présentation en plastique qui s'allumaient et relataient l'histoire du saint suaire lorsqu'on pressait tel ou tel bouton. Vander entreprit d'en lire un et ricana. Ils continuèrent leur chemin. Un flot de gens arrivait en sens inverse, le visage vide d'expression et perdu, comme les promeneurs sur la piazza. Vander essaya d'acheter des billets, mais l'homme dans la guérite en verre fit non de la tête et esquissa, de la main, un geste de côté tranchant.

« *Chiuso*, dit-il avec une satisfaction inexorable. *Chiuso*. »

Vander réagit aussitôt, éleva la voix, mais le bonhomme refit non de plus belle et céda à un haussement d'épaules qui lui secoua tout le haut du torse.

« *Domani* », ajouta-t-il.

Ainsi donc, elle n'était pas destinée à le voir. Depuis le début, elle n'était pas destinée à le voir ; cela aussi faisait partie du plan. Le soulagement la traversa, pareil à un liquide qui vous passe juste sous la peau, chaud et vif comme du sang. Elle se mit à pleurer, ou à rire, ou les deux à la fois. Dans un sanglot hoquetant, elle se détourna rapidement et s'éloigna de Vander, de l'homme dans la guérite. À l'extérieur du chapiteau, elle s'arrêta sur l'herbe chiche et essuya ses larmes tout en prenant de grandes inspirations tremblotantes. Une main en visière devant les yeux pour se protéger de la luminosité éblouissante de midi, elle jeta un coup d'œil alentour. Que cherchait-elle, qu'espérait-elle voir ? Elle ne le savait pas. Elle avait l'impression que quelque chose de gigantesque et d'effroyable planait au-dessus de la cité, invisible, un fantôme de l'air, palpitant et lumineux, insupportablement lumineux, trop lumineux pour être visible.

Quand Vander finit par regagner l'hôtel, elle était dans la chambre, allongée sur le lit dans la pénombre, rideaux tirés. Pendant une seconde, elle ne reconnut pas sa silhouette qui, debout sur le seuil, se découpait dans la lumière du couloir. Elle se sentait floue, désincarnée. Avait-elle fait une crise sans s'en apercevoir ? Il entra, referma la porte, marcha jusqu'au lit, puis baissa les yeux vers elle. Il respirait bruyamment, essayait de deviner si elle dormait ou non. Il jeta quelque chose à côté d'elle. Elle se redressa et il alla ouvrir les rideaux. La clarté l'éblouit. Elle ramassa l'objet qu'il avait lancé. C'était un tube en carton. Il contenait une reproduction du suaire sur une étroite et longue bande de faux parchemin. Elle tenta de la dérouler sur toute la longueur du lit, mais, pareille à un store, la copie n'arrêtait pas de s'enrouler bruyamment ; pour la maintenir, elle plaça une de ses sandales à un bout et un gros guide à l'autre. À la fenêtre, Vander lui tournait le dos, le visage levé comme s'il cherchait quelque chose dans le ciel, ainsi qu'elle-même l'avait fait sur la pelouse devant le chapiteau. Elle demeura un long moment sans bouger, à genoux sur le lit pour étudier le visage curieusement paisible du Sauveur crucifié.

« Il te ressemble, dit-elle à Vander, qui ne s'était toujours pas retourné. Il est exactement comme toi. »

Quelque chose en elle n'allait pas ; elle sentit une houle monter et enfler. Elle se précipita à la salle de bains et vomit.

Elle écrivait dans son carnet de notes, et sa main courait de page en page. *Le traité de Vienne quelle année ? rétablit les rois savoyards et leur octroya la suzeraineté sur la cité de. Adélaïde de Suse épousa Odon, fils de Humbert aux mains blanches. Ses mains sont tachetées, vieilles. Suzeraineté sur. Comment ne le seraient-elles pas alors que tout le reste de sa personne est vieux ? L'enfant sans visage. Non la poupée n'avait pas de visage. Emmanuel-Philibert à la tête de fer. Main blanche tête de fer pas de visage. Papa. J'écris tout ça pour que tu saches. C'est à cause de toi que je suis ici. Je t'avais demandé comment vivre et tu m'as dit de ne pas vivre, juste de jouer. Et rigolé. Je ne sais pas quoi faire. J'ai tout le temps l'impression de dégringoler. Il ne me rattrapera pas. Les anciens marquisats d'Ivrée et de Montferrat, montagne de fer, ça veut dire, ferreux ferreux, au pied des montagnes de fer les montagnes les montagnes*

Il lui demanda ce qu'elle écrivait, essaya de lire pardessus son épaule. Il lui rappelait son père, sa façon de lui parler, de la taquiner, de se moquer d'elle. Il imitait son accent, l'appelait sa *colleen*, un terme spécifiquement irlandais, sa Cathleen Ni Houlihan, son Irlandaise sauvage. Elle se voyait gisant sous sa main, docile comme... comme quelque chose, elle ne savait pas quoi. Elle imaginait des astuces pour l'obliger à s'occuper d'elle. Elle se voyait en marionnette aux joues laquées, un sourire dingue plaqué sur la figure qui surgissait subitement devant lui, regarde-moi, regarde-moi ! Elle lui parla d'Odon et d'Adélaïde. Il se contenta de rire.

Les semaines passèrent, l'été bourgeonna. Les voix lui parlaient de lui, toujours de lui à présent. Il avait de belles mains, elle en avait peur, de ces longs doigts fins. Encore et encore, il l'interrogeait sur ce que Max Schaudeine lui avait raconté, exigeait de savoir. Elle lui mentit, déclara qu'à part les trucs qu'il avait écrits pour ce journal elle ne savait rien de plus à son sujet. Il la regardait alors, très pensif, il ruminait. Il la craignait, elle le voyait bien. Mais elle ne lui ferait pas mal. Non, elle ne lui ferait pas mal.

Arlequin.

Bien des années auparavant, en Amérique, j'ai passé deux semestres en rade sur un campus enneigé, dans la montagne loin vers l'ouest. J'attendais de prendre en Arcadie le premier d'une série de postes relevant d'un avancement toujours plus agréable et avais été invité à combler cet interlude à Frozen Peaks où ce que j'allais être tenu de faire en termes de travail devrait être d'une joyeuse sobriété pour un salaire séduisant. L'endroit, ses slaves perspectives désolées, ses bouleaux blancs et ses oiseaux bleus, plaisait à Magda et nous y serions peut-être restés si je m'étais plié à ses désirs. Nous étions là depuis une semaine à lutter contre le froid, repliés dans notre location, une maison en bois peint de couleur grise avec une balançoire sur la terrasse et, dans le jardin, un grand arbre profusément emprunté par des écureuils aux yeux en boutons de bottine quand le président de l'établissement nous invita à une réception marquant la fin ou le début d'une partie de l'année universitaire – j'ai eu beau passer beaucoup de temps dans le Nouveau Monde pédagogique, je n'ai jamais vraiment saisi ses rituels. Ce ne fut pas une soirée déplaisante Le président habitait dans une belle et vieille demeure coloniale sur une colline dominant le campus. Dans le hall d'entrée, un énorme feu de bois crépitait si énergiquement qu'on aurait cru des coups de fusil et nous fûmes accueillis par un vieux négro en veste blanche et gants blancs qui nous proposa d'une voix douce des gobelets en argent de punch fumant et, j'allais vite m'en apercevoir, extrêmement fort. Magda et moi ne connaissions personne, mais cela n'avait aucune importance. Les gens ne cessaient de nous aborder avec cette jovialité et cette familiarité – à dire vrai un tantinet suggestive – typiques des universitaires de l'Amérique profonde et de leurs conjoints. Les nœuds papillons à pois foisonnaient, les robes que les femmes portaient cette année-là avaient un haut moulant et des jupes bouffantes et, après le troisième gobelet de punch et une semaine d'air raréfié en montagne, j'éprouvai le sentiment confus d'avoir débarqué parmi une volée d'oiseaux tapageurs au plumage brillant, dont les femelles me paraissaient toutes rondes, roses, disponibles.

Le président Frost – qu'il aimait son titre ! – était un grand Suédois mince et robuste, doté d'une chevelure blonde, d'un sourire franc et d'une poignée de main à broyer des coquilles de noix. Il m'accueillit avec une indifférence chaleureuse et me présenta à son épouse, une belle femme solidement charpentée vêtue d'écarlate chatoyant qui, allez savoir pourquoi, m'assimila à un Russe et affirma avec un rire d'excuse qu'elle était sûre que les petites chutes de neige de l'Amérique ne pouvaient se comparer aux blizzards boréaux auxquels je devais être habitué. Elle prit aussitôt Magda sous son aile, Magda avec laquelle elle avait une certaine ressemblance, tandis que le président me tirait par la manche et m'entraînait dans un coin de la pièce où, affirma-t-il, nous pourrions échapper à toutes ces absurdités. Il parlait de tout et de rien avec un art consommé, détendu, sans cesser de se balancer nonchalamment sur ses talons et de regarder par-dessus la tête de ses hôtes – nous étions sacrément grands, tous les deux –, à la manière d'un éclaireur qui scrute les sommets des montagnes, sans attendre de contribution de ma part et sans vraisemblablement s'écouter non plus. Puis il s'interrompit et m'examina avec intérêt de la tête aux pieds.

« Laissez-moi vous donner un conseil, mon petit, dit-il. Vous êtes un jeune homme au physique agréable, malgré vos blessures de guerre, et je ne doute pas que la moitié des étudiantes vont tomber amoureuses de vous. Mais faites attention, et n'oubliez pas : défendu de fourrager dans la boîte à ouvrage. »

Nous gardâmes le silence un moment – qu'aurais-je pu répondre ? – et il continua à me dévisager avec, dans l'œil, un pétillement réprobateur, puis il éclata d'un grand rire occlusif et, m'ayant collé un coup de poing affectueux dans l'épaule, glissa son bras sous le mien et déclara qu'il fallait que nous allions rejoindre ces dames.

Je me suis renseigné sur le syndrome de Mandelbaum. Il n'a pas été commode de dénicher des informations, car M. Mandelbaum joue les difficiles et ne fréquente qu'un nombre restreint de malheureux triés sur le volet. La maladie elle-même se manifeste sous diverses formes, ce qui rend malaisé un diagnostic formel, mais il existe plusieurs signes récurrents symptomatiques. Les crises, signalées par leur aura, une odeur ou un parfum fantôme en général, sont caractéristiques et incitent souvent le praticien à diagnostiquer à tort une épilepsie. La schizophrénie constitue elle aussi une erreur de diagnostic fréquente, même si certains experts considèrent que le syndrome n'est rien de plus – rien de plus ! – qu'une forme rare de cette regrettable affliction. De l'avis du Dr Vander, M. Mandelbaum occupe une redoute située sur le troisième quart du mauvais côté de l'échelle entre la psychose maniaco-dépressive et la démence avérée. Le patient souffre d'hallucinations, entend des voix, manifeste un comportement compulsif et connaît des accès de paranoïa de nature parfois extrême. Là, je recours à des citations. Des palliatifs ont été essayés, l'Oréade, par exemple, ainsi que le Strige, un carbonate de lithium, et même les divers Lemure et Lamie avec des résultats d'une médiocrité décourageante. Le pronostic, pour les gens affligés de ce syndrome, n'a rien d'encourageant, bien qu'il n'existe guère de statistiques sur le long terme dans la mesure où les victimes survivent rarement – disons plutôt qu'elles s'autorisent rarement à survivre – jusqu'à la vieillesse ou même l'âge mûr.

Je savais que Cass Cleave était folle. Enfin, pas vraiment folle mais pas saine d'esprit non plus. La toute première fois où je lui ai parlé en face-à-face, dans la réception de l'hôtel, ce fameux matin, au printemps dernier, j'ai tout de suite vu qu'elle était détraquée. Je n'y ai pas attaché d'importance. En fait, c'est précisément ce qui m'a attiré chez elle. Il y avait sa jeunesse, bien sûr, et sa beauté singulière, pervertie – qu'il me fallut, soit dit en passant, longtemps pour discerner –, mais c'est le chaos et la violence de son esprit qui m'ont le plus fasciné. Sa présence n'avait rien de confortable. Dans la journée, il y avait ces irrépressibles flux de paroles entrecoupés de profonds silences derrière lesquels on décelait les vibrations quasi télégraphiques de ses nerfs à bout tandis que, la nuit, je la sentais à côté de moi qui n'arrivait pas à trouver le sommeil sur ce lit d'hôtel, l'esprit affolé, dangereusement embarqué dans son cauchemar éveillé, incontrôlable. Elle incarnait un champ de bataille où des forces incoercibles se menaient une guerre constante. Elle n'était que compulsion, ne fût-ce que dans la manière dont elle rongeait des ongles déjà rongés au sang. Je la surprenais qui m'observait de sous ses cheveux avec une sorte de conjecture sauvage, pareille à un animal qui, de son fourré, surveillerait l'approche du chasseur. À la façon singulière dont elle penchait la tête, figée, sur le qui-vive et sous le coup d'une attente haletante, je savais exactement quand elle allait commencer à entendre ses voix. Par moments, je les devinais si bruyantes qu'il me semblait surprendre quelque chose, moi aussi, une sorte de raffut chuintant, semblable au bruit de la pluie sur un toit. Puis les fugues s'amorcèrent, je crois utiliser le terme correctement. Elle se focalisait sur un petit détail précis à partir duquel elle s'embarquait dans de fantastiques transports d'imagination. Dans son interprétation du monde, tout était lié; elle était capable de faire remonter la dissolution de tel ou tel empire à la courbure d'un brin d'herbe tout en se posant en pivot du processus concerné. Tout tournait autour d'elle. Les événements les plus lointains produisaient un effet direct sur elle ou vice versa. Le pouvoir de sa volonté, et son intelligence considérable étaient fixés sur la nécessité de préserver l'ordre de la réalité. C'était sa tâche, à elle seule.

Elle y trouvait une sorte de compensation. L'affliction qui enténébrait son esprit le faisait également flamber avec une intensité farouche, effrayante. Si son cerveau avait été normal, elle serait peut-être devenue une véritable érudite; pas une grande, probablement, mais une érudite tout de même. Il y avait un brio insensé dans sa capacité à nouer des fils, apparemment sans rapport, et à les tisser en un quelque chose de brillant, en dépit de la rapidité avec laquelle le quelque chose en question pouvait se défaire entre ses mains. Je percevais chez moi une désapprobation toute professorale, presque un désarroi ; eût-elle été mon étudiante, me disais-je donc avec fatuité, j'aurais peut-être pu lui apprendre à canaliser son excès d'énergie dans la bonne direction. Elle était infichue de terminer quelque chose. Ses enthousiasmes étaient de courte durée, ses conclusions peu concluantes. Pire, elle n'avait aucun détachement, ne parvenait pas à se distancier de son sujet – comment l'aurait-elle pu puisqu'elle représentait le seul vrai sujet ? Ainsi, dans la thèse qu'elle avait entreprise, sans jamais la terminer, sur les enfants de Rousseau – pensant m'impressionner, elle avait apporté cette énorme liasse de papiers ministre cornés –, elle avait établi une comparaison discrète mais immanquable entre le destin de ces malheureux nourrissons que le philosophe et leur mère avaient abandonnés dès leur naissance aux soins d'un orphelinat, et ce qui lui semblait être sa triste situation personnelle d'orpheline spirituelle. Et Kleist, dont elle avait essayé de décrire en détails exhaustifs les dernières heures, accablantes, sur terre n'incarnait, dans l'idée qu'elle se faisait de lui, que son précurseur et rien de plus. Elle avait fait une bonne demi-douzaine d'établissements scolaires dont elle était sortie aussi vite qu'elle y était entrée : son papa, un comédien autrefois célèbre, à l'en croire, et désormais fini, se montrait financièrement compréhensif. Je m'étonne qu'elle n'ait pas atterri en Arcadie. Cependant, ce qui la rendait particulièrement difficile, particulièrement exaspérante dans ses rapports avec autrui, c'était que, même dans ses transports fantaisistes les plus fous, il y avait toujours quelque part un noyau dur de réalité banale, saine, simple pour lequel elle exigeait une reconnaissance qu'elle obtenait, et qu'elle utilisait ensuite pour vous crocheter plus profondément dans le tourbillon de ses fantasmes. Elle était maligne. Elle arrivait toujours à juger – enfin, pas toujours, pas à la fin – jusqu'où aller et quand s'arrêter. Je la revois encore, assise en tailleur sur le lit, les coudes en appui sur les genoux, la tête enfoncée entre les omoplates, une main dans les cheveux, en train de parler inlassablement, puis relevant brusquement les yeux à la dérobée, attentive, évaluant d'un regard l'échelle de mon scepticisme, de mon exaspération ou de mon ennui et ajustant alors l'intensité de son insistance.

Le plus étrange de tous les symptômes de son état, plus bizarre encore que ses crises, c'étaient les moments d'absence totale dans lesquels elle tombait brutalement, sans prévenir, et dont il ne fallait ni la tirer ni la rappeler tant que l'autre lieu où elle s'était rendue, quel qu'il fût, n'était pas disposé à la libérer. Car c'étaient des absences. En effet, elle avait beau paraître en catatonie, elle gardait quelque chose d'une telle vitalité, d'une telle – comment dire ? –, d'une telle immanence qu'elle était manifestement tout à fait consciente, mais, si l'on peut dire, consciente ailleurs. J'avoue que ces errances me déconcertaient au plus haut point. Elle se mettait à bredouiller, puis se figeait à la manière d'une statue dotée de souffle, et je la sentais se quitter, dans le sens où les Anciens croyaient pouvoir sentir l'âme déserter le corps du mourant. Moi aussi, je m'arrêtais, cloué sur place comme si j'avais surpris le passage d'un fantôme, et j'attendais qu'elle revienne. Nous ne parlions jamais de tout cela. Je ne demandais jamais où elle était allée ni même si elle savait qu'elle s'était absentée. En fait, retenu par une réserve aussi arbitraire et rigide que n'importe quel tabou primitif, je ne faisais jamais allusion à aucun des symptômes de son état et en tout cas pas à son état. De même qu'elle préservait le monde, je me devais aussi de préserver quelque chose en elle, une ultime parcelle, fondamentale, de décence, de solitude et d'équilibre. Mais, pour ne pas donner une image de moi ployé en une hiératique soumission aux pieds d'une capricieuse déesse de la Lune – pourtant, ils étaient ravissants, à leur façon, ses longs pieds larges, minces et pâles –, je dois cependant avouer que la manière dont je la traitais en général n'avait rien de joli, non, absolument rien de joli. Elle n'avait pas toute sa tête et n'était guère plus qu'une enfant, une pauvre âme perdue et endommagée qui me faisait confiance et dont j'ai trahi la confiance. Pour ma défense, même si je ne mérite pas d'être défendu, je ne fournirai que deux éléments, dont le premier découle du second. J'avais honte. Cela dit, il y a honte et honte. Celle qui me valait de transpirer était du genre de celles que l'on n'éprouve que dans ces rêves où l'on se retrouve surpris pantalon baissé en place publique. Ne te méprends pas sur mon compte. Mon embarras n'avait rien à voir avec le fait que j'avais profité d'une créature qui avait une fraction de mon âge et l'esprit malade. Les sourires goguenards des serveurs de l'hôtel, l'air désapprobateur de Franco Bartoli ou la sympathie condescendante et tristement souriante de Kristina Kovacs me laissaient de marbre ; pour ce qui est du désir et de ses accomplissements, je suis et ai toujours été au-delà du bien et du mal ou du moins au-delà du tact et du mauvais goût. Non. Le problème se situait ailleurs. Voici le second élément de ma défense et l'origine de ma honte : le fait, simplement, que je l'aimais.

J'espère avoir ménagé un laps de temps décent pour que s'apaisent rires, huées et sifflets. Il me faut à présent nuancer cette déclaration surprenante. Ce fut une grande surprise, un grand choc pour moi, en cette tardive, ultime phase de ma vie, de découvrir que j'abritais une émotion si soudaine et si peu familière, sinon oubliée. En tout vieillard, en moi en tout cas, vit un jeune impénitent qui ne s'est jamais lassé de l'amour, de la variété Keats et clair de lune, et qui, à la moindre incitation et dans les circonstances les plus inopportunes, bondit, bouquet à la paluche et gland palpitant, prêt à escalader le lierre menant au balcon croulant sous les roses de la chambre de sa bien-aimée. Mais le Roméo cramoisi et pâmé que j'évoque ici est du genre sérieux, solennel ; il cherche plus qu'une simple gratification de la chair. Dans le domaine amoureux, j'ai beau avoir tendance, comme tous ceux de mon espèce – les hommes, je veux dire, jeunes ou vieux –, à feindre le détachement, il n'empêche que j'approche le corps féminin sur les genoux de mon âme. Jamais, depuis ce soir d'avril au temps de mes premiers printemps quand cette vilaine petite Lili Erstenheim a soulevé pour moi ses jupes dans la pénombre sous l'escalier de notre immeuble, puis attrapé en riant ma virginité roide pour la glisser sans effort, comme une sucette, dans le trou chaud entre ses cuisses maigrelettes, jamais, dis-je, je n'ai pu percer ce saint des saints, partout où il m'apparaît, sans un frisson religieux. Comment enfoncer la chair vivante d'un être vivant dans la chair vivante d'un autre pourrait-il être un acte autre que sacré ou sacrilège ?

Je ne dis pas que cet état de révérence exaltée réchappe intact à ses prolongements sous forme de suées et de draps enchevêtrés, ainsi qu'à cette odeur de varech et d'ammoniac particulièrement mélancolique qui flotte encore dans l'air alors que la houle de l'amour a reflué. Après la première fois, les deux premières fois, dans la chambre d'hôtel, où, à moitié soûl et obscurément terrifié, je m'étais jeté sur Cass Cleave, je m'étais aussitôt demandé bien entendu comment j'allais me débarrasser d'elle. D'amères expériences dans les tout débuts de ma carrière universitaire m'avaient appris une leçon simple et néanmoins péremptoire, à savoir qu'on peut coucher avec une étudiante une fois et s'en tirer, mais que répéter la prestation équivaut à jurer une dévotion passionnée à vie avec mariage, enfants, belle grande maison, dîners fins, voyages à l'étranger, petit quelque chose à la campagne, longue et vigoureuse retraite ensemble, puis larmes au bord d'une tombe assorties d'un héritage confortable. Durant ce long après-midi que je passai au lit, je réfléchis soigneusement à la petite épreuve que je traversais. Contrairement à ce que j'avais supposé, Cass Cleave n'avait assurément rien d'une rivale vengeresse résolue à me détruire, moi et ma réputation ; ce n'était, me semblait-il, qu'une jeune femme brillante bien qu'instable qui, ayant débusqué les erreurs de jeunesse d'un grand homme, désirait voir quel profit elle pourrait éventuellement en tirer. Si ça se trouve, ces heures de passion dans les bras du coupable professeur suffiraient à acheter son silence. Après tout, me dis-je, ce vaurien de Schaudeine ne lui avait peut-être pas révélé le vrai secret à savoir, le secret de ma ou, devrais-je préciser, de la véritable identité d'Axel Vander. Oui, un baiser, une culbute brutale, quelques mots d'amour bien torchés – *jamais encore, ma petite chérie, jamais encore je n'ai connu un tel, un tel... !* – et, hop, je pourrais me relever de ce fichu lit, coiffer mon chapeau et prendre le large. Mais je n'y parvins pas. Au début, il me fut facile d'avancer des prétextes pour avoir encore différé la rupture. Il me fallait du temps, n'est-ce pas, pour lui tirer tout ce qu'elle savait à mon sujet. En plus, elle était mentalement perturbée : si je la laissais partir à ce stade-là, comment deviner ce qu'elle risquait d'inventer pour m'incriminer ? Même si elle se bornait à faire courir à l'étranger le bruit que j'avais couché avec elle, j'allais devenir la risée de tous – qu'y a-t-il de plus grotesque qu'un vieillard lubrique et amoureux ? – et, en plus, je n'aurais pas été surpris si, du fait d'une loi antédiluvienne mais toujours en vigueur dans ce pays paternaliste et ardemment catholique, notre différence d'âge ne m'eût rendu coupable, techniquement parlant, de viol. Non, non, il fallait qu'elle reste à mes côtés, sous ma surveillance, c'était la seule stratégie sûre et raisonnable.

J'eus beau essayer de toutes mes forces, je ne pus néanmoins me cacher le fait, aujourd'hui intolérablement honteux pour moi, que j'en pinçais pour elle autant que n'importe quel gonadolescent pour sa petite amie. Elle personnifiait, je suppose, le dernier feu dans l'hiver de ma vie. Voici la partie que je souhaiterais éviter. Qu'est-ce que je me tortille en y pensant ! Je voulais lui plaire. Je voulais qu'elle m'admire. Je voulais qu'elle tombe en déliquescence dans mes bras, anéantie sous l'effet du désir stupéfait et de l'adoration. Je fis toutes les sottises que fait un vieillard épris d'une jeunette. J'essayai de paraître jeune, naturellement. Je traitai mes afflictions physiques à la légère. Tiens, j'allai jusqu'à m'acheter une nouvelle cravate de couleur vive. Je nourrissais le doux rêve – j'en rougis, j'en rougis – de l'emmener dans une clinique huppée et fabuleusement chère où elle guérissait de sa maladie, où ensemble nous bannissions M. Mandelbaum, l'intrus, et ravaudions son esprit. Dans mes rêveries, j'imaginais le lieu, une résidence d'un blanc éclatant, astucieusement conçue pour ressembler à un pavillon de ski, accrochée à un à-pic alpin, avec couloirs feutrés, personnel toujours souriant et véranda dégagée où mon amour, vêtue d'une blouse immaculée, somnolait dans l'atmosphère pure aux senteurs de pin ; installé à côté d'elle, je serrais sa main dans la mienne aussi doucement que s'il se fût agi d'un oiseau endormi ; du côté opposé, le bon *Herr Doktor* Jungfreud avec sa barbe, ses lunettes et sa pipe nous souriait d'un air bienveillant, et déjà la cure opérait rien que par la générosité de son regard. Puis nous entamions triomphalement nos voyages ensemble. Nous allions partout, à Paris, à New York, à Zacatecoluca, à Hy-Brasail, l'île enchantée ! Et je lui apprenais des choses, je lui apprenais tout ce que j'avais glané au cours de ma longue existence. Car je savais, bien entendu, que le chemin de son cœur passait par mon esprit. J'écrivais enfin le chef-d'œuvre qui, durant toutes ces années, lui confiais-je, était resté solidement bouclé en moi, attendant qu'elle vienne m'en apporter la clé. Elle était ma Béatrice, ma Laura, ma Trilby. Que de moments nous allions avoir – que de temps : pour elle, j'allais vivre éternellement. Quel superbe fantasme ! Or, si j'avais éprouvé le moindre sentiment humain, honnête, réel à son égard, je l'aurais protégée, j'aurais veillé sur elle et ne l'aurais pas lâchée à la manière du poivrot qui lâche son verre plein à ras bord. Même ça n'est pas tout à fait juste, je ne peux même pas mettre ma négligence sur le compte de l'ivrognerie. C'était un pur manque d'attention. L'objet de ma véritable considération, ce n'était pas elle, la prétendue bien-aimée, mais moi, celui qui aimait, prétendument. N'en est-il pas toujours ainsi ? L'amour ne représente-t-il pas le miroir en or poli dans lequel nous contemplons notre moi étincelant ? Ah, vois comment je me contorsionne pour essayer d'échapper à ma culpabilité : tous les amants n'aimant en fait qu'eux-mêmes, je ne suis qu'un de plus parmi la multitude. Ça ne collera pas ; non, ça ne collera pas.

Je suis, voilà qui doit être clair désormais, un personnage tout en faux-semblants. En cela, je ne suis peut-être pas seul, peut-être en va-t-il ainsi pour tout le monde, plus ou moins, je ne sais pas et je m'en moque. Ce que je sais, en fait, c'est que, à force d'avoir passé ma vie en me sachant – même s'il ne s'agissait que d'une impression – constamment observé, constamment surveillé, je ne suis que façade ; fais le tour et viens voir, derrière, tu ne trouveras qu'un peu de sciure, quelques étançons et un fouillis de câbles. Dans tout le corps de mon texte, il n'y a pas un os de vrai. Je me suis fabriqué une voix, comme jadis une réputation, avec les matériaux que j'ai chipés chez d'autres. L'accent que tu entends n'est pas le mien, car je n'ai pas d'accent. Des mots qui sortent de ma bouche, il n'en est pas un que je puisse croire. Je me suis servi de Cass Cleave pour tester mon être authentique. Non, non, plus que cela : je lui ai sauté dessus pour qu'elle soit mon authenticité même. C'est pour cela que je la tringlais, pas pour le plaisir ni pour la jeunesse ni pour d'ultimes miettes de la grande fête de la vie, rien d'aussi frivole ; elle représentait ma dernière chance d'être moi.

À propos, je trouve curieux d'avoir oublié de noter combien mon état d'amoureux transi ressemblait à cette fantasmagorique parodie de passion dans laquelle la pauvre Magda avançait à l'aveuglette sur la fin. Elle donnait l'impression d'être mentalement revenue à nos premiers jours ensemble. Elle s'asseyait à côté de moi et me caressait la main, ou le cou, en me murmurant des tendresses. Son sourire pudique et néanmoins ardent reflétait le sourire d'une jeune fille pour la première fois surprise par la passion. Son grand front avait perdu ses rides, ses prunelles avaient gagné en clarté. Elle me suivait partout dans la maison, poussait des soupirs languides ou, pire, riait tout bas, lubriquement. Je ne savais comment réagir devant ces grotesques manifestations d'ardeur. Et, de toute façon, dans son entendement délabré, elle enjolivait certainement le passé, car je n'avais assurément aucun souvenir de m'être jamais embarqué avec elle dans ce genre de badinage érotique. Peut-être me confondait-elle avec quelqu'un d'autre, mon prédécesseur le Polonais, par exemple. Mais ce petit rustaud aux muscles hypertrophiés se serait-il soumis plus volontiers que moi à des revendications d'affection aussi suggestives ? Peut-être mettait-elle en scène une autre sorte d'amour ? Peut-être entrevoyait-elle en moi l'enfant qu'elle n'avait jamais pu avoir – un avortement bâclé dans sa jeunesse l'avait rendue stérile – et me prenait-elle pour son vieux fils géant, le Cyclope à la jambe de bois ? N'empêche, c'était alarmant de constater à quel point elle m'émouvait quand je la voyais dans cet état. Un jour, alors que nous étions assis côte à côte sur le canapé, dans le living, et que j'essayais de lire, elle posa sa lourde tête sur mon épaule avec un petit gémissement de tendresse – il était midi et j'avais déjà commencé à boire – et je me mis brusquement à pleurer. Magda leva les paupières et me regarda avec une expression voisine de l'étonnement ravi. Elle porta la main à mon visage, ramassa, avant qu'elle ne tombe, une larme sur le bout de son doigt et examina avec une stupeur émerveillée cette perle ronde, claire et étincelante qui magnifiait les volutes de sa peau et affichait sur son bord le minuscule reflet incurvé de la fenêtre devant laquelle nous étions assis.

Inutile de dire que je ne versais aucune larme en présence de Cass Cleave. J'ai peut-être été le plus épris des vieux satyres à avoir jamais trébuché dans les pas d'une nymphe aux formes séduisants, je ne me suis néanmoins jamais défait ni de ma fourberie ni de ma dissimulation innées. Je veillai à me comporter comme si je la tenais émotionnellement à distance. Je me moquais d'elle, l'attrapais par le poignet que je serrais comme dans un étau jusqu'à ce qu'elle blêmisse de douleur. Pourtant, en dépit de toutes mes parades et fanfaronnades devant elle, il dut y avoir par moments chez moi, dans un coup d'œil ou un regard appuyé, une lueur implorante, abjecte, frémissante que même elle, l'égocentrique, reconnut forcément et décoda.

J'ai essayé, j'ai essayé de la comprendre. J'ai essayé de la voir telle qu'elle était. J'ai essayé de m'introduire dans son monde intérieur, mais même à ces moments, bien trop rares, où je réussis à me tailler un chemin à travers les fourrés de fantasmes et d'illusions au milieu desquels elle était piégée, je ne parvins qu'à un immémorial lieu d'enfance, à une région de prose sans emphase ni accent, à un repaire huppé de la troisième personne. Elle ne voulait pas qu'on la comprenne ; il n'y avait pas là de présence singulière, unifiée, à comprendre. C'était une de ces créatures – Magda en était une autre – qui existent sur un plan intermédiaire entre l'inanimé et l'hyperanimé, entre la glaise et les anges. En dépit des revendications que je semble peut-être faire valoir pour prouver le contraire, je suis une âme ordinaire. Mes désirs sont humains, mes aspirations de ce monde. À deux pas de la tombe, je me suis senti heureux et gratifié de m'être déniché une jeune femme – devrais-je le nier ? Et elle, que voulait-elle de moi ? À l'époque, j'ai cru, parce que c'était plus commode, qu'elle courait après le profit, une promotion, un peu de gloire ou, à défaut, de notoriété au moins. Que je l'ai méjugée !

Quand s'est-elle produite, cette fameuse culbute dans l'amour, quand me suis-je noyé dans ce Rubicon ? Impossible à dater précisément, mais je m'attache pourtant à tel moment inscrit dans ma mémoire qui, lorsque je l'évoque, déclenche l'accès de douleur apparemment le plus éloquent, le plus perçant de tous les accès de douleur que j'éprouve aujourd'hui. Il se situe à la fin de cette période de para-hospitalisation forcée à l'hôtel durant laquelle elle refusa de me quitter des yeux plus de quelques minutes d'affilée. Mon foie avait fini par se remettre un peu des excès alcooliques que je lui avais imposés durant des décennies et, avec un acharnement singulier, depuis mon arrivée dans la ville. Depuis ma jeunesse, je n'avais jamais été totalement sobre l'espace d'une journée entière et, là, après une quinzaine sans un verre, mon esprit était d'une lucidité telle que la tête m'en tournait presque. C'est à peine si je notais un tremblement par-ci, par-là, moi qui, depuis le début de l'âge adulte, n'avais jamais eu la main vraiment ferme. J'avais une conscience exaltée de ce que j'étais, une impression tout juste supportable d'être ouvert au monde comme une blessure, des sentiments qui remontaient à mon enfance, époque où la maladie ressemblait à une chrysalide dont on se défaisait en bataillant pour accéder à une nouvelle et frémissante version, encore poisseuse et pas tout à fait opaque, d'un ancien moi, moins développé. Tout alentour paraissait extrêmement net, épuré et presque douloureux au toucher et même à la vue. Ce jour-là, ce jour que j'évoque, le crépuscule approchait, le vent était tombé, l'air était chaud et figé et, debout près de la fenêtre ouverte de la chambre d'hôtel, je réapprenais à nouer ma cravate – extraordinaire ce que la maladie peut vous dépouiller des facultés les plus élémentaires ; en bas, dans la rue, des voitures circulaient, des gens faisaient du bruit tandis que des oiseaux d'une espèce quelconque tournoyaient lentement à une hauteur incroyable, si je me penchais en avant en tendant le cou, je les apercevais très haut dans le ciel poudreux, mauve, de cette fin de journée. Je tournais le dos à Cass Cleave, mais son reflet, de trois quarts, posait à mes côtés dans le miroir de la porte d'armoire. Quelque chose dans son attitude m'obligea à réfléchir. Assise sur le bord du lit défait, immobile, pieds nus, le dos rond, une chaussure dans chaque main, elle regardait fixement devant elle avec une figure de désolation impuissante que la blancheur crue du drap et l'éclat malveillant de la tête de lit en acajou près d'elle me parurent en un sens refléter et en un sens amplifier. Je lui avais déjà vu cette figure, elle l'avait toujours quand l'intolérable difficulté d'être exceptionnellement et inéluctablement elle-même lui imposait pareille halte déboussolée en plein milieu d'une phase parfaitement ordinaire et triviale des incontournables affaires de l'existence. Pour elle, deux chaussures, la gauche et la droite, pouvaient représenter un problème aussi insoluble que n'importe quelle autre énigme que le monde pouvait lui soumettre. Je notai avec une sorte de tendresse horrifiée sa peau d'une blancheur translucide sur ses tempes dégagées du fait qu'elle avait relevé et tiré ses cheveux en arrière, la forme de ses genoux sous le tissu léger de sa robe et, sur ses tibias, les deux faibles reflets de la lumière de la fenêtre. Pendant un instant, son altérité m'éblouit. Qui était-elle, qu'était-elle, cette créature incompréhensible, assise là de manière aussi convaincante dans ce profond écrin d'espace reflété ? Pourtant, c'était précisément ce elle, dans l'impénétrable mystère de ce elle totalement autre, que je désirais soudainement avec une violence qui me serra le cœur. Ce que je convoitais et dans lequel je rêvais de m'enfouir jusqu'à la garde, c'était le fait qu'elle était elle-même, le fait qu'elle était pour moi à jamais inaccessible. Tu me suis ? Au fond, c'est tout ce que j'ai toujours voulu, sincèrement, sortir de moi-même pour me hisser à bras-le-corps dans quelqu'un d'autre. Rien ne bougeait plus. Je n'osais esquisser un seul mouvement ; il me semblait que si j'essayais de me tourner je n'y parviendrais pas, comme si l'air était passé de l'état gazeux à l'état solide et que je me trouvais fermement piégé à l'intérieur. Je crus entendre l'appel discret des oiseaux au loin. Puis elle se pencha, soupira et posa ses chaussures par terre, l'une à côté de l'autre ; son geste dérangea l'atmosphère et fit trembler le miroir, un pâle frisson parcourut le verre, les cris des oiseaux devinrent les bruits des automobiles dans la rue, elle se leva, commença à dire quelque chose, et, là, je me tournai réellement vers elle, le vrai elle pas celui du miroir et quand elle vit la tête que je faisais – c'est moi maintenant qui devais ressembler au plus fou des deux – elle écarquilla les yeux, chancela, parut reculer et en même temps basculer irrésistiblement en moi – je nouai alors mes bras de singe autour d'elle et l'enlaçai si fort entre mes bras immondes et décrépits qu'elle suffoqua, je sentis son souffle palpiter contre mon cou et, si j'avais pu parler, j'ignore ce que j'aurais dit.

En dépit de ces échanges d'une intensité mystérieuse, il y a, quand je repense à ces moments qui, somme toute, appartiennent encore au passé récent, étonnamment peu de choses que je puisse voir, étonnamment peu de choses qui, dans le carreau embrumé du temps, ne me paraissent pas distantes, diffuses, rapetissées et floues. Des trois mois et quelques – le « et quelques », à propos, est en option – où nous avons été ensemble, où elle a été avec moi ou moi avec elle – je ne sais pas trop comment présenter la chose –, je ne garde en mémoire que des fragments pitoyablement peu nombreux. Comment passions-nous le temps, comment remplissions-nous les heures banales, les matins arrêtés, les midis torpides, les soirées tout en couloirs déserts et en air aussi dense qu'une onde de choc après une explosion ? Je nous revois assis l'un en face de l'autre à une table de l'immense salle à manger feutrée de l'hôtel où la lumière des chandeliers rappelle la lumière d'une morgue, où les serveurs en veste crème tripotent leurs nœuds papillons et inspectent lugubrement leurs ongles. Le seul autre habitué est là, un vieux monsieur aux cheveux argent installé à demeure dans une suite du dernier étage et qui a sa table à lui dans un coin proche des miroirs, il émet de sourds bruits d'aiguilles à tricoter avec son couteau et sa fourchette et s'interrompt parfois pour se racler délicatement la gorge derrière un joli poing blanc. Ce sont les seuls bruits que j'entends, le cliquetis des couverts et le raclement de gorge du vieux monsieur. Nous devions parler, Cass Cleave et moi, ou elle au moins devait s'en occuper, puisqu'elle parlait continuellement, à table, au lit, dans les rues, dans les trams et les taxis pour me raconter des trucs, mais de tout cela il ne subsiste plus, à mes oreilles, qu'une sorte de bourdonnement profond et creux, du genre de ceux qui se prolongent un moment dans une salle de spectacle après le départ du public. Nous faisions des choses ensemble, elle et moi, nous visitions des endroits, des musées et assimilés, avec le zèle de n'importe quel couple de touristes. Nous allâmes à Milan, à la Brera, admirer le Christ mort de Mantegna et la Madone grecque de Bellini. Nous fîmes une excursion à Gênes et passâmes un agréable après-midi à nous balader dans le grand cimetière de Staglieno ; l'air y sentait légèrement, douceâtrement, les cadavres en décomposition sous l'argile, dans les caveaux en marbre partout alentour et elle se montra fascinée par les panneaux plus grands que nature qui tapissaient les longues arcades illustrant dans la pierre les activités domestiques des défunts. Pourtant, même dans les souvenirs que je peux avoir de ces jours particulièrement mémorables, ce n'est pas elle que je distingue mais quelque chose de beaucoup moins substantiel, une présence vacillante à peine plus consistante apparemment que la rêverie chimérique de l'après-midi d'un vieillard. Est-ce simplement parce que j'étais si vieux et elle si jeune qu'il me reste si peu d'elle ? Comment aurait-on pu espérer que je la voie clairement alors que je n'avais que mes yeux chassieux pour scruter le gouffre des années qui béait entre nous ?

Avec le temps, l'affaire qui au départ l'avait conduite vers moi intervint de moins en moins souvent entre nous. Si j'y pensais, je faisais un regain d'efforts, plus ou moins énergiques, pour obtenir qu'elle me révèle tout ce qu'elle savait sur moi et mon passé voilé, pour ne pas dire dissimulé dans un suaire de mystères, mais toujours en vain. Pourquoi l'aurait-elle fait alors qu'elle croyait que c'était cette ignorance qui lui permettait d'avoir prise sur moi ? J'admets avoir plus d'une fois recouru à la force pour tenter de lui soutirer un aveu. Je la revois encore, dans la chambre d'hôtel, tapie dans la ruelle séparant le lit du mur où je l'avais obligée à s'agenouiller, le visage blême de douleur, les yeux levés vers moi qui me penche vers elle avec mon horrible sourire et lui tords le bras au risque de lui déboîter l'épaule en lui promettant d'aller plus loin si elle ne me dit pas tout – tout, attention ! – ce que ce combinard de Schaudeine lui a raconté ce fameux jour à Anvers. Qu'elle est curieusement calme, qu'elle a l'air solennelle en dépit de la souffrance que je lui inflige ! Bien entendu, c'était un jeu entre nous. Ce qui importait désormais n'avait plus aucun lien avec ce qu'elle pouvait savoir de mes misérables méfaits. Quoi que je puisse affirmer, j'ai toujours attendu, espéré que quelqu'un surgirait subitement devant moi, mon secret entre les mains, en me menaçant de le dévoiler à l'univers entier. À quoi bon un secret, quel pouvoir recèle-t-il, si tout le monde ignore son existence ? À présent que je risquais une dénonciation imminente, la disgrâce, le dégoût et les railleries générales qui ne manqueraient pas de s'ensuivre, mon attitude se rapprochait davantage d'une sorte de fatalisme crâneur que de l'épouvante. Moi qui jadis me terrais dans l'inquiétude la plus vive, effrayé sans savoir de quoi au juste j'avais peur, voilà que je me voyais en assiégé résolu, Tête Ronde soudain devenue Cavalier. Je me sentais, je l'avoue, tout à fait dans la peau du parfait félon.

Laisse-moi néanmoins essayer – encore une fois, la dernière, tant que je suis d'humeur – de décrire comment les choses se passaient vraiment entre Cass Cleave et moi. Je propose une série de scènes, dans l'esprit d'une frise, dépeignant une pâle jeunesse pourchassée par un vieillard libidineux sur fond de paysage urbain marmoréen. Le vieux porte un habit bigarré, un masque et un plumet, des tas de losanges de tissu et une monstrueuse braguette attachée en dessous du ventre. Sur chacun des tableaux, il affiche une pose étudiée pour le bénéfice de la jeune femme : tantôt joyeux gaillard, main sur la hanche, tantôt amant diabolique, déchaîné, irrésistible, tantôt universitaire agité flanqué de sa bougie et de son livre. La jeune femme, devant lui, observe ce cirque avec une expression patiente et empreinte de tolérance, Colombine rêveuse attendant qu'il ôte masque et habit bigarré ; il lui rappelle sinistrement son père dans ses différents rôles. Regarde-les sur les hauteurs de la rive opposée du fleuve, sur une route étroite et sinueuse à flanc de colline surplombée d'arbres sombres. C'est une soirée étouffante, d'un gris de couteau, sans personne dans les rues, et Franco Bartoli les a invités à dîner. Ils descendent d'un taxi. Elle aide notre vieux bonhomme avec sa canne et sa jambe inutile, s'efforce de ne pas lui laisser voir qu'elle voit le tremblement maladif de sa grande main aux jointures blêmes cramponnée à la poignée de sa canne. Une rafale de vent chaud secoue les arbres, argente le feuillage; elle se fait de nouveau la réflexion – ce n'est pas la première fois – que la cité paraît respirer, péniblement, à la manière d'une vieille créature vivante. Elle prend son compagnon par le bras et ils traversent la rue. L'espace d'une seconde, elle le voit au-dessus d'elle, nu, gigantesque, décharné et flasque, le cheveu fou, les prunelles flamboyantes, la bouche ouverte. Puis elle se voit le tenir; elle ressemble à la Madone anatomiquement invraisemblable de cette peinture qu'ils ont contemplée quelque part, dorlotant un Christ géant sur ses genoux écartés sans plus d'efforts que si elle berçait un bébé.

L'immeuble où habite Bartoli est ancien, mais, à la place d'une porte d'entrée, il y a un simple panneau vitré qui, au début, leur paraît noir et opaque. Vander fait tourner sa canne comme un moulinet, puis écrase la virole sur la sonnette. Le tintement nasal de la sonnerie retentit très loin quelque part à l'intérieur. Ils attendent, considérant d'un regard vide leurs ombres sans visage sur la vitre devant eux. Dans la grisaille, battue par le vent, de la soirée, la jeune femme devient soudain quelqu'un d'autre un instant. La lumière inonde le hall – le verre est clair, et pas noir – et le transforme en une cellule d'une blancheur crue où pénètre Franco Bartoli. À sa vue, Vander se met à souffler bruyamment par les narines, comme s'il venait de boxer quelqu'un.

« Regarde ! s'exclame-t-il dans un ricanement. *Une forme de lumière... !* »

Pareil à un jouet mécanique en devanture d'un magasin, le petit homme s'avança prestement vers eux ; il affichait un sourire guilleret et paraissait comme toujours se déplacer sur la pointe des pieds. Puis il s'arrêta pour presser un bouton sur un panneau du mur et la porte vitrée coulissa en douceur. Il les accueillit d'un mouvement mi-révérence, mi-pirouette, puis tendit la main et attrapa le bras de Vander d'une poigne virile en même temps qu'il se penchait pour effleurer la main de Cass Cleave de ses lèvres chaudes et sèches.

« Vous êtes venus à deux ! s'écria-t-il. Quelle bonne surprise ! »

Cass Cleave n'avait pas été invitée, mais Vander avait insisté pour qu'elle l'accompagne, et elle était donc là. Bartoli frappa dans ses petites mains pour les pousser devant lui dans le couloir. Il portait un petit costume ajusté, une chemise blanche aux manchettes larges et amidonnées et une cravate bleu ciel en tissu brillant. Vander traînait sa canne derrière lui en en faisant crisser le bout en caoutchouc sur les dalles en marbre. Puis une porte en acier d'une épaisseur à sceller un caveau les défia. Bartoli frappa bruyamment contre le métal et remarqua avec fierté que son installation avait exigé beaucoup d'efforts et de frais. Les sourcils froncés, Vander l'observait avec attention.

« La barbe, fit-il enfin avant d'éclater de rire. Vous l'avez rasée ! »

Et, en effet, il s'en était débarrassé, révélant des joues pâles et d'une rondeur enfantine ainsi qu'un bout de menton pointu fendu d'un trou. Bartoli rougit, baissa les paupières pudiquement, puis se tourna et appuya sur un truc qui commandait l'ouverture de la porte en acier. Tout l'intérieur, par contraste avec le verre, le marbre et le métal de l'entrée, était en vieux bois patiné, en épais rideaux bruns et en parquet inégal et craquant. L'éclairage, faible et jaunâtre, semblait émaner chichement des murs mêmes, et il flottait une odeur vaguement malpropre, d'autrefois, de vieilles gens. Des voix leur parvinrent d'une pièce un peu plus loin. Ils traversèrent un couloir tapissé de livres, se frayèrent un chemin à travers un espace mystérieusement dépourvu de lumière où se profilaient d'obscurs objets non identifiables et arrivèrent dans une salle à manger étroite et haute de plafond encombrée de meubles énormes, sombres et accablants. Assis à la table du dîner attendaient, le visage levé, Kristina Kovacs et un homme d'âge moyen, solidement charpenté, avec une crinière de cheveux gris fer pommadés et rejetés en arrière, séduisant et conscient de l'être. Au moment précis où Vander et Cass Cleave apparaissaient entra par une porte opposée une minuscule vieille dame accoutrée de dentelle noire qu'ils prirent pour la mère de Bartoli. L'attention fixée sur ce dernier, la vieille femme leva deux menottes brunes et tremblotantes et se lança aussitôt dans un discours volubile. Bartoli leva lui aussi les mains pour lui intimer le silence et tenta de présenter le grand costaud à Vander et à Cass Cleave, mais le croassement intarissable de la vieille étouffa ses efforts. Il la prit alors par les épaules, la fit tourner puis lui imprima une ferme petite poussée et, d'un pas chancelant, elle sortit par la porte par laquelle elle était entrée en continuant à jacasser. Le grand bonhomme se redressa puis se pencha par-dessus la table pour serrer vigoureusement la main de Vander tout en enveloppant Cass Cleave d'un regard perçant et admirateur. Bartoli, lui, tournicotait autour de la table avec force chichis, tirait une chaise, redressait un couvert. Vander s'inclina pour dire quelques mots à Kristina Kovacs, qui lui sourit et tapota la main qu'il venait de lui poser sur l'épaule. Cass Cleave, pour sa part, se tenait bizarrement de travers, un pied croisé par-dessus l'autre, les mains dans le dos, le regard perdu dans un vide abyssal. Bartoli se dépêcha de lui faire une place : l'homme aux cheveux gris et Kristina Kovacs durent pousser leurs chaises et, durant un instant, la pièce ne fut que mouvements confus et murmures sous le regard de Vander, qui suivait la scène avec un grand sourire ravi. Là-dessus une seconde vieille dame, plus petite encore que la précédente, fit son apparition. Elle avait un petit visage rond parfaitement lisse et un minuscule nez incurvé et pointu en bec de pinson. Il s'avéra que c'était elle la vraie Signora Bartoli. Debout sur le seuil, elle considéra l'assistance d'un air placidement interrogateur, en souriant gentiment, comme si, ayant entendu ces voix, elle était venue voir qui pouvaient bien être ces inconnus. Son fils lui cria de s'asseoir; elle était sourde comme un pot. L'homme aux cheveux gris présenta un étui à cigarettes à Cass Cleave. Bartoli ayant réussi, après bien des manœuvres, à piloter sa mère jusqu'à sa place se planta à côté de son siège, en bout de table, radieux. Puis la première vieille dame réapparut, brandissant un large plat de riz très haut entre ses mains fragiles. Bartoli servit le vin. Le riz exsudait l'arôme d'aisselle des champignons des bois. La minuscule cuisinière battit en retraite vers la cuisine. Ils s'assirent. Ils mangèrent. Il dit. Elle dit.

Qu'ils sont saugrenus, ces rassemblements humains ! Et, pourtant, pourquoi est-ce que je dis cela ? Quels sont donc les rassemblements pas saugrenus auxquels je les compare ? L'humain, nous n'avons que ça. Quant aux gens, ils sont simples, beaucoup trop simples. Prenons Franco Bartoli à présent, il trône joyeusement en bout de table avec ses bajoues fraîchement glabres et son minuscule menton bleuté indécemment fendu. Il est vif, ne laisse rien passer. Il sait entretenir une conversation tout en en écoutant une autre. Ce soir, il se sent en sûreté au centre de son petit monde de femmes, sa mère le regarde en souriant, Maria la cuisinière se plie en quatre pour lui, Kristina Kovacs est assise à sa droite, Cass Cleave en face de lui et moi à l'autre bout, à bonne distance. Le type aux cheveux gris constitue aussi une source d'assurance pour lui, il se prononce avec une autorité gutturale, tonitruante sur une large gamme de sujets, lampe de grandes rasades de vin et me lance des regards menaçants de gros balèze dont on a loué les bras et qui vous jauge. Je n'ai toujours pas découvert qui il est ni ce qu'il fait et ne le découvrirai pas. Ses énormes mains tremblent visiblement ; il paraît sous le coup d'une rage généralisée, refoulée. Il présente une ressemblance frappante avec le poète Montale, mais quand je lui demande si, par hasard, il n'est pas de la famille du grand Ligurien, il se contente de me dévisager et se rembrunit furieusement, comme si je l'avais injurié. Son flamboiement d'intérêt initial pour Cass Cleave s'éteint rapidement ; à peine a-t-elle commencé à lui parler de sa dernière obsession, la commedia dell'arte et ses origines – Susarion et ses interprètes, le cirque romain, Plaute, l'époque des pèlerins et, si je l'ai entendue correctement, quelque chose sur les invasions mahométanes –, que son regard revient avec curiosité vers Kristina Kovacs. Néanmoins, cette dernière ne souhaite pas davantage subir ses attentions énergiques. Autrefois, oui, mais plus maintenant. Elle a l'air plus creusée que jamais, on a l'impression qu'il suffirait que quelqu'un l'effleure du bout du doigt pour que sa peau se désagrège et se déverse en fine poudre par terre. Et puis son comportement est devenu flou, confus. La signora Bartoli et elle passent de longs moments sans rien dire, affichent la même expression, contemplent la nappe sans la voir, ne sourient pas vraiment, elles ne sont pas totalement présentes. Au milieu de ces marionnettes, Cass Cleave s'exprime avec volubilité et beaucoup de sérieux tout en essayant maladroitement de fumer encore une des cigarettes que lui offre Montale.

« Enduits de suie et parés du phallus, les anciens *phallophori*, dit-elle en le fixant désespérément dans les yeux, en scrutant désespérément son visage, bondissaient pardessus des gourdes en accomplissant toutes sortes d'acrobaties obscènes. »

Voilà qui en réalité m'est destiné, je m'en rends compte ; elle a encore lu mes livres. Je lui adresse un sourire sévère. Montale fronce les sourcils, branle du chef, il est déconcerté, reprend une nouvelle rasade de vin. Elle part d'un rire hésitant ; des larmes étincellent sur le pourtour de ses yeux. Tous la dévisagent, même Kristina Kovacs, même la distraite maman de Bartoli. Moi aussi, je l'observe, mais elle ne veut plus croiser mon regard. Maintenant dire que... Maintenant dire...

Dire quoi ? Je suis en panne de choses à dire. Me voici, comme d'habitude, avec mon verre et ma cigarette, je lance des sourires déchaînés à la cantonade, je dorlote mon vieux rêve à la Caligula d'un monde gratifié d'un cou unique qu'il me serait donné de tordre. Les types de mon espèce devraient être coffrés et parqués loin quelque part, à Madagascar, par exemple, encore que je n'aime pas l'odeur des clous de girofle. Mais, ça, c'est peut-être Zanzibar ? Elle a écrit : *Je pars en Amérique*. Le coup au cœur, pareil à une décharge électrique, que j'ai ressenti, là, dans la douce lumière automnale de la chambre du jardin de Franco Bartoli alors que je serrais ce bout de papier dans ma main tremblante. Ce mot, cœur. Je ressemble à un chauffeur dans les entrailles d'un navire, la nuit, sur une mer démontée, protégé de la force noire des eaux par une très fine enveloppe de métal, et rien de plus. Mes yeux se posent sur ma main, j'aperçois ma vieille, ma très vieille main et je m'interromps. Ces chairs qui s'affaissent. Aujourd'hui, en buvant notre café arrosé d'alcool au café Bicerin, mon nouvel ami le Dr Zoroastre m'a donné à voir les chiffres tatoués sur son poignet. Il l'a fait mine de rien, mais de manière parfaitement délibérée, en levant la main qui tenait sa cigarette pour que glisse le poignet de sa belle chemise en soie, à la façon d'un prestidigitateur sur scène qui s'applique à montrer qu'il ne dissimule rien. Je me suis gardé de toute remarque, et lui aussi. Pourtant ça m'a secoué ; et ça me secoue encore. J'éprouve le sentiment inquiétant d'avoir vu réapparaître subitement quelque chose qu'on m'aurait expédié il y a longtemps et qui se serait égaré, quelque chose que j'aurais répugné à recevoir autrefois et dont je veux encore moins entendre parler aujourd'hui.

Allez savoir pourquoi, je me querellai avec cette brute de Montale. Enfin, non, pour être honnête, je savais très bien ce que je faisais. Je m'ennuyais, je voulais m'amuser, je voulais monter un numéro pour Cass Cleave. Le différend démarra à partir d'un plumitif à la mode dont Montale s'obstinait à encenser bruyamment l'œuvre et que je balayai sous prétexte qu'il s'agissait d'un charlatan. Montale s'échauffa illico, son visage vira au violacé sous son bronzage de play-boy. Il déclara que, à son avis, je n'avais pas lu ce pauvre diable, ce qui était vrai, mais quelle importance. Le reste de la table fit silence pendant que nous autres, guerriers bouffés aux mites, dégainions nos grands sabres pour croiser le fer et nous porter des bottes. Le regard de Franco Bartoli allait de l'un à l'autre et son cou, tel un tire-bouchon, paraissait s'allonger et s'affiner à chaque va-et-vient. La tête inclinée et les paupières baissées, Kristina Kovacs roulait et déroulait distraitement un coin de sa serviette sous la paume de sa main. La mère de Bartoli, qui d'entrée avait pris Cass Cleave pour ma fille, se tournait vers elle à chacune de mes feintes en lui souriant et en hochant la tête, les lèvres pincées et les yeux écarquillés, pour la congratuler silencieusement sur la belle tournure affilée des phrases de son papa alors que, j'en suis persuadé, elle ne saisissait pas un mot de ce que je déblatérais. Cass Cleave, pendant ce temps, les prunelles étincelantes, les poings posés sur la table devant elle et les yeux mouillés de larmes retenues et d'autant plus brillantes, me fixait d'un air qui m'apparut empreint de ferveur presque extatique. Fasciné par ma férocité et mon talent combatif, comme je tournoyais et tourbillonnais pour elle en brandissant ma lame ! Franco Bartoli finit par intervenir. Oui, Bartoli, ce frêle nabot, trouva quelque part le courage de m'interrompre.

« Le professeur Vander, dit-il avec un sourire doucereux à l'adresse de Montale, soutient que chaque texte renferme un secret honteux, dont l'auteur, forcément de mauvaise foi, a laissé des indices camouflés que le critique se doit de débusquer. C'est bien cela, Axel ? »

J'hésitai. Je réfléchis. Montale, tout comme son hôte, souriait à présent ; l'air mauvais, il roulait des épaules et tirait furieusement sur ses poignets de chemise. Je pris une profonde inspiration, apaisante.

« Je viens de relire, confiai-je à Franco en levant pensivement la tête vers un coin obscur de la pièce, ces fameux essais que vous avez écrits sur Shelley. »

Shelley est la spécialité de Franco. Il se trompe sur le poète, bien entendu – l'enfant de la nature, le champion de la révolution, le prophète apollinien, le chantre ivre de sublime, classique baratin romantique –, ainsi que j'ai essayé de le lui faire comprendre, à plus d'une occasion. Les rhétoriciens aveuglés dans le genre de Bartoli sont les tailleurs de pierre monumentaux de notre profession. Ils érigent au-dessus des cadavres ensevelis des grands hommes leurs fameuses statues en marbre, des images idéalisées, figées, sur lesquelles je ne rate jamais l'occasion d'abattre un marteau de cinq kilos comme maintenant, par exemple. Les coudes prêts à entrer en action, je me penchai en avant pour porter le premier coup cinglant lorsque quelque chose... quelque chose se produisit. Quand on vieillit, l'imagination, je le découvre depuis quelque temps, a tendance à vous jouer des tours déconcertants. Telles visions qui, dans la jeunesse ou même dans l'âge mûr, semblaient n'être que des rêveries, des flâneries à la lisière des fantasmes, se réifient en ce qui me fait l'effet accablant d'expériences réelles et authentiques. Des éléments familiers bougent, glissent et cèdent la place à des choses encore jamais vues. Un visage connu devient celui d'un inconnu, une fenêtre s'ouvre sur un panorama sombre et menaçant qui n'existait pas une minute auparavant. C'est exactement ce qui se produisit. Sous l'obscur ciel de lumière jaunâtre où j'étais assis, veillé par les sentinelles silencieuses des grands buffets noirs et des bibliothèques dangereusement proches, je vis le dessus de la table ondoyer et s'agiter et, à travers cette surface brusquement liquide, quelque chose émergea qui me parut d'abord s'apparenter à une racine immergée ou à une souche d'arbre. Elle surgit et lentement, laborieusement, surgit cette chose anonyme, bouffie, avec une tête horrible, des épaules crispées et un torse ruisselant qui disparaissait totalement sous les herbes aquatiques et le varech. Cette silhouette, bien que dénuée de traits, me faisait face et luttait, semblait-il, pour formuler une question à mon intention. La visitation, l'hallucination, quoi que ce fût, ne dura pas plus d'une seconde ou deux puis s'évanouit. Je jetai un coup d'œil autour de moi. Tout était comme avant, Bartoli fronçait les sourcils d'un air sinistre, Montale continuait à serrer les poings, Kristina roulait le coin de sa serviette et la mère de Bartoli divaguait à des lieues de là. Et puis, tout à coup, sans prévenir, Cass Cleave poussa un hurlement terrible, perçant, à vous faire dresser les cheveux sur le crâne, roula des yeux, glissa de son siège et disparut sous la table dans un fracas affreux. Là-dessus, j'eus un nouvel éblouissement durant lequel je revis le camion glisser, la fille tournoyer, le sang goutter de la porcelaine de son oreille.

Certaines choses, des choses réelles, semblent se dérouler non dans la réalité même, mais entre le moment où elles se déroulent et celui où l'esprit les appréhende ; l'œil note l'événement mais sa compréhension tarde. Pendant un instant, nous demeurâmes tous englués dans un silence abasourdi. Montale fut le premier à réagir. Sans se lever de son siège, et malgré sa corpulence, il pivota adroitement sur le côté et plongea sous la table en ployant son grand dos de marsouin, puis nous l'entendîmes marmonner quelque chose à la fille évanouie là, quelque chose auquel elle ne répondit pas. Kristina Kovacs me fixait avec une expression singulière, tranquille et – c'est la réflexion que je me fis – triste, dont la signification m'échappe aujourd'hui encore. Franco Bartoli agrippait le bord de la table à deux mains et s'y cramponnait, comme s'il l'avait vue, lui aussi, se transformer en une cuve d'eaux croupies et mortelles dont il craignait qu'elle ne se renverse. Il bredouilla quelque chose, puis sauta sur ses pieds et fila vers la cuisine pour réapparaître quelques minutes plus tard avec, à la main, un verre d'eau. Derrière lui, j'entrevis Maria, la vieille cuisinière, qui, horrifiée, répugnait à avancer et se retenait au chambranle de la porte tout en considérant le désordre de la scène d'un œil réticent. La signora Bartoli, les paumes plaquées de chaque côté de son visage, telle la silhouette sur le pont dans le tableau de Munch, ne hurlait pas mais émettait un couinement curieux, peiné, pareil à celui d'un oisillon effrayé. Puis, poussant force grognements, Montale émergea de dessous la table : il portait, en travers des bras, Cass Cleave inerte, la tête un peu tournée vers lui, les bras nus, ballant délicatement. Dans la lumière chiche de la lampe et les ombres massives et indistinctes de la pièce, on aurait cru un tableau préraphaélite : la fille en pâmoison dans les bras du grand bonhomme trapu au visage sévère et nous autres, déployés en demi-cercle, regardant la scène, silencieux et graves, apparemment enfermés dans une sorte de torpeur. J'allais me lever, mais Kristina Kovacs, toujours avec son drôle d'air affligé, m'arrêta d'une main et se leva, elle, pour se mettre à la remorque de Montale, lequel, sans lâcher Cass Cleave, s'ébranla, les pieds légèrement tournés en dedans, de cette démarche curieusement fréquente chez les hommes de grande taille, à la traîne de Franco Bartoli, qui tenait toujours devant lui le verre d'eau intact et en un sens sacré. Et ainsi, lentement, ils sortirent de la pièce. En manœuvrant pour passer la porte de biais, Montale dut soulever les jambes de Cass Cleave, ce qui me permit un bref instant d'entrevoir sous sa robe le dessous de ses longues cuisses étincelantes et, plus haut, un triangle tendu de coton blanc; l'ignoble vieille bête en moi s'agita alors et releva son pif fureteur. Quel est le pire, je me demande : être capable d'éprouver du désir en un moment pareil ou avoir besoin de rapporter ce fait ici? Puis ils disparurent et je restai seul avec la mémé couinante et l'œil unique, déconcertant de la vieille cuisinière qui me lorgnait, me sembla-t-il, avec avidité.

Ce fut au bout d'un long moment, et très tard, qu'ils me permirent de la voir. Pourquoi a-t-il fallu que j'accepte leur autorité sur elle ? Je ne sais pas. Je demeurai quelque temps à table en fumant avec morosité et en finissant la lie des bouteilles de vin; je suppose que je n'étais pas totalement sobre. La cuisinière se retira sans bruit vers son repaire et la signora Bartoli, maintenant que les autres étaient partis, recouvra son calme; soupirant et murmurant toute seule, elle s'avisait de ramasser à tâtons d'invisibles miettes sur la nappe, manie de vieux, je le sais, car ces derniers temps je me surprends souvent à faire de même. Peu après, cependant, en proie à une agitation de plus en plus marquée, voilà qu'elle commença à me lancer des coups d'œil furtifs et inquiets. J'ai dans l'idée que, à mesure que les minutes s'écoulaient, elle oubliait peu à peu ce qui s'était passé et se demandait qui était cet inconnu nébuleusement familier et ce qu'il fabriquait là, seul à côté d'elle, dans sa salle à manger, d'où, les couverts éparpillés paraissaient en témoigner, un autre groupe d'invités mystérieux et remuants venait de fuir en toute hâte. Puis Franco Bartoli revint, la bouche pincée sur un silence accusateur – Cass Cleave avait-elle repris connaissance et déballé tous mes secrets? –, et s'assit, paupières baissées, en se raclant doucement la gorge. Les moments défilèrent, grinçants. Il ne voulait pas parler et moi non plus, si bien qu'il s'instaura une sorte de joute muette entre nous où chacun comptait bien l'emporter. Je l'observai avec attention et envisageai, juste pour le plaisir, de lancer une nouvelle salve sur le sujet de l'Athée d'Eton et de ses œuvres poétiques ; je n'eus néanmoins pas le temps de mettre le feu aux poudres que Montale réapparut, ténébreusement impérieux mais un tantinet branlant du mocassin, car lui aussi avait passé la soirée à boire sans désemparer. Il déclara que Cass Cleave dormait et qu'il ne fallait pas la déranger – remarquable comment chacun se transforme en consultant en ces occasions – et m'enveloppa à son tour d'un regard accusateur. Les mains en appui sur le dossier d'une chaise, il se mura un moment dans un silence pesant ; les épaules comprimées sous sa veste tendue, il regardait une assiette d'un œil furieux comme s'il luttait contre une terrible envie de faire le tour de la table pour m'attraper par la peau du cou et me balancer dehors en pleine nuit – il aurait d'ailleurs sûrement réussi, car je n'étais pas, je l'admets, en pleine possession de mes moyens –, mais Bartoli lui dit quelques mots rapidement en italien, un truc que je ne saisis pas, et, après un nouvel interlude d'hésitation menaçante, il branla du chef d'un air mécontent, lâcha la chaise, adressa un salut à l'attention de la mère de Bartoli, me décocha un coup d'œil furibond en guise d'adieu, puis tourna les talons et s'éloigna d'un pas lourd. Le silence revint. Bartoli recommença à se racler la gorge de manière déplaisante. Maria la cuisinière entra et, faisant discrètement le tour de la table, débarrassa les assiettes à la sauvette, en m'évitant avec soin. Je me levai dans un maximum de boucan et sortis pesamment de la pièce sans savoir où j'allais.

Lorsque Kristina Kovacs vint me chercher, je traînassais dans le couloir tapissé de bouquins que nous avions traversé en arrivant et, appuyé contre les étagères, je feignais de lire un gros livre que je brandissais à la lumière. Elle se planta devant moi sans rien dire, la tête baissée et les mains jointes. Dans sa robe noire à col de dentelle blanche, elle avait nettement une allure de nonne et, l'espace de quelques secondes étourdissantes, je crus qu'elle se demandait comment m'annoncer la mort de Cass Cleave. Sous l'éclairage jaunâtre de l'étroit couloir, sa peau avait une pâleur moite, maladive, et elle souffrait d'une inflammation du bord des paupières. Je fus brutalement frappé par le fait ahurissant que, dans peu de temps, cette femme qui se trouvait ici maintenant ne serait plus là, qu'elle ne serait à dire vrai nulle part, que sa chair que j'avais intimement connue se détacherait bientôt de ses os et que ceux-ci à leur tour tomberaient en poussière, puis que la poussière elle aussi disparaîtrait. Quel choc, toujours, quand on se prend la mort en pleine poire de cette façon, comme pour la première fois. Je veux dire, on peut savoir qu'une personne est mourante et néanmoins ne pas l'avoir admis, ne pas l'avoir intégré totalement. La maladie mortelle, somme toute, n'est qu'un phénomène d'accélération. Qui sait, peut-être que je serai parti avant elle ? C'est moche tout ça. Je reste sans voix devant la certitude incontestable que, d'ici à cent ans, toutes les créatures vivant actuellement sur terre seront mortes, à l'exception de quelques tortues géantes et du robuste gardien de yaks du Ladakh. Je ne déplore pas nécessairement cet arrangement – imagine le populo s'il devait en être autrement. En réalité, j'ai souvent le sentiment que ce n'est pas tant le décès de la fournée actuelle qui devrait me plonger dans la consternation mais plutôt la perspective de nous voir remplacés par une nouvelle troupe de bouffons et de gredins avec leurs désirs, leurs amours, leurs terreurs, leurs petites tragédies. Oui, ce pauvre vieux monde se porterait mieux sans nous ; à mon avis, autant le laisser aux fourmis. Entre-temps, néanmoins, voici que Kristina Kovacs la mourante et cependant encore vivante réclamait mon attention.

« Axel, s'écria-t-elle, il faut que tu fasses quelque chose à propos de cette fille. »

Pourquoi, je me demande, les gens croient-ils toujours que l'emploi du prénom ajoutera un poids irrésistible à leurs déclarations ? Je refermai calmement l'ouvrage que j'étais en train de consulter, gardai un index entre les pages pour marquer l'endroit où j'en étais – il s'agissait, non que ce détail importe, du fac-similé, publié à Londres en 1888, de l'original de 1499 de l'*Hypnerotomachia Poliphili*, en parfaite condition, ainsi que le vieux voleur de bouquins en moi n'avait pu s'empêcher de le noter avec un intérêt nostalgique – et pris un air interrogateur, perplexe et poli. Kristina poussa un soupir. Elle me passe beaucoup de choses, la Kristina, et ne me gronde jamais que très gentiment pour mes manières répréhensibles.

« Qu'est-ce que tu fabriques avec elle ? poursuivit-elle. Tu vois bien qu'elle est malade. »

Malade, je protestai, malade ?

« Oui, insista-t-elle, malade. Et elle m'a montré ses bleus. »

Des bleus, des bleus, quels bleus ? Qu'est-ce que cette petite a été déblatérer sur mon compte ?

« Serais-tu jalouse, par hasard, Kristina ? »

Cette éventualité venait de m'effleurer, j'avais formulé cette pensée avant d'en avoir eu conscience. Ces modestes occurrences de perspicacité non préméditée me convainquent que jamais les machines ne nous remplaceront. Bigre, que je suis décousu, aujourd'hui, avec tous ces bavardages sur les insectes, les machines – et quoi d'autre ? Mais Kristina, maintenant, jalouse... Elle me regarda un long moment, puis se détourna avec un haussement d'épaules las, désespéré.

« Elle veut te voir », dit-elle.

La chambre où ils avaient installé Cass Cleave était spacieuse, carrée et haute de plafond ; en y entrant, j'eus l'impression d'entrer de plain-pied dans le passé. Au centre de la pièce trônait un énorme lit en fer, surélevé, dans les étendues glaciales duquel ma chérie ressemblait à un explorateur égaré dans l'Arctique et prisonnier de la banquise. Une lampe électrique coiffée d'un abat-jour dans les tons bruns dispensait une maigre lumière sur une table basse à côté d'elle tandis que, partout alentour, sur toutes les surfaces disponibles se déployait une impressionnante collection de gravures pieuses représentant Jésus-Christ ou la Vierge Marie, ou les deux ensemble, mère et fils rivalisant dans l'expression de leur chagrin et exhibant leurs blessures suintantes et même leurs cœurs sanguinolents toujours plus gros et plus sanglants. Je m'assis précautionneusement sur le bord du lit ; il ballotta et les ressorts protestèrent avec lassitude. Cass Cleave avait les yeux fermés, le visage creusé et exsangue, pas très différent des multiples visages lugubres de la Vierge et de son fils virginal tout autour et d'une beauté tout aussi irréelle, éthérée. On ne lui voyait que la tête et les mains, ce qui renforçait l'impression qu'elle avait succombé en tentant péniblement de se libérer du milieu glacial des oreillers et des draps. Je trimballais toujours l'*Hypnerotomachia* et le posais près d'elle sur le lit ; les paupières toujours closes, elle déplaça sa main sur le côté, effleura la couverture, puis évalua, du bout des doigts, la texture de la reliure, comme si elle était aveugle. Elle sourit.

« Eh bien, lui lançai-je sans dureté, qu'est-ce qu'il t'est arrivé ? »

Pendant un moment, elle ne répondit pas. Je la sentais qui réfléchissait. Il n'y avait pas un bruit autour de nous, nulle part. Négligemment, je jouais avec l'idée que nous étions peut-être morts l'un comme l'autre, sans nous en être aperçus, et que cette chambre chichement éclairée, peuplée de cœurs, d'épines et de larmes en plâtre, représentait tout ce que l'au-delà aurait à nous offrir.

« La différence d'air, déclara Cass Cleave dans un murmure. La différence d'odeurs. Si on s'habituait à ça, un pays étranger ne serait plus étranger. »

Je répondis oui, c'était vrai, probablement. Je jetai un coup d'œil alentour et commençai même à siffloter à mi-voix en mon for intérieur ; on peut s'ennuyer dans n'importe quelle circonstance. Sur le mur au-dessus du lit, il y avait une grande photographie encadrée et décolorée d'un jeune homme aux cheveux assez longs, habillé à la mode du siècle passé, manteau noir, haut col amidonné et foulard, dont les yeux, louchant légèrement mais pleins de flamme, me fixaient avec une expression de défi et de profonde animosité. En dépit de l'ancienneté de la photo, le gars avait une ressemblance notable avec la vieille signora Bartoli dont, je présumais, ce devait être la chambre à coucher. Cass Cleave retira les doigts de la couverture du livre et effleura ma main. Elle me regardait à présent.

« Je veux partir en Amérique », déclara-t-elle.

J'acquiesçai d'un signe de tête, pour lui faire plaisir.

« Bien sûr », répondis-je.

J'aurais pu mentir, j'aurais pu lui dire que j'allais l'emmener en Arcadie avec moi, mais je n'en fis rien. Ce n'est pas grave ; ce n'était pas à mon Amérique qu'elle pensait.

Cette nuit-là, ce qu'il en restait, je dormis seul pour la première fois depuis des mois. Ou plutôt je ne dormis pas mais macérai dans une sorte d'hébétement conscient, veillé par mes démons familiers. J'ai toujours été en butte à des terreurs nocturnes – guère surprenant, j'imagine –, mais, ces derniers temps, elles sont principalement diurnes. Dans ma jeunesse, mes rêves ne reflétaient que chaos, lubricité et violence, aujourd'hui que je me fais vieux, le sommeil ressemble à une pièce peuplée de paisibles merveilles dans laquelle je pénètre à la nuit tombée. C'est l'antichambre de la mort ; à l'intérieur, mes peurs s'apaisent.

La nuit dernière, pourtant, ladite porte m'a été condamnée et, recouvert d'un drap humide, je suis resté allongé, les mains croisées sur le torse tel le Christ sous son suaire, à écouter les réjouissances du monde survolté. Apparemment, la cité célébrait un des nombreux jours de fête de ce pays festif car, dehors, les rues ont retenti du vacarme des fêtards jusqu'au petit matin. Mais peut-être s'agissait-il d'une hallucination ? À un moment particulièrement bruyant des célébrations, je me suis traîné jusqu'à la fenêtre, ai regardé en contrebas et vu passer une sorte de cavalcade héraldique, jeunes hommes en pourpoint et en chausses rayées porteurs de bannières et jeunes filles habillées de longues robes et arborant des coiffures compliquées, tous montés sur des coursiers caracolant et suivis par une bande de ménestrels en habits bigarrés. Vers l'aube, les foules, spectrales ou réelles, ont fini par se disperser et les bennes à ordures et les livreurs par trop réels ont pris le relais. Les bords des rideaux s'éclaircissaient quand j'ai cru voir Cass Cleave entrer dans la pièce. Elle s'est assise près de moi dans la pénombre sans rien dire. J'ai essayé de la toucher, de sentir sa chaleur, mais, entortillé dans mon drap, je me suis retrouvé dans l'incapacité de bouger. À quoi pensais-je donc en la laissant aux mains de tiers en un moment pareil ? Mais je ne savais pas alors que c'était un moment pareil. N'empêche, des multiples négligences dont je me suis rendu coupable dans ma vie, c'est celle-ci qui, aujourd'hui, me paraît la plus condamnable.

J'ignore ce qui se passa entre Kristina Kovacs et Cass Cleave cette nuit-là, pendant que j'étais recroquevillé dans mon lit déserté, quelles confidences furent échangées, quelles promesses données. Kristina n'a pas proposé de me le dire et je n'ai pas eu le cœur de le lui demander. Je ne nourris aucun ressentiment à son encontre. Elle a fait ce qu'elle a cru devoir faire, comme souvent les fauteurs de troubles involontaires. Si vraiment elle connaît mes pauvres secrets, sans doute s'en moque-t-elle, absorbée comme elle l'est par la pénible mécanique de la mort. Je passe des heures à ses côtés, le soir en particulier et souvent jusque tard dans la nuit. La plupart du temps, je crois qu'elle oublie ma présence. Je la sens qui besogne sur sa souffrance : on jurerait qu'elle cherche à tailler dans le matériau le moins malléable qui soit, à façonner quelque chose au-delà de ses moyens et de ses forces déclinantes. Les médecins ont tenu à lui faire subir un traitement par le radium qui, à ce que je constate, a eu pour seul résultat de la rendre complètement chauve. Elle refuse de porter une perruque. Dans cet état de dépouillement, elle a acquis une beauté élémentaire, austère ; sa tête pharaonique, faiblement dressée et légèrement tremblante sur la fragile colonne décharnée de son cou, paraît pure et parfaite, toute en lignes, en plans et en ombres angulaires. Parfois, lorsque je suis assis auprès d'elle, je lui caresse la tête ; on dirait que ça la réconforte, elle se frotte contre ma main avec une insistance presque énergique, comme un chat. Son cuir chevelu est chaud et toujours un peu moite et une veine bat dessous, très rapidement. Je l'ai accusée à la légère, cette fameuse nuit chez Franco Bartoli, d'être jalouse, mais, aujourd'hui, le jaloux, c'est moi. Quelle que soit la manière dont je qualifie ce que j'ai éprouvé pour Cass Cleave – dans ma bouche, le terme amour prend désormais des accents de blasphème –, je sais que, dans un sens, Kristina en est venue à partager mes sentiments. Elles n'ont eu que cette nuit-là ensemble et je n'ai pas plus envie de spéculer sur la façon dont elles l'ont passée que de demander à Kristina de me le dire. Une sorte de pudibonderie m'en empêche, mais peut-être est-ce de pudeur que je parle ; le feu qui consume l'amant jaloux ressemble tant aux flammes du désir !

Lorsque, au matin, je retournai chez Franco Bartoli, il n'était pas là, ou du moins ne se montra-t-il pas et à la place ce fut Kristina qui me reçut, toujours vêtue de sa robe du soir noire, plus blafarde et les yeux plus rougis que jamais. Elle me dit qu'elle n'avait pas dormi, qu'elle était restée toute la nuit au chevet de Cass Cleave. Cela me parut parfaitement naturel, aussi naturel que d'avoir, sans aucune intention que je puisse aujourd'hui discerner, bouclé le sac de Cass Cleave pour ensuite l'apporter avec moi. Je crois sincèrement que, dans des moments pareils, on pense à notre place. Lorsque je le lui remis, Kristina ne fit aucun commentaire. Elle me conduisit à la salle à manger où nous avions dîné la veille et m'invita à m'asseoir à la table. Dans la lumière exacerbée du matin, la pièce avait une atmosphère un peu moite, haletante, comme si les festivités des rues s'étaient déchaînées là et qu'elles venaient tout juste de s'apaiser. Cass Cleave avait raison, c'est la différence d'air, la différence d'odeurs qui dénotent un pays étranger. Cette pièce, vieillotte et vigilante, était censée n'être occupée qu'à la nuit tombée et la lumière du soleil entrant par la fenêtre se révélait scandaleusement vive et crue. Curieux de se dire que d'autres, Franco, sa mère, la vieille cuisinière, connaissaient ce lieu comme le fond de leurs poches. Moi, je ne me suis jamais senti chez moi nulle part... Aussi intimidé que quelqu'un en visite à l'hôpital, je m'éclaircis la voix pour demander des nouvelles de Cass Cleave. Kristina, qui me servait un café, ne leva pas les yeux de la tasse. De mon côté, je voyais mon visage reflété sur le vernis de la table à manger, raccourci, flou, le front comme masqué de manière sinistre. J'essayais, sans la moindre logique mais avec une certaine irritation, de me rappeler la distinction précise entre les termes *gemütskrank* et *geisteskrank*.

« Elle souhaite rester seule, déclara Kristina Kovacs. Pendant un moment. Elle doit réfléchir à certaines choses. »

J'acquiesçai, faute de savoir comment réagir autrement. Il semblait y avoir un point d'usage en jeu, usage où je n'avais nulle place. J'éprouvai un sentiment vague, sourd, tiraillant, de séparation et de détachement, semblable à ce que le navire doit ressentir lorsqu'il s'écarte du quai ; c'était, je m'en rends compte à présent, un premier pincement au cœur, prémonitoire, des souffrances qui allaient accompagner la perte.

« Je l'aime, tu sais », m'entendis-je déclarer d'un ton presque penaud et sans doute me serais-je empourpré de la tête aux pieds si ma vieille peau avait été moins tannée.

Cette fois, ce fut au tour de Kristina d'acquiescer, lèvres pincées. Dans la cuisine, la vieille cuisinière récurait tout ce qui lui tombait sous la main.

« Néanmoins, poursuivis-je trop fort, d'une voix qui m'évoqua le père de famille victorien consentant de mauvaise grâce à accorder la main de son laideron de fille à un coureur de dot, néanmoins, je la laisserai partir si tel est son désir. »

Kristina, les yeux toujours baissés, médita un moment sur mes paroles, puis releva la tête et me sourit.

« Oh, Axel, s'écria-t-elle dans une sorte de murmure, seul quelqu'un incapable d'amour pourrait aimer de manière si désintéressée. »

Plus tard, lorsque je revis Cass Cleave, elle était dans le jardin de Bartoli, un carré exigu, sans soleil, tapissé de gros gazon et de feuilles mortes et coincé entre deux grands murs enduits de stuc et l'arrière aveugle d'un immeuble proche. Très droite, son cou mince bien tendu et ses mains calmement croisées sur ses genoux, elle occupait une chaise en fer forgé dans un coin proche d'un massif de fleurs bleues. Ses cheveux, je le notai, avaient énormément poussé au cours des mois qu'elle avait passés avec moi et elle les avait tirés et attachés derrière la tête en un chignon, comme on dit, je crois. Elle était pieds nus et portait une chemise de nuit en lin blanc à l'ancienne mode que la mère de Bartoli avait dû lui prêter. À la voir ainsi toute en pâleur et en brun roux, devant le mur blanc maculé, on aurait pu croire qu'elle posait pour un photographe ou qu'elle attendait l'arrivée du peloton d'exécution. À mon approche, elle leva la tête, le regard un peu déconcentré, et sourit vaguement, comme si elle ne savait pas trop si j'étais réel ou juste une hallucination confortablement familière. Je demeurai devant elle dans l'atmosphère figée et inanimée, à flanquer des coups de canne dans le gazon grossier. Elle laissa s'égrener les minutes, sans curiosité, dirigeant son sourire flou ici et là. Je lui dis avoir appris qu'elle souhaitait rester seule et ne pus réprimer, dans ma voix, une pique inattendue. Je lui dis qu'elle devait savoir que Kristina Kovacs était malade, qu'elle était, en fait, mourante. Je lui dis que j'avais couché avec elle, une fois, il y avait longtemps, à Prague.

« Oui, fit Cass Cleave, elle me l'a raconté. »

Soit.

« Et, toi, demandai-je, que lui as-tu raconté en retour ? »

Elle ne répondit pas. Je soupirai. J'avais préparé mon petit discours. Un nuage blafard s'approchait furtivement du soleil.

« Il faut que tu comprennes, commençai-je, que je vais devoir réintégrer ma vie et qu'il va donc falloir que tu réintègres la tienne. »

Je partis d'un rire léger.

« J'ai dépensé tellement d'argent ici, poursuivis-je, que mon agent, en Arcadie, il s'occupe de mes affaires financières, me croit victime d'un chantage... ce qui est... – avec un sourire malicieusement renfrogné – exact, en un sens. »

Je fis un pas sur la droite, un sur la gauche, pivotai sur ma canne. J'ajoutai que, bien entendu, je l'aimais, mais que l'amour n'était qu'une furieuse envie d'isoler un autre être humain afin de le posséder totalement.

« En t'aimant, déclarai-je, je t'ai arrachée au monde et, maintenant, je te rends. Tu vois ? »

Elle avait écouté tout cela en silence, la tête judicieusement inclinée, et, là, elle acquiesça. Je poussai un nouveau soupir, impatient.

« Tu vas me trahir ? demandai-je. Ces histoires de journaux... tu vas les révéler et me trahir ? »

Pendant un moment, elle resta tout à fait immobile, puis releva la tête avec un petit frisson, sourit, comme si elle émergeait d'un bref sommeil revigorant, et jeta un coup d'œil agréablement surpris, semblait-il, sur le massif bleu, sur le mur blanc et sur moi, debout devant elle, en appui sur ma canne.

« On n'a jamais vu le saint suaire », dit-elle.

Elle se leva de sa chaise en métal, glissa son bras sous le mien, et nous traversâmes ensemble le jardin pour revenir vers la fenêtre ouverte où se tenait Kristina Kovacs, qui nous attendait, les bras étroitement pliés sous sa poitrine.

« J'ai, poursuivit Cass Cleave à mi-voix, quelque chose à te dire. »

Elle quitta la ville le jour même. Kristina Kovacs vint à l'hôtel m'annoncer son départ – sa fuite –, flanquée de Franco Bartoli. Quand je les vis à la réception, assis côte à côte sur le canapé blanc près de la fontaine intérieure où j'avais pour la première fois posé les yeux sur la jeune femme sans savoir que c'était elle, ils me firent l'effet de deux enfants dévoyés attendant pitoyablement leur juste châtiment. L'orage qui menaçait depuis des jours avait fini par éclater et sillonnait le ciel avec une fureur prodigieuse, frappait des deux poings et décochait des éclairs jupitériens sans le moindre répit ou presque. Devant la porte d'entrée ouverte, un groupe de clients et un ou deux membres du personnel lorgnaient les rideaux de pluie qui balayaient la rue et poussaient collectivement à chaque éclair un soupir où l'appréciation le disputait à l'effroi émerveillé.

« Mais tu avais dit que tu la laisserais partir, s'écria Kristina Kovacs, qui leva la tête vers moi en battant des paupières. J'ai pensé... »

Le bruit de la pluie dehors dominait le gargouillis de l'eau de la fontaine. Je collai un coup de canne contre le sol en marbre. À certains moments, la colère peut représenter une forme de souffrance et gémir sous notre crâne, suraiguë et brûlante, comme une rage de dents.

« Tu as pensé ? hurlai-je. Tu as pensé. Non, tu n'as pas pensé ! »

Totalement impuissante, Kristina continua à battre des paupières. Non, elle ne savait pas où Cass Cleave était partie ; elle lui avait donné de l'argent, une grosse somme, assez pour lui permettre de voyager pendant des semaines, des mois peut-être. Je lui fis promettre, je lui fis jurer de me prévenir immédiatement si elle recevait de ses nouvelles.

« Tu ne comprends pas, dis-je en remuant la tête de droite à gauche, en vieille brute blessée. Tu ne comprends pas ! »

Pour un peu, je me serais effondré, j'aurais pleuré de rage. Je les raccompagnai à la porte. Un éclair crépitant illumina la rue, les gens lâchèrent un *Ahh !* Kristina Kovacs alla emprunter un parapluie à la réception et Franco Bartoli posa sur mon bras une main pleine de sollicitude.

« Nous pensions que vous vouliez vous débarrasser d'elle, m'expliqua-t-il. Nous pensions que vous seriez content. »

Je hochai la tête avec lassitude et répondis que oui, oui, content, j'étais content, bien sûr.

Pendant une semaine, je n'eus aucune nouvelle. Il me semble n'avoir rien fait sinon arpenter ma chambre, les couloirs de l'hôtel et les rues en marmonnant, en parlant tout seul et à Cass Cleave, me répandant en injures contre elle et la maudissant. Dans le souvenir exacerbé que j'en ai, il y a, à l'arrière-plan de cet interminable intervalle, un vacarme fracassant, déferlant, des éclairs retentissants, comme si l'orage qui s'était abattu sur la cité le jour de son départ eût continué sans répit jour après jour, d'une nuit de solitude à l'autre, pour se mettre au diapason, en quelque sorte, de mon cœur perturbé. Puis finit par arriver de Gênes, banal comme tout, une carte postale avec sur le recto une très vieille photographie du cimetière de Staglieno. *Il va y avoir une éclipse de soleil*, avait-elle écrit, *tu crois que ce sera la fin du monde ?* Bien qu'elle n'eût donné aucune adresse, je sautai aussitôt dans un taxi qui m'emmena à la gare et j'arrivai à Gênes vers midi. Je descendis du train d'un bond, m'éloignai sous le soleil et m'engageai à l'aveuglette dans la première rue en face de moi. Il régnait une chaleur infecte et le port empestait. Foules, pavés, palais vacillants. La rue, défilé sinueux, allait se rétrécissant, puis se rétrécissant encore, puis encore plus, et je me retrouvai bientôt à jouer des coudes au milieu d'une sorte de souk où d'énormes bonshommes noir bleuté vêtus de djellabas blanches paressaient derrière des étals proposant des fritures, des sacs débordant de graines et, pendus par leurs petits sabots noirs, des chevreaux pas écorchés, la gorge tranchée. Je m'assis dans un café pour boire un verre d'anisette. Le gros propriétaire, arabe, qui se curait les dents en s'appuyant confortablement sur le comptoir, m'adressa la parole en français démotique pour me parler de ses femmes et de ses bons à rien de fils. C'était l'heure de la sieste, les volets se fermaient. Au plafond, le ventilateur agitait les bandes de papier tue-mouches. Et là, en ce lieu jovialement étranger, je finis par comprendre que je l'avais perdue pour de bon. Pour de bon : comme la langue nous nargue ! Je regagnai la gare en me traînant et dus attendre une heure particulièrement angoissante le prochain train à destination du nord. L'après-midi touchait à sa fin quand j'arrivai à l'hôtel, épuisé et en proie à une honte obscure. Je tirai les rideaux de la chambre et grimpai dans le lit qui portait encore vaguement, du moins je le crus, son odeur.

Au fil des jours, d'autres cartes arrivèrent, de Rapallo, de Santa Margherita, des cinq villages des Cinqueterre, endroits où je n'avais jamais mis les pieds et que je dus imaginer. Je suivis sa progression le long de la côte ligurienne dans un vieux et gros atlas que Franco Bartoli me descendit d'une étagère tout en haut de son fameux couloir tapissé de livres. J'avais quitté l'hôtel pour m'installer chez lui et sa *mamma*. C'était un arrangement provisoire, le temps que je trouve un logement permanent où installer mon bureau de recherche de l'absente. Tous les après-midi, Franco et moi nous rendions dans sa petite voiture à l'hôpital de la zone industrielle où Kristina Kovacs subissait une dernière et inutile batterie de traitements. La plupart du temps, nous la trouvions prostrée, dans un état de commotion somnolente, tel un survivant tiré des décombres peu après un tremblement de terre. Devant elle, Franco Bartoli paraissait gêné, mais peut-être était-ce uniquement dû à ma présence ; calé sur la chaise métallique de l'hôpital, les mains coincées entre les genoux, il se raclait la gorge, tendait son cou bridé par son col de chemise ou s'enfermait, le regard vide, dans une rêverie prolongée d'où il émergeait avec un sursaut coupable pour nous jeter un coup d'œil furtif, à Kristina et à moi. Il lui achetait des fleurs, c'était une forme de propitiation, des tiges d'orchidées, de lis et de tubéreuses, raffinées, qui donnaient une senteur de morgue à l'air déjà légèrement fétide de la chambre de la malade. Kristina, qui maintenant dépendait de lui à un point touchant, lui demandait d'une toute petite voix de lui rendre de menus services, changer l'eau du vase sur le rebord de la fenêtre, ramasser tel livre tombé par terre, sonner l'infirmière. Les produits qu'on ne cessait de lui administrer l'assoiffaient et il remplissait donc son verre à maintes reprises, puis juché sur son lit, un bras autour de ses épaules, l'aidait à boire ; du coup, j'étais obligé de tourner les talons pour aller à la fenêtre d'où je regardais les usines et les centres commerciaux fumant dans la chaleur implacable de l'été. J'apportais les cartes de Cass Cleave à mesure qu'elles arrivaient et Kristina priait les infirmières de les lui accrocher au mur à côté de son lit. Elle passait parfois toute une visite allongée sur le côté, immobile, nous dérobant son visage, à Franco et à moi, pour, une main sous la joue, contempler inlassablement ces paysages criards de ciels bleus nus et de mers soyeuses. Après l'avoir quittée, Franco et moi nous rendions dans un bar, de l'autre côté d'un carrefour perpétuellement encombré qu'il nous fallait traverser en zigzag au prix d'une course périlleuse d'un feu de signalisation lunatique à un autre. Ce bar était un endroit quelconque fréquenté par des routiers esseulés au regard paumé et de jeunes voyous de provenance indéterminée qui tuaient le temps en jouant au flipper dans un silence bouillonnant, impitoyable. Une fois installés derrière le comptoir en métal sali, Franco avec son café, moi avec ma grappa, je le sentais qui essayait d'élaborer toutes les choses qu'il avait envie de me dire, toutes les choses qu'il se croyait capable de me dire, sans jamais y parvenir ; il ressemblait à la machine à café derrière le bar, ce monstre rutilant doté d'un gros ventre et d'innombrables boutons et indicateurs qui faisait perpétuellement monter sa pression sans jamais arriver nulle part.

À propos, je ne sais pas s'il s'agit d'un présage et, si c'en est un, ce qu'il peut présager, mais j'ai retrouvé la boîte à pilules de maman Vander ! Elle avait glissé dans le trou d'une poche de veste que je porte rarement et s'était logée dans la doublure. Je suis puérilement ravi d'avoir remis la main dessus et depuis je l'alimente, à raison d'un comprimé par visite, en puisant dans la réserve d'analgésiques de Kristina Kovacs en prévision du jour où j'aurai peut-être besoin de neutraliser ma propre souffrance, pour de bon. Kristina ne risque pas de se retrouver à court : le Dr Zoroastre veille, généreusement pour ne pas dire criminellement, à bien la fournir. C'est lui qui la soigne maintenant qu'elle est sortie de l'hôpital ; ils passent de longs moments ensemble, je les entends discuter à mi-voix, au fil des heures, de quoi ? je l'ignore.

Tout le temps que j'ai vécu chez Bartoli, sa mère m'a soigneusement évité. J'éprouvais une certaine compassion pour elle. Ce devait être pénible d'avoir à affronter tous les matins cet inconnu qui la faisait sursauter, car je suis persuadé que, toutes les nuits, de manière aussi monotone que dans un conte de fées, le fait que je logeais là échappait à sa mémoire désespérément poreuse. D'un autre côté, Maria, la vieille cuisinière, s'était toquée de moi, son *colosso*, et me pourvoyait coquettement en toutes sortes de mets délicats et sucreries, plats de pâtes noyées sous les truffes fraîches, tranches de *panforte* menaçant de faire sauter mes dernières molaires et tout petits verres d'une liqueur sucrée, poisseuse et d'un brillant métallique se buvant avec des grains de café tandis que sur le bord tremblotait une toute petite flamme bleue fantomatique. Ensemble, Franco Bartoli et elle m'avaient installé un bureau de fortune dans une pièce au fond de l'appartement qui donnait sur le lugubre jardin ; ici, comme me l'avait prédit Franco dans un murmure révérencieux, je serais libre d'accomplir mon travail sans crainte d'être dérangé. Cette pièce était devenue pour lui un endroit sacré, le sanctuaire du sacrifice intellectuel, le tabernacle de la présence véritable – il était, je le découvris avec une certaine surprise, profondément croyant – consacré au cœur de sa petite vie domestique. J'entendais le crissement de ses souliers quand il franchissait la porte sur la pointe des pieds, je le sentais qui, surexcité par le bonheur et l'orgueil de compter Vander le Grand pour invité, souriait presque de sa chance. Je n'avais pas imaginé qu'il éprouvait pour moi un respect aussi grand, aussi héroïque. Nul détracteur n'a jamais troublé la surface placide de mon amour-propre, mais un admirateur convaincu peut me faire rentrer sous terre de honte. Je n'avais pas le courage de confier à ce pauvre Franco que mon travail, pour ce qu'il valait, était derrière moi, qu'il n'y aurait plus rien d'autre. Au lieu de cela, tous les matins, je me rendais consciencieusement dans cette pièce avec la mine de l'homme dont le regard est inébranlablement rivé sur l'immortalité, refermais la porte avec détermination et sentais tout, alentour, se figer dans l'attente du rugissement silencieux de mon puissant intellect au démarrage de son moteur. Pipeau. Affalé dans un inconfortable fauteuil d'époque, un coude sur la table de jeu qui faisait office de bureau et le menton sur le poing, je passais des heures à contempler l'endroit, près du mur du jardin, où Cass Cleave, le dernier jour, s'était levée de son siège, m'avais pris par le bras et, traversant le gazon desséché et craquant pour me raccompagner, m'avait confié, très calmement, en souriant, les yeux baissés, comme s'il s'agissait d'une réponse toute simple à une question d'une complexité inextricable, qu'elle allait avoir un enfant et que ce serait le mien.

Comment se fait-il que les hommes soient toujours étonnés par le phénomène de la conception ? Cela pouvait se comprendre à une époque primitive où l'on croyait que c'était le vent qui fécondait les femmes, mais quel prétexte faire valoir en cette ère où nous sommes blasés de savoir ? Au cours d'une longue vie, j'avais certes couché avec beaucoup de femmes mais jamais je n'avais, à ma connaissance, imprégné une seule matrice. Quel facétieux dieu de la fertilité avait donc décidé, précisément à la fin, de m'offrir la possibilité de décocher une de ses puissantes flèches en plein cœur de son foyer secret et palpitant ? Qui aurait cru que mes vieilles semences desséchées pourraient encore germer ? Quelle honte ! Que je me sentis bête ! Mais aussi reconnaissant ! J'entrevis aussitôt, tu vois, les implications, les possibilités, tout ce que j'appellerai la grâce salvatrice de cet événement absurdement merveilleux. Laisse-moi m'exprimer clairement, ce n'était pas moi qui allais être sauvé. Pour une fois, pour la première fois vraiment peut-être, c'était à d'autres que je pensais. Niché dans les entrailles de cette femme poussait déjà le bourgeon de ce qui serait un monde reconquis. Des sillons incroyablement complexes à l'intérieur de la sphère creuse de la blastula que j'avais fait grossir dans son ventre avaient déjà surgi les nouveaux prémices des miens, de mon peuple perdu. C'était aussi simple que cela. Ma gentille mère, mon père mélancolique, mes frères et sœurs expédiés vers une mort sommaire avant d'avoir vécu, tous participeraient un tout petit peu de cette nouvelle vie.

Oh, naïf vieillard ! Comment ai-je pu imaginer que ce monde m'offrirait pareille rédemption ?

La dernière carte postale montrait une vue très colorée d'une église sur un rocher au milieu d'une baie d'un bleu aigue-marine invraisemblable. Elle l'avait envoyée dans un paquet avec, va t'en comprendre, son stylo à encre. *Svidrigailov chéri – Je pars en Amérique – Ta Cassandre*. Elle avait posté le tout de Chiavari trois jours plus tôt. Elle devait avoir calculé qu'elle mettrait précisément ce temps-là, ni plus ni moins, pour m'atteindre. Sa confiance dans le système postal de ce pays m'étonne, même si elle se révéla remarquablement bien fondée, car, à peine dix minutes plus tard – alors que, pétri d'impuissance, je m'étais planté à côté de la fenêtre de la chambre du jardin, la carte postale dans une main et le stylo dans l'autre, en essayant de réfléchir à la conduite à tenir –, Franco Bartoli frappa à la porte, puis passa la tête avec précaution pour m'annoncer dans un murmure qu'une personne – *una persona* – souhaitait me parler au téléphone.

De tous les personnages traditionnels de la comédie italienne, Arlequin est à la fois le plus caractérisé et le plus énigmatique. Quel est cet être inexplicable ? Cette tête, ce cœur sont-ils faits comme les nôtres ? S'il fallait réaliser son effigie, il faudrait utiliser du caoutchouc, car seul le caoutchouc pourrait recueillir l'empreinte de son esprit mordant et subtil, créé par les dieux en un moment de gaieté et de malice incontrôlables. Il répond à de multiples noms, et personne ne peut dire quel était celui qui lui appartenait vraiment à l'origine ; nombre de spécialistes affirment que son nom était d'abord un sobriquet. Il est sans aucun doute d'essence divine, sinon, en vérité, Mercure lui-même, dieu du Crépuscule et du Vent, patron des voleurs et des entremetteurs. Il est Protée également, tantôt délicat, tantôt grossier, comique ou mélancolique, parfois sujet à un déchaînement de folie. C'est le créateur d'une nouvelle forme de poésie, renforcée par les gestes, ponctuée de sauts périlleux, enrichie de réflexions philosophiques et de vents divers. Il incarne le premier poète des cascades et des bruits inconvenants. Son demi-masque noir ajoute à l'ensemble quelque chose de sauvage et de diabolique, suggère le chat, le satyre, le bourreau. Vois ce qu'il est dans l'opinion des hommes, et comprends, si tu le peux, comment il peut ignorer cette opinion ou l'affronter ! À peine l'autorité a-t-elle désigné sa demeure, à peine en a-t-il pris possession que les autres habitations reculent jusqu'à ce qu'elles ne voient plus la sienne. C'est au milieu de cette solitude qu'il vit seul avec sa femelle qui lui fait connaître la voix de l'homme : sans elle il n'entendrait que des gémissements. Le jour se lève. Un signal lugubre est donné. Il part, le teint noir et l'œil enflammé. C'est le matin. Il arrive sur une place publique couverte d'une foule pressée et palpitante. On lui jette un empoisonneur, un parricide, un sacrilège. Il se fait un silence horrible, délicieux. Il saisit le condamné, l'étend, le lie sur une croix horizontale puis le porte sur la roue qui va le fracasser. La tête pend, les cheveux se hérissent, la bouche, ouverte comme une fournaise, n'envoie plus par intervalles qu'un petit nombre de paroles sanglantes qui appellent la mort. Il a fini. Il descend ; il tend sa main souillée de sang ; on lui jette de loin quelques pièces d'or qu'il emporte à travers une double haie d'hommes écartés par l'horreur. Il rentre chez lui, se met à table et il mange ; au lit ensuite, et il dort. Et le lendemain, en s'éveillant, il songe à tout autre chose qu'à ce qu'il a fait la veille. Est-ce un homme ? Oui. Dieu le reçoit dans ses temples et lui permet de prier. Il n'est pas criminel, cependant, aucune langue ne consent à dire qu'il est vertueux, qu'il est honnête, qu'il est estimable. Nul éloge moral ne peut lui convenir, car tous supposent des rapports avec les hommes et il n'en a point. Il n'en a point, notre Arlequin.

C'était donc là, elle le vit, que ça allait se terminer. Elle n'avait plus nulle part où aller et en était contente. Du pont du petit ferry-boat, elle avait regardé les cinq villes se fondre dans le flou de la mer et du ciel au crépuscule tandis que la nuit bossue montait, bleu de quetsche, de derrière les promontoires et s'était dit qu'elle aussi était en train de disparaître dans le noir. Il en avait été ainsi tout du long, depuis qu'elle avait quitté Turin, sinon avant, sinon bien avant en un processus graduel et insidieux de dilution et d'amenuisement. Le monde la laissait partir, tout comme lui aussi l'avait laissée partir. Elle voyait clairement ce qui se passait, ce qui devait se passer, pour que s'accomplisse le plan. Elle avait tenté de l'expliquer à Kristina Kovacs, cette façon dont tout participait de tout le reste, la façon dont tout était prédestiné, mais Kristina n'avait pas compris. Kristina, elle l'avait vu nettement, avait cherché à la sauver, comme avant elle avait cru avoir pour mission de le sauver, lui. Mais ce n'était pas le problème, ce n'était pas ça du tout. Maintenant, ils accostaient et elle éprouva un moment de quasi-bonheur tandis que le bateau glissait sans bruit vers le quai où, étrangement immobiles, des silhouettes confuses attendaient, puis un vieux bonhomme coiffé d'une casquette de marin s'avança lestement et attrapa le bout qu'un des matelots lui lançait. L'eau clapotait, surface d'huile parcourue de lueurs colorées, pêche, mauves et roses. Des chauves-souris voletaient dans la pénombre. Des cafés, des bars et des petits restaurants se succédaient le long du quai et, derrière, le village grimpait à flanc de colline, lampes derrière les fenêtres des maisons, tant de vies. Il y avait une lampe aussi, ou une lanterne, au-dessus de l'entrée de l'église qui se dressait sur son promontoire accidenté et se découpait sur le ciel de plus en plus noir. Un marin du ferry lui porta son bagage jusqu'à l'hôtel. Que tout se déroulait simplement !

Désormais apaisée, elle écrivit de nouveau dans son carnet de notes, assise sous une lumière près de la fenêtre ouverte de sa chambre, tandis qu'un papillon de nuit faisait son modeste raffut tout doux autour de l'ampoule et que les vaguelettes en contrebas soupiraient contre les galets. *Colombine est malade. On appelle le docteur. Oh, sauvez-moi, sauvez-moi, docteur ! Colombine va avoir un bébé. Le vieux bonhomme est fâché*. Elle sourit, repoussa son carnet, appuya ses bras croisés sur la table et y posa la tête. Elle se sentit glisser progressivement le long d'une immense pente noire. Voilà le moment, songea-t-elle, le moment délimite la courbe, il devient de plus en plus abrupt. Tout ce qu'elle avait fait dans sa vie, ses actes les plus infimes, même dans sa toute petite enfance, l'avait amenée à cet instant-ci, à ces instants incontournables, les derniers. Tellement étranges et néanmoins tellement simples. Elle releva laborieusement la tête car elle était fatiguée et écouta les bruits rassérénants de la nuit. Elle était allée consulter le médecin, l'élégant vieux médecin aux cheveux teints. Il s'était montré gentil, avait passé sa main de prêtre sur son ventre en soupirant. Elle avait remarqué les chiffres sur son poignet et compris. Il avait voulu qu'elle entre en clinique, pour y mettre un terme, pour y faire mettre un terme.

« Qu'allez-vous faire ? lui avait-il demandé. Qui vous aidera ? »

Puis il l'avait regardée un long moment.

« Ah, *signorina* ! »

La carte postale arriverait le lendemain. Elle était contente de lui avoir envoyé le stylo avec. Elle voulait qu'il sache tout ce qu'elle avait su.

Dans la chambre de l'appartement de Franco Bartoli, après qu'elle se fut évanouie, cette fameuse nuit, Kristina Kovacs s'était glissée dans le lit avec elle. Tellement chaud, là-dedans, et étouffant, pourtant, que la main de Kristina lui avait paru fraîche, posée sur son cœur. Elle s'était endormie, sachant que la femme ne dormait pas, qu'elle veillait sur elle. Elle percevait la peur de Kristina, elle ressemblait à une présence vivante, à une tierce personne allongée avec elles, voilée, silencieuse, intenable. Plus tard, elle s'était éveillée, et Kristina lui avait parlé d'un ton apaisant, comme si elle s'adressait, par la fenêtre ouverte, à une folle en équilibre sur le rebord. Eh bien, que représentes-tu d'autre ? songea-t-elle alors, que représentes-tu sinon une folle au bord du vide ? Elle sourit à l'obscurité de l'autre côté des carreaux. Elle avait fouillé dans le sac de Kristina et y avait déniché un flacon de somnifères qu'elle avait envisagé de voler, mais s'était ravisée. Elle savait que Kristina l'observait. Elle s'était demandé si c'était ce qu'il lui avait suggéré, de veiller sur elle, pour s'assurer qu'elle ne prendrait pas les pilules et qu'elle ne sauterait pas dans le vide.

Elle ouvrit son guide au hasard et lut le passage sur la mort de Shelley. Il allait voir lord Byron à Livourne. La goélette s'appelait l'*Ariel*. Le poète, Edward Williams et un jeune garçon pour s'occuper des voiles. Pourquoi donnait-on les autres noms, y compris celui du bateau, et pas celui du jeune garçon ? Ils avaient brûlé le corps de Shelley sur la plage. Elle reposa le livre, se leva de son siège et demeura un moment immobile, l'oreille tendue ;

pas un bruit, nulle part, à part les vaguelettes. Elle sortit, referma la porte à clé derrière elle, descendit l'escalier le plus discrètement possible et s'enfonça dans la nuit. Pourquoi craignait-elle qu'on ne l'entende, qu'on n'essaie de la retenir ? Il n'y avait personne. À la réception, l'homme aux cheveux gris et à la moustache ne leva même pas les yeux à son passage.

L'air, dehors, était chaud et dispensait une forte odeur astringente, pareille à l'odeur de l'iode. C'était la mer. Elle avait le goût du sel sur ses lèvres. Toutes ces choses vivantes, à croire qu'elles sentaient qu'elles étaient les dernières. Elle descendit jusqu'au port par les ruelles silencieuses. Elle savait où elle allait. Sur le quai, des gens se promenaient, peu nombreux, le dernier des bateaux de touristes était parti depuis longtemps. Elle avait conscience des regards, de femmes pour la plupart. Devinaient-elles, rien qu'en la regardant ? Se rappelleraient-elles l'avoir vue ? La mer, invisible, formait juste une masse noire, sans horizon, comme si, par là-bas, la moitié du monde avait totalement disparu. Demain, l'éclipse du soleil, ce soir, la sienne. Il n'y avait plus de voix dans sa tête ; elles avaient dit tout ce qu'elles avaient à dire, fait tout ce qu'elles avaient à faire. Elle les imagina à sa remorque, horde un peu en retrait, les yeux écarquillés, la main sur la bouche, suivant la scène avec une impatience jubilatoire, incapables de croire qu'elle accomplissait enfin ce qu'elles lui conseillaient depuis si longtemps.

Elle grimpa la colline pavée et escarpée menant à l'église. La lanterne brûlait toujours au-dessus du linteau en pierre. La porte était ouverte, l'entrée tendue d'un lourd rideau en cuir lisse d'usure sur le bord que des générations de mains avaient poussé. Bougies à trois sous, toit voûté, sol dallé, statue de la Vierge tout en bleus, roses et crème, les yeux levés au ciel dans un transport de chagrin. Quel calme ! Elle s'assit dans l'encoignure d'un banc. Tous les actes les plus infimes s'étaient additionnés pour l'amener à ça. Un prêtre entra, assez âgé, petit, gros et complètement chauve. Il la regarda d'un œil surpris et ressortit. Père. Il y avait une porte sur le côté, derrière l'autel. Elle se leva du banc et avança. La porte était vieille, le bois froid et humide au toucher, rendu visqueux par l'air de la nuit. Elle s'ouvrit en grinçant sur ses charnières. Que c'était simple ! Là, il y avait un petit balcon en pierre, rectangulaire, sous un ciel ébahi et une eau blanche qui grondait férocement autour des rochers, loin, loin en contrebas. Elle se hissa tant bien que mal sur le parapet après avoir délogé un bout de caillou et s'être écorché le genou. Une brise nocturne, si fraîche, si douce, plaqua sa jupe contre ses jambes. Elle posa les mains sur son ventre, perçut cette chaleur qui n'était pas la sienne. Elle regrettait de ne pas connaître le nom du jeune garçon, du jeune garçon sur l'*Ariel*. Lui aussi, il s'était noyé. Tous ces êtres perdus. Son genou l'élançait à l'endroit où elle s'était écorchée ; tellement insistant, tout, exigeant d'être remarqué, d'être noté. Dans l'église, derrière elle, quelqu'un fit irruption et dit quelque chose, elle ne comprit pas les mots. Vite, maintenant. Elle se vit basculer avant de basculer, de dégringoler cette courbe qui allait s'accélérant. Quelqu'un arrivait à présent, c'était le prêtre, le vieux prêtre, elle vit la lumière se refléter sur son crâne chauve et repensa au serveur, à la statue du cavalier dans la nuit ; repensa à tout. *Signorina !* Elle prit une profonde inspiration et, l'espace d'un instant, redevint une gamine avec, derrière elle, son père en train de dire : *Saute*. Lentement, en pâmoison, les yeux levés en extase, à l'image des yeux de la statue de la Madone, elle se pencha dans le néant, tandis que le prêtre, dans son dos, tendait vainement les mains pour la retenir. Temps. Nuit. Eau.

Franco Bartoli m'emmena dans sa petite voiture jusqu'à ce coin reculé de la côte. Une fois à La Spezia, nous traversâmes la ville en trombe afin de continuer sur Lerici, d'où je devais attraper un bateau pour traverser le golfe. À notre arrivée, pourtant, l'heure du dîner était passée et le service des ferries interrompu. J'allais devoir dormir sur place. À la grande et muette désapprobation de Franco, je choisis l'hôtel Shelley ; j'aurais pu descendre à l'Albergo Lord Byron. Poètes, vous n'aurez pas vécu en vain ! Franco me proposa, plutôt mollement, de rester avec moi, mais je refusai, il devait rentrer, sa *dolce mamma* allait se tracasser. À la vérité, je n'aurais pas pu supporter sa compagnie une minute de plus. Il s'éloigna en me jetant un dernier regard apitoyé à travers le pare-brise pendant qu'il effectuait un rapide demi-tour sur le quai et s'évanouissait dans le crépuscule. Je téléphonai à l'hôtel où elle était descendue, à quelques petites encablures de là sur l'autre berge de ce bras de mer à la mine traîtreusement innocente et m'entendis répondre qu'on n'avait toujours pas retrouvé le corps. J'avalai un dîner indigeste, puis, muni d'une bouteille de whisky et d'un des bromures les plus puissants de Kristina Kovacs, me retirai dans ma chambre et plongeai aussitôt dans une série d'étranges cauchemars aux thèmes inspirés de Hokusai dans ses marines les plus exagérément lascives où émergeait par moments l'image d'un poète noyé et boursouflé à la dérive sur une mer en flammes. En arrivant au port, le lendemain matin, j'appris que les ferries resteraient à quai jusque dans l'après-midi ; la fameuse éclipse n'allait pas tarder à se produire et la croyance populaire considérait que prendre la mer avant qu'elle ne soit passée portait malheur. Je me retraînais jusqu'à mon lit et dormis jusqu'à midi, ce qui me fit rater l'éclipse à moins que la traversée onirique, banale et terrifiée d'une région de pénombre radieuse eut été une vision à demi éveillée de l'occlusion solaire et non un rêve. Lorsque je finis par me réveiller tout à fait, j'étais vautré, fumant, au milieu d'un éclair de lumière qui, d'une fenêtre ouverte, me tombait en plein dessus et, durant quelques minutes bénies, je ne sus ni où j'étais ni pourquoi j'y étais.

Dans les moments de tension les plus intenses, je suis toujours irrité. Ce n'est pas une réaction inhabituelle, d'après ce que le Dr Zoroastre m'en dit, surtout compte tenu des circonstances ce jour-là. J'engueulai le réceptionniste de mon hôtel, le gars qui vendait des billets pour le ferry, puis un Charon hâlé par le soleil et coiffé d'une fière casquette à visière décorée d'une ancre qui, comme je mettais enfin le pied sur la passerelle, me tendit une main secourable et manqua me flanquer à l'eau. Je me montrai également moins que civil à l'endroit du jeune homme poli qui m'accueillit sur le quai de l'autre côté, émissaire de ce qui, dans mon esprit, incarnait encore Cass Cleave, la jeune femme vivante. L'après-midi ensoleillé était parcouru de courants d'air chaud. Le réceptionniste de l'hôtel, appelons-le Mario, une grande perche basanée équipé d'une pomme d'Adam qui semblait mue par un élastique distendu, tremblait devant moi comme si je risquais de lui coller un coup de canne, ce que j'aurais peut-être fait si nous n'avions pas été accaparés par l'épreuve du débarquement. J'exigeai d'entendre ce qu'il s'était passé, il fallait que je sache tout, tout de suite, maintenant, ici sur le quai, à l'instant même, tout ! Allez, braillai-je devant sa bouille apeurée, dites-moi ! et je l'attrapai par le coude et le secouai violemment. Pourtant, lorsqu'il se mit à parler, je ne voulus pas l'écouter et, à la place, l'obligeai à faire demi-tour et lui ordonnai de me conduire sur les lieux du drame. Nous grimpâmes à travers le village. Il y avait eu un prêtre, expliqua Mario, il était arrivé trop tard, la *signorina* avait... il joignit les mains et mima le plongeon.

« Elle a sauté, *signore.* »

Son corps n'avait toujours pas été retrouvé.

Après l'église – bien entendu, il n'y avait rien là-bas et le prêtre vaquait à ses obligations ailleurs et il n'y avait pas trace de lui –, j'allai à l'hôtel, un petit établissement minable, et les contraignis à me montrer sa chambre. Ils m'y laissèrent seul, refermèrent la porte sans bruit sur moi. Je fouillai son sac, sans savoir ce que j'espérais y trouver. Il y avait quelques sous-vêtements sales dans une poche latérale à fermeture Éclair, je les sortis, les examinai, ces reliques profanes, puis portai les coutures salies à ma bouche et les suçai pour savourer une dernière fois ses sécrétions familières. Je me rendis ensuite à la salle de bains et les lavai au lavabo. L'eau, pareille à une onction argent sur mes poignets, glouglouta et clapota. Je songeai à elle, en bas, dans les profondeurs de la mer, qui, les yeux ouverts, regardait sans la voir la surface ondoyante loin au-dessus d'elle. Je commençai par mettre ses culottes, aussi propres à présent que j'avais pu les ravoir, à sécher sur le porte-serviettes, mais me ravisai et les fourrai dans ma poche. Puis je retournai me bassiner le front au lavabo ; quand j'eus fini de me sécher, je n'aurais pas été surpris de découvrir, imprimés sur la serviette, les stigmates ensanglantés de mon visage. J'allai m'asseoir à la table près de la fenêtre et parcourus son carnet de notes. Pauvre Colombine. Lors de notre voyage à Gênes, le jour dont j'ai déjà parlé, elle m'avait perdu un bref instant dans le cimetière. J'avais grimpé quelques marches et m'étais éloigné en direction d'une des sections modernes où reposent marchands et mafiosi de la cité, récemment décédés, et où la statuaire proclame un modernisme prétentieux. Fraîcheur et silence régnaient là, sous les colonnades, et je m'attardai négligemment pour déchiffrer les inscriptions sur les tombes et nourrir diverses réflexions sur l'éternel. Je m'apprêtais à redescendre vers le niveau inférieur quand je la vis en contrebas qui arpentait un carré de gravillons baignés de soleil et me cachai derrière une colonne pour l'observer. Elle était, je le notai, dans un état de grande agitation. Les bras solidement noués autour d'elle et la tête baissée, elle allait rapidement d'un point à un autre selon un plan en zigzag, apparemment absurde. Elle se figeait un instant dans une immobilité totale, comme si elle réfléchissait à de graves options, puis repartait brusquement à toute vitesse pour s'arrêter de nouveau après une douzaine de pas ankylosés et recommencer l'opération, s'immobilisant et réfléchissant avant de repartir dans une autre direction. Elle répéta ce manège pendant quelques minutes, puis s'interrompit lorsque enfin elle me repéra derrière ma colonne. Nous nous dévisageâmes. J'ignore ce à quoi elle pensait. Peut-être avait-elle cru que je l'avais quittée, en fin de compte, que j'avais décidé de disparaître et de l'abandonner là au milieu des morts et de leurs monuments ? Bizarrement, ou peut-être pas bizarrement, c'est le souvenir de ce type de moments qui me tourmente le plus à présent, les moments, je présume, de son désespoir le plus vif.

Je descendis, ses sous-vêtements humides roulés en boule dans ma poche, pour discuter avec le propriétaire, un beau gars grisonnant à l'haleine aillée. Je lui montrai une poignée de traveller's cheques et lui dis que je préférerais qu'il oublie ma venue. Il ne répondit rien, se contenta de réfléchir un peu, puis haussa très légèrement les épaules. Penché en avant, les poings sur le comptoir de la réception, il me regarda sans broncher pendant que je signais les chèques. D'une zone obscure derrière lui, sa femme entra sans bruit. C'était une personne corpulente dotée d'un triple menton et d'un regard méfiant. Mario, le réceptionniste, était présent, lui aussi. Curieux que le village au grand complet ne se soit pas pointé dans l'encadrement de la porte pour voir ma bobine. Lorsque je leur eus remis les chèques, je déclarai que je souhaitais me reposer et demandai si je pouvais utiliser sa chambre, la chambre qu'elle avait occupée. *Signor* Albergo émit quelques objections sous prétexte qu'un autre invité devait arriver d'un moment à l'autre. Je le regardai et il se laissa fléchir. Je montai m'allonger sur le lit où Cass Cleave s'était allongée. Pendant que le jour déclinait, je songeai à des tas de choses, à ce phénomène, par exemple, dont j'avais découvert l'existence au cours de mes lectures sur M. Mandelbaum et ses manières, que les neurologues connaissent sous le nom de main anarchique. Cette affliction, rare et remarquable – il n'existe pas plus d'une cinquantaine de cas recensés –, provient d'une forme de révolte singulière au sein du système nerveux. Le malade, dont les membres sont par ailleurs sains et normaux, subit la tyrannie d'une de ses mains qui, sous l'effet d'un caprice ou de sa propre volonté, semble-t-il, exécute des actes indépendamment du patient et souvent contraires à son intérêt. À table, la main récalcitrante lui fait ingurgiter de force des aliments qu'il ne veut pas manger; lorsque notre malade rencontre une personne de connaissance dans la rue, ladite main, au lieu de se tendre pour saluer, se lève brutalement et assène une claque sur le visage de son vis-à-vis stupéfait. Son comportement se révèle par moments tellement dérangeant que son homologue du côté opposé est appelé à la rescousse pour apaiser ses excès ; la lutte qui s'ensuit peut s'avérer extrêmement violente et se terminer par des lacérations et des chutes. Un sujet essuya même des tentatives réitérées d'étranglement et aurait peut-être succombé si des tiers ne s'étaient précipités pour détacher la main suicidaire, ou meurtrière, de sa gorge. Ce que je me demandais ce jour-là, sur le lit de cette chambre d'hôtel totalement vide, c'était s'il se pouvait qu'une moitié du soi soit un anarchiste œuvrant à la destruction de l'ensemble. Car c'est une chose de penser à Cass Cleave sautant volontairement pour se soustraire à la lumière du monde et c'en est une autre d'envisager la possibilité qu'une partie d'elle, alors même qu'elle se supprimait, enfermée dans son indéfectible étreinte, pleurait de terreur, comme une enfant emportée dans les bras d'un démon.

Je pris le dernier ferry. Le jeune Mario m'accompagna jusqu'au quai, je ne sais pas pourquoi ; peut-être ses parents – c'était le fils des propriétaires, l'ai-je mentionné ? – souhaitaient-ils s'assurer que j'avais bien quitté la région avant d'encaisser l'oseille. Ou peut-être la réalité de mon deuil exigeait-elle une symétrie du cérémonial et, m'ayant accueilli à l'arrivée du bateau, il devait donc assister également à mon départ. Il se montra résolument courtois, accorda son pas sur le mien et m'offrit l'appui de son bras quand je posai le pied sur la passerelle branlante. Il attendit sur le quai, aussi, pendant que le bateau appareillait, et m'adressa même des gestes d'adieu. C'était le crépuscule, sa chemise blanche avait un reflet surnaturel. En fait, il ne s'appelait pas Mario, je ne sais pas pourquoi je lui ai donné ce nom-là, mais Angelo ; les émissaires du Ciel revêtent les formes les plus inattendues. *Addio, Angelo.* Après de vigoureux barattages, le bateau fit demi-tour et nous sortîmes du port en douceur en mettant le cap sur la ligne d'horizon où la dernière lueur du jour s'attardait en tremblotant. Debout à la poupe, je tirai la boule de sous-vêtements mouillés de ma poche et les jetai à la mer où ils tourbillonnèrent un moment en s'ouvrant comme une fleur aquatique japonaise avant d'être aspirés dans le noir sous les vagues. À Lerici, la nuit bleu de coquillage tombait déjà. *Elle m'a quitté à l'heure silencieuse...* J'aurais dû attendre que la mer ait rendu son corps. Oui, j'aurais dû attendre.

Tout au long de cet interminable après-midi, j'avais été harcelé par la sensation qu'il y avait – allez savoir pourquoi – plus d'un moi en moi. En regardant les endroits où elle s'était rendue, en touchant les objets qui lui avaient appartenu, j'avais eu l'impression qu'un autre regardait avec moi, avec mes yeux, touchait ces objets avec mes doigts. Ensuite, je pris conscience, avec la force de la certitude, que, sous le coup d'une forme de solidarité magique, j'avais dû anticiper, entrevoir, pour ainsi dire, ce que ressentirait son père quand il débarquerait là, qu'il prendrait le ferry, qu'il remonterait la colline jusqu'à l'église, qu'il se retrouverait dans cette chambre d'hôtel tellement pleine d'elle qui n'y était pas. Je crains qu'à nous deux nous ne l'ayons détruite, le vieux Thespis et moi. Elle m'avait dit un jour qu'elle l'aimait et j'avais répliqué pourquoi en aurait-il été autrement, puisqu'il était son père, mais elle avait fait non de la tête, fermé les yeux et grimacé comme cela lui arrivait parfois, avant de déclarer que non, je ne comprenais pas, que ce qu'elle voulait dire, c'était qu'elle était vraiment amoureuse de lui et qu'elle l'avait toujours été. J'avais estimé que c'était une absurdité bizarre, visant à m'impressionner ou à me choquer, et n'avais rien ajouté. Tard, une nuit, après sa mort, je composai le numéro de téléphone que j'avais trouvé dans ses affaires et une voix d'homme me répondit dès la première sonnerie. Il me parut d'une vivacité déconcertante, comme s'il ne dormait pas, qu'il attendait que quelqu'un appelle, moi peut-être. Je m'efforçai de dire quelque chose, mais j'étais trop soûl et, en plus, je pleurais. Un comédien, c'est, ou c'était, à ce qu'elle m'avait dit. Je suis sûr qu'on aurait des tas de choses en commun, lui et moi. Après tout, je suis un comédien, moi aussi, même si je ne suis qu'un amateur inspiré. La différence, c'est que le rôle que je joue n'est que le mien et que personne d'autre ne peut l'endosser, sur scène ou en dehors. Cela étant, n'aurait-ce pas été vrai aussi d'Axel Vander ?

D'autres surprises m'attendaient, d'autres chocs. Un jour, à la table de jeu de la chambre du jardin, chez Franco Bartoli, je venais de commencer à rédiger les premières pages de ce récit quand le stylo qu'elle m'avait envoyé tomba en panne sèche. Je ne pus trouver d'encre dans la maison, et Franco était absent. Je sortis et, après une recherche apathique et assommante – la journée cherchait à pleuvoir, des écoliers shootaient dans les feuilles des caniveaux –, je finis par tomber sur une papeterie dans une ruelle près du fleuve. L'intérieur des lieux exhalait, détail inquiétant, l'odeur de colle et d'armoise séchées des salles de classe de mon enfance. Quant à la boutique, elle était tellement étroite que je dus me faufiler de biais entre le comptoir et la vitrine du mur opposé où étaient exposés le matériel pour écrire et les agendas marbrés. Rougeaude et d'un embonpoint mal réparti, la femme derrière le comptoir, tout habillée de noir, les sourcils peints et une ruche de cheveux laqués sur le crâne, avait des manières qui évoquaient vaguement l'institution ; elle aurait pu être surveillante d'hôpital, ou gardienne d'une prison ouverte, ou même simplement maîtresse d'école. Elle accueillit ma requête par un numéro de professionnalisme stylisé, brandissant une série de bouteilles d'encre à hauteur de sa poitrine pour que je puisse les examiner, puis me désignant d'un ongle long et écarlate les descriptions indiquées sur l'étiquette. Lorsque j'en eus choisi une au hasard, elle hocha la tête d'un air approbateur, ferma les yeux avec lenteur et pinça les lèvres, comme si je venais de réussir un test témoignant d'un goût et d'un savoir-vivre exceptionnels. Elle me demanda si je m'étais muni du stylo et si je souhaitais le remplir tout de suite. Cette proposition, associée à l'odeur de salle de classe et au rapprochement que nous imposait l'espace confiné, entraîna une suggestion d'intimité qui me parut aussitôt inquiétante et bizarrement opportune, et j'eus l'impression de m'apparenter au petit garçon retenu après la classe pour jouir de faveurs spéciales. Presque timidement, je produisis le stylo dont je dévissai le corps, non sans résistance, car il y avait quelque chose à l'intérieur, des papiers quelconques, solidement enroulés autour de ce qui se révéla être une cartouche jetable – « *Ecco, signore, un segreto !* » – et maintenus en place par un fil de soie que je réussis à défaire après une minilutte ; je dépliai les bouts de papier et les posai côte à côte sur le comptoir vitré en essayant de les garder à plat sous mes bouts de doigts écartés. Au début, comme ils n'arrêtaient pas de se réenrouler et que les lumières sous la vitrine les éclairaient par en dessous, je ne parvins pas à déchiffrer les mots imprimés. Puis je vis sa photo et la mienne, et nos noms, le sien mal orthographié. La commerçante, penchée en avant au point que son front touchait presque le mien et que je sentais l'odeur de shampoing, pas désagréable, de ses cheveux, lâcha un doux soupir tremblotant, comme s'il y avait là entre nous un trésor enfoui que nous venions de déterrer. Puis elle me regarda, et une expression soucieuse, pleine de sollicitude, même, passa dans ses yeux, et elle posa tendrement la main par-dessus l'une des miennes. Qu'ils sont bizarres et rares, assurément, et touchants, mais un peu déconcertants aussi, ces moments où un inconnu émerge de la foule et, sans autre raison que la bonté pure, t'offre un mot de consolation, un bras secourable ! Qu'avait-elle vu en moi pour susciter pareille compassion ? Le tressaillement, le regard fou, la feinte paniquée de-ci de-là, l'impuissance pétrifiée. Regarde-moi, là, dans la lumière des phares, muet de surprise et de douleur, avec tous mes derniers misérables secrets exposés, prêt à poser ma tête sur le sein bombasiné de cette dame pour pleurer toutes les larmes de mon corps.

Mais la surprise, la voici. Ce qui me secouait le plus, ce n'était pas le tour que Cass Cleave m'avait joué, ni même ce que je découvrais à présent, à savoir qu'elle avait su depuis le début qui j'étais et qui je n'étais pas. Pendant que je roulais des yeux ronds devant ces vieilles coupures de presse, l'annonce de sa mort par le *Staandard* et les deux photos ayant accompagné son simulacre d'entretien avec moi dans la *Gazet*, ce n'était pas à lui que j'avais pensé, ni même à Cass Cleave, mais à Magda. Et, du coup, je finis par prendre conscience de ce que j'avais toujours su sans le savoir, qu'elle aussi avait eu connaissance de mon secret. Oh, je ne dis pas qu'elle savait formellement que je n'étais pas Axel Vander et que les origines bourgeoises que je feignais de mépriser, les parents indulgents, le grand appartement, les cousins pauvres n'étaient pas les miens, mais les siens ; je ne dis pas qu'elle connaissait tout cela par le menu. Ce qu'elle savait de ma duplicité allait plus loin que les simples détails, cela touchait mon essence même. Ne me demande pas comment elle m'avait démasqué. Peut-être avait-elle rencontré quelqu'un qui m'avait connu avant que je ne devienne Axel Vander – l'Amérique d'alors fourmillait des secrets des autres – ou peut-être son Polonais évincé avait-il déterré sur moi et mon passé des renseignements qu'il lui avait collés sous le nez ? Ou peut-être avait-elle simplement deviné ? Peu importe, peu importe. Ce qui me sidère, c'est son silence. Alors que j'avais cru, tout au long de ces années, me prémunir par la duperie, c'était elle en fait qui avait préservé mon intégralité, mon intégrité, en feignant d'être dupe, elle qui, sans rien dire, avait représenté le garant de mon authenticité. Voilà ce que je compris, ce jour-là, dans la papeterie de la via Bonafous, quand un pan entier de ma vie s'effondra et que je pus avoir une vision du monde dans sa globalité comme je n'en avais encore jamais eu.

Dans un élan d'émerveillement, l'émerveillement d'un enfant qui a déniché un des grands secrets de l'univers des adultes, je me sentis obligé de partager ces découvertes avec quelqu'un. Kristina Kovacs ne pouvait pas faire l'affaire ; pour elle, qui était tellement engagée dans la mort, tout cela n'aurait jamais représenté que de vagues jacasseries, des cancans d'êtres vivants et rien d'autre. Lâcher ce genre de chose à Franco Bartoli était impensable. J'aurais peut-être pu me confier à sa mère, mes secrets n'auraient sûrement rien risqué avec elle, sitôt dits, sitôt oubliés. Au bout du compte, pourtant, ce fut le Dr Zoroastre que je choisis pour confident et confesseur. Cela eut lieu le jour où il m'aida à installer Kristina Kovacs dans l'appartement ici. Oui, je l'ai convaincue de venir vivre chez moi ou, pour être plus précis, mourir, comme elle l'a elle-même remarqué avec un de ses sourires désabusés désormais si rares. Une ambulance l'avait ramenée de l'hôpital et deux brancardiers en blouse blanche et aux joues bleues qui ressemblaient plus à des barbiers qu'à des auxiliaires médicaux lui avaient fait monter l'escalier dans une chaise roulante avant de la mettre au lit – je lui ai passé ma chambre et me suis organisé un couchage sur le canapé de l'autre pièce. Le docteur lui avait administré un sédatif et, à peine consciente, elle marmonnait entre ses dents, la tête pendante, dans une langue que je ne parvenais pas à identifier. Chauve et ratatinée, elle faisait penser, ainsi vêtue de la chemise de nuit blanche de l'hôpital, à un savant du XVIIIe siècle à son lever. Nous étions debout côte à côte au pied du lit, le docteur et moi, quand je m'entendis commencer à tout lui déballer. Enfin, non, pas tout ; les vieilles habitudes de dissimulation ont la vie dure. Je lui racontai comment Cass Cleave avait su des trucs à mon sujet sans lui dire de quoi il s'agissait précisément et comment, lorsque j'avais découvert qu'elle savait, je m'étais alors rendu compte, pour la première fois de ma vie, que ma femme elle aussi avait su. Vêtu de son grand manteau et de son écharpe, il m'écouta avec une calme attention sans me regarder mais en gardant les yeux rivés sur la femme tombée en léthargie. La première neige de la saison s'était mise à s'abattre sur la cité et un air glacial pénétrait par la fenêtre basse à côté de nous, tandis que tout alentour s'enfermait dans un silence feutré. Plus l'année finissante pâlissait, plus le visage du Dr Zoroastre affichait un teint assyrien ; il avait le féroce œil noir et le profil de rapace d'un monarque du désert. L'un des aspects les plus frappants de sa singulière présence, à la fois dérangeante et apaisante, c'est son impassibilité. On croirait qu'il fonctionne sur un principe d'entropie intermittente. Il émerge de l'immobilité et du silence pour se déplacer et lâcher quelques mots puis se referme sur lui-même en se comportant comme s'il n'avait ni bougé ni pris la parole. Il lui faut parfois si longtemps pour répondre à une question ou formuler une remarque qu'on a l'impression qu'il ne s'intéresse pas du tout au monde extérieur mais se repose dans une sphère intérieure, lointaine, de contemplation amollissante, d'un calme oublieux. C'est, je le suppose, le lieu où réside celui qui a survécu. Bref, il laissa s'écouler un silence particulièrement long et, moi, regrettant déjà mes confidences, je me pris à nourrir l'espoir utopique qu'il allait peut-être s'abstenir de tout commentaire. Avec cette grâce gestuelle du prestidigitateur qui, elle aussi, le singularise, il alluma une cigarette et ses mains formèrent de lents cerceaux au milieu desquels des volutes de fumée se déployaient, puis retombaient et peut-être, si je n'avais pas été tellement fasciné par sa prestation, aurais-je noté plus tôt la bizarrerie de son début de réponse. Il me demanda si j'avais remarqué la surprise qu'il avait manifestée quand je lui avais donné mon nom.

« Vous vous souvenez ? fit-il. C'était une occasion agréable. Nous prenions un café au Bicerin. »

Je m'en souvenais, mais ne me souvenais pas de sa surprise ; de toute façon, à quoi pouvait correspondre une expression de surprise sur ce masque royal, momifié, que forme son visage ? Il était surpris, poursuivit-il, parce qu'il avait déjà entendu le nom d'Axel Vander longtemps auparavant, dans des circonstances et un environnement totalement différents. Sur ce, il s'interrompit ; la cigarette devant la bouche et les yeux plissés pour se protéger de la fumée, il repensait au passé. Il se tourna lentement, sortit de la pièce et gagna le bureau où la lumière de la lampe et celle de la neige se faisaient modestement concurrence. Il alla à la fenêtre pour fixer à travers les carreaux sales les flocons blancs qui tombaient doucement dans la rue. Je sentais battre mon cœur, mesure hésitante et pétrie d'appréhension, anticipant les chocs qui risquaient de l'atteindre.

« La neige, murmura le docteur. Oui, la neige. »

Il avait rencontré les Vander, dit-il, quelque part dans une forêt, dans une sorte de petite gare, alors qu'ils attendaient tous leur transportation ailleurs. C'était un couple d'âge moyen, encore en bonne santé mais dans un état de grande détresse émotionnelle. Pour se procurer de la nourriture, ils avaient cédé le restant d'une petite réserve de diamants qu'ils avaient réussi à emporter avec eux, cachée dans la doublure de leurs vêtements, et leurs perspectives d'avenir, comme celles de tous ceux qui avaient été amenés en ces lieux, étaient sombres. Déjà, ils avaient perdu un fils, détruit, c'est ce qu'ils lui confièrent, par les agissements d'un ami déloyal.

« Détruit ? » répétai-je faiblement.

Ou peut-être ai-je seulement cru l'avoir répété ? Je m'assis lentement à mon bureau et appuyai un bras dessus. Il est des exhalations qui ressemblent au dernier souffle d'un être humain. Où allaient-ils, les Vander, demandai-je, où les transportait-on ? Il haussa les épaules sans se tourner de la fenêtre.

« À l'est », répondit-il.

J'attends Franco Bartoli, car il vient tous les jours rendre visite à Kristina Kovacs. Il se laisse repousser la barbe, comme s'il cherchait à compenser la chute des cheveux de Kristina. À mon avis, elle ne le reconnaît pas toujours. Je m'éloigne pour leur permettre de rester seuls, même si j'ai dans l'idée que Franco préférerait que je m'attarde. Quand il a accompli son devoir et terminé sa visite, je l'invite à passer un moment avec moi avant de repartir ; nous buvons un verre de vin, il renifle un peu, se mouche et s'efforce de me parler de divers trucs, de Kristina Kovacs, de son travail, des événements qui se déroulent dans le vaste monde ; de Cass Cleave, il ne dit rien, sans doute pour ménager mes sentiments. Je lui raconte encore une fois la drôle d'histoire du Dr Zoroastre sur ces gens rencontrés dans le camp de la forêt, ces gens qui disaient s'appeler Vander. En fait, c'est à moi que je la re-raconte. Que penser ? Je me rappelle le père d'Axel en train de faire son numéro sur Moïse et Rachel, quel imitateur convaincant il faisait. Mais s'ils... ? Si Axel... ? Que penser ? Franco Bartoli termine son vin et, sur un soupir, s'en va. Quand j'entends sa voiture s'éloigner, je coiffe mon chapeau mou à large bord, j'attrape ma canne et, après un coup d'œil sur Kristina, je sors pour arpenter les rues d'hiver, ma promenade quotidienne, mon arlequinade quotidienne. Je me dis que nous formons une sacrée congrégation, Franco, cette pauvre Kristina, le docteur, moi. La cité est paisible à cette époque de l'année. Les morts, cependant, se font entendre. L'air à travers lequel j'évolue bruisse du murmure des absences. Je ne vais pas tarder à être des leurs. Bien. Pourquoi devrais-je avoir une vie et elle pas ? Elle. Elle.

SOURCES

« Au point où commence notre ignorance... pas des " vérités " », Friedrich Nietzsche, *La Volonté de puissance*, p. 46, traduction de Geneviève Bianquis, Gallimard, collection « Tel », Paris, 1995.

« Enfant des villes... fantaisie née de mon envie d'ancrage », p. 67 à 69, est adapté d'un passage de *L'avenir dure longtemps*, de Louis Althusser, Stock-IMEC, Paris, 1992. Réédition augmentée et présentée par Olivier Corpet et Yann Moulier Boutang, Le Livre de Poche, Paris, 1994. D'autres thèmes de cet ouvrage ont été repris ou évoqués ailleurs dans le roman, ainsi que des thèmes de la vie de Paul de Man ou certains de ses travaux.

« De tous les personnages traditionnels... il n'en a aucune, notre Arlequin », p. 319 à 321, est une adaptation de divers passages de *La Commedia dell'arte et ses enfants*, de Pierre-Louis Duchartre, Librairie théâtrale, Paris, 1978, et des *Soirées de Saint-Pétersbourg*, de Joseph de Maistre, Guy Trédaniel, Paris, 1980.

La description, dans la deuxième partie, des persécutions dont ont été victimes les Juifs de Belgique n'est pas historiquement fidèle et s'appuie sur des récits de témoins en Allemagne cités dans *Le Journal de Victor Klemperer, 1933-1945*, Le Seuil, Paris, 2000, et en Roumanie dans *Journal, 1935-1944*, de Mihail Sebastian, Ivan R. Dee Inc., Chicago, 2000.

Merci à Ludo Abicht, Ortwin de Greaf, Fergus Martin, Hedwig Schwall.

Cet ouvrage a été composé et imprimé par

FIRMIN DIDOT
GROUPE CPI

Mesnil-sur-l'Estrée

pour le compte des Éditions Robert Laffont
24, avenue Marceau, 75008 Paris
en novembre 2003

Imprimé en France
Dépôt légal : novembre 2003
N° d'édition : 44208 – N° d'impression : 65282